조혼파문학전집 1

대하소설·만주 I

滿 洲

민족 고향을 찾아서

조흔파 지음

동서문화사

만주 I Ⅱ

차례

만주 I

만주 II

제3장 에라이 샹

제4장 푸이(溥儀)와 교수대

제1장
머나먼 땅 만주

아아 저 하늘에서 땅이란 얼마나 깊고 드넓은 곳인가. 한량이 없는 머나먼 깊이에 떨구이는 아득한 낙하와 그리고 이를 두 손으로 받아주는 지상(地上)의 인력(引力)이란 그야말로 완벽한 조화가 아니랴.

배달민족의 고향

아스라이 스러져간 저 드넓은 만주(滿洲) 벌판은 본디 우리 배달
민족 조상들의 삶 빗살무늬질그릇 새검무늬질그릇 돌무지무덤 고인
돌 무덤 터전이었다. 오늘날 중국 둥베이지방(東北地方)이다. 곧 랴오
닝성(遼寧省), 지린성(吉林省), 헤이룽장성(黑龍江省)의 동북 3성(東北
三省)으로 이루어진다. 면적은 100만 ㎢로 한반도 4배에 이르는 드넓
은 땅. 동쪽 북쪽은 러시아와 닿았고, 남쪽은 압록강 두만강이 한반
도로 이어져 내린다. 아! 우리 환웅, 단군, 배달민족 시원의 대지여!

단군 왕검

만주의 동해안 지역을 연해주라 부른다. 이 연해주는 중국이 아닌
러시아에 속해 있어도 만주와 분리될 땅이 아니다. 연해주까지 합친
만주의 넓이는 무려 100만 ㎢에 육박한다. 이처럼 드넓은 만주 벌판
이 먼 옛날 우리 한민족 조상들 삶의 터전이었다. 한반도는 22만 ㎢
에 지나지 않아도 만주보다 훨씬 더 사람이 살기 좋은 땅이다. 한반
도를 무대로 펼쳐져 온 지난 천년의 한국사가 보잘것없거나 부끄러
운 역사였던 건 아니다. 동강나 버린 반쪽짜리 한반도 땅에서 자유
대한민국은 민주화되고, 오늘날 한국인은 세계적으로 부유한 나라
를 일구어냈다. 역사에서 만주는 한반도와 앞서거니 뒤서거니 하면
서 오늘에 이르는 문화 전통을 빚어낸 무대였다. 중국인을 비롯한
동북아시아 여러 민족과 때로는 평화롭게 교류하고 때로는 으르렁

거리며 싸움을 벌이던 무대이기도 했다.

단군신화에 따르면 단군왕검은 태백산 신단수 아래에서 우리 민족 최초의 나라 고조선을 세웠다. 많은 사람들이 신화에 나오는 태백산을 지금의 백두산으로 믿고 있다. 백두산은 한반도와 만주가 만나는 지점에 솟아오른 신비로운 산으로, 중국에서는 창바이산(長白山)이라고 부른다. 백두산과 그 주변에서 흘러나온 압록강, 쑹화강, 두만강 등 유역은 고대로부터 우리 민족의 활동무대였다. 고조선으로부터 대한민국으로 내려오면서 우리 조상들은 백두산을 한민족의 고향으로 믿어 의심치 않았다.

만주족으로 불리는 여진족도 자신들 발원지를 백두산이라고 굳게 믿었다. 여진족은 한때 금나라, 청나라처럼 강력한 제국을 세워 중국 대륙을 호령하기도 했으나, 오늘날 중국 동북 지역 소수 민족으로 줄어들어 겨우 명맥을 이어가고 있다. 만주라는 지명도 이 지역에서 살았던 그들 이름으로부터 유래했다. 여진족이 이름을 만주족으로 바꾸게 된 계기는 도대체 무엇일까? 그들은 불교의 문수보살을 신봉했는데, 그 '문수'라는 말이 변해서 '만주'가 되었다는 설이 있다.

단군왕검이 세운 고조선은 백두산 주변의 만주 일대와 한반도 북쪽에 걸쳐 존재한 고대국가였다. 오늘날 동북 3성 가운데 가장 서쪽에 자리한 랴오닝성(遼寧省)에서는 비파 모양의 청동검이 발견되곤 한다. 비파는 서양 하프와 비슷하게 생긴 고대 악기이다. 바로 이런 비파형 청동검이 발견된 곳이 고조선의 옛터이다. 고조선 사람들은 2000여 년 전만 해도 랴오닝성 일대를 중심으로 살았다. 그러다가 평양 일대까지 생활권이 넓어져 내려온다. 한반도 서북쪽에서 주로 발견되는 새로운 모양의 청동검이 그 증거이다. 비파형 청동검과 달리 단순하고 가느다란 모양의 이 청동검은 세형(細形) 청동검으로 불린다. 말 그대로 '가느다란 모양'의 검이다.

이처럼 만주와 한반도 북부에 걸쳐 강대한 국가를 건설했던 고조선은 기원전 108년 중국 한(漢)나라의 침략을 받아 멸망하고 만다. 그때 고조선 사람들은 한나라에 항복하거나 한반도 남쪽으로 내려가서 그곳 사람들과 섞여 살게 된다. 한나라는 고조선 땅에 자신들 지방 조직인 군현을 설치해 다스렸다. 만일 그대로 이어갔다면 오늘날 우리는 중국의 일부가 되어 있을지도 모른다. 하지만 옛 고조선 영역에서 살아가던 우리 조상들은 중국의 지배를 거부하고, 한나라의 군현과 싸우면서 자신들 나라를 세우려고 노력했다. 먼 옛날부터 우리 민족의 피에는 남의 지배를 받지 않고 독자적으로 나라를 세워 당당히 살아가야 하는 굳센 정신이 깃들어 있었다.

한반도와 만주의 무리사회

근대적 학문으로서 동아시아에 고고학이 소개되기 이전에는 동아시아의 모든 민족들이 상고사(上古史) 전설에 의존하고 있었다. 이점은 한민족(韓民族)도 다르지 않았다. 따라서 한민족 역사는 단군 신화에 나오는 환인 이전으로 거슬러 올라갈 수가 없었고, 그 연대 또한 막연하게 이해되어 왔다. 그러나 근대적 고고학이 전래된 뒤 옛 유적이 발견되고 유물이 출토됨에 따라 전설적 시대는 차츰 과학적 연구에 의한 실존 시대로 교체, 수정되고 있다. 1960년대 초까지만 해도 한국에는 무리사회가 존재하지 않았던 것으로 이해되었다. 고고학자들이 한반도에는 구석기 유적이 없다고 믿었기 때문이었다. 그렇게 인식하게 된 데는 두 가지 잘못이 있었다.

첫째 1933년 두만강 연안인 함경북도 종성의 동관진에서 들소·털코뿔이·매머드 등 홍적세(洪積世) 동물화석과 함께 사람에 의해 가공된 석기·골각기 등이 발견되어 구석기 유적임을 보여주었으나 학계에서는 그것을 적극적으로 받아들이지 않았다. 동관진 유적 주변에는 신석기 유물이 많이 흩어져 있어 서로 섞였을 가능성이 높으므로 구석기 유적으로 단정할 수 없다는 주장이 있었기 때문이다.

둘째, 일찍이 1920년대 초부터 1930년대 초에 걸쳐서 중국 허베이성(河北省) 방산현 주구점(周口店, 베이징시 편입)에서 세계적 베이징원인(北京原人) 유적이 발견·발굴되었는데도 그곳이 현재 중국 영토 내에 있다는 이유로 동아시아 지역에 무리사회가 존재했음을 보편화시키지 못했다. 주구점은 국가가 출현해 정치권이 형성되기 전까지 한반도와 만주지역에 형성된 문화권과 황하유역에 형성된 문화권 경계에 위치한다. 오늘날 국경을 기준으로 그 유적을 중국에만 소속시킴이 잘못임을 깨닫지 못했던 것이다. 이러한 학문적 오류는 그즈음 미숙한 고고학 수준에서는 어쩔 수 없었다. 구석기 연구가 시작되기 위해서는 1960년대까지 기다려야만 했다. 그 뒤 1962년부터 다음 해까지 두만강 하구 남쪽 함경북도 웅기군 굴포리에서 후기 구석기 유물층이 발견·조사되고, 1964년부터 1972년까지 충청남도 공주군 장기면 석장리의 금강 기슭에서 구석기 유물층이 조사·발굴됨으로써 한국에도 무리사회가 존재했음이 확인되었다. 마침내 구석기 문화에 대한 연구가 본격화된다.

한반도와 만주지역에서 발견된 구석기 유적 가운데 가장 연대가 올라가는 곳은 단양 금굴, 공주 석장리, 상원 검은모루동굴 등이다. 이 유적들은 70만 년 전부터 60만 년 전 사이에 해당된다. 고고학적으로 20만 년 전까지 전기 구석기시대에 속한다. 지금부터 5만 년 전 이후에는 슬기사람이 자취를 감추고 슬기슬기 사람이 나타나 활동하였는데, 이 기간을 고고학적으로 후기 구석기시대라고 부른다. 이들이 남긴 유적은 대체로 4만 년 전부터 1만 2천 년 사이의 것으로 확인된다. 이 시기에는 유적으로는 용굴 4층, 석장리 10·11·12층

집자리, 청원 샘골, 화대 장덕리, 굴포리 2층, 덕천 승리산 상층, 평양 만달리 등이 있다. 덕천 승리산에서는 덕천 사람의 유골이 출토된 것보다 위층에서 슬기슬기 사람의 아래턱뼈가 출토되었는데 35세쯤 된 중년 남자의 것이었다. 이 사람을 '승리산 사람'이라 부른다. 구석기 유적 뒤를 이어 무리사회 끝 무렵인 지금부터 1만 년 전을 전후해서 만들어진 것이 중석기 유적이다. 곧선 사람 단계로부터 그 말기까지 무리사회 유적이 시기별로 골고루 분포되어 있음은 한반도와 만주지역에 사람들이 계속 거주하면서 진화와 문화발전이 이루어졌음을 짐작케 한다.

배달민족 나라 세우다

《삼국유사》에 따르면 고조선은 기원전 2333년 단군에 의해 건국되었다. 《삼국유사》는 고려 후기에 쓰였을 뿐 아니라 고조선에 대한 내용이 너무 간략하기에 그대로 믿기 어려운 점이 많았다. 그러나 최근 고조선 연구가 진전되면서 《삼국유사》의 기록이 매우 신빙성 있는 것으로 밝혀지고 있다. 국가사회가 그 이전 단계 사회와 다른 점은 법이 존재했다는 것이다. 따라서 고조선사회의 국가 단계 진입 여부는 그즈음 법이 존재했는지 확인함으로써 밝혀질 것이다. 그런데 이미 고조선에 법이 있었다는 기록이 중국문헌에 남아 있다. 《한서(漢書)》〈지리지(地理志)〉는 은나라 주왕(紂王) 친척 기자(箕子)시대 고조선의 낙랑지역에 '범금 8조(犯禁八條)'라는 법이 있었음을 전하면서, 그 가운데 살인·상해·절도 등의 조항을 소개하고 있다. 살인한 사람은 사형에 처하고, 상해를 입힌 사람은 곡물로써 배상하며, 남의 물건을 도적질한 사람은 그 주인의 노예가 되는 것이 원칙이지만 죄를 면하려면 50만 전을 물어야 했다.

이러한 사실은 고조선이 이미 국가사회 단계에 들어서 있었음을 알게 한다. 그런데 기자는 기원전 1천 2백 년 무렵의 인물이므로 고조선은 이미 국가사회 단계에 진입해 있었다는 것이 된다. 기원전 1천 2백 년에 법이 있었다면 그것은 그 전부터 있었을 것이므로, 고조선이 국가사회에 진입한 것은 좀 더 앞섰으리라. 그러나 고조선이보다 앞선 시대에 법이 존재했었는지의 여부를 확인할 수 있는 기록은 아직까지 발견되지 않았다. 하지만 고조선의 문화수준을 검토함으로써 고조선이 국가사회에 진입한 시기를 추정해 볼 수 있다. 고고학적으로 청동기시대는 대체로 국가사회 단계였다. 따라서 한민족의 청동기문화 시작연대를 확인해 볼 필요가 있다. 그 시작연대를 기원전 1천 년으로 본다. 이 연대는 비파형동검의 연대에 따른 것이다. 비파형동검은 매우 발달된 청동기이다. 따라서 비파형동검과 같은 청동기가 제조되기까지는 긴 기간의 제조기 발달과정이 있어야한다. 다시 말하면 한민족의 청동기문화 시작연대는 기원전 1천 년보다 훨씬 더 빨랐을 것이다.

　오늘날 발굴, 연구결과에 의하면 만주지역 청동기문화 시작연대는 기원전 2천 4백 년으로 확인되었다. 그 무렵 시작된 청동기문화가 이미 기원전 9백 년에 이르러 비파형동검 단계로 발전했던 것이다. 비파형동검의 연대는 한반도와 만주가 같으므로 두 지역의 청동기문화 시작연대도 크게 차이가 나지 않을 것이다. 더욱이 만주는 고조선 배달민족 영토로서 한민족의 활동지역이었다.

　《삼국유사》에 기록된 단군의 고조선 개국연대를 살펴보면 한민족의 청동기문화 시작연대가 비슷함을 알 수 있다. 청동기시대에 국가사회 단계에 진입했다는 일반론을 따르면, 기원전 2333년 고조선이 건국되었다는 《삼국유사》의 기록은 타당한 근거가 된다. 고조선이 건국됨으로써 명실상부한 배달민족이 형성되었던 것이다. 고조선을 건국한 중심세력은 누구였으며 어디서 왔을까. 이 문제에 대한 정확한 기록은 없다. 그러나 고조선의 국명이 '조선'이었던 점으로 보아, 고조선 건국 중심세력은 조선족이었음을 알 수 있다. 고대 국가 명칭은 그 중심이 된 세력 명칭을 따르기 때문이다. 여러 부락연맹체가 강한 부락촌들이 복속되어 국가를 이루게 되므로, 조선족은 가장 강한 중심 세력으로서 최고 지배족이 된 것이다.

조선족의 기원지는 백두산 주변 어느 지역이었을 가능성이 높다. 국가가 출현하기 이전의 한반도와 만주지역 문화는 빗살무늬질그릇으로 특징지어진다. 백두산을 중심으로 한 그 주변지역은 납작밑 빗살무늬 토기 문화의 중심권을 이루고 있었다. 이러한 중심된 문화를 주도했던 거주민이 뒤에 정치적으로도 중심세력을 형성했을 것이다. 백두산 주변지역에서 성장한 조선족이 주위 부락들과 연맹을 맺어 조선족 부락연맹체를 이룩하고, 다시 다른 부락연맹체들을 복속시켜 새로운 곳에 도읍을 정해 그곳을 '평양'이라 부르고 고조선을 건국하였을 것이다. '평양'은 도읍, 또는 서울을 뜻하는 고대의 보통명사였다. 도읍을 아사달이나 검터(儉瀆 또는 險瀆)라고도 불렀다. 고조선 건국 무렵 평양은 지금의 랴오닝성 심양 근처였던 것으로 추정된다. 그 뒤 고조선은 백악산 아사달(白岳山 阿斯達)·장당경(藏唐京)·아사달(阿斯達) 등 3번 도읍을 옮겼는데, 백악산 아사달은 오늘날 중국 허베이성(河北省) 창려(昌黎) 부근, 장당경은 랴오닝성(遼寧省) 대릉하(大凌河) 유역의 북진(北鎭), 아사달은 첫 번째 도읍과 같은 랴오닝성 심양 근처였던 것으로 추측된다.

고조선과 이민족의 관계

고조선과 관계를 가졌던 지역은 중국, 몽골과 내몽골 및 시베리아 지역, 일본열도 등 셋으로 나눌 수 있다. 이 가운데 일찍부터 정치와 경제 교류를 가졌던 지역은 중국이었고, 몽골과 내몽골 및 시베리아,

일본열도와는 문화적 접촉이 잦았던 것으로 보인다. 처음에 고조선 왕실은 중국지역과 가까운 곳에 있던 제후국과 잦은 교류를 했다. 중국에 국가적 경사가 있을 때 고조선의 제후나 사신이 축하 사절로 방문했다. 고조선의 국가적 행사에도 중국 사신이 참석했겠지만 불행히도 한국에는 문헌이 남아 있지 않으므로 확인할 길이 없다.

《죽서기년(竹書紀年)》에 따르면 기원전 2209년(중국 순(舜) 25년)쯤 숙신(肅愼)의 사신이 중국을 방문했으며, 기원전 12세기쯤 쉬저우(西周) 무왕(武王)이 상왕국을 멸망시키고 쉬저우왕국을 이룩했을 때에도 숙신의 사신이 축하하기 위해 쉬저우 왕실을 방문한다. 쉬저우왕국이 건국된 뒤 오래지 않아 쉬저우 왕실은 동부지역을 통치하기 위해 본 도읍인 종주(宗周)[호경(鎬京)이라고도 함]보다 동쪽에 성주(成周)[낙읍(洛邑) 또는 신읍(新邑)이라고도 함]를 건설하고 그곳에서 성주대회(成周大會)를 가졌다. 이 대회는 쉬저우의 국위를 만방에 알리는 행사로서 주변 지역 사신들이 초대되었다. 《일주서(逸周書)》〈왕회〉편에 따르면 고조선지역에서도 이 대회에 숙신·예·양이(良夷)·양주(楊州)·발(發)·유(兪)·청구(靑丘)·고구려·고죽(孤竹) 등 여러 사신들이 참석했다. 이들은 중국 가까이 있었던 고조선의 제후국이었다. 이러한 고조선 제후국 사신들의 중국 방문은 고조선 왕실을 대리한 것이었으리라 생각된다.

고조선과 중국 간의 정치적·경제적 교류는 일방적으로 고조선에서 방문만 했을 리는 없고, 거의 대등한 횟수로 중국 사신이 고조선을 방문했겠지만 기록이 남아 있지 않으니 확인할 수는 없다.

그러나 고조선과 중국 간의 관계가 늘 화평한 것만은 아니었다. 전쟁도 있었다. 중국의 전국시대인 기원전 3세기 초에 연국(燕國)은 장수 진개(秦開)를 보내어 고조선을 침략했다. 느닷없이 침략을 받은 고조선은 일시 후퇴했다. 그러나 《염철론》〈비호(備胡)〉편에 따르면, 고조선은 바로 군대를 쫓아내고 오히려 연국의 동쪽 영토를 빼앗아 응징했다. 전한(前漢) 시대에 이르면, 전한은 고조선 변방의 기자국으로 망명한 위만(衛滿)을 이용해 고조선을 견제하고, 전한 무제(武帝) 때는 위만조선을 멸망시킨 뒤 고조선 영토 일부를 침략해오기도 했다. 전한이 위만을 이용, 고조선을 견제한 것은 고조선의 강한 국력을 경계했기 때문이었다. 《사기》〈조선열전〉에는 전한이 초기에 고조선과 국경이 너무 멀어 지키기 어려우므로 뒤로 물러났다고 기록되어 있다. 고조선의 국력이 전한에서 경계할 만큼 강했음을 알게 해주는 대목이다.

고조선은 내몽골·몽골·시베리아·중앙아시아 등 북방지역과도 계속해서 접촉했다. 고조선의 영토인 한반도와 만주지역에는 산악이 많고 북쪽변경은 유목지역이 포함되어 있었다. 고조선의 북쪽변경은 내몽골·몽골·시베리아·중앙아시아로 이어지는 유목지역이므로 유목민을 따라 고조선문화가 쉽게 그 지역에 전달되었다. 또한 그 지역 문화가 고조선에 전달되기도 했다. 청동기 문양 가운데 스키토―시베리안 계통으로 일컬어지는 동물문양이 공통으로 보이는 점, 단군신화에 나오는 곰숭배 사상이 북방지역에 널리 분포되어 있는 점 등은 고조선과 북방지역의 문화적 교류를 알게 하는 증거다.

부락사회 단계 이래 사회발전이나 청동기 문화 시작이 다른 지역에 비해 가장 빨랐던 고조선은 주변에 크나큰 영향을 주었다. 고대 시베리아지역에 거주하던 몽골인종 계통 사람들을 고아시아족이라 부른다. 그 가운데는 고조선에서 이주해 간 사람도 상당수 포함되었으며, 그러한 이주민에 의해서도 고조선문화가 전파되었을 것이다.

기자·위만조선·한사군(漢四郡)의 흥망
고조선 끝무렵 중국과 접경지대인 난하 동부유역에서는 몇 차례

정변이 있었다. 중국으로부터 망명해 온 기자 일족에 의한 망명정권의 수립, 위만에 의한 기자일족의 정권탈취와 위만조선의 건국, 전한무제에 의한 위만조선의 멸망과 한사군 설치 등이다. 고조선 중기를 지나 고조선의 서부변경인 난하 유역, 즉 지금의 요서(遼西) 지역에는 중국으로부터 망명인들이 날로 늘어나고 있었다. 그즈음 중국에서는 하·상·쉬저우·춘추전국·진(秦)제국시대를 거쳐 전한제국이 등장했다. 수차례 왕조가 바뀔 때마다 큰 전쟁이 일어났다. 춘추전국시대에는 중국의 온 지역이 계속된 전쟁의 소용돌이에 휘말렸다. 뿐만 아니라 진(秦)제국의 혹독한 통치는 진승(陳勝)과 오광(吳廣)이 주도한 농민봉기를 유발시켰고, 전한의 건국과정에서 유방(劉邦)과 항우(項羽) 사이에 5년에 걸친 긴 싸움이 이어졌다. 중국이 이러한 소용돌이 속에 놓여 있을 때 한반도와 만주지역에는 고조선이라는 하나의 왕조가 이어지고 있었다. 이러한 사실은 고조선이 중국보다는 살기 좋은 곳이었음을 알게 해준다. 중국인들은 끊임없는 전란과 생활고를 피해 고조선으로 이주해왔다.

기원전 221년 즈음에는 기자일족이 고조선 영토 안으로 망명해 왔다. 기자는 중국 상 왕실의 친척으로서 기(箕)라는 지역에 봉해졌던 자(子)라는 작위를 가진 제후였다. 그런데 기원전 12세기 상왕국이 주족(周族)에 의해 멸망하자 기자는 봉지(封地)를 잃어 버리고 중국 동북지역으로 이주, 그즈음 중국 변경인 지금의 난하 서부유역에 정착했다. 그 뒤 전국 말기에 이르러 기자의 40여 세 후손인 부(否)는 연국과 관계도 좋지 않았고, 중국이 영토 겸병(兼倂) 전쟁에 의해서 통일되어 가는 추세를 보이자 난하 동부유역에 이주할 터전을 마련한다. 중국이 진(秦)에 의해 통일되고 진제국이 세워지자 부(否)의 아들인 준(準)은 일족을 거느리고 난하 동부유역 고조선 영토 안으로 완전히 이주했다. 준(準)의 이주는 고조선 왕실 허락 아래 이루어졌으며, 그는 고조선의 제후가 된다. 그리하여 중국의 망명정권인 기자국이 고조선의 제후국이 되었던 것이다.

전한 초인 기원전 195년에는 위만이 전한으로부터 준의 거주지로 망명해 왔다. 위만은 준에게 국경지대에 살면서 서한의 침략을 막겠다고 말했다. 준은 위만을 믿고 박사로 삼아 국경인 난하유역에 살도록 허락했다. 그러나 위만은 오래지 않아 그곳에 거주한 토착인들과 중국 망명인들을 규합, 세력을 형성한다. 그러고는 사람을 보내어 전한이 쳐들어오니 궁궐을 지키겠다고 거짓 보고해 무리를 이끌고 쳐들어가 준의 정권을 빼앗았다. 급작스런 정변에 대비를 하지 않았던 준은 황급히 소수의 무리를 이끌고 발해로 도망갔다. 준의 정권을 탈취한 위만은 전한에 외신(外臣)이 되리라 약속하고 그 대가로 전한으로부터 군사·경제적 원조를 받아 고조선 영토를 침략했다. 전한이 위만을 지원한 것은 국력이 아직 튼튼하지 못했으므로 그를 이용, 고조선을 견제하기 위한 것이었다. 그즈음 막강한 고조선은 경제구조·사회구조가 서서히 붕괴되어 내부 상황이 매우 어려웠기에 위만이 비교적 쉽게 세력을 넓힐 수 있었다. 위만은 지금의 대능하(大凌河) 유역까지 확장한 뒤 도읍을 난하 하류 동부유역에 정하고 위만조선을 건국한다. 위만조선은 그 지역 토착세력과 중국 망명집단의 연합정권이었다. 그리하여 고조선과 위만조선은 동서로 대치한 상태가 된다.

무제(武帝) 때에 이르러 전한은 국력이 강성하여졌으므로 더는 위만을 이용해 고조선을 견제할 필요가 없었다. 위만의 손자 우거(右渠) 때인 기원전 109년 한무제는 양복(楊僕)이 인솔한 해군과 순체(荀彘)가 이끈 육군을 파견, 위만조선을 치도록 하였다. 전한에 대해 충성스럽지 못하고 고조선 지역의 교통을 방해한다며 트집을 잡은 것이다. 당시 요동(지금의 요서)인 난하 동부유역에서는 1년간에 걸

처 전쟁이 계속되었고, 위만조선의 우거는 서한의 침략에 완강히 저항하였다. 그러나 조선상(朝鮮相) 역계경(歷谿卿)이 우거왕에게 간하다가 듣지 않아 랴오허강 동부 연안에 있었던 진국(辰國)으로 망명한 예에서 볼 수 있듯이 위만조선은 토착세력과 중국 망명세력 사이에 갈등이 심화되어 있었다. 그 갈등은 마침내 내부 분열을 가져왔고, 서한의 침략을 받자 대신인 이계상 삼(尼谿相 參)이 수하를 시켜 우거왕을 살해함으로써 위만조선은 기원전 108년에 멸망한다.

위만조선이 멸망하자 한무제는 그 지역에 서한의 행정구역으로 낙랑(樂浪)·진번(眞番)·임둔(臨屯)의 3군(郡)을 설치했다. 위만조선을 멸망시킨 한무제는 그 여세를 몰아 동쪽으로 고조선 영토를 침략, 지금의 랴오허강까지 차지한 뒤, 앞의 3군 설치보다 1년 늦은 기원전 107년 랴오허강 서부 유역에 현도군(玄菟郡)을 설치했다. 낙랑·진번·임둔·현도의 한사군 중 기원전 82년 진번과 임둔은 폐지되고 낙랑과 현도 2군만 남았으나, 머지 않아 기원전 75년 고구려와 그 지역 토착세력의 공격을 받아 현도군은 난하 상류유역으로 이동했다. 서기 106년(동한 상제(殤帝) 원년)에는 고구려의 공격으로 현도군이 요동군 지역으로 이동, 그 명칭만을 유지하고 있었다. 그 뒤 서기 206년에는 그 지역을 지배하던 공손강(公孫康)이 낙랑군의 남부를 분할, 대방군(帶方郡)을 설치했으나 서기 313년부터 315년 사이에 고구려의 공격으로 낙랑군·대방군·현도군 등이 모두 축출되었다. 그리하여 고구려가 난하유역까지를 모두 차지함으로써 잃어버린 고조선의 땅을 완전히 되찾았다.

이렇게 기자·위만조선·한사군은 서로 연결된다. 난하유역을 기점으로 요서지역, 다시 말하면 고조선의 서부 변경에서 일어났던 사건들이었다. 이런데도 기자의 후손인 부(否)와 준(準)을 고조선의 왕으로 잘못 서술함으로써 위만이 준으로부터 정권을 빼앗은 사실이 마치 위만이 고조선의 정권을 빼앗은 것처럼 잘못 인식되었다. 그 결과 위만의 정권 수립과 함께 고조선은 멸망, 위만조선과 한사군은 고조선의 온 영토를 차지하고, 한민족은 위만조선으로부터 한사군에 이르기까지 5백여 년 동안이나 중국인의 지배를 받은 것으로 역사가 왜곡되어 왔다.

고조선의 붕괴

고조선 붕괴의 원인은 대략 두 가지로 볼 수 있다. 대내적인 것은 철기 보급에 의한 경제관념 변화와 사회구조 변화에 따른 구질서의 와해였고, 대외적인 것은 위만조선의 형성과 한사군 설치에 따른 두 차례에 걸친 큰 전쟁이었다. 기원전 8세기 즈음 싹튼 철기문화가 기원전 5세기부터 널리 보급되기 시작, 기원전 3세기에는 보편화되면서 고조선 사회는 큰 동요를 맞게 된다. 철기가 보급되기 전 청동기 시대의 농기구는 석기가 주로 쓰였다. 따라서 농경지 개간에는 한계가 있었다. 토지는 부락의 거주지와 그 주변 농경지만이 경제적 가치를 지니고 있었다. 즉 청동기 시대의 국가구조는 거주지와 그 주변 농경지로 형성된 부락들이 점으로 조직된 형태였다.

철기가 농기구로 보급되면서 고조선은 상황이 바뀌었다. 철제농구는 노동능률을 높여 토지 개간면적을 확대, 생산량을 증대시켰다. 토지의 개간면적이 확대됨에 따라 토지는 넓을수록 경제적 가치가 높다는 사실을 알게 되었다. 그 결과, 토지 소유주인 지배귀족들은 좀 더 넓은 토지를 소유하기 위해 토지쟁탈전을 벌이게 된다. 그뿐 아니라 철기 보급에 따라 개개인의 노동능률이 상승되자 이제까지 부락단위 집단노동이 와해되어 갔다. 토지 소유주인 지배귀족들은 1가(家)나 1호(戶)를 단위로 농민들과 관계를 맺고, 철기 보급에 따른 노동능률 증대는 소토지소유제(小土地所有制)의 출현도 가능하게 만들었다. 토지가 넓을수록 가치가 높다는 경제관념은 제후들 의식에도 영향을 주어 서로 다투어 영토를 넓히려고 노력했다. 토지를 넓히기 위한 귀족들 끼리의 대립, 영토확장을 위한 제후들 사이의 갈등, 농민집단의 와해, 소토지 소유자들의 출현 등은 마침내 통치조직·경제구조·사회질서의 붕괴를 가져왔다. 토지 면적이 중요시됨에 따라 국가구조는 부락단위가 점으로 연결되었던 조직으로부터 영역조직으로 바뀌어 가기 시작했다. 말기에 일어난 내부 동요는 통치를 어렵게 만들었다.

이 시기에 고조선은 두 차례 큰 전쟁을 치르지 않으면 안 되었다. 첫번째는 위만과 맞붙은 전쟁으로 고조선은 위만에게 지금의 대능하까지 영토를 빼앗겼다. 두번째는 전한과의 전쟁이었다.

전한은 무제 때에 이르러 국력이 강해지자 위만의 손자인 우거(右渠)가 전한에 대해 충성스럽지 못하고 고조선지역의 교통을 방해하고 있다고 트집잡아 위만조선을 공격했다. 1년여에 걸친 전쟁 결과 기원전 108년 위만조선을 멸망시키고, 그 지역에 낙랑·진번·임둔의 3군을 설치한 전한 무제가 여세를 몰아 고조선의 서부를 침략했다. 다시 1년의 전쟁 끝에 오늘날 랴오허강까지를 차지한 전한이 랴오허강 서쪽 유역에 현도군을 설치함으로써 고조선 영토는 매우 줄어들었다. 이처럼 고조선은 안으로는 철기 보급에 따른 사회질서 동요와 밖으로는 위만 및 전한과의 큰 전쟁이 겹쳐 단군은 통치능력을 잃게 되었다. 이로써 기원전 1백 년을 전후해서 고조선은 붕괴되고 만다.

열국시대(列國時代)

고조선의 붕괴와 더불어 두 가지 새로운 상황이 펼쳐진다. 첫 번째 요서지역에 있었던 고조선의 제후국이 요동지역으로 이동해온 사실과, 두 번째 단군이 통치능력을 잃음으로써 제후국이 독립국으로 변모되었다는 점이다. 고조선의 수많은 제후국들 가운데 추(追)·맥(貊)·예(濊)·진번(眞番)·임둔(臨屯)·발(發)·숙신(肅愼)·양이(良夷)·양주(楊州)·유(兪)·청구(靑丘)·고구려(高句麗)·고죽(孤竹)·옥저(沃沮)·부여(夫餘)·낙랑(樂浪)·현도(玄菟) 등은 난하로부터 랴오허강에 이르는 요서지역에 있었다. 이러한 요서지역에 있었던 고조선의 제후국은 중국과 가까웠으므로 밀접한 관계를 맺고 있었다. 따라서 중국문헌에 비교적 자주 등장한다. 앞서 살펴본 바와 같이 난하유역으로 망명해온 기자 일족의 정권을 빼앗은 위만이 전한의 지원을 받아 고조선의 영토를 침략했다. 위만은 진번·임둔 등 고조선 제후국들을 멸망시키고 그 영토를 대능하까지 확장했다. 그 과정에서 대능하 이서지역에 있던 고조선 제후국 거주민들은 위만의 침략에 맞서 싸우다가 대능하 동쪽으로 이동하게 된다. 요서지역 거주민들의 첫번째 대이동이었다. 위만이 대능하까지 영토를 넓힌 뒤 위만의 손자인 우거 때에 이르러 전한의 무제가 위만조선을 쳐서 멸망시켰다. 위만조선을 멸망시킨 무제가 고조선의 서부 변경을 침략함으로써 오늘의 랴오허강까지를 차지한다. 이 과정에서 랴오허강 이서지역의 거주민들이 한무제 침략에 항거하며 랴오허강 동쪽으로 이동하게 된다. 요서지역 거주민들의 두 번째 대이동이었다.

요하 동쪽으로 이주한 그들은 집단세력을 형성, 그 가운데 일부는 랴오허강 동쪽 지역에서 새로운 정치세력으로 성장했다. 부여(夫餘)·고구려(高句麗)·읍루(挹婁)·옥저(沃沮)·낙랑(樂浪) 등이 그것이다. 읍루를 제외하고 모두가 자신들이 요서 지역에서 썼던 명칭을 그대로 썼다. 이에 따라 요서와 요동 두 지역에 같은 명칭이 등장하게 된다. 그즈음 고조선은 이미 중앙 통치능력을 잃었다. 따라서 랴오허강 동쪽으로 이동한 여러 정치세력은 독립국이 되어 그 명칭대로 남고,

요서지역에 있었던 여러 제후국 지역은 전한의 행정구역이 되어 지역명으로 남았다. 랴오허강 동쪽 고구려국만 보아도 랴오허강 서쪽에는 현도군의 고구려현이 있었으며 대동강유역에는 낙랑국이, 난하유역에는 한사군의 낙랑군이 존재했다. 그러므로 두 지역의 같은 명칭을 구별하기 위해 랴오허강 동쪽에 있었던 옥저를 동옥저, 예를 동예, 낙랑을 최씨낙랑국 등으로 불렀다.

요서지역으로부터 거주민 이동은 요동지역에 연쇄현상을 낳았다. 요동지역 이주민들이 랴오허강 동쪽 지역에서 정치세력을 형성하게 되자 본디 살았던 거주민 일부가 다른 지역으로 이주하지 않으면 안 되었다. 그 일부는 동북쪽으로 이동, 연해주와 동부 시베리아로 이주해 갔고 일부는 남쪽 한반도로 이주했다. 이때 연해주와 시베리아로 이주해 간 사람들이 그 지역 고아시아족 일부를 형성했을 것으로 생각된다.

이때 맨 처음 랴오허강 동부유역으로부터 청천강에 걸쳐 위치하고 있었던 진국(辰國) 지배계층이 남쪽 한반도의 한(韓)으로 이주했다. 한에서는 진국의 통치자였던 진후(辰侯)를 맞아 진왕(辰王)으로 받들고 한(韓)의 온 지역을 통치했다. 한편 진국의 동쪽에 위치해 있었던 시라(尸羅)의 거주민 가운데 일부가 이 시기에 동부 해안을 따라 한반도 동남부지역으로 이주했는데, 뒷날 신라를 건국한 주요 세력이 되었다. 이러한 이주의 연쇄현상으로 한반도 남부 거주민 가운데 일부가 일본열도로 이동한다. 이렇게 랴오허강 동쪽의 만주와 한반도에는 새로운 정치세력이 재편성되어 열국시대가 시작되었다. 열국시대 초기 각국의 위치를 보면 다음과 같다. 먼저 읍루는 가장 동북부에 위치해 흑룡강 하류유역과 그 동북지역 및 연해주에 걸쳐 있었고, 부여는 읍루 서남부인 흑룡강 성지역으로부터 난하 상류유역에 이르는 내몽골지역을 차지하고 있었다. 고구려는 부여 남부에

위치해 랴오허강 동쪽 랴오닝성 일부와 지린성 일부 및 평안북도를
차지하고, 동옥저는 함경북도와 길림성 일부를, 동예는 함경남도를,
최씨낙랑국은 청천강과 대동강 사이를 차지, 한은 대동강 이남 온
지역을 차지하고 있었다.

그 무렵 단군 후예인 고조선 왕실은 청천강 유역에 있는 묘향산지
역에 거주하고 있었다. 묘향산에 단군 사당이 전해 내려옴은 이러한
역사적 사실과 깊은 관계가 있다.

다시 한민족의 만주정착

19세기 들어서며 시작한 만주정착

한국인이 한반도를 넘어 만주에 정착하기 시작한 것은 1860년쯤이다. 조선 왕조와 청왕조 중국은 백두산을 분수령으로 동서로 흐르는 압록강과 두만강을 국경으로 삼았다. 이 두 강기슭 양쪽으로는 산줄기가 펼쳐지는 가파른 산악지대로, 쌍방간 왕래가 한정된 개구부(開口部) 말고는 험준한 지형이어서, 오래 전부터 조선과 중국 국경선으로 정해진 의미를 잘 알 수 있다. 조선 왕조는 쇄국 국책을 실시하며 이를 어기는 자에게는 엄한 형벌을 내렸다. 나라 안이 안정되어 있었던 이 시기에 쇄국 금지령을 어기고 만주로 드나드는 자는 극소수의 사냥꾼이나 약초를 찾는 사람들뿐, 농사꾼으로 정착한 조선인은 드물었다. 그즈음 1860년 만주 영토는 중국 전토를 지배한 청조 만주족 시조의 땅이었으므로, 청조는 만주 땅을 신성한 토지로 삼고 오랫동안 한족의 이주를 금지했으며, '봉금지(封禁地)'로서 개간되지 않은 태고적 모습을 유지하고 있었다.

쇄국과 '봉금지'라는 양국정부의 정책으로 오랫동안 만주의 정적이 유지되었지만, 1860년부터 조선에서 일어난 가렴주구와 가뭄으로 굶주린 농민들이 무인지대였던 두만강의 청조 측 연안에 들어가 농지 개척을 시작했다. 청조 관리자는 조선인 불법 월경자를 찾아내 조선으로 추방했지만, 단속하는 관리인 수가 모자라고 광대한 영지에 생활양식을 찾아 들어온 조선 농민이 끊이지 않아 청조 관리자와의 악순환이 거듭되었다. 그 상황을 중국 조선족 역사서는 이렇게 기술하고 있다. "아침에 갈고 저녁에 돌아간다. 봄에 갈고 가을에 수확한다. 금령이 엄하면 물러나고 금령이 완화되면 돌아간다."(延邊朝鮮族自治州槪況) 1868년경까지 두만강 연안에서 농업을 영위하는 조선인은 수천 명 정도였지만, 1868년 조선의 북동지방을 덮친 대한파로 굶주림에 시달린 조선 농민은 대거 만주로 들어가 경지를 개척하고 농업을 영위하기 시작했다.

만주에서 개척 농업을 시작한 조선 농민의 최대 공적은 벼농사 농업에 성공한 것이다. 1875년에는 수전(水田) 개간으로 통화(通化)지방까지 벼농사 경작을 하게 되어 조선인 농민은 벼농사 개간과 함께 만주 내륙부로 진출했다. 그 뒤로 벼는 중국 동북부의 주요 농작물이 되었다. 개간의 진전과 함께 1881년 만주에 정착한 조선 농민 인구 수는 1만 명 이상에 이르렀다. 계속되는 조선인 농민의 만주 출입을 고민한 청조는 단속과 개간지 몰수, 추방으로는 막을 수 없다고 생각했다. 정책을 바꾸어 '초민개간(招民開墾)' 정책으로 '이민'을 받아들여 청조 정책에서 조선 농민을 지배하는 통치가 시작되었다. 두만강 연안에서 시작한 조선인 만주 진출은 마침내 내륙부로 서서히 확대되어 갔다. 그 결과 조선인은 중국 소수민족의 하나로 만주에 정착했지만 조선족은 소수민족으로 전락하고 만다. 동화정책, 민족박해와 지주에 의한 수탈 등 온갖 괴롭힘을 당했을 뿐 아니라, 만주지배를 꾀하는 러일제국주의 침략정책 도구로 이용되어 심각한 수난기를 맞이하게 된다.

청조의 조선인 억압정책

1883년, 청조정부는 '봉금지'를 해제, 한족 개척을 허가하고 이미 정착한 조선인에 대해서는 청조 정책에 따를 것을 강요했다. 먼저 개간을 허가하는 조건으로 청조 풍속과 습관을 준수할 것을 서약케 하고 조선풍의 두발이나 복장 금지, 변발과 청조풍 복장 착용을 명령했으며 거부하는 자는 토지 경작을 금지시켰다. 민족동화정책에 반항한 조선 농민은 고용농민 또는 소작농민을 감수하거나, 다른 직업을 찾는 것 말고는 생계를 이을 길이 없었다. 나머지 소수 사람들은 도회지에서 상인이나 노동자로 생활양식을 구하게 되었다. 현재 시타(西塔)라고 불리는 만주 최대의 도시 선양(펑티엔)에는 약 8만 명의 조선인이 생활하고 있다. 그러나 이 시타에 조선인이 집단적으로 자리잡게 되었던 것은 1901년이다. 이렇게 만주 내륙부에 서서히 진출한 조선인의 수가 1894년에는 6만 5천 명, 1910년에는 10만 9천 명에 이르렀다.

만주 땅을 주요 전쟁터로 삼아 싸웠던 러일전쟁에서 중국인과 함께 조선인도 엄청난 피해를 입었다. 러시아 제국에 승리한 일본은 러시아와 밀약을 맺는다. 옌볜(延邊)을 포함한 동북 남부지방을 일본의 세력범위로 인정하고, 옌볜을 거점으로 만주 전토 지배를 목표로 하는 책동을 시작했다. 1907년 일본정부는 옌볜 지역의 조선인 보호를 명목으로 청나라 정부의 승낙도 없이 옌볜 중심도시인 롱징(龍井)에 보내 '통감부 간도파출소'를 세웠다. 이에 놀라 격노한 청정부의 동북삼성 총독 쉬스창(徐世昌)은 일본정부에 격렬하게 항의했지만, 일본정부는 그를 상대하지 않고 베이징에서 청 정부와 직접 교섭했다. 일본정부는 부패하고 약화된 청나라 정부를 압박, 옌볜 지역의 많은 통상지역을 개방시켰을 뿐 아니라, 롱징에 일본 총영사관 개설을 인정받아 조선인 영사 재판권을 획득하는 등 일본에게 압도적으로 유리한 '간도조약'을 맺었다. 일본정부가 조선인 영사 재판권을 강하게 요구한 것은 옌볜 지방이 조선인 반일독립운동 거점이 되어 수많은 항일운동이 일어났기 때문에 그 단속을 위해 필요했던 것이다. 조선을 '보호국'으로 한 1905년. 이를 반대한 조선인에게 일본정부는 무자비한 탄압을 가했다. 그로부터 많은 조선인 독립운동가가 일본의 지배권이 미치지 않았던 만주로 건너가 무력투쟁을 벌이는 반일독립운동을 펼쳤다. 일본정부에게는 매우 위급한 상황이 아닐 수 없었다.

아! 한일병합

1910년 8월 한일병합조약이 맺어져 일본이 조선을 식민지 지배한 뒤 일본정부의 '토지조사사업' 등으로 상징되는 식민지 수탈정책은 조선 농민의 쇠퇴를 가져 왔다. 조선에서 살아갈 수 없게 된 농민들이 조선반도의 남부지방에서는 일본으로, 북부지방에서는 만주로 흘러들어갔다. '토지조사사업'이 끝난 뒤 1920년 만주의 조선인 인구는 45만 9천 명에 이르렀다. 일본의 수탈 결과 급격히 만주로 유입한 조선인의 반일감정은 만주 땅에서 넘쳐났고, 그것은 격렬한 반일활동으로 이어졌다. 1915년 중국인의 '대중 21개조 반대' 운동에 호응해 많은 조선인이 일본 경찰대와 격렬하게 싸웠다. 1919년 3월 조선 전토를 흔들었던 3·1독립운동이 일어나자 만주의 조선인 민족주의자는 일제히 반일대회를 개최, 독립운동을 펼쳤다. 그들은 1919년 여름부터 만주 각지에서 적극적으로 무장조직을 창설, 일본 경찰이나 부호를 습격했다. 같은 해에 옌볜에는 7개 부대와 약 2,900명의 전투원이 항일무장투쟁에 참가했다. 이에 놀란 일본정부는 '일본인 생명보호'를 구실로 중국 지린성 정부의 반대를 무릅쓰고 조선주둔 일본육군을 중심으로 몇 개 사단 병력을 만주로 보내 조선인 무장세력 '토벌'에 임하게 하였다. 압도적인 병력과 근대적 장비를 가진 일본군에 의해 항일부대의 조직적인 무장투쟁은 사라져갔다.

1920년대에 들어 청조정부 붕괴, 중화민국 성립, 각지 군벌 난립이라는 중국의 혼란을 틈타 일본정부는 만주에 2~3개의 총영사관과 분관을 설치, 영사재판권을 수단으로 만주 조선인 지배를 강화시켰다. 펑톈정부(奉天政府)는 이를 내정간섭으로 여겨 반발했고, 일본의 간섭을 차단하는 조치로 조선인 만주 이주와 왕래를 금지하는 법령을 만들어 실시했으나, 일본정부에 아무런 타격을 주지 못하고 조선인만 괴롭히는 결과가 되었다. 더불어 펑톈정부는 1924년 조선인 학교를 폐쇄하는 명령을 내려 조선인에 대한 억압을 강화했다. 군벌지배시대에 조선인은 일본정부와 펑톈정부 양쪽으로부터 억압받는 상태가 이어졌다.

'만주국'의 성립과 조선인

1931년 9월 이전부터 만주의 완전 지배를 목표로 삼은 일본정부는 만주를 침략한 이듬해에 청조 최후의 황제 푸이를 황제로 삼아 '만주국'을 세웠다. '만주국' 성립 뒤 만주의 조선인 사회를 대표하는 현상은 반만항일투쟁 격화, 일본의 국책으로 추진된 '만주개척' 정책 첨병, 러시아 국경지대에 강제 연행되어 고난이 강요된 '조선인 개척농민'이다.

만주에서 조선인 민족주의자를 중심으로 한 반일무장투쟁이 끝남과 때를 같이 해 공산주의 항일투쟁이 일어났다. 중국공산당 정책에 따라 만주에서 무장투쟁을 시작한 조선인 공산주의자는 중국공산주의자와 함께 항일연군을 결성, 만주 전토에서 과감한 항일무장투쟁을 펼쳤다. 그러나 1939년경 일본군의 강력한 토벌로 괴멸 상태가 되어 국경을 넘어 러시아령으로 피신해 러시아 공산당군 제88특별저격여단에 편입되었다. 이 여단의 조선인 장병이었던 김일성은 일본 패전 뒤 러시아군 보호 아래 북한으로 돌아가서 북한정권의 중핵을 떠맡게 된다.

조선인 '만주개척단'은 일본인 '만주개척단'과 연계하는 형태로 보내졌다. 일본정부는 '만주국' 수립과 동시에 '만주 개척'을 위한 일본인 이민을 대대적으로 추진했지만 양적으로 모자랐기에 그 보충으로 조선 농민을 노렸다. 일본정부가 조선 농민을 '만주개척민'으로 들여보내려고 책략한 배경의 하나는, 식민지 지배로 쇠퇴한 조선 농민이 생활 양식을 얻기 위해 대량으로 일본에 흘러들어가 세계공황 뒤로 일본사회 불안에 일조하고 있다고 여겼던 일본정부의 치안대책이었다. 조선인의 급격한 유입으로 사회불안이 조장되는 것을 우려한 일본정부는 그들을 일본뿐 아니라 '개척'을 위해 만주로 내보내려는 일석이조의 모책을 강구했다. 1934년 9월 일본정부는 '조선인 이주 대책의 건'을 각의에서 결정, 조선 농민 만주 강제연행이 시작된다. 일본 본토로 조선인을 강제연행한 일보다 3년이나 일찍 시작했다. '만주개척민'으로 만주에 내보내진 조선인 농민 수는 종전시까지 국책회사 '만선척식공사(滿鮮拓殖公社)'의 통계에서 25만 명 정도로 추정되었다. 그들은 일본 만주개척민의 하청격인 존재로 이용되어, '만선척식공사' 지배 아래 심각하게 수탈했고, 일본 패전 때까지 '개척'에 따른 고난의 생활을 강요당했다.

'만주국' 붕괴와 조선인

일본의 패전과 함께 '만주국'이 붕괴했을 때 일본정부는 일본인 개척민에게는 귀국을 지령했지만, 조선인 개척민은 내팽개친 상태로 두었다. 일본이 물러가자, 그동안 지배에 억눌린 중국인들은 일본인이나 조선인을 자주 습격했다. 조선인은 일본제국주의 희생자라는 의식이 있지만, 중국인은 조선인을 일본인 부하로 자신들을 괴롭혀 온 '적'으로 보았다. 많은 조선인 '개척촌'이 중국인 비적의 습격을 받아 조선인들이 희생되었다. 이 사태로 조선인 사회는 대혼란에 빠졌다. 곤란한 상황 아래 사람들은 결단을 내려야 했다. 습격을 받고 살아남은 사람 가운데 극소수가 겨우 목숨을 부지해 조선으로 도망치듯 돌아갔지만, 많은 조선인들은 그 땅에 머물렀다. 고향으로 돌아가더라도 경작할 토지가 없음을 알고 있었기 때문이다.

일본이 패전하자 중국대륙에서는 국민당과 공산당의 내전이 격화되었다. 만주에서 공산당이 '토지는 경작하는 농민에게'라는 슬로건을 내걸자 가난한 농민이었던 조선인들은 그 정책을 지지하고 공산당군에 참가했다. 그들은 조선의용군으로 3만 명 부대를 조직해 3지대로 나뉘어 만주 각지에서 매우 용감하게 싸웠다.

현재 중국 동북부에 살고 있는 조선족 의식을 구성하는 중요한 요소는 이 해방 전투를 통해서 길러졌다. 조선족은 많은 피를 흘려 신국가 창립을 위해 많은 공헌을 했다.

옌벤 조선족자치주의 성립

1949년 9월 중화인민공화국이 탄생했다. 신중국은 그때까지 내건 중국공산당의 공약인 소수민족자치권을 인정하는 조치를 취했고, '중화인민공화국 민족구 자유실시 요강'에 의거, 옌벤 조선족자치주(延邊朝鮮族自治州)가 1952년 9월에 설립되었다. 설립시는 '구(區)'였으나 1954년에 '주(州)'로 바뀌었다. 자치주 정부에서 많은 민족 간부가 양성되어 민족교육, 민족문화가 구애됨 없이 널리 알려지게 되었지만 결국 중국 국내 한족(漢族) 중심의 정치체제가 강해짐에 따라 박해를 받았다. 자치주의 민족화가 위기에 닥친 것은 1966년 8월에 시작된 마오쩌둥 지도하의 문화대혁명 시기였다. 이 시대 자치주 간부는 거의 조선족이 차지했지만, 이 간부들은 '실권파'로 단정되어 베이징 등에서 파견된 홍위병의 공격 대상이었다. 북한의 '정치특무' 등 죄명으로 단죄되어 수용소에 들어가게 된다. 1971년 문화대혁명이 끝나고 '당위원회를 재조직했을 때 조선족은 전주(全州)의 8현(縣), 시의 정부(正副) 서기 총수의 28%를 차지할 뿐 주당(洲黨)위원회와 각 현, 각 시의 제1책임자 가운데 조선족 간부는 한 명도 없었다. 그 뒤 조선족 간부 재등용, 민족문화, 민족교육 재구축 노력 결과, 소수민족 자치권은 회복되어 갔지만 그 후유증으로부터 완전히 벗어난 것은 아니었다.

일제강점기 전기(1910~1930) 조선인 이주

일제강점기 전기의 조선 농민 만주 이주는 정치·경제적 원인에 의해 촉진되었다. 1910년 일제의 조선 강점으로 조국이 식민지로 전락되자, 반일적 성향의 조선인들이 국경을 넘어 만주로 이주했다. 정치적 이유로 인한 만주 이주의 물결은 1919년 독립만세사건을 전후해 다시 한번 고조된다. 이러한 정치적 이주자들의 증가는 만주가 항일운동 근거지로 발전하게 되는 원동력이 되었다.

그러나 전체적으로 볼 때 이러한 정치적 이주는 매우 제한적이었다. 그보다는 일제의 경제적 수탈로 비롯된 조선 농민들의 극심한 빈곤화라는 경제적인 이유가 주요한 이주 동기가 되었다. 식민 통치로 구조화된 경제적 궁핍과 이를 해결하기 위해 만주로 이주, 즉 경제적인 동기가 일제강점기 전 기간에 적용되는 가장 근본적인 이주 동기라고 볼 수 있다.

대표적인 예로 1910년대에 시행된 일제 토지조사사업과 1920년대에 강행된 산미증식계획은 조선 농민을 광범위하게 몰락시켜 토지를 빼앗기거나, 소작할 땅마저 잃게 만들었다. 특히 파산 농민은 미작지대(米作地帶)에 몰려 있었고 농촌 노동력이 과잉 집중된 남부지방에서 많이 발생했다. 그 결과 많은 남부지방 농민이 농촌을 이탈할 수밖에 없는 상황에 처하고 말았다. 이들이 선택할 수 있는 길은

국내에서 도시 노동자가 되거나 만주를 포함한 국외로 이주하는 길
밖에 없었다.

남부지방 농민의 만주 이주 급증은 그 무렵 조선인의 이주 양상
에도 커다란 변화를 불러왔다. 종래에는 주로 북부지방 농민들이 지
리적으로 근접한 만주 지역(특히 간도)으로 이주했지만, 1920년대 후
반부터는 남부지방 농민들의 이주(특히 中滿, 北滿)가 많아졌다. 수
전(水田) 경작에 능한 남부지방 농민들의 이주는 초기 조선인 이주
민에 의해 시작되었던 만주 지방 수전 경작을 더욱 발전시키는 계기
가 되기도 했다.

일제강점기 조선인 만주 이주는 중국 정부와 일본 정부 대립으로
선의 피해를 보는 매우 불리한 환경 속에서 이루어졌다. 조선 끝
무렵 중국 정부는 여러 가지 사건이 있었음에도 대체적으로 조선인
이주를 우호적으로 대했으나, 일제가 조선인 만주 이주 문제와 연관
되기 시작한 뒤부터는 부정적으로 바뀌었다. 일제가 그들 '신민'을
보호한다는 명목으로 재만 조선인 문제를 간섭하고, 조선인을 '이용'
해 토지 구입을 시도하는 등 만주 세력 확대를 위한 방편으로 삼았
기 때문이다.

중국 정부는 일제의 조선인 이용정책에 대응하는 수단으로 재만
조선인을 각종 방법으로 탄압하기 시작했다. 특히 1920년대 후반에
들어서면서 일제가 만몽 적극정책을 추진하게 되자 중국 당국의 태
도는 더욱 악화되어 재만 조선인에 대한 적극적인 탄압은 물론 구
축정책까지 취하게 되었다.

조선인 농민과 중국인 농민 사이에 일어난 충돌사건, 이른바 '만
보산 사건(1930)'은 중·일 양국 정부 사이에 끼어서 피해를 보던 조선
농민 입장을 드러낸 사건이다. 만주 지방에서 박해가 극에 달했던
1920년대 후반에도 이주 농민들이 계속 늘어난 것은 그 무렵 조선

에서의 생활고가 얼마나 심했는가를 역설적으로 잘 보여 준다고 하겠다.

1931년 만주사변으로 괴뢰 만주국을 세우면서 일제는 만주를 실질적으로 장악했다. 이러한 상황변화로 조선인 이주를 탄압하던 중국 정부가 사라졌기에 일제가 적극적인 장려정책을 취해 조선인 이민이 폭발적으로 늘어날 것으로 예상하기도 했다. 그러나 만주국 시대는 기본적으로 일제에 의해 조선인 이민이 통제를 받던 통제 이민기에 해당한다. 이 정책은 만주와 일본 및 조선에 있던 일제 통치기관들 간의 조율에 의해 결정되었다. 만주국 초기인 1930년대 초반에는 특별한 장려도 금지도 하지 않는 소위 '방임' 정책으로 시작했지만 1930년대 중반 이후 '통제' 정책으로 변화하게 된다.

만주사변 뒤 일제는 일본 국내의 과잉인구 문제를 해결하고, 만주 지역을 식민지로 만들기 위해 일본인 이민은 장려하고 조선 이민은 방임하며, 중국인 이민은 제한한다는 방침을 설정, 추진했다. 그러나 결과적으로 조선인 이주민 방임정책이 일본 이주 농민 입식지(入植地)에 대한 잠식 가능성이 우려되면서 조선 이주민들의 자유로운 입식(入植)을 '억제' 하기 위한 '통제' 정책을 채택하게 되었던 것이다.

일제의 통제정책은 조선인에게 지역적·양적·질적 제한을 두는 것으로 외관상 조선 농민 이주를 보조, 알선해 준다고 선전되던 '선만척식회사'라는 식민회사에서 추진했다. 식민회사에서 추진한 조선인 이민은 그 규모와 지원 정도에 따라 소규모의 '집합이민'과 대규모의 '집단이민'으로 구분되었다. 식민회사는 미리 선정한 지역으로 조선 이민자들을 살게 함으로써 지역과 인원수를 통제하려는 일제의 정책을 충실하게 수행했다. 그밖에 개인적 차원의 '분산이민'이 있었는데, 이들도 원칙적으로 이주증명서를 소지해야 만주 이주가 가능했으므로 모든 종류의 조선인 이민은 통제 대상이 된 것이다. 그러나 통제정책은 태평양전쟁 뒤 조선 농민들이 여러 명목으로 전쟁에 동원되었기에 계획된 이민 숫자도 못 채우는 등 정책 자체가 사실상 붕괴되고 말았다.

1937년부터 1942년 사이 기록상 파악된 통제 이주민은 집단, 집합, 분산 이주민을 모두 합해도 15만 명 아래이다. 기록에 파악되지 않은 이주민 수는 이보다 훨씬 더 많을 것으로 보인다. 만주국 시대의 재만 조선인 숫자 증가를 보면 쉽게 짐작이 간다. 궁핍에서 벗어나려는 농민들이나 새로운 희망을 찾아보려는 도시인들의 이주가 지속적으로 이루어져 만주국 시대의 재만 조선인 증가는 그 어느 시기보다도 많았다. 1930년에 60만 명 정도였던 조선인 수가 1940년 총 인구조사에서는 145만여 명, 1944년에는 대략 160만~170만 명으로 보고되고 있다. 100만 명 정도 증가가 만주국 시대에 이루어진 것이다. 1945년 광복 이후로 그 가운데 약 80만 명이 귀국했던 것으로 추정되는데, 이때 귀국하지 않고 만주에 남아 있던 조선인들이 현재 중국 조선족의 인적 기반이 된 것이다.

간도

옌볜은 간도(間島)라는 이름으로도 널리 알려져 있다. 우리말로 '사잇섬'이라고도 하는 간도 유래에 대해서는 여러 가지 설이 있다. 한국에서는 옌볜 한가운데를 흐르는 부르퉁하와 해란강 일대에서 시작되었다고 본 반면, 중국에서는 두만강변에 생겨난 작은 섬들에서 비롯된 것으로 알려져 있다.

이처럼 유래가 다른 까닭은 옌볜에 대한 해묵은 영유권 분쟁과 관련이 깊다. 잘 아시다시피 이 지역은 백두산과 가깝고, 백두산은 예부터 한민족과 만주족이 다 같이 신성시해 온 산이다. 만주족은 이 산을 '창바이산(長白山)'이라 부르며 자신들의 발원지로 여겨

왔다.

1644년 만주족이 세운 청나라가 중국을 차지하자 청나라 황실은 자신들 발원지인 만주 일대를 봉쇄하고 아무도 못 들어가게 했다. 그러나 어느 날부터 두만강 건너편에서는 사람들이 농사를 지으며 살고 있었다. 그들 가운데 상당수는 함경도 지역에서 넘어간 조선인들이었다.

그러다가 1710년(숙종 36년) 조선인이 만주에서 청나라 사람을 살해한 사건이 일어났다. 청나라는 조선과 경계가 불분명해 일어난 사건으로 판단하여 목극등(穆克登)을 조사관으로 파견했다. 조선의 접반사 박권은 목극등과 회담하고 백두산 정상에서 동남쪽으로 약 4킬로미터 떨어진 해발 2200미터 지점에 정계비를 세웠다. 정계비 비문에는 이런 글귀가 새겨졌다.

"서쪽으로는 압록강, 동쪽으로는 토문강이 있으니, 그 분수령 위에 돌을 세우고 기록한다."

문제는 '토문강'이 어디를 가리키는가 하는 것이었다. 19세기에 조선은 그 강을 두만강 북쪽 쑹화강의 지류로 해석해 옌볜 일대를 국토처럼 관리했다. 반면 청나라는 토문강이 곧 두만강이라면서 이 지역을 자기네 영토로 여겼다. 조선 농민들이 곳곳에서 개간지를 넓혀나가던 1883년, 청나라는 두만강 북쪽에 대한 봉금령을 해제하고 이민을 모집해 개발에 나섰다. 간도에서 농사짓던 조선 농민들에게는 세금을 거두었다. 그러자 조선과 청나라 사이에는 본격적으로 간도를 둘러싼 영유권 분쟁이 일어났다.

간도를 둘러싼 논란은 조선이 대한제국으로 바뀐 1897년 이후까지 이어졌다. 청나라가 의화단의 난 등 내우외환으로 정신없는 상황에서 대한제국은 간도 관리에 적극적으로 나섰다. 1903년 그 지역에 나가 있던 간도시찰사 이범윤(李範允)을 북변간도관리사로 임명한 것이다. 간도는 우리 땅이니 손수 관리하겠다는 뜻이 담긴 조치였다.

이범윤은 고종이 을사늑약의 부당함을 온 세계에 알리기 위해 네덜란드 헤이그에서 열리는 만국평화회의에 파견한 밀사 가운데 한 사람인 이위종(李瑋鍾)의 삼촌이다. 또 대한제국의 러시아 공사로 마지막까지 저항하다 자결로 순절한 이범진의 형이기도 하다. 그는 간도관리사의 임무를 수행하며 대한제국에 군대 파견을 요청했으나 여의치 않자, 사포대라는 의용군을 조직해 조선 백성을 지켰다. 사포대와 청나라 군대 사이에는 작은 충돌뿐 아니라 수백 명 단위의 전투까지 벌어졌다.

그런데 러일전쟁이 벌어지면서 일본은 청나라와 우호 관계를 유지하기 위해 대한제국 정부에 압력을 넣어 이범윤을 소환하도록 했다. 이범윤은 이에 응하지 않고 러시아령인 연해주로 넘어가 항일투쟁에 나선다.

그러는 사이 러일전쟁에서 승리한 일본은 1905년 을사늑약으로 대한제국의 외교권을 빼앗았다. 통감부를 두고 대한제국 정부를 간섭하던 일본은 1907년 함경북도 종성에서 약 30킬로미터 떨어진 룽징(龍井)에 군대와 경찰을 파견, '통감부 간도파출소'를 설치했다. 그러고는 간도의 범위를 옌지(연길), 허룽(화룡), 왕칭(왕청), 훈춘(혼춘) 등 오늘날 옌볜 조선족자치주의 상당 부분에 해당하는 지역으로 확대했다.

마침내 청나라와 대한제국을 '대리'하는 일본 사이에 간도 영유권 분쟁이 벌어졌다. 두 나라는 1909년 9월 4일 '간도협약'을 맺고 간도 지역이 청나라 영토라는 데 합의했다. 일본은 간도가 청나라 땅임을 인정하는 대신 옌볜에 영사관을 설치하고 통상을 확대하며 만주에 철도를 부설하는 권리를 얻었다. 독립국이던 대한제국의 영토 문제를 제멋대로 처리해 버린 것이다.

하지만 간도가 우리 민족 활동 무대에서 완전히 사라진 것은 아니다. 오히려 간도로 가는 우리 민족은 더욱더 늘어났다. 일제가 한반도를 강제로 점령한 이상, 살기 위해서든 싸우기 위해서든 나라를 떠나야만 했다. 일제의 손길이 미치지 않는 연해주나 만주로 새로운 삶을 찾아 나섰다. 우리가 독립운동 무대로서 이 지역을 주목해야 하는 것은 그런 이유에서다.

간도로 떠나는 사람들

한국인이 즐겨 부르는 노래 가운데 윤태영이 작사한 〈선구자〉가 있다. 그 노래에는 다음과 같은 가사가 들어 있다.

　　용─두레 우물가에 밤새 소리 들릴 때
　　뜻 깊은 용문교에 달빛 고이 비친다.

이 노래에 나오는 '용두레'는 간도에서 서남쪽으로 15킬로미터쯤 떨어진 룽징(龍井)을 가리킨다. 을사늑약 이후 일제에 쫓겨 두만강을 건넌 한국인들은 바로 이곳 용두레 우물가에 집을 짓고 새 삶의 터전을 마련했다. 한국인이 만주에 세운 최초의 근대 교육기관도 룽징에 들어섰다. 1906년 이상설, 이동녕 등이 세운 서전서숙(瑞甸書塾)이 그것이다.

부근의 서전 벌판을 따서 이름 지은 서전서숙은 한국인 자제들을 모아 가르치고 독립 사상을 북돋웠다. 1907년 7월 통감부가 세운 간도출장소에게 서전서숙은 그야말로 눈엣가시였다. 일제는 간도에서 항일 교육을 뿌리 뽑기 위해 간도보통학교를 세워 학생을 모집했다. 통감부 파출소장을 통해 매월 20원의 보조금을 낼 테니 서전서숙은 문을 닫으라고 회유했다.

서전서숙은 이를 거절했다. 그리고 훈춘 방면의 탑두구(塔頭溝) 근처에서 수업을 계속해 8월 20일 졸업식까지 거행했다. 하지만 그것으로 끝이었다. 이상설이 고종의 밀명을 받고 헤이그 만국평화회의에 갔다가 돌아오지 못하면서 재정이 어려워졌기 때문이다.

그러나 민족 교육을 포기한 것은 아니었다. 서전서숙이 문을 닫은 지 1년도 안 된 이듬해 4월 27일 동남쪽으로 15킬로미터 남짓 떨어진 명동촌(明東村)에 또 다른 민족 학교 명동서숙이 세워졌다. 명동촌은 함경북도 회령과 종성에서 유학자로 이름 높던 김약연, 김하규 등이 1899년 2월 18일 가문을 이끌고 집단 이주해 만든 마을이었다. 그 이름도 '밝은 조선 민족의 새 공동체'라는 뜻이다. 김약연은 서전서숙에 몸담고 있던 사촌동생 김학연이 돌아오자마자 함께 명동서숙을 세우고 인재를 양성하기 시작했다.

명동서숙은 쉽게 무너지지 않았다. 학교를 세운 이듬해에는 이름을 명동학교로 바꾸고 김약연이 교장을 맡았다. 학교의 명성이 높아지자 간도 지역뿐 아니라 연해주와 국내의 회령 등지에서도 학생들이 모여들었다. 항일 구국의 인재 양성을 목표로 하는 학교답게 명동학교의 주요 과목은 국어와 국사였다. 국어 교과서인 《유년필독》, 국사 교과서인 《최신동국사》, 베트남 역사를 다룬 《월남망국사》 등이 교재였다.

명동학교는 1925년 문을 닫을 때까지 1200여 명의 졸업생을 배출했다. 영화 〈아리랑〉을 제작한 나운규, 민족 시인 윤동주 등이 바로 이 학교 출신이다.

만주 일대에서는 서전서숙의 발자취를 따라 명동학교뿐 아니라 수많은 민족 학교가 등장했다. 그 가운데 가장 주목해야 할 학교가 바로 신흥무관학교이다. 무관을 양성해 일본 침략자들을 무너뜨릴 목적으로 세워진 학교이다.

1909년 국내에 신민회(新民會)라는 비밀결사가 생겨났다. 안창호, 양기탁, 박은식, 신채호, 이동녕 등 기라성 같은 인물들이 참여한 이 결사는 공화제를 강령으로 내걸고 구국운동을 벌였다. 공화제는 임금 혼자 나라를 다스리는 군주제와 달리 여러 사람이 함께 다스리는 체제를 말한다. 비록 일제의 허수아비로 전락하긴 했지만 황제가 다스리는 대한제국이 살아 있던 시기였다. 따라서 아무리 독립운동을 한다 해도 군주제를 부정하는 신민회는 반역을 한 셈이었다. 그만큼 신민회 인사들은 안팎으로 목숨을 건 변혁에 몸을 던졌다.

신민회는 만주에 독립군 기지를 건설하기로 마음먹고 이동녕, 이회영, 장유순 등을 파견해 기지 터를 답사하도록 했다. 1910년 7월 그들은 명동학교로부터 서쪽으로 300여 킬로미터 떨어진 삼원보(三源堡)에 정착했다. 그 옛날 고구려의 터전이던 국내성(오늘날 지린성 지안시에서 북쪽으로 160여 킬로미터, 대조영이 이해고의 추격군을 격파한 천문령으로부터 남쪽으로 70여 킬로미터 떨어진 곳)이다. 간도를 만주 전역으로 확대해 보는 시각에서는 이 지역을 '서간도'라고 부르기도 한다.

함경도 부호들이 이주해 건설한 명동촌과 달리 삼원보는 토착민의 배척이 심해 살아가기 쉽지 않았다. 하지만 불굴의 의지를 가진 지사들은 1911년 봄, 이곳에서 한국인 자치기관인 경학사(耕學社)를 조직했다. '경학'은 밭 갈고 공부한다는 뜻이다. 즉 경학사는 일하고 공부하는 한국인들의 자치단체였던 것이다.

경학사의 독립지사들은 국내에서 모여드는 청년들을 독립운동의 중견 간부로 양성하기 위해 동남쪽으로 약 60킬로미터 떨어진 합니하(哈泥河)에 신흥강습소를 세웠다. 삼원보는 교통이 번잡하고 국제적 이목을 받기 쉬운 곳이라 인적이 드문 벽지로 옮겨 학교를 세운 것이다.

신흥강습소는 1913년 신흥중학교로 이름을 바꿨다가 6년 뒤 다시 서쪽으로 30킬로미터쯤 옮겨 신흥무관학교로 바뀌게 된다. 1919년, 국내에서 3·1만세운동이 일어난다. 그 열기 속에서 4월 11일 중국 상하이에서는 대한민국 임시정부가 출범했다. 대한민국 임시정부의 지지 속에 신흥무관학교는 일본 육군사관학교 출신 육군 중위 지청천, 윈난(운남) 사관학교 출신 이범석 등을 교관으로 영입해 무장 투쟁의 간부들을 양성해 나아갔다.

그러나 안타깝게도 연이은 흉작으로 신흥무관학교의 경영은 벽에 부딪혔다. 이시영은 펑톈(오늘날 랴오닝 성 선양)으로, 이동녕은 연해주로 떠나면서 타격을 입은 신흥무관학교는 1920년에 문을 닫고 말았다.

만주 땅에서 울린 홍범도 김좌진 승전보

학교가 문을 닫던 그날 지청천은 사관생도 300명을 이끌고 백두산 인근 삼림지대로 들어갔다. 이미 만주 곳곳에서 일본과 결전을 벼르는 수많은 독립군 부대가 도사리고 있었다. 신흥무관학교가 문을 닫은 1920년은 무장 독립 투쟁의 거대한 서막이 열린 한 해였다.

3·1운동이 잦아들자 만주의 한국인은 이제까지 준비한 독립군 기지의 무력을 전투 체제로 정비해 본격적인 독립전쟁에 돌입했다. 3·1운동 이후 수많은 사람이 만주로 이주해 독립군에 가담하고, 러시아 혁명 뒤로 내전이 진행되던 연해주 지역에서 무기도 구입할 수 있었다. 게다가 만주 지역은 국내와는 달리 3·1운동 때에도 육탄 혈전으로 독립을 완성한다는 무장항쟁을 목표로 삼고 있었다.

1920년 당시 만주와 연해주에는 50여 개의 독립군단이 조직되어 있었다. 서간도 지역에는 1919년 5월 서로 군정서가 결성되어 신흥무관학교를 세우는 데도 큰 역할을 했다. 비슷한 시기인 1919년 4월, 의병 세력도 대한독립단을 조직해 국내 진공작전을 벌였다. 1920년 2월에는 이 지역 독립군 단체가 통합해 상하이 임시정부 직속의 광복군사령부가 결성되기에 이르렀다. 그밖에도 광한단(光韓團), 대한독립의용단, 보합단(普合團), 의성단(義成團) 등 무수한 독립군 단체가 서간도 지역에서 활동했다.

그렇다면 한국인이 가장 많이 넘어가 살던 북간도, 즉 연변지역은 어떠했을까? 1919년 11월 한국인 대표들은 대한국민회를 결성하고 산하에 국민회군을 두었다. 대한제국 말기부터 의병장으로 이름을 떨치던 홍범도는 대한독립군을 결성, 1919년 8월 함경남도 갑산과 혜산으로 진공작전을 펼쳤다. 3·1운동 뒤에 펼쳐진 최초 국내 진공작전으로 각지 독립군에게 커다란 영감과 용기를 주었다.

단군을 숭배하는 민족 종교의 교도들은 이 지역으로 진출해 중광단(重光團)이라는 독립운동 조직을 만들었다. 1919년 12월 중광단은 대한군정서를 결성했는데, 서간도의 서로 군정서와 대비해 북로 군정서로 불렸다. 북로 군정서는 연해주에 와 있던 체코 군에게 다량의 무기를 사들였고, 병력도 1000여 명에 이르렀다. 그밖에도 대한신민단, 한민회군 등 무수한 독립군 단체가 북간도 지역에서 활동하고 있었다.

1920년 5월 일본은 독립군 토벌작전을 벌여 나갔다. 그에 대응해 홍범도의 대한독립군은 5월 28일 안무의 국민회군, 최진동의 군무도독부와 연합해 대한북로독군부를 결성한다. 이 연합부대는 봉오동에 집결해 좀 더 강력한 국내 진공작전을 준비했다.

1920년 6월 4일 한경세가 이끄는 대한신민단이 함경북도 종성군 강양동에 진입해 일본군 순찰 소대를 습격, 타격을 입혔다. 다음날 일본군 1개 소대 병력이 두만강을 건너 대한신민단을 추격해 왔지만 대한북로독군부를 만나 큰 피해만 보고 물러갔다.

그러자 일본군은 6월 6일 함경북도 나남에 주둔하던 일본군 제19사단에 야스카와 지로(安川二郎) 소좌가 이끄는 월강추격대대를 편성했다. '월강'이란 강을 건넌다는 뜻이다. 그 이름처럼 추격대대는 두만강을 건너 독립군의 근거지인 봉오동을 공격해 왔다. 대한북로독군부와 대한신민단의 연합 부대는 봉오동 상촌 삼면 고지에 매복해 이들을 기다렸다.

일본군 추격대대는 독립군이 매복해 있는줄도 모르고 삼면 고지 아래로 들어왔다. 독립군의 맹렬한 사격에 일본군은 맥없이 쓰러져 갔다. 이 한 번의 전투에서 일본군 150명이 죽고 수십 명이 부상한 채 퇴각했다. 독립군은 보병총 60여 자루와 기관총 3정을 빼앗는 전과를 올렸다.

봉오동 전투는 만주에서 한국독립군과 일본군 사이에 본격적으로 벌어진 최초의 대규모 전투였다. 이 승리로 독립군의 사기는 크게 높아지고 각지에서 독립전쟁이 더욱 활발하게 벌어지는 계기가 마련되었다.

그러나 당하고만 있을 일본이 아니었다. 일본군은 독립군이 준동하도록 내버려 둔 중국에 거세게 항의했다. 북간도의 중국 관헌들은 어쩔 수 없이 독립군에게 관할 구역에서 나가 달라고 요구했다. 홍범도의 독립군단은 1920년 8월 하순부터 새로운 근거지를 찾아 나섰다. 그들이 새로 찾은 곳은 봉오동에서 백두산 쪽으로 100킬로미터쯤 떨어진 허룽현의 삼림지대였다.

일제는 중국에 압력을 넣은 것으로 만족하지 않았다. 간도를 침공해 독립군과 항일 단체들을 모조리 없애 버리려고 훈춘 사건을 일으켰다. 1920년 10월 2일 중국 마적을 매수해 훈춘의 일본영사관을 고의로 습격하게 한 것이다. 훈춘을 공격한 400여 명의 마적단은 약속대로 오전 9시부터 4시간 동안 살인과 약탈을 벌여 중국인 70여 명, 조선인 7명, 일본인 몇몇을 죽이고 비어 있던 일본영사관을 불태웠다.

이 사건을 독립군 소행으로 몰아붙이며 일본은 토벌군을 보냈다. 그중 동지대가 토벌 작전을 개시한 것은 10월 20일이었다. 그들을 기다리고 있던 부대는 김좌진이 이끄는 북로 군정서군과 홍범도의 독립군 연합부대였다.

김좌진은 백운평 고지에 독립군을 매복시키고 일본군을 기다렸다. 21일 아침 살금살금 백운평으로 들어오던 일본군 전위부대 200명은 독립군의 기습을 받아 전멸하고 말았다. 뒤이어 도착한 야마타(山田) 연대가 독립군을 협공하려 했으나 독립군의 강력한 저항으로 오히려 사상자만 늘린 채 퇴각했다.

같은 시각 완루구(完樓溝)에서는 홍범도의 독립군 연합부대가 일본군과 맞붙어 싸웠다. 본대가 저지선을 펼쳐 놓고 일본군 전진을 가로막는 동안 예비대는 우회해 오던 일본군 측면을 공격했다. 일본군은 생각지도 못했던 예비대와 맞닥뜨리자 당황해서 닥치는 대로 총탄을 퍼부어 댔다. 예비대가 살짝 빠져나간 것도 모른 채 자기 편끼리 서로 총질을 하기까지 했다. 이 전투에서 일본군 400여 명이 죽었다.

이튿날 새벽 갑산촌(甲山村)에 도착한 김좌진 부대는 인근 천수평(泉水平)에서 일본군 기병 1개 중대가 야영하고 있다는 정보를 입수했다. 북로 군정서군은 즉각 출동해 120여 명의 일본군 가운데 4명을 제외한 전원을 사살하는 전과를 올렸다. 가까스로 탈출한 4명은 참패 소식을 어랑촌에 주둔한 아즈마(東正彦) 부대에 알렸다.

일본군의 대대적인 공격을 예상한 북로 군정서군은 청산리에서 유리한 고지를 선점하고 출동한 일본군과 전면전에 돌입했다. 완루구에서 승리한 홍범도 부대도 바람처럼 달려와 북로 군정서군에 합세했다. 양쪽 부대를 합쳐 약 1,500명이 총동원된 이 결전에서 독립군은 청사에 길이 빛날 대승을 거두었다.

10월 24일 북로 군정서군 소속의 한 부대가 천보산 부근에 있던 일본군을 습격하고, 10월 25일에는 홍범도 부대가 일본군을 기습 공격해 승리를 거두었다. 홍범도 부대를 추격하던 일본군은 그날 밤 고동하(古洞河) 골짜기에서 독립군의 흔적을 발견하고 공격에 나섰다. 그러나 홍범도 부대는 이미 공격에 대비해 매복을 펼치고 있다가 대승을 거머쥔다.

이처럼 김좌진 북로 군정서군과 홍범도 연합 부대가 청산리 일대에서 거둔 승리는 한국 무장독립운동 역사상 가장 빛나는 전과를 올린 대첩으로 영원히 기억될 것이다.

시련을 넘어서

봉오동 전투 이후 복수를 위해 일본은 간도에 3개 사단을 출동시켰다. 한국인이라면 심문도 없이 붙잡아 일렬로 세운 뒤 총살하고 불태우는 학살을 저질렀다. 청산리대첩에서 치욕적인 패배를 당한 뒤 이러한 만행은 더욱더 끔찍해졌다.

허투아라에서는 11월 3일 메이지 천황절을 축하한다며 한국인을 집단 사살하는 사건도 일어났다. 허룽현 장암동에서 28명의 기독교도를 세워 놓고 소총 사격 연습 과녁으로 삼는가 하면, 옌지현 의란구(依蘭溝)에서는 30여 호의 주민들을 몰살하고 4형제를 불타는 집안으로 밀어 넣어 태워 죽이기도 했다.

일본군의 만행을 취재하기 위해 현지에 갔던 〈동아일보〉 기자 장덕진은 일본군에 의해 암살당했다. 그러나 비밀이란 없는 법! 일본군의 학살은 만주에서 선교 활동을 하고 있던 외국인 선교사들에 의해 생생하게 폭로되었다. 한 미국인 선교사는 "피에 젖은 만주 땅이 바로 저주받은 인간사의 한 페이지"라고 개탄했다. 3개월에 걸쳐 일본군이 만주에서 학살한 한국인 수는 무려 3만여 명에 이른 것으로 알려졌다. 1920년에 벌어진 이 사건을 '경신참변'이라고 한다.

일제가 광기 어린 한국인 사냥을 펼치며 청산리대첩 보복에 나서자 각지에 흩어져 있던 북로 군정서, 의군부, 광복단 등 10개 독립군 단체는 소련, 중국 국경 지대에 모두 모였다. 그들은 독립전쟁을 효율적으로 수행하기 위해 통합조직인 대한독립군단을 출범시키기로 한다. 총재 서일, 부총재 김좌진·홍범도·조성환, 총사령 김규식, 참모 총장 이동녕, 여단장 지청천 등 기라성 같은 지도부를 가진 27소대 3,500명의 통합 독립군이 탄생한 것이다.

대한독립군단은 헤이룽강을 건너 그해 12월 하얼빈 북방 600여 킬로미터 지점에 있는 소련의 스보보드니로 들어갔다. '스보보다'는 자유를 뜻한다. 그 도시는 '자유시'라고 불렸다. 그런데 여기서 비극이 벌어졌다. 일본이 소련에 독립군을 해체하라는 압력을 넣었던 것이다. 연해주를 차지한 일본과 협상 중이던 소련은 그 요구를 무시할 수 없었다. 그래서 독립군 병력을 소련 적군으로 흡수해 문제를 해결하려 했다. 그러나 일부 독립군이 소련 결정에 불복했다. 적군은 저항하는 독립군에 대한 무장해제에 나서 무력 충돌이 빚어지고 다수의 사상자가 발생하고 말았다. 마침내 자유시에 모였던 독립군은 해산되고 그 병력은 적군에 흡수되는데, 이를 '자유시 참변'이라고 한다.

경신참변과 자유시 참변을 겪으면서 만주와 연해주에서 한국인의 독자적 무장 독립운동은 다소 주춤했다. 그러나 한국인의 독립의지나 투쟁의식이 꺾인 것은 아니었다. 오히려 한국인의 무장투쟁은 만주를 넘어 중국 전역에서 다양한 방식으로 이루어졌다. 이봉창, 윤봉길처럼 홀로 폭탄을 들고 적의 수괴를 응징하러 간 젊은이들과 수많은 이름 없는 한국 젊은이들이 곳곳에서 유격대를 조직해 일본과 맞서 싸웠다.

1931년 일본이 만주를 침공한 만주사변이 일어났다. 중국 영토 만주에서 중국과 일본이 전쟁을 시작한 것이다. 어떤 학자들은 이것을 제2차 세계대전의 시작으로 보기도 한다. 1945년까지 15년에 걸친 대전쟁의 서막이 열린 것이다.

이 전쟁에서 일본은 빠른 속도로 만주를 점령하고 만주국이라는 꼭두각시 나라를 세웠다. 아울러 청나라 마지막 황제였던 푸이(溥儀)를 데려다가 허수아비 황제로 앉혔다. 이것은 만주에서 활동하던 한국인과 독립군에게 커다란 타격을 안겨주었다. 일본의 압제를 피해 만주는 일본 영토가 되고 말았다.

그 무렵 중국은 국민당과 공산당으로 나뉘어 내분을 겪고 있었는데, 만주지역은 공산당 세력이 강했다. 그래서 일본과 맞서는 것도 주로 공산당 군대였다. 1934년 3월 15일 중국공산당은 만주 곳곳에서 일본군과 싸우던 유격대를 동북인민혁명군으로 통합했다.

제1군부터 제6군까지 있는 동북인민혁명군 편제 중에서 제2군에는 한국인이 유독 많았다. 그들은 제2군 제1독립사를 이루고 독자적인 작전을 수행했다. 제2군 제1독립사의 사령관은 한국인 주진이고 부대원의 절대 다수도 한국인이었다. 이듬해 중국공산당은 동북인민혁명군을 확대 개편해 동북인민항일연군을 만들었는데, 이 연합군은 총 3로군으로 편제되어 있었다. 한국인은 주로 1로군에 편성되었다.

이처럼 만주에 남아 독립운동을 펼친 한국인이 대개 중국공산당 지휘를 받으며 무장투쟁을 펼친 반면, 중국 본토로 이동한 인사들은 대한민국 임시정부를 비롯한 민족운동 세력과 힘을 합쳐 독립운동을 펼쳤다. 대한민국 임시정부는 1940년 9월 충칭에서 한국광복군을 조직해 광복의 그날까지 대일 항전을 펼쳐 나갔다. 임시정부는 1941년 12월 일본이 하와이 진주만을 폭격하자 즉각 일본에 선전포고를 하고 국내 진공을 준비했다. 만약 일본이 조금만 더 늦게 항복했더라면 한국광복군은 한반도로 들어가 일본군과 싸우다가 승전국 군대 자격으로 해방을 맞이했을지도 모른다.

이처럼 봉오동과 청산리에서 빛나는 승리를 거둔 독립군은 이후 역사의 흐름에 따라 두 갈래로 나뉘었다. 만주와 연해주에 남아 피흘리며 싸우던 독립군은 중국공산당이나 소련 적군과 힘을 합쳐 일본과 싸웠다. 반면 중국 본토로 이동한 독립군은 중국국민당과 협력하며 일본과 싸웠다. 해방이 되자 만주 독립군은 주로 북한으로 들어가 활동하게 되었고, 한국광복군은 대개 남한으로 들어왔다.

조선인의 민족정체성

재만 조선인의 민족정체성에서 찾아볼 수 있는 다중성과 복합성, 그 주변성은 광복 이후 상대적으로 안정되게 고착화되어 갔지만, 기본적으로는 변하지 않았다. 중화인민공화국 성립에 따라 이들은 중국 국적이었지만 민족은 조선족이라는 이중 지위를 갖게 되었다. "한 몸에 두 개의 나라가 있다"는 표현에서 보듯이 '조선족 중국인'과 '중국 조선족'으로서 이중적 정체성, 즉 중국 국민으로서 국가정체성과 조선 민족으로서 민족정체성을 가지고 살게 된 것이다.

물론 시기에 따른 변화는 있었다. 1945년 일본의 패망부터 중화인민공화국이 성립되는 1949년에 연변지구는 국가 영향력이 희박한 일종의 '해방 공간'이었다. 조·중 공동에 의한 항일투쟁 영향도 있었지만, 일종의 다국적관과 소박한 국제주의 경험은 근대적 주권국가의 국적 개념과는 일정한 거리를 가진 것이었다. 근대적 국적법이 없는 이들은 이중국적 상태에서 민족적 평등을 누렸다. 대부분 조선인 사이에서 '귀국 지향'이 존재했던 것과 마찬가지로 '조선이 우리나라'라는 생각은 폭넓은 공감대를 가지고 있었다. 반세기 이상이 지난 오늘날에도 이들 세대는 스포츠 경기 관전 때 자신이 국적을 두고 있는 중국보다도, 같은 민족이 사는 북조선이나 한국에 감정이입을 하는 강한 민족적 정체성을 보이고 있다.

중국 정부는 성립 이래 국내 소수민족에 일정한 영역과 자치권을 주는 한편, 분리·독립을 금지한 집권적 색채가 강한 민족구역에 자치제도를 시행했다. 정권 수립 뒤 국민통합이 차츰 진전되면서 조선족 학교에서 '국어'나 '한글'로 불리던 조선어 수업은 '조선어'로 되었으며, 조선역사나 조선지리는 세계사나 세계지리로 흡수되었다. 1957에 시작한 반우파투쟁과 이듬해인 1958년의 대약진운동 및 문화대혁명은 이러한 추세를 더욱 강화했으며, 이후 1970년대 말에 이르는 20년 사이에 조선인들은 민족으로서 존립조차 위협받는 상황에 처했다. 국가의 이익은 각 민족 공동이익을 집약적으로 표현하는 최고 형태이며, 프롤레타리아의 계급이익과 완전히 일치한다는 사회주의 민족론은 사회주의 국가에 대한 각 소수민족의 절대적 복종을 요구했다.

계급주의 시각에 따른 사회주의 건설은 기존의 다국적관과 이중국적에 대한 모호성을 확실히 하고자 했다. 대약진운동과 인민공사제도로 민족들 사이에 공통성이 높아지고 격차가 없어졌다는 주장은 기존 민족정책을 민족특수주의나 민족분리주의로 비판하면서 '민족융합론'으로 이끌었다. 민족들 사이에서 불평등 제거를 표방하면서 시작된 민주개혁과 사회주의 개조는 민족 이익보다 계급 이익을 우선시하고 계급 이익이 곧 사회주의 중국이라는 결론에 이르러 '반지방민족주의'로 치달았다. 사회주의 민족론과 민족융합론은 실제로는 소수민족의 자율성을 부정하는 한족중심주의와 대중화주의를 의미했던 것이다.

1978년 12월 중국공산당 중앙위원회 제11기 제3차 전원회의는 '문화대혁명'의 종료를 선언했다. 이에 따라 중국 정부의 민족정책은 건국 초기 노선으로 돌아가고, 나아가 1982년 헌법이나 1984년 민족구역자치법 제정을 통해 민족자치 지방 권한과 국가와의 관계를 뚜렷이 하려고 시도했다. 이후 개혁개방과 시장 경제 시대로 접어들면서 중국 정부는 소수민족 지역과 한족 지역의 경제격차를 시정하고 21세기 중반까지 소수민족 지역의 근대화를 실현시킨다는 목표를 내걸었다. 소수민족 지역의 안정에 가장 중요한 것은 경제발전이며, 경제 통합으로 소수민족에 대한 국민통합을 실현하고자 하였던 것이다.

'개혁개방' 시대의 도래는 소수민족 지역의 경제발전을 촉진하기도 했지만, 다른 한편으로는 온 중국의 국가적 통합에 동력을 제공한 측면도 있었다. 이에 따라 조선족 민족정체성 기반이 되어 왔던 농촌의 급속한 파괴와 아울러 도시, 해외로 인구 이동이 급속하게 진행되었다. 시장경제의 진전에 따른 경쟁원리 도입은 소수민족이 시장경제에 적극적으로 참여하고 자민족의 경제건설을 주도하기 위해 단일한 공동언어로서 중국어에 대한 필요를 강화했다. '민족평등'이 어떠하든 각 소수민족들은 결국 중국어(漢語)나 한족 문화를 익히지 않고서는 주류사회에 참여할 수 없다는 사항을 양해할 수밖에 없었다.

개혁개방과 시장경제 시대에 조선족 민족정체성은 이제 기로에 서 있다. 문혁기의 소수민족에 대한 억압이 정치와 폭력을 통한 것이었다면 개혁개방 시기의 소수민족은 개방과 경제의 거대한 물결에 휩싸여 있다. 시장경제 원리는 모든 소수민족의 내부에서 민족정체성을 붕괴시키고 있으며, 조선족 또한 이러한 경향에서 벗어나지 않는다. 시장경제 체제에 순응하고 참여하고자 할수록 민족적 기반을 위태롭게 하는 궁지에 빠지는 시장경제의 효용은 중국 정부에 의해서도 충분히 주목되고 있는 것으로 보인다.

1990년대 뒤로 이 지역에서 행한 의식조사나 설문조사 결과는 중국을 조국으로 생각하는 사람들 의견이 압도적 비중을 차지하는 반면, 조선민주주의 인민공화국이나 한국이 조국이라고 생각하는 사람은 소수에 지나지 않음을 보여준다. 광복 직후 기성세대 다수가 '조선이 우리 조국'이라고 생각했던 것과 대조적으로 이제 이들에게 '조국'은 중국이며, 한국이나 북한은 기껏해야 '고국'에 지나지 않을 따름이다. 중국 민족주의를 기초로 한 학교에서 배운 정치사상교육 영향도 있겠지만, 특히 젊은 세대일수록 그런 경향이 강하게 나타난다. 도시를 중심으로 다른 민족과 섞임이 진행되면서 민족교육이 거의 무력화된 시장경제 체제는 비슷한 조건에서 급속하게 '탈민족'화가 진행되고 있는 재일 조선인 3세대의 경험과 매우 비슷한 방향으로 가고 있는 듯하다.

한국과 만주 조선인

한국인의 재만 조선인에 대한 인식은 이주 역사가 긴 만큼 다양한 이미지로 부각되어 왔다. 식민지 시기에 생계유지라는 경제적 동기로 귀환을 기약하지 못하고, 편도 차표만을 가지고 반강제적으로 이동했던 만주로 멀리 떠나보낸 가난한 동포에 대한 연민과 동정, 불안과 근심이 뒤섞여 있었다. 다른 한편에선 일제의 선전과도 부합하는 것이었지만, 비록 '2등 국민' 신분으로나마 끝없이 펼쳐진 광대하고 기름진 땅을 개척하는, 미래 땅의 새로운 주인공으로 표상되기도 했다. 친일분자라고 할 수 있는 소수 기업인, 관료, 군인, 학자, 문화인에게 만주는 또 다른 의미에서 기회의 땅이었다. 동시에 만주는 일제 끄나풀의 활동무대이자 마약과 매춘의 온상이라는 이미지를 전파했다. 무엇보다 만주는 조선인이 모여 살면서도 일제의 간섭을 받지 않는 자치지역으로, "독립투사들의 의기가 충만하고 민족 기상이 싱싱하게 살아 숨쉬는 곳, 무력으로 당당하게 일본군과 싸워 대승한 별천지"에 사는 사람들이란 인상을 전달했다.

이렇듯 만주는 복합적이고 모순적이며 상반된 이미지와 위상들에 의해 형성된 곳이었다. 그러나 광복 뒤 한국에서 분단정부의 수립과 6·25전쟁, 냉전체제의 시작과 더불어 이 지역은 40여 년 동안 잊혀진 존재가 되었다. 1980년대 중반까지만 하더라도 한국 정부는 '기민(饑民)정책'이라고 일컬을 만큼 그들에게 무관심했다. 그러다가 1980년 초기부터 연변에 불기 시작한 '출국열'을 배경으로 1980년대 중후반 이후, 거리의 행상이나 식당 종업원, 노동자라는 형태로 출현하기 전까지 일반인에게조차 이들은 보이지 않는 존재였다.

한국에서 이들은 정책적이고 도구적 측면에서 활용할 수 있는 자원으로, 최하층 이주노동자로 사회 밑바닥에 위치한 주변인으로 여겨지고 있다. 그들은 중국과 정치·외교 관계를 개선하거나 중국 시장에 진출하기 위한 안내자의 역할, 또는 심각한 공급부족 현상을 겪고 있는 국내 노동력 시장 문제를 해결하기 위한 방안의 하나로 거론된다. 이들은 가난한 나라 중국에서 불법 입국해 저임금·단순노동에 종사하면서 중노동과 차별, 냉대를 받는 존재이다. 이러한 인식에서는 식민지와 분단, 전쟁이라는 동아시아 역사의 한 장에서 농민이자 항일투사로서 소수민족 성원으로 살아온 과정에 대한 역사의식이 들어설 자리가 없다.

돌이켜보면 200만 명이 넘는 민족집단이 근대 이래 타국에 이주해 이미 대여섯 번 세대교체를 겪어 왔음에도 불구하고 고유문화의 순수성을 지켜오면서 민족정체성을 유지해온 사례는 다른 재외동포 중에서는 찾아볼 수 없다. 56개 중국 소수민족에서도 드문 사례에 속한다. 그러나 이 민족공동체는 한국 기업의 중국 진출이나 한국인 관광객 증가, 해외 '노무수출'에 의한 외화송금을 배경으로 진행되는 제3차 산업 발전이나 '과소비' 현상으로 나타나는 빈부격차 확대, 배금주의 만연 등으로 붕괴 조짐을 보이고 있다. 한국에서 취업한 재만 조선인은 동포의식을 드러내기 보다는 냉혹한 계급관계 경험을 통해 한국과 한국인에 반감을 가지게 되고, 그 결과 한국인에 대한 민족연대감은 약화되는 반면 중국인으로서 국가 정체성이 강화되는 경향을 보이는 것이 현실이다.

일제 식민지 지배와 냉전체제가 우리 민족에게 강요한 최대의 고난은 민족이산과 민족분단이었다. 이러한 점에서 지난 한 세기 동안 재만 조선인이 겪은 수난과 차별을 이해하고 극복하기 위해 싸워 나간 과정에 대한 역사적 감수성이 요구된다. 새로운 한민족 공동체는 한 세기에 걸친 억압과 역사적 수난 경험을 바탕으로 단일 민족의 신화를 뛰어넘어 서로 다름을 인정하고 그 경험을 공유하려는 노력을 통해 모색될 수 있을 것이다.

신해혁명

쑨원의 봉기

신해혁명을 계획한 쑨원(孫文)은 중국에 어떤 지반도 갖추고 있지 않았다. 14세에 처음으로 미국에서 교육을 받았기에 중국 책에서 얻을 수 있는 소양이 없고 사서오경(四書五經)도 익히지 않았다. 과거시험과도 아무런 관계가 없는 영어만 할 수 있을 뿐이었다. 풍요로운 지역 농민들로부터 차별을 받는 객가(客家) 출신으로서 너무 빈곤해 자기 군대도 없고 마카오에서 개업해 영국 의사면허를 딴 화교를 어느 중국인이 따르겠는가. 그는 열 번이나 봉기에 실패했다.

그런 쑨원을 일본인이 도와주었다. 영어가 유창하고 말 잘하는 쑨원을 좋게 본 일본인은 이 근대적 중국인에게 감동해 그를 돕기 시작했다. 쑨원의 권력기반은 처음에는 비밀결사, 다음으로는 해외 화교들의 돈, 세 번째가 일본인이었다. 비밀결사란, 이른바 방(幇, 중국에서 성외·해외로 고향을 떠난 사람끼리 동향·동업·동족 사람들로 구성, 상부상조하는 조직)을 뜻한다. 남쪽 객가 출신이었던 쑨원은 단독으로는 힘이 약하기 때문에 곧바로 비밀결사 그룹을 만들었다. 그 네트워크를 활용한 쑨원은 하와이에 갔을 때 현지에서 사람들을 동원할 수 있었다. 혁명 동맹회도 비밀결사 연락망으로 움직였다.

마카오에서 개업한 화교 쑨원은 외국에서 중국을 바라보았다. 혁명외교로 널리 알려진 유진 첸도 서인도 트리니다드 토바고에서 태어나 중국어를 잘 하지는 못했지만 국민정부 외교부장으로 활동했다. 쑨원도 하와이 출신이라고 말해야 할 만큼 국민정부는 국내에 자기 기반도 갖추지 못한 인물들만 가득했다. 객가 대부분이 자기 군대를 갖고 있지 않았다.

중화민국을 세우고 난 뒤 중국의 실정

실제로 중화민국은 분열 상태였다. 신해혁명을 거쳐 중화민국이 건국되었으나 몽골이나 티베트, 신장웨이우얼자치구에는 물론 지배 영향이 미치지 않았고, 한인들 토지소유마저 제대로 파악되지 않았다. 청나라는 과거관료를 지방관으로 부임시킬 때 고향으로 보내지 않고 다른 언어를 쓰는 지방으로 보내어 언어를 통합하려 애썼다. 같은 일족들끼리 결탁하게 되면 곤란해지기 때문이었다.

그런데 중화민국이 이루어지자마자 궁중(省)들마다 외성인들을 내쫓기 시작했다. 중국 국민당과 공산당 사이에 일어난 내전에서 패배한 장제스(蔣介石)가 대만으로 건너갔을 때 함께 이주한 사람을 외성인, 그 전부터 대만에 살고 있던 사람을 본성인이라 하는데 사실은 온 대륙에서 자기 성에 살지 않았던 사람들을 모두 외성인이라 부르고 있었다.

중화민국 각 지역 성에서는 외성인들을 쫓아내고 본성인, 즉 자기 성 출신 사람들로 그 빈자리를 채웠다. 미합중국의 주 정부처럼 지방마다 자기 성 사람들로 채워 운영해 나간 것이다. 지방 상인에게 있어서도 그곳 사람에게 판매가 편했고 친족집단, 일족이 똘똘 뭉쳤지만 사실은 이때부터 분열이 일어나고 있었다. 광둥군 정부가 정권을 쥐던 시절이었다. 그러나 광둥군은 자기 성(省)과 관련된 일밖에 몰랐다. 다른 성의 일에는 전혀 신경쓰지 않았다.

청나라가 260년 사이, 그토록 넓은 지역을 통치할 수 있었던 것은 만주인, 즉 기인(旗人)을 난징 등 중요한 곳에 만주성을 만들어 부임시키고 순무(곳곳 지역들을 순회하면서 백성들을 위로하고 달램)와 총독을 따로 파견하여 공무원들이 오가며 지방 정보를 문서로 주고 받는 시스템이 있었기 때문이다. 이 일을 성에서 맡아하면 다른 성은 거의 외국이나 마찬가지이다. 그런 중화민국에서 가장 실력이 뛰어난 인물은 이홍장에게 군대를 이어받은 위안스카이(遠世凱)였다. 이홍장(李鴻章) 시대부터 다른 나라 사람을 고용하여 근대화를 계획 했기에 군대 또한 근대화 되어갔다. 위안스카이는 중화민국에서 가장 개화한 군대를 갖추고 있었다.

위안스카이는 외국과 전쟁을 벌였다. 연해의 재산가로부터 자금을 받고 북양군은 무기제조소나 군복을 만드는 공장 등도 가지고 있었다. 그로부터 20년 뒤 중일전쟁에서는 중국의 온갖 무기들이 쓰여 마치 병기 실험장과 같았다고 한다. 러시아, 미국, 영국, 독일, 체코, 헝가리, 일본 제조 무기, 새것과 헌것들이 두루 쓰였다. 중화민국이 성립되었을 때, 가장 훈련이 잘된 군대를 가지고 있었던 집단이 북양군과 북양함대였는데 이를 이끄는 위안스카이는 최고 실력자였다.

위안스카이는 누구인가

위안스카이의 권력 원천은 청나라에서 온 힘을 휘두르는 권력대신으로 임명되었던 것에 있다. 그는 청나라를 계승하고 있었기 때문이며 몽골, 티베트, 위구르에서 중화민국이 이루어지고 나서도 청나라를 짊어진 인물이었다.

"저는 청나라 황제로부터 이 권한을 부여받았으니, 청나라 가신들 중 제일 으뜸가는 사람입니다."

변두리 지역에서는 청나라 왕조가 무너졌다는 사실을 실감하지 못하고 있었다. 황제가 자금성에서 지내며 심지어는 중화민국이 되고 나서도 청나라 황제로부터 칙서가 날아왔다. 몽골이나 만주의 공왕이 세대교체를 하여 세습을 청할 때도 황제의 옥새가 찍힌 서류를 보내고 있었던 것이다. 위안스카이는 남쪽 혁명파 말고도 청나라를 짊어지고 있었기에, 청나라 황제 푸이에게 확실히 대접하는 모습을 보이지 않으면 배반당하리란 사실을 알고 있었다. 따라서 위안스카이는 살아 있는 동안 궁성에 들어갈 때는 늘 황제와 섭정에 있어 신하로서 그 예를 다했다.

혁명군에게는 쑨원으로부터 임시대통령 자리를 양도받았다고 말한다. 즉 위안스카이가 우대조건을 갖추고 황제를 자금성에 그대로 둔 것은 만주 사람에게 마음이 약해서가 아니라 자신을 위해 청나라를 부수지 않은 것뿐이다. 위안스카이는 수도에서 가장 가까이 있던 최대군벌의 우두머리였으며 그에게 맞설 수 있을 만큼 구심력을 갖춘 군벌은 없었다. 혁명을 일으킨 신식 군대 장관들은 뜻을 모으지 못하고 다른 군벌 또한 지방 재산가로부터 받는 자금으로 사병을 키우는 상태였다. 위안스카이가 죽고 난 뒤에 후임자로 옌시산(중화민국의 군벌 정치가)이 선택받으면서 힘을 가진 군벌이 등장하지만, 그전까지는 위안스카이가 가장 강력한 힘을 지니고 있었다.

러일전쟁 전에는 3명의 만주인 장군이 만주를 통치하고 있었다. 러일전쟁 직후인 1907년 처음으로 국내에 성(省)이 세워져 곳곳을 두루두루 다니며 백성들 마음을 위로해주는 관리와 총독이 파견되는데 임명된 이들은 모두 기인(旗人)들이었다. 그때는 아직 장쭤린이 등장하기 전으로, 신해혁명 뒤에도 청나라 시대 장군은 여전히 힘을 휘두르고 있었다. 만주의 이러한 상태는 위안스카이가 세상을 떠나기 전까지 이어졌다.

위안스카이가 중화민국의 마디점 역할을 했다고 생각하면 이해하기 쉬울 것이다. 1912년까지도 청나라가 혼란에 빠지지 않은 것은 위안스카이가 별다른 피해 없이 연착을 잘 했기 때문이라고 할 수 있다. 중화민국이 세워져도 위안스카이에 의해 청나라 통치구조는 여전히 남아 각 성들은 독립된 방향을 바라고 있었다. 그 무렵 쑹자오런이라는 국민당 우두머리가 지방분권을 추진하는 헌법 법안을 작성했다. 그는 미국 연방제가 중화민국의 실정에 맞는다고 생각한 것이다. 그러나 1913년 쑹자오런은 상하이에서 사살당하고 만다.

쑹자오런을 암살한 자는 지방분권을 싫어한 위안스카이라는 말이 떠돌았지만 쑨원이라는 주장도 있다. 같은 국민당인 쑨원 또한 쑹자오런을 못마땅해하고 있었다. 연방제가 실행되면 자신이 권력을 잃게 되기 때문이다. 위안스카이는 만일 지방이 뿔뿔이 흩어져버리면 5호 16국 시대까지는 아니지만 지역들 모두를 외국에게 빼앗기고 끝내 중화민국도 없어져버릴 것이라 예상했다. 쑨원도 지방 분권에는 반대하고 있었기에 위안스카이를 임시대통령 자리에 앉히는 것에 동의한다. 그 뒤 위안스카이는 자신이 황제가 될 것이라 말하고 다니기 시작했다. 한인들은 왕조가 없으면 통치도 불가능하다고 생각했다. 가신들 가운데 가장 큰 힘을 가진 실력자가 되었으니, 이번에는 위안스카이 왕조로서 새로운 왕조의 황제가 되리라 꿈을 꾼 것이다. 중화민국이 지방분권으로 흩어져버린 상태여서 이대로 가면 뒷날은 더욱 위험해지리라 판단했기 때문이다.

청나라 왕조가 붕괴하고 중화민국이 세워진 1912년 뒤에도 푸이는 여전히 자금성에서 하루하루를 보내고 있었다. 그 생활은 1924년 평위샹이 쿠데타로 쫓겨나기까지 12년 동안이나 이어졌다. 위안스카이는 신하의 예를 갖추어 행동했고 어린 푸이는 청나라 왕조가 무너지리라고는 꿈에도 몰랐다. 러시아 혁명으로 황제 일족이 모조리 죽임을 당하는 것과는 완전히 다른 이야기이다. 서서히 무너져간 것이 신해혁명의 특징이다.

만주, 우리배달민족 단군조선의 옛 땅, 그 끝없이 펼쳐지는 드넓은 대지를 떠올리면 회한과 그리움이 넘친다. 오늘도 만주에는 수많은 조선족들이 살고 있다. 그 잃어버린 시간을 찾아서 이제 떠난다.

가와시마 요시코

"엇, 추워."

방문을 열고 들어서는 심생(沈生)을, 부민은 긴장한 눈으로 바라보았다.

"아직 안 가셨소?"

"음, 달구지 바퀴의 기름을 녹여야 하구 또 소가 여물을 먹고 있으니까."

이 말에 다소 안심하는 눈치였으나 또 겁에 질린 눈초리로 성에가 달린 남편 수염을 쳐다보며 이내 묻는다.

"나타난 게 아니우?"

"아니, 아직은 안 왔어."

"미안하우."

비로소 아내가 외면을 했다.

"당신이 미안하달 게 뭐 있수? 다 팔자소관이지."

"우리에게 뭐가 그리 부족하우. 장사 잘 되겠다, 식구들 병치레 안 하것다, ……이만하면 살 만한데 다만 그 못난이 하나가 말썽이지……."

"그런 말할 거 없소. 당하는껏 당해 보는 거요."

"미안해서 그런다니까요. 당신도 나한테 장가만 들지 않았으문 그 꼴은 안 봐두되는 건데."

"내가 할 말을 당신이 하는구려. 한 번 더 그 녀석이 나타나기만

하면 이번엔 내 가만두지 않으려오."

"하지 못할 일은 벼르지도 말아요. 술 잘 먹구 노름 잘 하구 사람 잘 치는, 베이징(北京)에서도 이름난 부랑자를 착하구 얌전한 당신이 어쩌겠단 거예요. 그런 건 아예 첨부터 상대를 하지 않는 편이 낫지."

"당신 말이 옳소. 아무커나 정초(正初)가 내일모레니 한번 오긴 꼭 올 모양인데."

"그게 오기를 당신은 기다리시우?"

"겁이 나서 하는 말이요. 어쨌든 후딱 다녀오리다. 대목 안에 배달할 거나 다하고 나서 정초에는 오래간만에 우리 한번 푹 쉬어봅시다."

"다녀오세요, 수고하시겠소."

"뭘, 괜찮어."

심생은 주문 받은 곡식을 소달구지에 싣고 단골집에 배달하러 집을 나섰다. 길을 걸으면서도 마음은 무겁다. 젊을 때부터 온갖 고생을 다 하면서 근검절약, 저축한 보람으로 이제는 첸멘(前門)앞에서 꽤 큰 싸전을 벌이고 있는 그였다. 남부럽지 않게 사는 이 부부에게 큰 골칫거리는 처가편의 먼 일가로 힘께나 쓰는 파락호(破落戶)였다. 이따금 찾아와서는 술주정을 하고 재물을 뜯어가지만 그뿐이라면 오히려 괜찮겠다. 세간을 부수고 시비를 걸다가 손찌검까지 하는 행패가 일쑤여서 여간 말썽이 아니다. 그자가 왔다 하면 집안 식구는 물론 이웃집에서까지 문을 걸어 잠그고 숨을 크게 못쉴 지경이다. 자기 네까지 시비가 번질세라 겁을 내는 때문이다.

—심생이 골목길을 빠져 나와 큰 골목으로 접어들었을 때였다. 얼어붙은 땅에 달구지 바퀴 부딪치는 소리보다 더 크게 고함 지르는 소리가 털모자로 덮은 귓속에까지 찡 울려 왔다.

"매부, 찾아가던 길인데 여기서 만났으니 참 잘 됐어."

"앗!"

심생은 가슴이 내려앉았다. 지금까지 걱정하며 생각하고 있던 그 자가 바로 눈앞에 나타난 것이다.

"하하하. 아침에 골패(骨牌)로 점을 쳐보니 횡재수가 나오더라니. 틀림이 없어. 자, 거기 술집이 있구먼. 날씨도 추우니 우리 들어가서 한 잔씩 하지."

"지금은 안 돼, 일하는 거 안 보여? 어둡기 전에 이걸 배달해야 한단 말이야."

"그래? 흠! 무겁겠는 걸, 내가 좀 거들어 줄까?"

"괜찮아. 나 혼자서두 넉넉해."

"사양할 건 없어. ……허문, 내가 짐을 좀 덜어줄까? 마침 우리 집에 쌀이 떨어진 걸 보구 나왔는데 대여섯 섬만 내려줘. 그렇게 하면 한결 짐이 가벼워질 거야."

"한, 한 섬쯤이라면 몰라두 그렇게 많이는 안 돼."

"무엇이? 한 섬? 많이는 안 된다?"

이가는 가뜩이나 통방울 같은 눈알을 더욱 크게 부릅떴다.

"우리 식구가 얼만지 몰라? 그까짓 한 섬이나 가지구야 뉘 코에 바르라구."

"지금은 바쁘니까 나중에 집으로 찾아오게. 그때 천천히 의논하지."

"의논하는 동안 우리 집 식구는 다 굶어죽구? 그러지 말고 다섯 섬만 놓구 가."

"글쎄, 지금은 안 된대두. 주문 맡은 물건인데 모자라게 갖구갈 수야 있나."

"듣기 싫엇!"

옥신각신하는 소리에 길 가던 사람들이 걸음을 멈추고 집집마다 구경 나와서 추위도 잊어버린듯 먼발치로 삥 둘러섰다.

'어찌 되려나.'

궁금증은 제법 진진한 흥미를 자아내는 모양. 드디어 이가가 꽁꽁 얼어붙은 맨땅 위에 드러눕더니 사지를 큰 대짜로 뻗어 버렸다.

"굶어 죽기나 치어 죽기나 이판사판! 얼른 달구지로 나를 깔아뭉개고 가라. 내 몸 위로 타고 넘으란 말이다."

심생은 난처했다. 어찌할 줄 몰라 머뭇거리다가 울상이 되어 애원했다.

"이거 봐. 이러지 말고 일어나. 날이 저물면 단골 댁에서 문을 닫는단 말이야. 다섯 섬이나 빠진 것을 배달할 수도 없구, 그렇다구 집에 가서 다시 싣자면 시간이 없구, 허니까 나중에 오래두. 정월두 가까왔으니까 다섯 섬쯤 줄게."

"싫다. 그 말을 어떻게 믿어? 당장 내려놓거나, 날 죽이구 가라는데 왜 여러 말이지?"

같은 말이 오고 갈 뿐 끝날 줄을 모른다.

이때 어느새 왔는지 옆에 서 있던 마차에서 젊은이 하나가 뛰어내리더니 이쪽으로 성큼성큼 걸어온다.

"나도 길을 가야 하는데 이 사람이 왜 이런대?"

젊은이가 짜증이 나서 묻는 말에 심생은 호소하듯 자초지종을 설파했다. 다 듣고 난 젊은이는 행길에 누워 있는 이가를 향했다.

"지금 그 말에 틀림이 없어?"

"있으면 어떻구 없으면 어쩔거야, 왜 남의 일에 나서서 참견이지?"

"참견이 아니라 갈 길에 방해가 되니까 하는 말이다."

"넌 뭐냐, 희떠운 자식. 썩 내 앞에서 꺼지지 못해?"

"그래, 꺼져주마."

젊은이는 심생의 손에서 소몰이 채찍을 빼서 들더니 번개처럼 소등을 후려쳤다.

"휙."

기습을 당한 소는 크게 놀라서 앞에 사람이 누워 있는 것도 잊어버리고 달구지를 끈 채 그 위로 내달렸다.

"앗."

다음 찰나, 얼음판 위에 더운 피가 흐르고, 이가는 두어 번 꿈틀거리더니 그대로 시체가 되어 버렸다. 그러나 젊은이는 천연스레 심생을 향해서 말했다.

"이제는 고만 안심하고 가시오."

빙긋 웃어 보이는 입에서 반짝 드러나는 흰 이빨이 유난히도 인상적이다. 순식간에 벌어진 이 엄청나고 참혹한 광경에 구경꾼들은 어안이 벙벙해 말은 못하고 입만 벙긋거리고 있는데, 그 사이를 헤치고 순찰 중이던 경관이 나타났다.

"꼼짝 마라. 이놈!"

경관이 젊은이 멱살을 움켜잡았으나 꿈쩍도 않는다.

"왜 이래?"

"시끄럽다. 살인범, 어서 가자."

"난 안 가. 시체나 치워라."

"뭐? 안 가?"

경관은 혼자 힘으로는 당할 수 없는 줄 알았는지 군중을 향해 윽박질러댔다.

"뭘 멍청히 보고만 섰는 거야! 빨리 경찰에 연락하지 못하구!"

그 기세에 눌린 구경꾼 몇몇이 흩어졌으나 나머지는 그대로 남아 새로 벌어진 또 하나의 구경거리를 지켜보았다.

"빨리 가자니까."

"안 간대두. 난 바쁜 몸이다."

젊은이는 채찍을 번쩍 들었다. 경관도 하는 수 없이 잡았던 손을 놓고 말했다.

"할 말 있으면 같이 가서 해라."

구경꾼들이 보는 앞이라 체면도 있고, 이 자리만이라도 함께 벗어나 주었으면 하는 마음에 사뭇 애걸하듯 말했다.

그때 연락을 받은 경찰 간부 한 사람이 현장에 도착했다. 손에는 권총을 빼어 들고 있다.

"왜들 그래?"

"목전에서 살인한 현행범입니다. 연행하려는데 불응합니다."

기운이 난 경관이 손에 수갑을 채우려 하자 젊은이는 몸으로 뿌리치며 짐짓 여유를 부렸다.

"천하의 공로상에서 일부러 교통을 방해하기에 본보기를 좀 보여 준 것뿐이야. 땅바닥에 자빠져 있는 놈, 치어 죽기가 소원이라기에 원풀이를 해 준 거구. 그것뿐이다. 가거든 상사에게 그렇게 보고해."

경찰 간부는 두 사람을 번갈아 보다가 갑자기 부하 경찰에게 고함을 쳤다.

"못난 놈……."

"너, 이 어른이 누구신지 아느냐? 숙친왕(肅親王)이시다. 바보 같은 녀석."

숙친왕이라 불리운 젊은이는 또 한 번 빙긋 웃으며 자기에게 무수히 절하고 있는 두 경관과 입을 딱 벌린 구경꾼들을 뒤로 한 채 아무 일도 없었다는 듯 마차 쪽으로 뚜벅뚜벅 걸어갔다.

─숙친왕… 그는 청(淸)나라 제실(帝室)의 황족(皇族)이다. 만주 여진(滿州女眞)족 애신각라(愛親覺羅)부의 추장 누르하치(奴爾哈赤)가 명(明)을 무찔러 청태조(淸太祖)가 되고 죽자, 뒤를 이은 아바하이(淸太宗)는 적출 제일황자(摘出第一皇子) 하오게(豪格)에게 숙친왕을 봉

했다. 황위는 불과 여덟 살인 작은 아들에게 물려주었다. 그는 제3대 세조(世祖—猴治帝)이다. 동족 간의 세력 다툼도 크게 작용했지만, 아무튼 적계(嫡系)인 하오게 후손이 백년 뒤 숙친왕 선기(善耆)이니만큼, 그의 발언이 강하고 영향력이 큰 것은 종손(宗孫) 권위 탓말고도 성격이 호탕하고 권모(權謀)에도 능한 까닭이라고도 할 수 있다.

숙친왕가(家)를 계승한 선기를 누구나 무서워해 되도록 교섭을 피했지만, 숙친왕 자신도 동족을 가까이 하지 않았다. 그러나 웬일인지 외국인과 교제는 많아서 발이 꽤 넓은 편이었다. 그런 와중에도 일본 공사관 수비대의 가와시마 나니와(川島浪速)하고는 더욱 각별한 사이였다.

가와시마는 동경 외국어 학교를 중퇴한 외무성 통역관인데, 일찍이 대륙에 진출할 꿈을 안고 중국으로 건너온 흑룡 회원(黑龍會員)이다. 둘은 의형제를 맺고 그림자처럼 언제나 붙어 다녔다.

만주족 지배 아래에서 벗어나려는 한민족(漢民族)의 궐기인 소위 신해혁명(辛亥革命)이 1911년 10월 10일에 이루어지고 중화민국(中華民國)이 수립되면서 임시 총통(總統)에 취임한 쑨원(孫文)이 그 자리를 위안스카이(袁世凱)에게 양보하자 위안스카이와 사사건건 충돌만 일삼아 오던 숙친왕은 가족은 남겨두고 가와시마와 함께 베이징을 탈출, 뤼순(旅順)으로 피란하게 되었다.

구사일생으로 탈출에는 성공했으나 일행이 탄 기차가 만주 국경에 닿았을 때 철교 경비가 심해 월경(越境)이 위험한 지경에 이르러 만리장성 남쪽 해안으로 후퇴, 일주일 동안이나 아슬아슬한 피신을 하고 있지 않으면 안 되었다.

이때 가와시마가 일본 당국에 교섭해 군함 지요다(千代田)를 돌려받아 숙친왕을 무사히 뤼순까지 성공적으로 도피시켰다. 적어도 숙친왕은 그렇게 믿었다. 지요다는 청일(淸日)전쟁 때 일본이 노획한 청나라 군함 진원(鎭遠)호, 바로 그것이다. 뤼순에 자리잡은 숙친왕은 한민족을 골려주는 일에만 골똘했다.

그는 고토(故土)인 만주땅에 왕국을 건설하는 만몽(滿蒙) 독립계획을 세웠다. 이것은 우연치 않게 일찍부터 일본의 구상이기도 했다. 군부와 정계 일부는 흑룡회의 도야마 미쓰루(頭山滿)를 비롯한 민간 유지와 합작, 그동안 일본에 망명해 있던 쑨원을 원조해서 그가 혁명에 성공하는 날, 만주를 경륜할 꿈을 그리고 있었다. 이것이 소위 남북분할론(南北分割論)인데 만몽 독립 계획과 동음이곡(同音異曲)이었던 셈이다.

이 일에 가와시마는 미리부터 참여해 숙친왕을 추대, 앞장세울 임무를 자진해서 맡았다. 러일전쟁에서 승리를 거둔 일본 육군 중앙부가 다시 중국대륙에 세력을 펴서 권익 획득을 꾀하고 있었다. 이미 만주 화베이(華北)에 일개 사단을 파견해 놓고 모종의 '기성사실(旣成事實)'을 만들려 고대하던 중이라 숙친왕의 만몽 독립 계획은 불감청(不敢請)이나 고소원(固所願)이었다.

1912년 1월 30일 오까(岡) 육군 차관이 호시노(星野金吾) 관동도독부(關東都督部) 참모장에게 보낸 전보는 눈길을 끌만 했다. "차제에 특히 대세에 감안해, 만주에 다소 분란이 일어날 사달이 발생하더라도 지나치게 결벽적인 조처는 피하도록 주의할 것!"

이 함축적 표현이 들어 있는 것만 보아도 관동도독부 또한 만주 계획의 열렬한 지지자였다.

숙친왕 입장에서 볼 때 만몽은 조상 발상지(發祥地)일 뿐더러 그의 누이 하나가 몽고 왕실로 출가해 인척 관계도 있어 더욱 이 운동에 열중했다.

숙친왕은 독립 계획의 대일 교섭을 가와시마에게 일임했다. 따지고 보면 숙친왕의 베이징 탈출도 가와시마를 시켜서 일본 측이 종용하고 획책했던 일이라 그 공을 무시할 수가 없었다. 숙친왕과 함께 융숭히 대우해 민정장관(民政長官)의 관사까지 숙소로 제공할 정도였으나 군의 고급 장교가 얼마 전까지 한낱 통역으로 있던 가와시마를 상대로 협상에 임한다는 건 수치스러운 일이라 여겨서 조그마한 말썽이 일어났다.

그러니까 숙친왕 탈출을 도운 군함 지요다의 회항(回航) 교섭 성공도 겉으로는 가와시마의 공로인 듯 보이지만 실상은 육군 측 요청이었음이 짐작된다.

하지만 이 계획은 실패로 돌아갔다. 가와시마의 오산은 군부에만 의존하고 일본 외무 당국 양해를 깡그리 무시해 버린 데에 있었다. 만주 문제를 두고 육군과 외무 당국의 심각한 대립은 이 사건에서 비롯한다.

펑톈(奉天) 총영사 오치아이(落合謙太郎)에게 진상 보고를 받은 일본 정부는 후쿠시마(福島) 참모차장을 통해 가와시마를 동경에 소환, 우치다(內田) 외무대신이 계획 중지를 엄명했다. 이로써 참모본부도 만주 계획을 부득이 단념했는데, 현지의 육군과 관동도독부는 희망을 버리지 않고 만주를 떠나 동부내몽골(東部內蒙古), 즉, 카라찐(略嗽心) 왕·바린(巴林) 왕 주변으로 압축해 계획을 추진하고 있었다.

그러다가 무기 탄약 수송대가 타이샤포오에서 오준승(吳俊陞)의 부하인 기병대와 충돌한 끝에 중국인 30명, 일본인 9명, 몽골인 9명의 희생을 냄으로써 제1차 만몽 독립 운동은 종막을 고했다.

그럼에도 숙친왕과 가와시마의 우정에는 조금도 변함이 없었다. 그들 사이는 오히려 동지애로 더욱 두터워져만 갔다. 그뿐 아니라 제1차 세계 대전이 일어나던 1914년 숙친왕이 수많은 자녀 가운데 열네째 딸인, 여덟 살 동진(東珍) 아가씨를 가와시마에게 양녀로 주었다. 뒷날, 그 아이가 중국명으로는 금벽휘(金璧輝), 일본 이름 가와시마 요시코(川島芳子)로 중국 대륙을 뒤흔드는 문제의 여인이 된다.

수양딸로 얻은 요시코를 일본 본가에 데려다 놓고 다시 중국으로 건너온 가와시마. 또 한 번 숙친왕과 합작, 몽고 귀족 바부쟈부(巴布札布)를 앞세워 그가 거느린 병력으로 중국군과 대결케 하였다. 가와시마의 주선으로 부호 오오쿠라(大倉喜八郞) 남작(男爵)에게서 얻어온 일화 백만 원이 군자금으로 제공되자 때마침 위안스카이(袁世凱)의 죽음을 계기로 삼아 궐기한 바부쟈부는 일시에 기세를 올리어 한때 장가구(張家口)까지 육박하는 전과를 올렸으나, 군 내부 반란으로 부하의 칼에 암살되면서부터 숙친왕과 가와시마가 그리던 또 하나의 꿈은 사라져 버리고 말았다.

뒤이어 숙친왕도 죽고 요시코의 생모인 소실마저 남편을 따라 자살하니 요시코는 천애의 고아가 되었다. 숙친왕의 유산 분배 문제로 가와시마는 신변이 위태롭게 되어 얼른 귀국해 버렸다.

가와시마의 고향은 일본 알프스로 불리우는 히다(飛驒)산맥에서 멀지 않은 마쓰모토(松本)이다. 이때 요시코의 나이는 17세 고등학생이었다.

대륙 영웅 가와시마의 귀국을 듣고 그를 찾아오는 열혈 청년이 적지 않았는데, 요시코를 만나본 청년들은 타고난 그녀의 미모와 몸에서 풍기는 이국적(異國的) 정서에 매혹되거나 도취되지 않은 이가 없었다. 마쓰모토 부대에 근무하는 청년 장교 야마가(山家) 중위도 예외는 아니었다.

어느새 야마가와 요시코는 연인이 되었다. 둘의 사랑은 열렬하였다. 이것을 눈치챈 가와시마가 하루는 요시코를 조용히 불러 물었다.

"요시코야, 너두 알다시피 나는 돌려서 표현할 줄 모르는 사람이다. 단도직입적으로 묻겠다, 대답하거라."

"뭔데요? 아버지."

"너 야마가 중위를 사랑하니?"

"그럼 저도 꾸밈없이 말하겠어요……사랑하구 있어요, 못 견디 도록."

"흠……. 장차 결혼까지두 할 셈이냐?"

"물론이에요. 죽어두 하구야 말테에요."

이방(異邦) 처녀의 눈에는 정열이 불타고 있었다. 가와시마는 아차 하였다.

'한발 늦었구나. 우물쭈물하는 사이에 벌써 이런 나이가 되었을 줄이야. ……그렇기루서니 너무 조숙해.'

그러나 한편 동정도 갔다. 여덟 살에 부모와 고향, 형제를 떠나 풍 토며 습속이 다른 낯선 나라의 말도 잘 통하지 않는 서먹한 가정에 서 자라다가 부모의 부음을 들은 가슴속이 오죽하였으랴. 육친의 따뜻한 사랑을 모르고 자라 사춘기를 맞이하자 첫사랑에 몸도 마 음도 쏟아놓는 애처로운 아이……

'더 깊어지기 전에 잘라내야 한다.'

가와시마는 잔인한 선언을 하여야 했다. 그는 엄숙한 표정에 무거 운 음성으로 입을 열었다.

"요시코, ……단념해라."

"예?……왜요?"

"여기엔 깊은 사연이 있다."

"어떤 사연인지는 몰라두 저는 단념하지 않아요."

"안 돼!"

"저두 안 돼요."

가와시마는 한숨을 내쉬었다.

포로에게 총살을 선고하는 것과는 다른 줄 알았기 때문이다. 더 오래 가슴속에 묻어두었다가 훨씬 나중에나 들려주려던 말이건만 이제 털어 놓지 않으면 안됨을 그는 깨달았다.

"듣기나 해라."

"안 들을래요."

"이건 들어야 해."

"………."

요시코의 눈동자에는 반역의 빛이 완연히 나타났다. 자칫 잘못되는 날엔 자살을 하거나 집을 뛰쳐나갈 것이 분명하다.

"이건 내 말이 아니라 아버지의 유언이다."

"유언이요?"

반문하면서 고개를 쳐든 눈망울엔 눈물이 흘러넘친다. 가와시마는 띄엄띄엄, 그러나 곱씹어서 뱉듯이 분명한 말로 긴 이야기를 시작했다.

"이건 숙친왕께서 운명하기 직전에 내게만 들려준 말인데……, 요시코는 바부쟈부를 알지?"

"말로는 들었어요. 러일전쟁 때 일본군 모략 공작에 협력했다는 몽골 장군."

"그뿐만이 아니야. 아버지를 돕다가 희생된 사람이지. 결국 숙친왕을 위해서 목숨을 바친 분이다."

"그 사람이 어쨌다는 거예요?"

"바부쟈부의 아들 간쥬르쟈부(甘珠札布)라는 청년을 아버지가 맡아서 일본으로 유학 보냈다. 그 청년이 지금 육군사관학교에 재학중이야."

"그래서요?"

"바부쟈부가 안심하고 결사적으로 활약할 수 있었던 건 후손이 끊기지 않도록 아버지가 간쥬르쟈부의 양육을 책임졌기 때문이지. 훌륭히 군인 교육을 시킬 것을 보증하는 동시에 장차 너랑 결혼시키기로 약속을 했다.”

“어머!”

“그렇게 사위로 만든 뒤에는 아들을 삼으려고 하셨던 거야. 따라서 네가 내 딸인 것처럼 간쥬르쟈부는 내 사위이다.”

“정략결혼이라는 거네요.”

“꼭 그렇게만 볼것은 아니야. ……네가 아버지 유언을 물리치고 유지(遺志)를 저버릴 수 있겠니?……난 그렇게 생각하지 않는다.”

“예……. 생각해 보겠어요.”

“그래라. 당장 대답을 들으려는 건 아니니까.”

이날부터 요시코는 침울하였다. 처음으로 알게된 이성의 사랑, 그것이 비록 뜬구름 같이 담담한 것일망정 단념해야 한다는 사실이 피맺히고 가슴 쓰린 충격이 아닐 수 없었다.

그러나 세상을 떠난 아버지를 생각하며 입술을 꽉 깨물었다. 때로는 아버지가 원망스럽기도 했다.

‘하필이면 왜 그런 약속을 한담.’

자학(自虐)하면서도 참느라 흐르는 세월따라 얼마만큼은 견딜만하게 되었다. 작별이 이렇게 괴로운 줄은 일찍이 부모와 고향을 떠날 적에도 알지 못했던 것이다.

‘그때는 나이가 어려서 철이 없었지. 그랬는데 지금은…….’

생각하면 뭉클하고 가슴을 치미는 뜨거운 감정이 금세 사람을 잡기나 할 것처럼 속을 태운다.

안 오면 그런대로 또 낫겠다. 이런 사정을 알지 못하는 야마가 중위는 그 뒤에도 자꾸만 찾아온다. 야마가가 온 줄 알면 요시코는 일부러 방 안에 들어 앉아 얼굴을 내밀지 않았다. 그런데도 야마가는 눈치도 없이 요시코가 나타나기를 기다리면서 늑장을 부리기가 일 쑤였다. 물론 자주 방문하는 명분을, 가와시마에게 지도를 받기 위 해서라고 하지만 속셈은 그것이 아니었다. 그는 안타깝다 못해 가와 시마에게 넌지시 물어보기도 한다.

"요즘은 요시코상을 통 볼 수가 없는데 어디 아픈 건 아닌가요?"

가와시마는 난처했다. 내막을 털어놓고도 싶으나 그러질 못하니 안달이 난다. 첫째는 장래가 촉망되는 청년 장교에게 마음의 상처를 줄까봐 걱정이고, 둘째로는 충격 끝에 경솔한 짓이나 하지 않을까 하는 염려요, 셋째는 이 소문이 나돌면 중국 자객이 간쥬르쟈부를 노리게 되어 생명이 위험하지 않을까 하는 근심에서였다.

심각한 문제이다. 깊은 궁리 끝에 야마가 자신이 단념하도록 손을 쓰기로 작정하였다. 권모술수는 가와시마의 특기 중 하나이다. 그는 야마가 중위 친구 중에서 믿을만한 사람을 골라서 은밀히 불러다가 부탁했다.

"야마가군이 우리 요시코를 좋아해서 결혼까지 할 생각인 모양인 데…… 야마가군은 유망한 청년 장교가 아닌가. 그런 사람이 중국에 서 반동분자로 지목하는 숙친왕의 딸과 결혼을 한다면 앞으로 출세 하는데 큰 지장이 있을 걸세. 그래서 하는 말이니 자네가 잘 좀 충 고해서 요시코를 단념하도록 힘써 주게."

이렇게 부탁하는 한편, 간쥬르쟈부와 딸의 혼담을 추진하면서 결 혼을 앞둔 요시코를 구주(九州) 남쪽 가고시마(鹿兒島)에서 멀리 떨 어지지 않은 작은 섬으로 보내 버렸다. 그곳에 히다카(日高)라는 부 자 친구가 별장을 가지고 있었기 때문이다.

바다가 보이는 좋은 풍경 속에서 마음의 상처를 달래라는 따뜻한 마음에서 한 일이기도 했지만, 요시코는 야마가에게서 자기를 떼어 놓는 방편으로 받아들였다.

그러나 날로 비뚤어지고 독살스러워지는 마음과 울분을 별장 근처에 사는 유도(柔道)사범에게 호신술을 배우는 것으로 간신히 배출하는 그녀였다.

　　"에잇!"

　　날카로운 기합과 함께 살기등등한 육괴가 돌진하는 앞에 건장한 남자라 할지라도 적수는 안 되었다. 유도 기술이 늘어나는 만큼 마음도 나날이 모질어갔다. 그녀는 별장 주인 히다카의 장남 14세 된 히로시(博)와 같은 방을 썼다. 어린 히로시는 밤마다 요시코가 으스러지도록 껴안아주는 볼록한 젖가슴에 얼굴을 파묻고 가쁜 숨을 몰아쉬었다. 쾌감에 눈을 뜬 것이다. 그러기에 그녀가 떠날까봐 조바심을 내는 소년이었다.

　　"요시코상은 여간 기운이 세지 않아."

　　"후후훗. 우리 유도할까?"

　　"싫어. 그러다가 죽을라구."

　　히로시는 요시코에게서 키스하는 법도 배웠다. 굉장한 흡인력에 빨려 들어가는 순설(脣舌)의, 아프면서도 짜릿한 감촉은 난생 처음 경험하는 즐거움이다. 불장난처럼 겁나면서도 재미를 맛보는 히로시는 동경 집으로 돌아가야 할 날이 안타까웠다. 요시코는 좋은 벗이고 청춘의 선배다. 더구나 청국 제실의 왕녀가 아닌가.

　　"야—이, 내 친구는 왕녀마마다."

　　그는 큰소리로 자랑하며 돌아다녔다.

　　어느 날 둘은 해변을 나란히 산책하게 되었다. 긴 모래사장 끝자락에 뾰족하고 날카로운 돌산이 있는데, 두 사람은 끌어주고 밀어주면서 조심조심 기어 올라갔다.

　　밀물이 다녀간 움푹한 곳에 고인 바닷물이 뜨뜻해지고 응달진 석벽에는 아직 물기가 덜 말라 축축한데, 어디선가 아기 고양이 울음

소리가 가늘게 들려왔다.

"저게 무슨 소리야? 고양이가 우는 것 같은데."

"글쎄."

"틀림없어. 웬 고양이일까?"

"몰라."

"내가 보구 올게."

히로시가 징검다리 뛰듯 돌부리를 깡충깡충 넘어가서 고양이 한 마리를 안고 온다. 목에 빨간 헝겊 리본을 맨 것으로 보아 뉘집에서 기르는 고양이가 분명하다.

"아이, 이뻐라. 어디 좀 봐."

"음, 안고 가서 주인을 찾아줘야겠어."

히로시가 내어주는 고양이를 요시코가 받아 안을 때 어쩐 일인지 그녀의 보드라운 손등이 고양이 발톱에 조금 할퀴었다.

"아얏!"

순간 요시코의 눈이 매섭도록 파랗게 질렸다. 요시코는 조그마한 입술을 오무리면서 고양이 목에 달린 리본줄을 손가락에 걸어 두어 번 흔들더니 에잇, 허공에 쳐들었다가 뾰족한 돌부리에 태질을 쳐버렸다.

"앗"

히로시는 입을 딱 벌리었다. 요시코가 제 정신인가, 알아보려는 듯 얼굴을 쳐다봤을 때 하마터면 비명을 지를 뻔했다. 창백해진 얼굴이 잔인하게 빛났다. 고양이뿐 아니라 사람이라도 죽일 듯한 표정이었다.

그 얼굴에 싸늘하게 흘리는 웃음빛이 스쳐갔다. 히로시는 아무도 없는 이곳에 요시코와 단둘이만 있는 게 겁이 났다. 꼭 요시코는 히로시 자신을 노리는 것만 같았다. 그는 달아났다. 뒤도 안돌아 보고

마구 달렸다.

그날부터 히로시는 다시는 요시코와 한방에 있으려고 하지 않았다.

자금성의 개구쟁이

　명조(明朝) 초기에 제3대 성조(成祖)가 세운 자금성(쯔진청)은 500년간 명·청의 역대 황제가 살면서 수리와 개축을 더해 규모가 크고도 으리으리한 동양 으뜸 궁전이다.

　이 호화찬란한 궁궐 주인은 가와시마 요시코와 같은 나이요, 일가인 황제 푸이(博儀)였다. 그는 청조 최후의 황제가 될 운명을 지니고 태어난 사람이던가. 세 살에 즉위하고 여섯 살에 신해(辛亥)혁명을 만나 공화제인 중화민국이 되자 이듬해에는 퇴위하지 않을 수 없었다. 그러나 그 무렵에는 황제의 영화를 계속 누릴 것이 약속되어 있었으니 그것은 민국정부가 민심 동요를 막고 황제를 예우(禮遇)로서 대할 것을 약속하였기 때문이다. 그러나 달이 가고 해가 바뀔수록 실권이 없는 황실에 대한 민국정부 태도는 냉랭해져만 갔다. 이러는 동안 황족과 구신(舊臣) 둘이 제정복고(帝政復古) 운동을 펼치다가 수차례 실패하였다. 관대한 민국정부라 할지라도 푸이를 눈엣가시처럼 볼 것은 오히려 당연한 일이다.

　푸이가 철이 나서 보니 자신이 황제였다. 세력도 없는 허수아비일 뿐, 이 딱한 처지는 그를 성격파탄자로 몰아갔다. 감시 받는 연금 상태에서나마 자금성 안에서는 마음대로 안되는 일이 없었지만 불만은 날로 쌓이고 더해지는 불안이 푸이를 몸부림치게 했다. 그 배출구를 신하와 태감(太監＝宦官)에게서 찾고자 잔인한 형벌과 무모한 낭비로 조바심나는 안타까움을 달랠 뿐이었다.

내무서에 명하여 3만 원짜리 금강석을 사들이라 이르고는 다음날에는 그것을 대신들 앞에서 내동댕이치며 소리쳤다.

"경들은 다이아몬드를 살 때 얼마씩이나 돈을 벗겨서 착복하였소?"

아침에는 대신을 불러서 서화 골동(書畫骨董)을 조사 정리해서 오늘 안으로 보고하라 일러 놓고는, 오후에는 향산(香山)으로 놀이를 가니 행차를 마련하라고 들볶았다. 실권은 없는데도 여러 공회 석상에는 끌어내므로 그것이 싫어서 드넓은 성중에 숨어버리기도 하는 개구쟁이 황제 푸이는, 제일 고역인 정장(正裝)과 노부(鹵簿) 대신 가벼운 몸차림으로 영어 교사인 영국사람 존스톤이 바친 자전거를 타는 것이 가장 즐거웠다. 그러나 왕공(王公) 대신들은 기를 쓰고 말린다.

"폐하, 자전거는 미천한 백성들이나 타는 것이지 금지옥엽의 만승지군(萬乘之君)이 쓰실 게 못되옵니다."

"잔소리 말고 뒤를 밀기나 하여라."

푸이는 자전거 페달을 밟지 않고 늙은 대신들에게 뒤를 밀라고 재촉한다. 그렇게 혼을 내주어서 다시는 자전거에 관해 말을 하지 못하도록 입을 막아 버릴 심산인 것이다.

"더 빨리…… 좀 더……."

노신(老臣)들은 숨을 헐떡헐떡 몰아쉬면서도 이 고역을 치러 넘겨야만 했다. 혼자서 달리다가도 일부러 먼 곳에 있는 신하를 부른다.

"내릴 테다, 빨리 와서 붙잡아라."

늙은이가 뒤뚱거리며 달려오는 꼴을 보고 푸이는 소리내어 웃어댄다.

때로는,

"차렷."

구령을 걸어서 시립한 대신들을 움직이지 못하게 해놓고는 일부러 그쪽으로 자전거를 몰아 충돌을 하는데, 이런 때 피하거나 달아나면 불충이라는 누명을 씌워서 벌을 내린다. 따라서 푸이 자전거는 공포의 대상이요, 저주의 중심이었다.

한번은 대신 하나가 자전거를 끌고 나온 푸이 앞에 엎드렸다.

"폐하, 신은 오늘 죽음을 무릅쓰고 이 말씀을 올립니다."

"뭔데?"

"자전거를 거두소서."

"왜?"

"자전거는 맹수보다도 무섭고 귀신보다도 두렵사옵니다."

"누가 그렇다는 말이야?"

"그 위험한 것을 타시다가 옥체가 만의 일이라도 상하시는 날이면, 신등은 지하에 가서 역대 황조(皇祖)께 뵈올 낯이 없게 됩니다."

"경들 체면을 위해 짐이 자전거를 타면 못 쓴다 이 말인가?"

"그것이 아니오라 옥체가 상하기라도 하면 큰일이옵니다."

"왜 상해?"

"부딪치시면 상하기가 쉽사옵니다."

"좋은 말을 하였어. 부딪치지 않을 도리를 강구해."

"그 도리는 하나밖에 없사옵니다. 궁성 안을 다니시기 편하시도록 금으로 지붕을 얽은 팔인교를 새로 만들었사옵니다. 그것을 타시오면 되실 것이오이다."

"팔인교라? 그것은 느리고 굼떠서 안 돼. 역시 자전거가 빨라서 좋아."

"안되시옵니다."

"무엇이? 안 된다고?"

"예, 볕이 쪼이는 아래서 자전거를 타시다가 만약 옥체 미령하시기라도 하는 날에는….”

“그건 옳은 말이야. 좋다. 오늘부터는 그늘로만 타고 다닐 것이야. 그러자면 궁성의 온 문지방이 방해가 된다. 그러니까 모든 문지방을 톱으로 켜서 몽땅 잘라 내도록 하여라.”

“예? 문지방을 끊으란 말씀이십니까?”

“경은 귀가 어두운가. 짐의 말이 아니 들려?”

“들리기는 하였습니다마는…….”

“들렸으면 끊어 내어, 당장 오늘 안으로.”

“폐하, 어명을 거두어주시옵소서.”

“어찌하여?”

“열성조께서 수백년 간 대대로 불편을 아니 느끼신 문지방을, 어찌 끊어낼 수가 있사오리까?”

“경은 짐을 우롱하는가?”

“그, 그러할 리가…….”

“없다고? 그러면 묻겠는데, 아까는 자전거를 응달에서 타라 하였고 부딪치면 다치기도 쉽다 해놓고 금세 같은 입으로 아니된다고 하니 그것이 짐을 우롱함이 아니면 무엇이겠는가. 당장 끊어내어. 못하겠으면 태감에게 명할 뿐이야. 어서.”

“폐하.”

“에에—, 시끄럽다. 여봐라. 이 늙은이를 끌어내라.”

푸이는 경사방(敬事房)에 명하여 노대신을 매질하게 한 뒤, 그것도 구경하고 문지방 자르는 공사도 감독할 겸, 자전거를 타고 궁성 안을 몇 바퀴나 돌아다녔다.

이것이 하루 위안거리는 되었으나 다음날부터는 또 오금이 쑤시고 사지가 뒤틀린다. 푸이는 전부터 계획하던 외국 유학 문제를 요사이 부쩍 더 생각하게 되었다. 그러나 이것은 황실 어른들이 극력 반대하는 일이라 문지방을 잘라내는 것처럼 쉽지는 않았다.

그러나 황족들도 더는 강하게 말할 수 없었다. 어릴 적이면 몰라도 이제는 사리를 판단할 나이가 되었음에 굳이 떠난다고 우긴다면, 감히 누가 어떻게 막아 내겠는가.

생각다 못해 황실 어른들은 푸이를 결혼시키기로 결정하였다. 하지만 황후를 책봉하는 대혼(大婚)은 사가(私家)의 그것과는 달라서 일조일석에 쉽사리 되는 게 아니고 까다로운 절차와 복잡한 수속, 또 여러 가지 의식을 필요로 한다. 아무튼 이것은 묘안이었다. 푸이가 결혼에 대해 약간의 흥미와 관심을 갖게 되었기 때문이다. 그러나 여체에 마음이 끌린 게 아니라 황후를 맞으면 저절로 어른 대접을 받게 되어 성가신 황친들의 간섭을 모면할 수 있으리란 점이 못 견딜 정도로 매력이었던 것이다.

자금성(쯔진청) 안에는 푸이가 어머니로 모셔야 하는 귀부인이 네 분이나 계시다. 동치제(同治帝)와 광서제(光緒帝)의 네 분 비(妃)인데, 이제는 태비(太妃)로 경의(敬懿)·장화(莊和)·영혜(栄惠)·단강(端康)이 그분들이다.

황후 책립의 중대사이다 보니, 네 분 태비가 나서서 황후 후보를 각각 한 사람씩 천거하였다. 선제 때까지만 해도 황후 간택(棟擇)은 물망에 오른 처녀 둘을 나란히 세워 놓고 그 앞으로 황제가 지나가면서 하나하나 자세히 살펴본 뒤, 다시 돌아오는 길에 마음에 든 처녀 앞에서 걸음을 멈추고 옥구슬을 손에 쥐어 주거나 염낭을 처녀 가슴에 달린 단추에 걸어줌으로써 끝이 나던 것이지마는 이번 푸이 경우는 좀 달랐다. 태비 네 분의 경합(競合)이 치열한 만큼 추천한 처녀들 사진을 황제에게 보내어 마음에 든 처녀에 연필로 동그라미를 쳐서 정하기로 한 것이다.

사진 넉 장이 푸이 앞으로 왔다. 그러나 사진 속 얼굴이 다 작아서 미추(美醜)를 가려내기는커녕 누가 누군지 분간하기조차 힘이 들지경이었다. 푸이는 판정이 어려워 주춤대다가 사진을 던지면서 벌렁 누워버렸다.

"뭐가 뭔지 아리송해서 알 수가 없구나. 좀 더 두고 천천히 생각해 봐야겠다."

시립한 태감이 질겁을 하였다.

"황제 폐하, 그렇게는 아니되십니다. 태비전에서 고대하고 계시니 지금 당장 흠정(欽定)을 내리셔야 합니다."

"지금 당장?"

"예……"

"그럼 네 맘에 드는 걸로 골라서 네 손으로 동그라미를 쳐서 보내어라."

"그렇게 하오면 소신이 죽사옵니다."

"뭐? 죽어? 이 사진에 동그라미를 치는 사람은 죽는 법이냐. 그렇다면 짐도 못 하겠다."

"아, 아니오이다. 폐하께서 치시면 무관하옵니다."

"무척이나 성가시구나. 그래 알았다. 이리 다오."

푸이는 몸을 뒤집어 넙죽 엎드리더니 손에서 가장 가까운 거리에 있는 사진을 끌어당기어 연필로 동그라미를 그렸다.

"가져가거라."

"예!"

이렇게 해서 뽑힌 것이 경의 태비가 천거한 만주 귀족 단공(端恭)의 딸로 이름이 문수(文繡), 별호를 혜심(惠心)이라고도 하는 나이 어린 소녀였다. 경의 태비는 만족하였으나 늘 지기 싫어하는 단강 태비의 불만은 대단하였다. 그녀가 추천한 후보는 역시 만주 명문 출신 영원(榮源)의 따님 완룽(婉容)으로 자(字)를 모추(慕秋＝鴻秋·秋鴻

은 歌轉임)라 하는 황제와 동갑인 16세 처녀였던 것이다. 단강 태비는 푸이 생부(生父)인 순친왕(醇親王) 재풍(載灃)을 황제에게 보내어 재심사를 요구하였다.

"황제 폐하. 단강 태비전이 말씀하시기를, 황제께서 표하신 처자는 집이 가난하고 자색도 아름답지 못하다 하십니다. 이쪽 처녀는 부자인데다가 용모도 아름답다 하오니 다시 골라 보심이 좋을까 하나이다."

"그런 걸 왜 진작 알려 주지 않으시었소. 동그라미 그리기는 힘이 드는 일도 아니니 그러면 그쪽에도 표를 합시다."

이리하여 재심 끝에 완룽이가 선에 들자, 이번에는 경의 태비가 가만 있지 않는다. 또 크게 말썽이 생기려고 할 즈음 영혜 태비가 나서서 절충안을 내었다.

"폐하께서 문수 낭자에게도 동그라미를 친 이상 그 처녀는 한평생 신하에게 출가할 수 없는 몸이 되었습니다. 그러므로 폐하께서는 문수를 비(妃)로 맞아들이심이 가할까 하옵니다."

"어째서 그렇단 말씀이요. 아내는 하나면 족하지 한꺼번에 둘씩이나 맞아서는 어찌할 것입니까?"

"그렇지 않습니다 폐하. 앞으로 황위를 계승할 후사(後嗣) 문제도 있으니 황제께서는 모름지기 후비(后妃)를 같이 거느리심이 옳을 듯하나이다."

"의논들 하셔서 좋을 대로 하시오."

"황감합니다."

푸이는 처첩(妻妾)을 일시에 갖게 되었다. 완룽은 황후요, 문수는 숙비(淑妃)이다. 둘을 한꺼번에 맞는 탓에 절차는 더욱 복잡하였다. 신부는 둘인데 신랑이 하나여서 그런지 푸이는 몸살 날 지경으로 마음이 바빴다.

1922년 11월 29일 사시(巳時=午前10時), 숙비의 세간이 들어오고 다음날 황후 책립례(冊立禮)에 뒤이어 숙비가 입궁하였다. 이튿날인 섣달 초하루에는 대혼 식전 거행과 동시에 황후 입궁 등등 소란스런 하루였다.

이 예식에 동원된 인원수도 상당하였으나 들어온 선물과 축하금도 굉장하였다. 그중에서도 민국정부의 고위층이 보내온 수많은 선물은 황후 및 청조 유신들을 우쭐하게 하였다. 대총통 여원홍(黎元洪)은 값지고 귀한 선물 여덟 가지에 '중화민국 대총통 여원홍, 증 선통 대황제(中華民國大總統黎元洪贈宣統大皇帝)'라고 쓴 붉은 종이를 얹어서 정중히 보냈고, 전 총통 서세창(徐世昌)도 현금 2만원에 온갖 선물들을, 장쭤린(張作霖), 오패부(吳佩孚), 장훈(張勳), 조곤(曹錕) 등 군벌과 정계의 거물까지 빠짐없이 현찰과 선물을 가득가득 실어왔다.

총통 대리로 예식에 참석한 총통부 시종 무관장 음창(廕昌)은 민국 정부를 대표하여 간곡한 축사를 하였고, 축사가 끝난 뒤에는 푸이 앞에 엎드려서 하례를 올리었다. 어찌 그뿐이랴. 동교민항(東交民巷=베이징의 외국인 마을)에 사는 외국 사절들도 거의 빠진 사람이 없었다.

이와 같은 성황은 기대 밖이고 뜻밖의 일이었다. 황족과 왕공 대신 및 청조 유신들은 아직도 청조 황실 권위 영향으로 제정(帝政)을 흠모하고 지지하는 증거라며 제 나름대로 해석, 흥분하여 기뻐하면서 모든 절차를 무사히 끝내었다.

이러는 동안에도 푸이는 자신을 돌아볼 여유를 가졌다.

'내가 무어냐. 잘 입고 잘 먹고 잘 쓰고, 내 몸은 편하지만 아무 권력도 없는 내가 대관절 이 나라의 무엇이냔 말이다. 황후와 숙비를 영립(迎立)하였다지만 옛날과 달라진 것이 무엇인가. 다만 어른이 되었다는 것뿐이다. 만일 혁명만 없었다면 지금쯤 친정(親政)에 임하여 섭정(攝政)을 물리치고 모든 권력을 휘두르고 있을 텐데!'

푸이는 이런 생각이 자꾸만 머릿속에 번득거려서 다른 일을 궁리할 겨를이 없었다. 부부 간의 일이라든가 가정 문제 같은 것은 처음부터 아예 염두에 두지도 아니하였다. 겨우 한가지 관심사는 신부들이 어떻게 생겼을까 하는 점이었다.

용(龍)과 봉(鳳)을 수놓은 샛빨간 비단 보자기를 머리에 쓴 완룽을 처음 보았을 때 고작 이런 마음이 들었을 뿐이다.

'꽤 아름답구나……'

결혼 초야—그러니까 푸이도, 오랜 전통과 관습에 따라 희방(喜房)이라 불리우는 신방에 들었다. 희방의 꾸밈새는 전부 주홍색이라는 것이 특징이다. 자금성 정북방에 위치한 곤녕궁(坤寧宮) 안에 있는 이 침실은 사방이 10미터쯤 크기인데 4분의 1이 캉(炕=높게 만든 온돌)으로, 상하 좌우가 붉을 뿐 아니라 그릇과 가구까지도 모조리 붉은 빛을 띠었다. 아니, 붉지 않은 것이라고는 이 방 안에서 바닥 말고는 한가지도 찾아볼 수 없다.

붉은 커튼과 이불, 붉은 옷을 입은 신부의 불그레한 뺨…….

마치 불속에 들어앉은 듯한 착각이 들 정도이다.

베이징(북경)의 겨울은 춥다. 그나마 섣달 설한풍은 칼날 같은 추위를 몰고 오건만 이 붉은 빛깔에 푸이는 어쩐지 번열증이 났다.

'합근례(合卺禮) 때 마신 술탓인가.'

합근례는 첫날밤, 신랑 신부가 합환주(合歡酒)를 마시는 예식이다. 가슴속이 답답하고 후끈 달아오른 것은 술탓만도 아닌 듯싶다.

캉 위에 표정 없이 앉아서 고개를 수그리고 있는 신부 모습이 답답하게만 보였기 때문이다.

푸이는 앉아도 서도 마음이 가라앉지 않았다. 뒷짐을 지고 방 안을 거닐어 보았으나 역시 마찬가지였다. 이내 걸음을 멈추고 물었다.

"이름이 완룽이랬지?"

대답이 없다. 푸이는 조바심이 났다.

"이름이 뭐냔 말이야, 완룽이가 아니야?"

"………."

"왜 대답이 없어? 귀머거리야? 아니면 벙어리인가?"

"그렇지 않습니다."

"그러면 이름을 말할 수도 있지 않어? 누구야?"

"완룽입니다."

"……."

이번에는 푸이가 입을 다물었다.

'고집이 있어 보이는 걸.'

푸이는 신부를 한차례 혼내주고 싶어졌다. 큰 소리로 지르는 비명이 들어 보고 싶었다.

'손바닥이 빨개지도록 채찍으로 후려칠까? 아니면 손발을 묶고 온몸을 두드려줄까? 오늘은 그만두자, 첫날이 아니냐.'

하지만 참기가 어려웠다. 그것을 그만 두려면 이 자리를 피해야 한다.

'여기를 빠져 나가자. 역시 나에게는 지금까지 혼자 살던 양심전(養心殿)이 제일 좋아.'

희방을 나온 그는 곤녕전에서 꽤 멀리 떨어진 양심전(養心殿)을 향해 혼자 걸어갔다. 매서운 바람이 춥기는 하여도 기분이 좋았고, 대사를 치른 끝이라서 그런지 주위가 조용한 것이 마음에 들었다.

그러나 푸이는 덜컥 겁이 났다. 어둠 속에서 검은 복면을 한 자객이 불쑥 튀어나와 칼부림을 할 것 같아서이다.

'그렇게 되면 어떡하지?'

분명 소리 없이 죽게 될 것이다. 아무도 모르게 시체를 내다버리고 나서 민국정부는 황제가 외국으로 탈출했다고 발표할지도 모른다.

그가 존스톤을 통해 외국 유학을 하고 싶다고 조르는 데는 이런 것도 큰 이유 가운데 하나이다. 낮에는 모르고 지나치지만 밤이 되면 어디서 버석하는 소리만 들려도 전신에 소름이 오싹 끼치곤 한다.

신변의 위험을 물리치려면, 몸의 안전을 기하려면 한시바삐 이 호굴(虎窟)을 벗어나는 것이 상책이다―이렇게 믿는 푸이였지만 주변에서는 그렇게 생각하지 않았다.

"폐하께서 자금성을 떠나는 것은 민국정부가 약속한 우대 조건(優待條件)을 포기하는 것이 됩니다. 우대 조건을 해소하자고도 않는데 어째서 먼저 포기할 까닭이 있겠습니까?"

이것이 그들이 내세우는 반대 이유지만, 애초에 우대한다던 조건도 세월이 갈수록 차츰 달라져서 우대는커녕 이제는 겨우 천대(賤待)만 안하는 정도가 되지 않았는가.

4백만 원의 세비(歲費)를 지출한다던 것이 유야무야가 된 지금, '제왕의 칭호는 폐지하지 않는다'는 대목만 믿고 언젠가는 조업(祖業) 회복이라는 구실을 내세워 구차스럽게 연명해간다는 것이 젊은 푸이에게는 그리 탐탁치 않았다.

하기야 변화무쌍한 국내 정세가 언제 또 바뀌어서 복위(復位)가 되지 말란 법도 없겠지만, 그 반대로 새 정권이 들어서면 이나마 지위라도 온전히 지니게 될는지……

아니, 그날이 오기 전에 지금 당장이 위태롭다. 대혼 때 민국 정부가 보인 뜻밖의 호의로 모두들 흡족해하는 모양이지만, 그렇게 안심시켜 놓고 뒤에 가서 무슨 흉계를 꾸밀지도 모르지 않는가.

양심전에는 보안 시설이 완비되어 있다. 곤녕궁은 그렇지도 못하다. 희방에서 잠자는 자기를 누가 죽이려고 노리고 있었던 것 같은 망상이 떠오르자, 희방을 빠져나온 후회가 다시금 잘한 일이라는 생각으로 변하였다.

피부를 파고드는 추위는 가슴속 번열로 소름이 된다. 공포증이란 사람 몸을 차게도 덥게도 하는 조화를 부리는 것인가.

바람 소리에 진땀을 빼고 그림자에 몸서리 치면서 간신히 양심전에 닿은 푸이는 그제야 안심하는 한숨을 길게 내쉬었다.

침전 문을 열고 들어서니 방 안이 후끈하다. 그는 문을 잠그고 침상 쪽으로 향하였다. 그때 문득 눈에 뜨인 것은 벽에 써붙인 전국 각지의 대신들 명단이었다.

여기서 그는 또 한 번 잊었던 일을 떠올렸다.

'저것들이 있으면 뭘 하나. 명목만 내 신하이고 실제로는 민국정부의 주구(走拘)들인 것을, 나에게 남은 것이 무엇인가.

아무것도 없다. 허울 좋은 황제 폐하의 허명(虛名)만 있을 뿐 아니냐. 유신(遺臣)들이 있다지만 믿지 못할 것들. 언제 변절하고 배역할지 모르는 무리들…… 그러나 오늘부터 두 명의 심복이 생겼다. 황후 완룽과 숙비 문수. 하지만 다시 생각해 보면 그들이라고 다 믿을 수야 있는가. 품속 깊이 비수(匕首)를 지니고 들어와 잠든 틈을 타서 나를 찌를지도 모르는 일이다. 완룽, 문수 그들도 안 믿는다. 민국 정부의 첩자인지 알 수 없으니까.'

그는 침상으로 와서 벌렁 드러누웠다.

잠이 오지 않아 다시 뜬눈으로 깊이 궁리에 잠기었다. 그 궁리 끝에 얻어진 결론은 역시 외국으로 떠나든가, 빨리 복위를 하든가에 귀착하였다.

'흥, 나를 꼭 붙잡아 두려고 후비(后妃)를 둘씩이나 한꺼번에……?'

미안할 것은 조금도 없다고 생각한다.

'손끝 하나도 건드리지 않았는데……'

하지만 후비 생각이 아주 안 나는 것도 아니다.

'곤녕궁에 버려두고 온 완룽은 지금 무얼 하고 있을까? 그대로 앉아 있을까? 잠이 들었을지도 몰라. 아니, 잠은 안 잘 걸. 내가 빠져 나와버렸으니까 분해서 할딱거리며 밤을 지새울지도. ……문수는……문수는 무슨 생각을 하고 있을까. 열네 살 밖에 안된 것이 애처롭기도 하지.'

이런 때 푸이는 의젓하고 천연덕스럽다. 그러나 한번 발작이 나면 정신 이상이요, 성격 파탄 증세가 유감없이 드러난다.

'하나를 정해야겠는데. 외국으로 나갈까, 복위 운동을 추진할까. 두 가지는 다 어려울까?'

"음! 그렇다."

침상에서 푸이는 벌떡 일어났다. 그의 눈은 빛난다. 천하에 둘도 없는 묘책을 생각해 냈다는 듯 느슨하게 헤벌어진 입가에 웃음빛마저 감돈다.

'내가 왜 이제까지 이걸 몰랐담. 숨막히는 자금성을 벗어나서도 복위하는 길이 있다는 걸 말이야.'

"따르르릉……"

이 소리에 푸이는 깜짝 놀랐다. 양심전 안에 새로 가설한 전화 벨소리였다.

푸이는 송수화기를 들었다.

그러나 귀에 대기만 하였을 뿐 말은 않는다. 상대방의 목소리를 들어보고 나서 대답을 하기 위해서이다.

"양심전입니까?"

서투른 중국어로 묻는 말에 그는 울컥 반가운 마음이 솟아났다.

영국인 가정 교사 죤스톤의 음성이기 때문이다.

"그렇소. 나요."

"아, 역시 황제 폐하."

"내가 여기에 있는 것을 어떻게 알았소?"

"그보다도 폐하, 제가 지금 양심전으로 찾아 올라가도 되겠습니까?"

"얼른 오시오. 기다리고 있겠소."

대화는 간단하였으나 푸이는 매우 즐거웠다.

전통만을 내세우는 태고(太古)에 사는 듯한 자금성 안에 새것을 여러 가지 소개해 준 이 고마운 사람.

전화만 해도 그렇다. 죤스톤에게 처음 이야기를 들었을 때 너무 신기해서 놀러 온 한 살 어린 푸제(溥傑)에게 새 지식을 자랑하듯 들려주었더니 오히려 남동생은 깔깔대고 웃었다.

"형은 그걸 처음 알았어?"

푸제는 다른 사람이 있는 공식 석상에서는 깍듯이 황제 폐하라고 최존대어를 쓰지만, 단둘이 있을 때는 형이라 부르고 말도 놓곤 했다.

"너는 알고 있었니?"

"알기만 해? 밤낮으로 쓰는데."

"뭐? 그럼 보기도 했겠구나."

"보기만 해? 집에도 있단 말이야."

"집에 전화가 있다구?"

"그럼."

"집에두 있는 데 궁성에는 없어?"

푸이는 당장 내무부 대신 소영(紹英)을 불렀다. 양심전 안에도 전화를 가설하라고 명령하였더니 대답은 하면서도 안색이 변하며 달아나 버렸다. 다음날 죤스톤만 빠진 중국인 교사들과 나란히 들어 와서는 말했다.

"폐하, 전화기 가설 어명을 거두어주십시오. 그러한 시정(市井)의 물건은 열성조께서 쓰시지 않은 것이옵고, 또 양이(洋夷)들이 만들어 낸 기계이오니 아니 쓰심이 좋을 듯하나이다."

이렇게 또 성가신 반대가 있으리라 짐작한 푸이는 미리부터 궁리해 둔 답변의 말이 있었다.

"궁중에 있는 시계와 피아노, 전등 따위도 모두 양이가 만들어냈지만 열성조께서 사용하지 않으시었소?"

"전화는 다르옵니다. 밖에서 폐하께 전화를 하는 자가 있으면 이는 불경(不敬)이옵고 황실의 존엄을 해치는 것이 되옵니다."

"불경이라면 전화 말고도 매일 신문에서 얼마든지 볼 수 있지 않소? 눈으로 보는 것과 귀로 듣는 것이 얼마나 다르냔 말이요? 딴말하지 말고 어서 전화나 가설하도록 주선하오. 아니면 이 일을 경들에게 일러준 내무부 대신 소영을 처벌하겠소."

교사들은 얼굴이 하얗게 질려서 물러갔으나 이번에는 그의 생부인 순친왕 재풍이 그 일로 들어왔다.

"폐하, 전화 가설을 중지하시오."

"어째서요? 왕야(王爺)의 사처에는 전화가 있다지 않습니까?"

"그것이……있기는 있습니다마는 황제가 계신 궁중과는 틀립니다."

"뭐가 틀리다는 말씀입니까?"

"황제는 지존(至尊)이시기 때문입니다."

"지존이어서 왕야와 부걸은 단발을 하였는데, 짐만 변발(辮髮)을 드리우고 살아야 합니까? 짐도 단발을 하렵니다."

"참말로 아니 되시옵니다. 그렇다면 차, 차라리 전화를……."

푸이는 빙긋 웃고 태감을 불렀다.

"여봐라, 게 누구 없느냐?"

"예……."

태감이 들어오자 푸이는 쏘아붙이듯 말했다.

"오늘 안으로 양심전에 전화 가설을 하거나 소영을 잡아들여서 태형 백 대를 치거나, 한가지를 택하여라."

"예? ……예."

그날 안에 전화가 가설되면서 번호책도 따라왔다.

그것을 펼치며 유명인 이름을 찾는 것은 푸이에게 새로 생긴 취미이다. 번호를 찾아서 말을 걸어보는 것은 못 견디도록 재미 나는 장난이었다.

인기 있는 연극배우나 곡마단 단원과 통화를 해보기는 물론, 요리점을 불러내어 대신 이름을 말하고 요리 한 상을 배달해 달래서 골탕먹이는 장난 전화는 더욱 흥미진진하였다.

존스톤에게 들은 이름난 학자 후스(胡適)박사와도 연락이 되어 이례(異例)의 알현(謁見)을 하기도 했다. 그러나 대부분 전화 용도는 푸제와 외유(外遊)문제를 의논하는 데에 있었다.

전화를 놓았는데도 푸이는 단발을 단행했다. 만주족의 오랜 풍속이요, 상징이라는 돼지 꼬랑이 같은 변발. 그것을 잘라버린다는 말은 생부 순친왕에게 위협 방편으로 많이 쓰던 것이지만 궁중에서도 완고한 몇몇 노인만 남겨 두었을 뿐 대부분 끊어버린 꼬리를 자기만 달고 다녀야할 까닭이 없다고 생각했다. 하지만 엄밀히 말하면 여기에도 존스톤의 영향이 크게 작용하였다. 이 일에 용기를 낸 것은 역시 존스톤의 칭찬을 받기 위해서이다.

푸이의 변발은 환관이 시중을 들어서 빗기고 땋아 주고 하던 것인데 하루는 환관에게 명령하였다.

"그 머리를 잘라라."

"예······?"

환관은 눈을 크게 떴다.

"내 머리 꼬랑이를 끊으라니까."

"······."

환관은 입이 얼었다. 귀가 먹먹하다.

황명이라고는 하나 그대로 거행하였다가는 태비들에게 어떤 욕을 당하게 될 지 알 수 없어서 주춤거리고 있을 뿐이었다.

"가위를 가져오너라."

"어서."

환관은 가위를 찾아냈다.

"빨리 잘라라. 못 자르면 내가 너의 몸에서 가장 소중한 부분을 이 가위로 도려내겠다."

"폐하, 살려주십시오."

"좋아, 내가 자르겠다."

"사, 살려 주십시오."

환관이 울면서 고간(股間)을 움켜잡고 돌아섰을 때 가위를 잡은 푸이는 제 머리 꽁지를 싹둑 떼어 내었다. 그러고도 환관은 매를 면할 수가 없었으니 그것은 황명을 거역했다는 죄목이다.

다음날 죤스톤은 앞은 백골을 쳐서 빤질거리고 뒤쪽만 꼬리가 잘려나간 머리카락 한 줌이 덜렁 달려 있는 푸이 머리를 보고 깜짝 놀랐다.

"폐하!"

"죤스톤, 이만하면 되었지? 이제는 머리도 잘랐으니 영국으로 유학을 떠난대도 무관하지 않겠지?"

"폐하······."

죤스톤은 뜻밖에도 별로 칭찬을 하지 않았다.

―이런저런 지나간 일들을 회상하면서 침상에 누운 푸이가 빙글 거리고 있을 때에 존스톤이 나타났다.

"폐하."

푸이가 일어났다.

"존스톤, 내가 희방에 있지 않고 여기에 있는 줄은 어떻게 알고 왔소?"

"태비궁에서 전화로 가르쳐 주었습니다."

"흠, 그러면 나는 역시 감시를 받고 있었군."

"그보다도 폐하, 우리 다른 이야기를 하십시다."

"무슨 이야기?"

"이제는 영국 유학 가신다는 말씀은 아니하시겠지요?"

"왜?"

"대혼을 하셔서 후비(后妃)를 맞으셨으니까요."

"대혼과 영국 유학이 무슨 관계가 있소."

"관계가 없습니까?"

"없지 않구. 외유를 한다는 나의 결심에는 변함이 없소."

"황후 폐하가 아름답다고 생각하지 않으십니까?"

"그런 생각을 한다면 내가 여기에 와 있겠소? 나는 황후 얼굴이 어떻게 생겼는지도 잘 모르오."

"예에, 보지 않으셨습니까?"

"눈이 침침해서 잘 보여야 말이지."

"폐하, 언젠가 한번 여쭈어 보려던 일인데 학습실 탁자 정면에 탁 상 시계가 놓여 있는데도 어째서 일부러 벽 위에 걸린 괘종시계를 쳐다보시는지 늘 궁금히 여겨왔습니다. 왜 그러시지요?"

"탁상 시계는 희미해서 잘 안 보이고 괘종시계는 분명하게 잘 보이 니까."

"폐하, 그렇다면 시력이 부족하신가 봅니다. 안과 의사에게 부탁해서 안경을 만들어 쓰셔야겠습니다."

"안경을 쓴다면 또 한동안 꽤나 말썽스러울 걸. 그보다도 죤스톤, 여기에는 왜 왔지?"

"폐하께서 갑갑하실까봐 벗을 해드리려구요."

"그러지 말고 바른대로 말하오. 태비궁에서 무어라 하십니까?"

"그러면 정직하게 아뢰겠습니다. 단강 태비께서는 폐하가 희방에 돌아가시도록 안동하라는 분부시고, 경의 태비께오서는 숙비 처소로 거동하시도록 진언하라는 어명이 계셨습니다."

"흠, 알았네. 죤스톤을 위해서라면 가도 좋아."

푸이는 퉁명스럽게 뇌까리었다.

"어느 편으로 가시렵니까?"

"그건 나도 몰라. 희방은 이미 보았으니까 숙비의 처소로 가볼까."

"그렇게 하십시오. 그 편이 공평하겠습니다. 희방에만 가시면 경의 태비께 걱정을 듣게 되실 거니까요."

푸이는 신랑 노릇하기가 귀찮았다.

'이 무슨 고역이람……'

양심전을 나와 다시 매서운 궁원을 죤스톤과 함께 걸으면서 푸이는 입술을 악물었다.

'환관 놈들, 괘씸한 태감 놈들…… 있으면서도 없는 체하고 어디에 숨어서 나를 엿보고 있을까. 내가 안 가면 완룽은 단강 태비에게 고자질하고 문수는 경의 태비에게 고해 바치겠지. 두고 보아라, 내가 어떻게 하나. 당장 혼을 내두어서 다시는 내가 나타나는 일에 치를 떨게 만들리라.'

이렇게 다짐하는 속말을 뇌까리며 문수의 신방 앞에서 죤스톤과 작별하고 푸이는 처소로 들어갔다.

기나긴 겨울밤도 이제 머지않아 동이 틀 새벽 무렵이건만 그때까지 신부는 자지 않고 곧추앉아 기다리고 있다가 푸이를 보자 발딱 일어났다.

그 경쾌한 동작이 푸이는 우선 마음에 들었다. 사진으로 선을 보고 아무렇게나 동그라미를 쳤다고는 하나 그래도 먼저 뽑은 것이 문수이다. 통통한 볼이 한번 웃을 때마다 옴팡 패이는 보조개에 눈길이 간다.

'이래서는 안 된다, 나는 혼내 주러 오지 않았느냐.'

벌써부터 황후 완룽에 대한 경쟁 의식이 싹터서 일거일동을 잘 보이려고 애쓰는 14세 어린 신부의 애처로운 노력과 열띤 경쟁. 게다가 토실토실 살이 올라 흰 떡처럼 탄력있는 전신에서 풍기는 매력이 이상하게도 섹시하여 선정적이다.

애처로운 느껴움이 살뜰한 정회(情懷)로 바뀌려하고 향긋한 입김이 미숙한 욕정을 부채질하건만, 푸이는 장승처럼 버티고 서서 쥐를 어르는 짓궂은 고양이처럼 잔인한 농락 계획을 가슴속에 그려보고 있다.

푸이는 맹수처럼 덤벼들어 신부의 옷을 가리가리 찢었다. 그리고는 침상으로 떠밀어 내동댕이쳤다. 나이보다 조숙한 신부는 눈을 질끈 감았다. 공포 섞인 기대 속에 글자 그대로 통쾌(痛快)를 바라는 눈치이나 다음 순간부터 그 몸 위를, 쾌는 없고 통만이 날아다녔다. 손끝이 치부(恥部)에 가하는 압력은 수치심이 앞서는 못 견딜 아픔이요, 당장 죽고 싶어지는 모욕이기도 했다.

푸이의 기학성(嗜虐性) 폭행벽은 여지없이 본색을 드러내어 전신에 타박상을 입혔다. 그러고도 성에 차지 않는지 찢어진 옷자락으로 손발을 묶고 마구잡이로 매질을 퍼부었다. 그래도 문수는 거룩하고 고마우신 황제 폐하의 처분이시라 비명 한번 질러 보지 못한 채 꼼짝 없이 당하기만 했다.

그 곱던 얼굴이 푸릿푸릿 멍 들어 보기 싫게 찌그러지고 전신이 고통을 참느라 용틀임 하는 것을 지켜보다가 이내 웃음을 터뜨렸다.

"하하하."

그리고도 푸이는 아무 일 없었다는 듯 훤히 트인 동천을 바라보며 양심전으로 돌아왔다.

이런 일은 그 뒤에도 반복되었다. 허나 완룽에게는 그렇지가 않았다. 변덕을 부리듯 사랑한다. 애증(愛憎)이 조화를 이루지 못하고 완룽에게는 애(愛)만이 몽땅 쏠리고 문수에게는 증(憎)만이 전부 몰리는 것이었다.

완룽에게 '엘리자벳'이라는 유럽식 이름 붙여 준 걸 보면, 영국 유학을 가게 되는 날 완룽만 데리고 갈 마음인 것이 분명했다.

푸이에게도 '헨리'라는 서양풍 이름이 있었는데, 이것은 존스톤이 지은 것이다. 그러나 누구에게 강요당한 것이 아니라 푸이가 먼저 영국 역대 임금 일람표를 제출하라고 해서 그중 자신이 고른 이름을 존스톤이 동의한데에 지나지 않는다.

따라서 2차 대전 뒤, 천황 쇼와(昭和)의 태자 아키히토(明仁)가, 미국인 가정 교사 바이닝 부인에게 불리던 '지미'라는 이름과는 그 의의나 사정이 같지가 않다.

황제 푸이의 시력 문제는 예상했던 대로 평지풍파를 불러일으키고 말았다. 존스톤이 미국인 안과 의사를 지정, 시력 검사를 강력히 주장하자 순친왕을 비롯하여 태비궁에서는 반대 소리가 드높았다. 반대하는 의사는 이렇게 쏘아붙였다.

"외국인 의사가 천자(天子)의 용안을 만지다니 어불성설이로소이다!"

이에 존스톤도 지지 않고 말했다.

"폐하께서는 가끔 두통이 난다고 하시는데, 이것이 다 시력과 관계되는 일이니 안경을 눈에 맞도록 만들어 쓰시면 온갖 유익한 점이 있습니다."

그러나 막무가내였다.

"만승천자가 광자(光子=안경)를 끼다니 이는 언어도단이오."

그래도 죤스톤은 고집을 굽히지 않고 대꾸했다.

"폐하가 학습에 지장이 없도록 안경을 사용하지 않는다면 나는 교사 자리에서 물러나겠습니다."

직업을 걸고까지 추진한 결과 미국인 전문의에게 검안을 받았는데 진단은 심한 근시안으로 안경 처방을 내어서 주문하여 쓰게 되니 이때부터 푸이는 난생 처음으로 세상을 똑바로 보게 되었다.

안경을 낀 뒤로 문수에 대한 폭행이 가라앉았는데, 그것은 문수의 타고난 미모가 똑똑히 보이게 된 탓인지도 모른다.

아무튼 청나라 황실은 그 말예(末裔)인 선통제(宣統帝)에 이르러 겉으로나마 비로소 개명의 물결을 타게 된 셈이다. 황제가 머리 깎고 안경 끼고 때때로 양복까지 입으면서, 그 동생 푸제와 더불어 외유가 여의치 않을 때는 탈출이라도 하자는 준비와 계획을 추진하고 있었으니 말이다.

탈출 예정일은 3월 25일로 동생과 합의를 보았다. 민국정부 치하에서 허울 좋은 용상을 지키기보다는 어서 바삐 자금성을 벗어나 청조의 재건을 꾀하자는 것이 형제의 꿈이었다. 그러기 위해서는 돈이 있어야 한다. 그 돈을 만들기 위한 비밀 약속이 형제간에 군건히 실천에 옮겨지고 있었다. 즉 자금성에 무상출입할 수 있는 푸제가 한 번 다녀갈 때마다 궁성 안의 값진 보화를 한 보따리씩 싸주어 텐진(天津)의 영조계(英租界)로 옮겨다 놓는 일이었다.

보화는 대개 서화와 고서적인데 이것은 말도 못하게 값이 나가는 물건들이다. 만일 들키면 하사(下賜)를 받았다 하고 또 하사했다고 하니 누가 감히 입이라도 뻥끗할 수 있으랴. 탈출 예정의 제일 목적지로 영국이 후보에 올랐으므로 존스톤도 이 일에는 협조를 아끼지 않았다. 적극적으로 나서서 구체적인 계책을 말해 주기도 하였다. 그는 나름대로 계산이 있었다. 푸이의 망명을 돕고 또 망명지를 알선함으로써 조국과 개인 이익을 산출하고 있었으리라.

어쨌든 탈출 예정일인 3월 25일은 왔다. 궁성 안에까지 자동차를 갖고 들어올 수는 없지만 푸이가 선우먼(神武門)을 빠져 나가면 푸제가 밖에 대기시켜 둔 차를 타기로 되어 있었다. 그런데 문제는 태감들이었다. 신변을 떠나지 않는 태감과 궁문을 지키고 있는 그 태감들······.

역시 매수하는 것이 상책일 거라고 여겨, 온갖 골동품을 하사하고 못 본체하여 달라고 당부했다. 태감들은 고맙다고 절하면서 충성을 맹세하기에 푸이는 안심하고 신무문 쪽을 향해 양심전을 나서려 했다. 푸제와 약속한 시각에서 한 시간쯤 전이다.

이때 헐레벌떡 양심전으로 뛰어든 것이 순친왕이었다.

"폐, 폐하. 든, 듣자 하니 자금성(쯔진청)을 떠나신다고요?"

"그, 그런 일 없습니다."

"안 되십니다. 아무데도 못 가십니다."

"글쎄, 가긴 어딜 간다고 그러십니까?"

"다 알고 왔습니다. 폐하는 이 양심전에서 한발짝도 못나가시오. 각 궁문은 누구라도 못 다니도록 통행을 막았고 성 밖에서 자동차로 대기하던 푸제도 이제 곧 이리로 올 것입니다."

"예? 푸제가요?"

푸이는 일이 탄로남을 짐작했다. 이윽고 동생이 기운 없이 들어서는 것을 보자 계획의 실패를 여지없이 실감했다.

"아! 아버지."

"듣, 듣기 싫다. 너는 집으로 가자."

순친왕이 푸제를 앞세우고 나가는 뒷모습을 보며 푸이는 분통이 터져 견딜 수가 없어서 어전 태감을 불러 들였다.

"누구냐, 왕부에 밀고한 놈이?"

푸이 이마에 푸른 핏줄이 불끈 솟아난 얼굴을 보자 태감은 벌벌 떨었다.

"신, 신은 아무것도 모르옵니다."

"불충한 놈들. 뇌물을 받아먹고도 짐을 배반해? 알아올려라, 반죽음을 만들어 놓을테니."

"저, 전혀 모르는 일이옵니다."

사실 추궁해 본대도 소용없는 일이다. 그렇다고 창피하고 떳떳지 못한 일을 경사방(敬事房)에 말해서 조사하랄 수도 없는 노릇이 아닌가.

다음날 죤스톤을 만났을 때 푸이는 발을 동동 굴렀다.

"민국정부와 뜻이 맞지 않는 것은 할 수 없다 치고, 왕공 대신과 내무부 놈들이 나를 배반하는 건 정말 못 참겠소. 내가 여기를 빠져 나가려는 건 내 한 몸 편하자고가 아니라 동삼성(東三省 : 만주)의 잃어버린 국토를 되찾자는 것인데, 대관절 이 무슨 짓들이냔 말이요. 내가 없어지면 태감 놈들이 실직을 할 테니까 왕부에 연락해서 왕야를 모셔 온 거란 말이요. 태감들이 청을 위해 무엇을 하였소. 도둑질이나 하는 놈들! 당장에 모두 쫓아내어야 내 속이 편할 것 같소."

"폐하, 당장은 참으십시오. 좀 더 두고 보는 것이 좋겠습니다."

"내 말이 틀렸소? 그럼 놈들이 도둑이 아니야?"

"바로 보셨습니다. 제가 살고 있는 지안문(地安門)거리에 요사이

고물상이 많이 생겼는데 그 가게들을 태감 아니면 그 친척들이 경영한다 합니다.”

“그것 보시오. 허니까 놈들을 당장에 내쫓아야······.”

“폐하, 이번에 새로운 관리 정샤오쉬(鄭孝胥)는 능력 있고 정직한 인물입니다. 그 사람을 중심으로 온 궁중 황실 재산을 한번 확인해서 정리하는 것이 어떻겠습니까?”

“오, 그것 재미있겠어. 그러고 나서 태감을 처벌해도 늦지는 않겠군.”

—이 일에 재미를 붙인 푸이는 성외 탈출 따위는 새까맣게 잊어버린 듯 보였다.

봉인(封印)한 자물쇠를 열고 먼지가 케케 쌓인 보물 상자를 열어 보는 그 맛이란!

그러나 때때로 불쾌한 것은 누가 그랬는지 자물쇠가 떨어져 나가고 창문이 부서진 곳이 발견되는 일이었다.

‘조사만 끝나면 이놈들을 당장······.’

이렇게 속으로 벼르며 맞이한 6월 27일이었다. 요사이 부쩍 금실이 좋아진 푸이와 완룽이 채플린과 로이드가 출연하는 희극영화 감상을 마치고 무더운 저녁 한때를 조용히 쉬고 있는데 태감 하나가 헐떡이며 뛰어들었다.

“폐하, 건복궁(建福宮)에 불이 났습니다.”

“뭐? 불이?”

“동교민항의 이태리 공사관 소방대가 출동하여 소화 작업에 애를 쓰나 쉽게 꺼질 것 같지가 않사옵니다.”

“화재 원인은 무엇이냐?”

“영화 영사용의 배선(配線)에서 일어난 누전사고인 듯합니다.”

건복궁에는 그 일부를 개조한 영화 감상실이 있었는데 그 시설

따위는 문제도 아니었다. 건복궁은 황실 보물을 보관하는 창고로 부속 건물이 10여 채나 있다.

밤새도록 진화 작업은 계속되었으나 끝내 불을 잡지 못해 10여 채의 보물 창고는 몽땅 잿더미로 변하고 말았다. 황금 불상(佛像)만도 2165개에, 귀중한 서화·골동까지 도합 6천 5백여 점과 진서(珍書) 수만권이 오유화(烏有化)한 것이다. 그러나 불탄 자리에서 열에 녹은 금속을 파냈는데 그 처리권을 입찰(入札)시켰던 50만원에 낙찰된 금속 상이 순금으로 1만 7천여량중이라 하고, 쓰레기 쳐내듯 포대에 담아 실어낸 잿더미 속에서 체로 쳐 모아본 금이 사람 키를 훨씬 넘었다 함은 기록이 밝히 보여주는 바이다.

건복궁이 불탄 자리에는 죤스톤의 진언으로 테니스 코트가 만들어져서 아침저녁으로 푸이와 완룽의 백구(白球) 향연이 벌어졌다. 그러나 이 평화로운 근대화를 선물한 화재 원인이 반드시 전기 사고가 아니란 점을 웅변으로 보여준 사실이 있다. 얼마 안 가서 양심전 근처에 원인 모를 화재가 또 한 번 일어났고, 현장 근처에서 석유를 적신 솜방망이가 발견됨으로써 방화 혐의가 나타난 것이다.

이렇게 볼 때 건복궁 화재는 보화 재고품 조사 작업을 방해하여 도난 행위 증거 인멸을 꾀한 방화임이 분명하고, 양심전에 난 불은 황제를 분살(焚殺)할 목적의 충화(衝火)인 것이 분명했다.

푸이는 몸서리 쳤다. 게다가 또 한가지 놀라운 사고가 생겼는데 그것은 태감끼리 허물을 밀고한 사실에 서로 앙심을 품고 잠자는 사람 얼굴에 석회를 뿌려놓고 목불인견의 칼부림을 한 일이다.

푸이는 과거에 태감들에게 무수히 매를 때린 일을 생각하면 모골이 웅송그릴 만큼 오싹 소름이 끼쳤다.

'잠시도 유예할 수 없다. 태감들을 모조리 성 밖으로 내쫓아야 해!'

그는 죤스톤과 의논하고 왕(王)이라는 무신(武臣)에게 부하를 거느리고 들어와 총검으로 태감들을 위협해서 한자리에 모아 놓게 했다. 태비궁의 심복태감 50명만 남겨 놓고 그대로 자금성 밖으로 몽땅 쫓아내고 말았다. 순친왕의 만류도 이 일에만은 아무런 소용이 없었다. 때마침 춥지 않는 여름이어서 다행이나, 한 시간 뒤 자금성 밖 큰길에는 오갈데 없는 수많은 태감들 무리가 득실거리며 알거지가 되어 그날 밤부터 한댓잠을 자는 자가 늘어만 갔다.

이들 대부분은 백계 노인(白系露人)이 경영하는 카바레 보이가 되어, 틈나는 대로 자금성을 향해 주먹질하고 눈을 흘기곤 했다..

조선인 죽여라

1923년 9월 1일 일본의 수도 도쿄(東京)에서 공전절후(空前絕後)의 일대 천변지이(天變地異)가 일어났다.

오전 11시 58분 관동대지진(關東大地震)이 발생한 것이다. 사상자 20만에 도괴(倒壞) 가옥 20만, 소실 가옥 40만 여....... 이날 순친왕은 아들 푸이 궁전을 찾아와 말했다.

"이웃나라가 저토록 큰 환난을 당하는데도 우리는 이렇게 편히 지낼 수 있는 것은 오로지 성덕의 보람인가 합니다."

그는 다시 말을 이었다.

"우리는 편하고 저들은 불행하니 이런 때에 은혜를 베풀어 두시면 뒷날 유익할 때가 있사오리다. 구휼금(救恤金)을 하사하시오."

이리하여 기부하기로 합의는 보았으나, 현금은 물론 보물이 다 불타서 내놓을 만한 재화가 거의 없었다. 궁리 끝에 탈출 자금을 마련하기 위하여 전날 푸제가 날라서 톈진 영국 조계 고오든 가(街) 비밀 처소에 옮겨 놓았다가 외국 은행에 보관시킨 진보(珍寶)들을 찾아오게 하니, 그 가격이 어림잡아 미화(美貨)로 30만 달러 상당은 되었다.

이것을 기부하자 일본의 요시자와 겐키치(芳澤謙吉) 주중공사(駐中公使)가 사례하는 인사를 왔다. 푸이가 보기에는 그렇지도 않은데 순친왕은, 요시자와의 태도가 불손했다며 크게 분개하여 일본을 욕하기 시작한다.

"폐하, 일본이 불의(不意)의 변이(變異)를 당했다 하지만 그것은 천재(天災)입니다. 천재라는 것은 천벌과 재앙을 가리키는 말입니다. 병합이란 이름으로 조선을 삼키고 기미년에 독립운동이 일어나자 석 달 동안에 잡아 죽인 한인 수가 8천명나 된다 하니, 일본이란 아귀같은 놈의 집단이지 무엇입니까. 한국의 이왕(李王)은 전하올시다. 폐하는 민국정부가 들어섰어도 폐하이니 얼마나 다행입니까."

한국인의 불행은 순친왕이 지적한 그 정도로만 그친 게 아니다.

관동진재가 일어나던 바로 그날 오후 세시 경—

불안과 초조, 비탄과 공포가 뒤범벅된 아비규환의 수라장에서 화염과 연기에 눈을 못 뜨고 시체가 타는 노린내에 숨조차 쉴 수 없는 순간에 느닷없이 퍼진 낭설이었다.

"조선인이 쳐들어온다!"

교통 수단이 마비되고 보도 기능이 상실된 때라 불길한 이 소문은 한입 두 입 건너면서 커지고 불어났다.

"죠센징(朝鮮人)이 우물에 독약을 뿌리며 나다닌다더라."

가와사키(川崎)경찰서 관내에서 이런 말이 떠돌더니, 저녁 일곱시쯤에는 요코하마 시내 고토부키(壽)경찰서 관내에서 좀 더 구체적인 말이 퍼졌다.

"조선인 2백여 명이 공격해 오면서 방화와 강간을 한다."

설상가상이라더니, 집 잃고 가족 잃고 어둠이 깃드는 혼란 속에 또 닥쳐올지 모를 여진(除震)과 해일(海溢)을 겁내는 악에 받친 일본인들에게, 이것은 돌파구를 마련해 주는 좋은 구실이 되었다.

"죠센징 고로세(조선인 죽여라)!"

이 구호는 급기야 자경단(自警團)을 만들게 하고, 그들은 총검과 죽창(竹槍) 등 무기를 손에 들고 '조선인'을 찾아내기에 혈안이 되었다.

그중 냉정하고 지각 있는 사람들은 반박했다.

"말이 돼? 지진학자라면 어느 정도 짐작을 했을지 모르지만 초하룻날 낮 열두 시쯤에 큰 지진이 일어날 줄 누가 알았겠어. 별안간 당하기는 일본인도 조선인도 다 마찬가지야. 그런데 어떻게 조선 사람만 미리 알구 폭탄을 가진 조직력을 동원했느냐 이 말이야. 상식적으로 봐도 불가능한 일 아니겠어?"

"아, 글쎄 현재 조선인에게 추격당한 사람이 있냔 말이지."

"달아나는 조선인 앞에서만 도망다닌 거겠지. 유언비어다."

그러나 유언비어라고만 돌릴 수도 없는 일이 생겼다.

가나가와(神奈川縣)현 당국이 육군성(陸軍省)과 제1사단에 군대 동원을 요청하는가 하면, 일찍이 조선총독부 정무총감(政務總監)을 역임한 바 있는 내무대신 미즈노 렌타로(水野鍊太郎)는 관동 지방 각 현에 사는 조선인과 사회주의자를 일제히 검거하라는 명령을 내렸다. 도하의 각 경찰서는 벽보를 써붙이기를, 동경 시내가 혼란 상태임을 기회로 불령선인(不逞鮮人) 일파가 곳곳에서 폭동을 일으킬 기세를 보이고 있으니 시민들은 엄중 경계하기 바란다는 내용을 담고 있었다.

계엄령을 선포한 육군성도 성명 발표와 함께 폭동 진압을 명령하였다.

"불령선인의 불령 행위 이면에는 사회주의자와 러시아 과격파(過激派)의 책동 혐의가 짙다. 사회주의자의 계획은 불령선인을 선동하여 내란 폭동을 전국에 파급시켜 저들이 염원하는 극단의 민주 정치를 실현코자 함이다."

이 때 간신히 기능을 회복한 오사카 아사히(大阪朝日) 신문은 인용 기사를 게재하였다.

"내무성 경보국(警保局)이 조선총독부와 히로시마 현 항만 도시

구레(吳), 사세호 진수부(佐世保鎭守府), 일본 해군구의 통관기관, 마이즈루 요항부(舞鶴要港部) 사령관에게 조선인 봉기 정보를 알리는 무전은 고베(神戸)에서 일부러 방수(傍受)한 것입니다."

이렇게 유언비어는 책임 있는 당국자의 공식 발표가 되어 엄연한 기성사실의 정확한 정보로 둔갑한 것이다.

하지만 조선인 폭동설 배후에 사회주의자가 있다는 정보가 전혀 조작된 오보만은 아니었다.

지진이 일어나던 바로 그 시간 사회주의자 히라사와 게이시치(平澤計七)는 지붕 위에 올라가 하늘을 바라보며 천벌이 내리라 중얼거렸다. 재앙을 예찬하는 쾌재를 불렀고 우왕좌왕하는 피난민을 굽어보더니 비웃으며 소리 질렀다.

"침략 받은 피압박 민족 조선인이 가만 있지 않을 거야. 반드시 보복을 하고야 말 걸. 두고 보라구! 두고 봐! 으하하하!"

이것이 문제가 되어 가메이도(龜戸)경찰서에 구속되었다는 보도가 신문에 난 걸로 보아서는 전혀 사실무근의 낭설만도 아닌 듯싶다.

어쨌거나 도처에서 조선인 학살은 자행되고 그 행위는 묵인되고 마침내는 합법성(合法性)까지 주장하는 책임자가 나서게 되었다. 즉 경시청 관방 주사(警視廳官房主事) 쇼리키 마쓰타로(正力松太郎)는 이렇게 입장을 밝혔다.

"……실상 2일과 3일 가메이도(龜戸) 일대는 곧 폭동이 일어날 듯한 불안한 공기가 충만하여 2일 밤 후루모리(古森) 서장은 부하 경관을 모아 놓고 결사대 조직을 명령할 정도로 사태는 무경찰 상태의 위급을 고하였다. 사상단과 자경단의 횡행은 치안 유지를 위한 군대 동원을 요구할 지경에 이르렀고, 그 결과 이렇게 불행한 사태를 초래하고 말았다. 이번 사건은 법에 저촉되어 척살(刺殺)된 것이지만 경찰관이 손을 댔으리라고는 믿지 않는다. 다만 경찰이 군대와

협력해서 폭행자를 유치장 밖으로 끌어낸 사실은 시인하나 척살에
관여했다고는 전혀 생각할 수 없다."

가메이도 경찰서에 검거된 사회주의자 히라사와 게이시치(平澤計
七)와 가와이 요시토라(川合義虎), 그리고 조선인까지, 도합 7명이 나
라시노(習志野) 기병 대원에게 살해된, 이른바 가메이도 사건에서 경
찰이 발뺌을 하느라 공식 기자 회견 석상에서 발표한 담화가 바로
이것이다.

"법에 저촉되어 척살된 것."

그러나 비록 계엄령이라지만 허울 좋은 변명에 지나지 않았다.

이런 추측이 공을 앞다투는 가나가와 경찰국의 정보로 고위층에
보고되자 위정 당국의 교활한 고급 술객(術客)들은 이 정보를 이용
하여 '조선인 폭동' 비상 사태를 조작하였으니 이것은 실로 관제(官
製) 유언비어라 할 것이다.

육군대신 다나카 기이치(田中義一)와 계엄 사령관 후쿠다 마사타
로(福田雅太郎) 대장과 내무대신 미즈노 렌타로의 관심은 극소수 조
선인 궐기에 있는 게 아니라, 공산주의자·사회주의자·무정부주의자
의 준동봉기(蠢動蜂起)에 있었다.

일본 정부는 1921년 7월 불법 결성된 일본 공산당을 금년 6월 한
꺼번에 검거, 투옥하였는데, 그 여중잔당(餘衆殘黨)이 진재의 혼란을
틈타 다른 불온분자와 합세하여 혁명을 일으킬까봐 크게 걱정하던
중이라 '조선인 폭동'은 안성맞춤의 이용물이 아닐 수 없었다.

있을 법하게 여겨지는 조선인 궐기로 안목과 관심을 유도, 타민족
에 대한 증오와 적개심을 불러서 민족 결속을 호소하는 효과를 노
리기 위해 조작 이용된 것이 소위 '조선인 폭동'이란 것이다.

이리하여 보호라는 이름 아래 검거된 조선인은 경찰서에서, 또 피
하다가 붙들린 사람은 자경단원 손에 무참히 살해되는, 관민 합작

일대 살육 선풍이 관동 지방 일대를 휩쓸면서 매섭게 소용돌이쳤다.

이리하여 대량 학살은 감행되었다. 당시 동경대 교수 요시노 사쿠조(吉野作造博士)의 소론에 나타난 숫자만도 2천 명 내지 3천명이 살해되었다고 하였으나, 실제는 그보다 훨씬 웃도는 수효일 것이다.

일본 황족 나시모토노미야 모리마사(梨本宮守正王)의 사위요, 서열이 황태자 차위라고 하던 '이왕 전하' 이은(李垠)까지도 아내 마사코(方子)와 함께 궁중으로 피난을 해야 할 만큼 급박한 사태였으니 그밖의 나머지야 말해서 무엇하겠는가.

조선인이자 무정부주의자인 박열(朴烈)도 예외일 수는 없었다. 9월 3일 그는 사상적인 동지요 내연(內緣)의 처인 가네코 후미코(金子文子) 및 동지들과 함께 세타가야(世田谷) 경찰에 체포, 구금되었다. 이유는 보호 검속(檢束)이지만 당국은 지진 소동이 끝난 뒤에도 이들을 석방하지는 않았다. 대량 학살 책임 전가와 기평(譏評)의 여론 앞에 변명하고 호도(糊塗)할 방패막으로 이 반항적인 조선인을 또 한 번 이용하자는 속셈이었다.

불령사(不逞社)라는 비밀 단체를 이끌고 '불령선인'이라는 잡지를 발행하는 박열의 활동으로 재일 교포들 각성이 촉진될까봐 겁이 났던 것이다.

'비밀 결사를 결성했다'는 구실로 치안경찰법 위반사건을 조작하여 감옥에 처넣고 싶으나 불령사는 합법 단체이므로 범죄 구실이 안 되었다. 게다가 박열과 후미코는 경찰과 검찰의 문초를 거부하고 조사에 불응하였다. 박은 조국을 가진 조선인이 정당한 사유 없이 일본의 취조를 받을 이유가 없다는 태도이고, 후미코는 무정부주의자로서 일체 권력을 부정한다는 입장을 내세워 묵비권을 행사했다.

그 결과, 2년을 넘긴 불령사 사건은 종말이 나서 동지 일동은 예심면소(豫審免訴)로 석방되었지만 박열 부부는 그냥 감금당해 있었다. 이 사건을 담당한 다데마쓰(立松) 예심 판사는 방증(傍證)수집과 날조 행각에 나서서 역시 구속 중인 상하이 의열단원(義烈團員) 김중한(金重漢)의 연인 니야마 하쓰요(新山初代) 입에서 폭탄에 관한 이야기를 듣는다. 후미코를 모진 고문으로 추궁해서 폭탄에 관련된 언질을 받고는 그들 부부를 폭발물 취체 규칙 위반으로 추가 기소하였다. 즉 대역죄를 만들려는 심산이었다.

이렇게 해서라도 대진재 때 조선인 학살과 박해의 정당성을 만들어 낼 작정이나 박열은 법정에 끌려나가서도 재판을 받는 입장이 아니라, 피해 민족으로 침략국가의 관료를 꾸짖고 도리어 재판하는 태도를 취하니 큰 골치거리였다.

그러나 박열도 반항하기에 그만 지쳤다. 교묘한 유도심문에 그는 넘어가고 말았다.

"한때 폭탄 입수를 고려한 적은 있다."

이렇게 진술하는 순간, 판사는 논리를 비약시켜서 역설로 대역죄를 성립시키는 데 성공하였다.

"박이 무정부주의자인 만큼 일체의 권력, 나아가서는 주권자인 천황과 섭정(攝政)인 황태자 (후일의 쇼와)의 존재를 부정할 것이 틀림없다. 따라서 폭탄이 입수되었다면 천황 일가를 말살하는 행위로 나왔을 것이 분명하다." 이런 억측이었다.

박열의 본명은 준식(準植)이다. 경상도 중농(中農) 박영수(朴英洙)의 셋째 아들로 광무(光武) 6년(1902년)에 문경군(聞慶郡) 오천리(梧泉里)에서 출생했다. 함창(咸昌)에서 소학교를 마치고 경성 제2고보(高普)에 재학중, 독립 운동에 가담했다가 퇴학당하고 일본으로 건너가 무정부주의 운동에 몸을 던졌다. 불령회와는 별도로 비밀 결사인 흑도회(黑濤會)를 주재하면서 연인 후미코를 만났다. 그녀의 협조를 얻어 진재가 일어난 해 가을, 예정된 황태자 히로히토(裕仁)의 결혼식 석상에 폭탄을 던져 천황 일가를 살해하려고 준비하던 중 조선인 검거 선풍에 휩쓸리어 잡혀 들어가게 된 것이다.

―가네코 후미코는 박열과 나이가 동갑이다. 히로시마(廣島) 출신 말단경찰관 사해기(佐伯)의 장녀로 태어났으나 사생아였으므로 모성(母姓)을 따라 가네코로 행세하면서, 선술집 작부인 어머니 밑에서 수없이 고생했다.

그러나 박열과 사랑을 나누게 되면서부터 타고난 미모와 품어온 사상으로 두 사람의 결합은 심신이 아울러 두터워져만 갔다. 어린 나이에 방랑해 본 그녀인지라 조선을 동정하고 조선인에게 호감을 갖고 박열과 동거하다가 한복차림새로 감옥에서 결혼식을 올린다. 1926년 7월 22일 도치기(栃木)형무소로 이감 도중 자살하기까지 박열의 충실한 아내요, 철저한 동지였다.

박열이 사형을 선고 받았다가 무기징역으로 감형되는 동안 공판 광경에서 수 차례 극적 장면이 벌어졌다. 그가 대심원(大審院) 재판장 마키노 기쿠노스케(牧野菊之助)에게 요구한 네 가지 조건은 이러했다. 첫째 '피고', '심문' 등의 말을 쓰지 말 것, 둘째 한복을 입게 할 것, 셋째 의자 높이를 재판장과 똑같이 할 것, 끝으로 자신이 선언문을 낭독케 할 것이었다. 이 조건을 들어주지 않으면 한사코 입을 다물고 공판에 불응한다 하여 마침내 그의 고집은 관철되었다.

그가 일본 패망으로 석방되기까지 22년 2개월 동안 왜옥(倭獄)의 질곡(桎梏) 속에서 끈덕지게 연명하다가 조국 해방의 밝은 날을 보게 된 것은 이보다 훨씬 뒤 일이었으나 관동 대진재 즈음 박열에 대한 세론은 어떠하였던가. 일본 문단의 대가 아리시마 다케오(有島武郎), 도요시마 요시오(豊島與志雄), 아쿠다가와 류노스케(芥川龍之介) 등이 물심양면으로 원조를 아끼지 않은 것은 수감 전의 일이고, 그

해 12월 27일 오전 10시 반경, 국회 개회식에 참석하기 위해 자동차로 궁성을 떠난 섭정 히로히토가 도라노몽(虎ノ門) 역 앞을 지날 때 난바 다이스케(難波大助)라는 일본 청년이 단장(短杖)으로 위장한 엽총 저격 사건이 발생하였다. 그 원인은 박열의 복수를 대신 한다는 중대하고도 무거운 비중을 차지함이 결코 우연한 일은 아니었다.

그가 공술한 범행 동기로 조선인 학살과 박열의 검거, 사회주의자 오스기 사카에(大杉榮) 일가 살해를 열거하면서 사형을 받으니, 일본 정부의 잔인하고도 교활한 처사는 자기들 사이에서도 비난의 표적이 되었다.

그들은 조선인이건 중국인이건, 국체(國體=天皇制) 호지(護持)에 방해되거나 제국주의 시책에 반대하는 사람은 이번 기회에 아주 몰살시키려는 방침을 세우고 빈틈없이 실천했다.

오스기 사카에는 육군 유년 학교 재학 시절 일찍부터 무정부사회주의에 물들어 퇴학을 당한 뒤 본격적으로 혁명 운동에 가담하여 수차례 투옥 당한 39세의 청년 투사였다. 그가 러일(露日)전쟁 때 공을 세우고 전사한 군인의 자제라는 점에서 군부는 그를 더욱 미워하고 주목해 왔다.

"군인 후손에 그따위 후레자식이 나오다니, 기회를 보아서 그놈을 없애 버려야한다!"

군 상층부가 이렇게 벼르고 있는 동안 관동 대진재가 일어나고 동시에 그는 가족과 함께 소리 없이 사라져 버렸다.

실상은 행방불명이 아니라 아마카스 마사히코(甘粕正彦)가 오스기의 아내 이토 노에(伊藤野枝=29)와 여동생 아야메의 아들인 일곱 살 다치바나 쇼이치(橘宗一)와 함께 헌병대로 연행해 갔던 것이다. 아마카스는 육군대학 출신 헌병 대위로, 시부야(渋谷) 헌병 분대장 겸 고지 마치(麴町) 분대장 대리로 있었는데, 키는 작으나 독살스럽고 안색이 창백하지만 기운이 장사였다. 독사라는 별명을 듣는 아마카스는 생글생글 웃으면서 사람을 죽이는 인물이었다. 육군 대학을 졸업한 뒤 승마를 하다가 말에서 떨어져 다리가 부러진 뒤 장성(將星)이 될 것을 단념하고 우울한 나날을 보내고 있을 때 그의 비상한 두뇌를 아깝게 여긴 육대 교관 도조 히데키(東條英機)가 헌병이 될 것을 권하고 알선해 주었다. 그 방면에서 벌써 두각을 나타내고 일가를 이루게 된 수재였다. 임무를 맡은데다 다리가 불구라는 열등감은 잔인하고 독살스러운 성격을 만들어서 군·관·민 할 것 없이 이름만 들어도 벌벌 떨었다.

이러한 아마카스에게 연행된 오스기는 동경 헌병대에 유치되면서 이 매서운 선배에게 몇 마디 항의를 했다.

"나를 왜 잡아온 거요?"

"내게 묻지 말구 자신에게 물어. 가슴에 손을 얹고 생각해 보면 알게 아냐?"

늘 그렇듯 아마카스의 음성은 높지 않았다.

"내게는 죄가 있을지 몰라두, 아내나 조카야 무슨 잘못이 있습니까. 석방하여 주시오."

아마카스는 다시 조용한 말로 차근차근 타이르듯이 말했다.

"네 아내가 된 것과 조카로 태어난 게 죄지. 밖에 놔두면 너의 일당과 연락을 하고 구출운동이나 보복을 하려 들게 아니냐. 가족은 멀리 떨어져 있기보다 거리적으로 가까이 두는 편이 좋지 않아?"

"그럼 빨리 조사나 해주시오."

아마카스의 음성이 비로소 조금 날카로워진다.

"지금 네가 명령하는 거냐? 너 같은 놈하고는 문답무용이지만 나는 지금 바쁘다. 너를 상대하고 있을 겨를이 없어. 진재 소동에 조선인 사건……. 그러니까 너는 들어가서 좀 쉬고 있거라."

이렇게 해서 구치소에 수감된 오스기는 그 달 16일 밤 처음으로 취조실로 불려 나왔다.

"소지품 전부 가지고 나와."

'석방이 되려나 하는 기대로 취조실에 들어온 그는 눈 앞에 벌어진 참혹한 광경에 당장 기절이라도 할 듯 소스라치게 놀랬다.

아내인 노에와 조카 소이치의 시체가 나뒹굴고 있었기 때문이다.

"하하하, 왜 그러구 섰어, 앉지."

오스기도 독종이라 입술을 악물며 걸터앉았다.

"너무했나?"

"하하하, 피 한 방울 안 흘리게 했으니 고맙지 뭐냐. 하기야 우물 속을 더럽힐 수는 없는 노릇이니까."

"나도 죽일 거냐?"

"물론 너는 7년 전 그날 죽어야 옳았을 놈이다. 이토 노에도 카미치카 이치코(神近市子)에게서 너를 빼앗지 않았으면 저 지경은 안됐을 건데 아까운 일이다."

"그, 그 말은 하지도 마라."

"왜 듣기가 싫으냐? 이치코도 이 자리에 합석을 했어야 옳았지만 너에게 칼부림을 한 공으로 면하게 된 것이야. 그러고 보면 사람이 살고 죽는 건 운명인가보지?"

"고, 고만 하라니까."

"하하하, 그래도 양심은 조금 있구나."

아마카스가 말하는 7년 전 그날이란 1916년 10월 9일이다. 그날 아침 두시 반경, 소슈우(相州) 은근짜 집에서 새로운 연인 이토 노에와 함께 자다가 현장에 나타난 정부(情婦) 도쿄 니찌니찌(東京日日) 신문 여기자인 카미치카 이치코가 휘두르는 칼에 찔려 왼쪽 목덜미에 중상을 입고, 이치코는 하야마(葉山)경찰서에 자수한 사건이었다.

"……계집을 배신하는 자는 나라도 배신하나봐. 남의 사내 뺏는 계
집은 제 목숨도 바쳐야 하는 법이고."

오스기는 더 참지 못하겠는지 소리를 질렀다.

"죽일거라면 빨리 나를 죽여라!"

"좋아. 반항하지 않으면 죽일 재미가 없으니 덤벼."

"알았다. 에잇!"

오스기가 육중한 몸집으로 달려들었으나 여러 날 갇혀 있어 쇠약
해진 탓인지 기운을 도무지 못 쓴다.

"얏!"

아마카스가 발길질하며 복장을 거칠게 걷어차니 오스기는 그 자
리에 픽 쓰러졌다. 그 목덜미를 감아쥐고 유도식으로 팔을 조르니까
잠시 후 오스기의 몸은 물에 젖은 피륙처럼 축 쳐지고 말았다.

운명(殞命)을 확인하고 난 아마카스는 싸늘히 한번 웃고 나서 시
체 세 개를 차례로 등에 지고 헌병대 마당에 있는 마른 우물 속에
쳐넣었다.

이 사실이 뒷날 백일하에 들어나 이번에는 아마카스가 문죄받는
몸이 되었다. 그러나 제1사단 군법회의 검찰관은 아마카스의 죄상
에 대해 고발이 아닌 변호하는 담화문을 신문에 발표했다.

"이 범행 동기는 아마카스 대위가 평소 사회주의자의 행동이 국가
에 유해하다고 믿어 오던 터에, 이번 대진재 혼란기를 틈타 무정부
주의자의 거물인 오스기 사카에 무리가 어떠한 불경 행위를 감행할
지도 모른다는 점을 우려한 나머지 자진해서 국가의 해독을 제거한
처사로 생각합니다."

판결은 아마카스에게 10년 징역을 언도했다.

그는 투옥되기 전 요시다 도요히코(吉田豊彦) 대장의 중신으로 약
혼한 여인이 있었다. 신부는 후쿠시마켄 아다치무라(福島縣安達村)

출신의 핫토리(服部) 미네로, 군마켄(群馬縣)의 도미오카(富岡) 여학교에서 교편을 잡고 있는 재원(才媛)이었다.

아마카스는 음악 미술 등 예술 방면에서도 재능을 드러냈다.

핫토리 미네도 약혼자와 취미생활을 같이 하며 어울리곤 했다. 둘의 결혼은 주위 사람들의 기대와 축복 속에서 기다리던 것인데 10년 언도로 미네는 물론, 사람들을 크게 실망시켰다. 그러나 도조 히데키와 요시다 두 장성의 노력으로 복역 3년 만인 1927년 가석방이 결정되어 아마카스는 자유의 몸이 되었다.

그는 곧 두 장성의 참석 하에 미네와 호화로운 결혼식을 올리고 신혼여행 겸 유럽으로 먼 길을 떠났다. 주로 프랑스에 2년간 묵으면서 그 유명한 프리메이슨(Freemason)에 가입, 세계관·전략·전술·자금조작(資金操作) 등을 공부했다.

프리메이슨은 세계주의 운동을 신조로 하는 종교적인 비밀 결사로 조직이 강하고 권위 있는 세계적인 단체이다. 여기서 재능을 갈고닦는 사이에도 한동안 독일의 우파(Ufa)촬영소에 머물러 영화 제작 기술을 습득하기도 하였다.

어학 방면에도 더욱 뛰어난 재주를 가진 그가 귀국할 무렵에는 프랑스어에 능통하여 회화는 물론 강연을 시켜도 막히는 법이 없었다.

이러한 아마카스가 관동군 참모 이타가키 세이시로(板垣征四郎)에게 발굴되어 가족과 함께 만주로 건너가 다롄(大連) 호시가우라(星浦)에 정착했다. 그는 혼자 펑톈(奉天)으로 가서 이타가키 참모의 수족이 되어 만주국 건국에 중요한 역할로 참여하고 만주국 민정부(民政部) 초대 경무사장(警務司長)이 된 것은 훨씬 뒤의 일이다. 당시 만주에는 관동군·만주국군·영사관·경찰·만주국 경찰·철도 경찰에 각 특무기관이 있어서 서로 권력 다툼을 하느라 야단법석이어서 관동군 당국은 골치를 앓고 있었다.

이런 모든 기관을 흘겨보며 견제할 수 있는 인물이 아마카스밖에 없다는 인정을 받아 뽑혀간 그 자리는 경무사장이지만, 실권은 민정 부장 이상의 것이었다.

그로부터 만주에 대해 아마카스가 관계하지 않는 일이 없고 복잡한 정치 이면의 어두운 무대 뒤에 그의 눈이 빛나지 않은 때가 없었다.

이밖에도 각종 정보와 모략을 임무로 하는 특수 기관에 그는 신출귀몰하여 자신의 재능을 여지없이 발휘했다. 그러나 이것은 좀 더 나중에 이야기하기로 하자.

아무렴. 그럼, 그렇지. 대륙 진출과 만주 침략을 꿈꾸는 일본의 야망은 관동대진재를 계기로 싹트고 자라나 준비를 끝냈다. 그 각본을 쓴 것도, 연출을 맡은 사람도 아마카스 마시히코였다.

이러한 일본에게, 천재지변의 구호금으로 미화 30만 달러에 해당하는 값진 보화를 선뜻 내놓은 선통 황제 푸이는 끝없이 사람 좋은 호인이라고 해둘까.

축록

　만주의 군벌로서 유명한 장쭤린(張作霖)은 만리장성 바로 남쪽 허베이성 출신 한인이다. 베이징의 가난한 마을에서 살던 그의 할아버지는 살길이 막막해 개척민으로서 만리장성 북쪽으로 이주했다. 장쭤린의 아버지는 노름을 하다가 죽임을 당했다. 교육을 받지 않았기에 장쭤린은 한자를 읽을 줄 몰랐다. 그럼에도 재능이 있었는지 수의사가 되어 말을 치료하기도 하는 등 점차 인정받기 시작했다.

　1900년 의화단 운동이 일어난 뒤 장쭤린의 지반이 된 몽골 초원에 한인 지주들이 잔뜩 들어왔다. 연합국에 배상금을 내야만 하는 청나라 왕조는 만리장성 북쪽에 한인을 들여 농업을 시키고 세금을 받으려 했다.

　개척은 먼저 돈을 가진 지주가 들어오고 그 뒷일을 소작인이 이어갔다. 이렇듯 개척지가 점점 더 넓어져 갔는데 그 토지는 본디 몽골인의 것이었다. 몽골인에게 있어 토지는 하늘의 것, 모두의 것이었다. 그런데 몽골 왕이나 귀족 같은 영주들은 공유지에도 욕심이 생겨 제 마음대로 토지를 한인에게 빌려주었다. 초원에서 가축을 키우던 유목민은 넓은 땅덩어리가 필요했다. 여름에는 서늘한 산으로 가축들을 데려가 방목시켰고 겨울에는 언제나 겨울을 지내던 곳으로 돌아갔다. 추워져서 물이 있는 따뜻한 동영지(冬營地)로 가면 울타리가 만들어진 밭으로 변해 있었다.

　물론 유목민은 토지를 돌려받으려 했지만, 땅을 빌린 한인들은 갑자기 말을 탄 도적떼들에게 습격을 당하는 셈이었다. 농지를 개척한 한인 지주는 자신을 지키기 위해 군대를 고용할 수밖에 없었다. 병사들은 말에 올라 고용된 범위를 지켰지만 돈을 받지 못한 토지에서는 다른 말떼와 함께 습격을 했다.

청일전쟁에 종군한 뒤에도 군대에 남아 부하를 점차 늘려온 장쭤린 또한 그 땅을 지키는 군대를 이끄는 말떼였다. 그 군대와 함께 토지 야만족과 친분을 쌓아 출세를 하고 한인 지주의 딸과 결혼을 했다.

장쭤린이 지반으로 삼고 있던 곳은 만주철도 서쪽으로, 청나라 시대에는 몽골 초원이었던 곳이다. 만주철도 동쪽이 본디 만주이다. 만주철도는 선양(瀋陽)이나 랴오양(遼陽)과 같은 마을들을 잇고 있었는데, 아주 오래 전부터 유목민과 수렵민이 만나 갖고 있는 것들을 서로 교환하기 위해 만들어진 마을이었다. 만주철도 서쪽은 19세기 끝 무렵까지 사람이 없었지만 점차 많은 한인들이 들어왔다. 만주와 몽골은 남쪽으로 서로 이웃하여 만주철도가 만주와 몽골 한가운데를 내달렸다.

그러나 만주와 몽골에는 국경이라는 게 없었다. '비가 많이 내리는 곳은 만주, 그보다 적게 내리는 곳은 몽골'이라 불렀다. 칭기즈칸 시절에는 만주까지 몽골인이 지배하고 있었는데, 만주 출신 청나라가 강해졌을 무렵 몽골까지 정복되었다. 만주와 몽골은 서로 왕래가 잦았고 만주인과 몽골인과 결혼도 드문 일이 아니었다. 장쭤린은 그런 몽골을 지반으로 삼고 지적 장애가 있으며 며느리 얻을 방법이 없는 몽골 영주 아들에게 자신의 딸을 시집 보냈다. 돈을 가진 한족과 두텁게 지내며 그는 세력을 키워 나갔다.

중화민국 건국 직후 만주에는 아직 군벌이 이루어지지 않은 상태였다. 물론 펑톈군벌인 장쭤린 또한 본격적인 독립 세력을 갖추지 못하고 있었다. 해신혁명이 막 끝난 만주는 베이징의 자금성과 마찬가지로 청나라 왕조가 아직 건재하는 듯 굴었다. 청나라 왕조 최후의 동삼성(東三省) 총독이 중화민국 펑톈 총대장으로 지위가 옮겨졌을 뿐 군대도 거의 그대로 유지되고 있었다.

중화민국 최대 실력자 위안스카이와 장쭤린은 청나라 왕조 시절 군대에 있을 때부터 상하관계였다. 그러나 부하 장쭤린은 위안스카이의 말을 솔직하게 따르기만 하지는 않았다. 위안스카이는 장쭤린이 힘을 키워왔음을 못마땅히 여겨 몽골 토벌에 보내려 했지만 장쭤린이 슬쩍 명령을 바꾸어 토벌에 나가지 않은 적도 있었다. 자신이 살아남기 위해 여우와 너구리가 서로를 속이듯 장쭤린은 점점 더 높이 올라섰다.

위안스카이가 세상을 떠난 뒤, 부하들이 여러 갈래로 찢어져 상속 싸움을 시작했다. 장쭤린은 위안스카이 후임자 경쟁에 관심을 갖고 만주 재물을 써서 화베이로 나가 몇 번이나 싸움을 이어갔다. 지고 돌아온 적도 많았기에 만주 사람들은 간절히 바랐다.

'이젠 만주에서만 그랬으면 좋겠어.'

하지만 장쭤린은 만리장성 남쪽, 산하이관 안쪽 관내(關內)로 나아가길 포기하지 않았다. 장쭤린은 한인이기 때문에 만주에서 모은 자금으로 남쪽에서 이름을 떨치는 게 중요했다.

중국 국내는 군벌이 저마다 세력을 떨쳐 대립하는 전국시대에 접어들었고 혼란은 극심해지고 있었다. 위안스카이가 몰락했기에 장쭤린에게도 기회가 왔다. 승리한 군벌이 베이징으로 들어서고 자신이 최고 승자라 선언한 것이다. 관동군을 배후에 둔 장쭤린은 관동군이 말리는 데도 불구하고, 거칠게 외치며 베이징에 들어섰다.

"만주 같은 시골에 머무를 생각은 없어!"

이 시대에 누구와 손을 잡을 것인가. 어지러운 세력 다툼이 계속되었다. 위안스카이가 세상을 떠났기 때문에 군벌은 자신들이 적극적으로 움직였다. 만주와 몽골을 지반으로 장쭤린은 일본과 손을 잡아 큰 성공을 거둔다. 1919년 관동군이 독립하기 전에는 만주철도와 상부상조하는 관계로, 잘 지내고 있었다. 장쭤린에게 일본은 돈줄이었고 만주철도가 개발을 해나가면 장쭤린에게 들어오는 세금도 늘어났다. 장쭤린은 일본과 손을 잡아 얻은 자금으로 무기를 사들이고 실각한 돤치루이를 쳐서 베이징으로 나아갔다. 장제스의 국민당이 궁지에 몰리던 중 다른 군벌들이 장쭤린을 최고 자리에 앉히고 그는 군벌연합의 우두머리가 된다.

이처럼 펑톈파(奉天派) 군벌(軍閥)의 거두로 자처하는 그가 직례파(直隸派), 오패부(吳佩孚) 장군과 이른바 봉직(奉直) 전쟁을 또 한 번 벌이는데는 제나름대로 승산이 있었다. 든든한 일본의 후원이 있기 때문이다.

'이겨야 한다. 무슨 짓을 해서라도 꼭 이겨야 해!'

제1차 봉직 전쟁에서 패배한 그는 이번이 설욕전(雪辱戰)이고 동시에 천하를 얻느냐 빼앗기느냐 마지막 기회였다.

러일전쟁 무렵 장쭤린은 러시아 측에 정보와 물자를 제공했다는 혐의로 일본 헌병대에 체포되어 사형이 확정되었다. 그것을 군정관 이도가와 다츠조(井戶川辰三)가 대 본영 참모 다나카 기이치(田中義一) 중령에게 구명(救命) 의뢰를 하고, 다나카는 만주 파견군 총참모장 고다마 겐타로(兒玉源太郎)에게 청탁하여 총살 직전 아슬아슬하게 살아났다. 그 뒤에도 일본 군부는 몇 차례 그에게 은혜를 베풀었는데 이번에는 무기 공급 및 그밖의 군사 원조를 확약하였다. 그러나 일본이 이유 없이 돕는 것은 아니었다.

"중국은 인적 물적 자원이 풍부한 나라이다. 통일이 되는 날엔 큰일이다. 따라서 내란을 조성하고 분열을 꾀하기 위해선 약한 자를 도와 강한 편을 언제나 누를 수 있도록 한다."

이리하여 일본이 부추겨서 벌인 것이 제2차 봉직 전쟁이다. 장쭤린은 장남 장쉐량(張學良)을 제3군 총사령을 삼았는데, 오패부는 펑위샹(馮玉祥)을 제3군 총사령에 임명하였다.

이 싸움에서도 장쭤린은 불리하기만 했다. 그러나 오패부가 산해관(山海關)에서 펑톈 7군에게 총공격을 퍼붓고 있을 때 전혀 예상치 못했던 사태가 벌어졌다. 그것은 펑위샹의 배신이었다. 중간에 나선 일본의 매수공작과 욕심에 눈이 멀어 펑위샹은 말머리를 돌려서 베이징을 점령하고 장쭤린과 손을 잡았다. 오패부의 산하이관 전선은 일시에 무너져 낙양(洛陽)으로 달아나지 않으면 안되었다.

베이징을 점령한 펑위샹은 총통을 연금하고 새 내각을 만들었는데, 신정부가 착수한 첫 사업이 명목만 황제인 선통제 푸이의 축출이었다. 전 총통 위안스카이가 약속한 황실 우대조건 따위는 깡그리 무시한 처사였다.

1924년 11월 5일 민국정부를 대표하여 자금성에 나타난 녹종린(鹿鍾麟)은 몇 가지 우대조건 수정 사항을 들이댔다. 황제 칭호를 폐지하고 평민이 되는 것, 당장 궁성을 비워놓고 나갈 것, 종묘(宗廟) 봉사(奉祀)와 능묘(陵墓) 보호를 책임지며 구황실의 사유 재산은 인정한다는 등이었다.

─이날 아침 푸이는 황후 완룽과 함께 식사를 하다가 이 기별을 받았다.

"무, 무엇이라고 짐더러 궁성 밖으로 나가라?"

"예, 그것도 당장……세 시간 안에 자금성을 비워 놓으라는 것입니다."

내무부 대표인 소영(紹英)은 흥분 끝에 벌벌 떨며 이렇게 말했다.

"그런 법 따위. 황실 사유 재산은 인정한다면서 세 시간 안에 어떻게 다 반출하라는 거야?"

"……."

"전화를 해서 죤스톤을 불러라."

"전화선이 모두 절단되었습니다."

"그러기에 내가 뭐랬어. 일찍부터 여기를 나간다는데 자꾸만 말리더니 꼴들 좋다. 빨리 왕부에 사람을 보내서 아버님을 모셔오도록 해라."

"궁성을 포위한 국민군이 누구라도 출입을 엄금하고 있습니다."

"무, 무어? 교섭하라. 안되면 항의하라. 아버님을 모셔오고 명도(明渡) 기한을 연장하라고."

"예."

교섭 결과 순친왕이 들어오고 궁성 명도도 오후 세 시까지로 연장되었다.

소영이 다시 달려왔다.

"폐하, 빨리 서두르셔야겠습니다. 녹종린의 채근이 성화같습니다. 앞으로 20분 안에 궁전을 납시지 않으면 성중에 포격을 퍼붓는다고 으르고 있습니다."

"포격을 퍼부어? 짐은 어찌되라고…… 짐이 갈 곳은 어디야?"

푸이가 당분간 사가(私家)에 나가 있을 것을 결정하길 기다리는 사이 일은 빨리 진행되었다. 성문 밖에는 이미 5대의 자동차가 대기 중이었다. 정신 차릴 겨를도 주지 않고 전격적으로 몰아낼 심산이다. 맨 앞 차에 녹종린이 오르고 푸이와 두 부인 완룽, 문수, 그리고 소영 등은 뒷차에 각각 나누어 탔다.

사가에 온 푸이는 시종 탈출을 계획하고 시도하였다. 이렇게 되니 인심이 변한 것도 알겠다. 죤스톤까지도 전과는 달리 출입이 뜸해지고 정샤오슈와 나진옥(羅振玉), 진보침(陳寶琛)만이 다름없는 충성을 바친다고 소란을 떨 뿐이었다.

정샤오슈는 일찍이 일본 고베(神戶) 영사를 지냈고, 나진옥도 일본에 10년이나 살다가 돌아와서는 톈진에 살면서 일본인들과 교제를 많이 한 친일파이다.

죤스톤의 영국 유학 권고가 시들시들해지자 그들은 푸이에게 일본 망명을 종용하였다. 일본이든 어디든 외국으로 나가려면 먼저 여기를 떠나야 엄중한 감시를 벗어날 수 있으리라! 푸이는 생각했다.

'어디로 가나.'

주변에서는 일본 공사관으로 옮길 것을 권한다. 장쭤린의 지지와 일본을 중심한 각국 사신의 희망으로 돤치루이(段棋瑞)가 민국정부 집정(執政)에 앉게 된 사실도 그의 결심을 촉진하는데 효과가 있었다. 위안스카이 독재정권 확립에 협조한 그는 국무총리 겸 육군총장으로 정치 실권을 잡았다. 푸이는 태비들에게 문안을 드리러 간다는 구실로 외출하였다가 아무 일 없이 돌아왔다. 이렇게 사람들을 안심시킨 뒤 다음날은 빌려서 거처할 집 구경을 간다는 핑계로 진보침·정샤오쉬·죤스톤과 함께 자동차로 황실을 나섰다. 이때 순친왕의 비서 장문치(張文治)가 모시고 다녀온다고 따라나선 것은 아버지의 명령이었다.

장문치는 진보침과 함께 뒷차에 타고 푸이는 죤스톤과 같이 앞차에 올랐다.

"일이 성가시게 되었습니다."

죤스톤의 말에 푸이는 답했다.

"끌고 돌아다니다가 적당한 곳에서 따버리면 그만이요. 우선 오리문 양행(烏利文洋行)에나 들러봅시다."

"그리 하시는 게 좋겠습니다."

오리문 양행은 동교민항 서쪽 초입에 자리한 양품가게이다. 그 앞에서 푸이가 내리자 장문치도 내리고 보초라도 서듯이 문을 지킬 태세를 보인다. 가게 안으로 들어가 시간을 오래 끌면서 시계 하나를 흥정하는 동안에도 장문치는 밖에서 꿈쩍도 아니할 기세이다. 존스톤은 귓속말로 속삭였다.

"저자가 움직이지 않을 모양이니 꾀병을 부려서 병원으로 가시도록 하는 게 좋겠습니다."

"알아서 하오."

두 사람은 가게 밖으로 나왔다. 존스톤이 장문치에 다가서며 입을 열었다.

"폐하께서 갑자기 기분이 언짢으셔서 독일 병원에 가시어 진찰 받으신다고 하는데 어찌하면 좋겠소."

"가시지요. 나도 함께 가겠습니다."

푸이는 독일 병원으로 가서 임시로 입원을 하였다. 독일인 의사 딥퍼의 진찰 결과에 의심을 품은 장문치가 허겁지겁 밖으로 나갔다. 왕공 대신들에게 이 일을 연락하기 위해서이다. 이 틈에 존스톤이 영국 공사관으로, 정샤오쉬는 일본 공사관을 찾아가는가 하면 진보침은 탈출 준비를 위해 밖으로 나갔다. 장문치가 돌아왔을 때 푸이가 잠든 시늉을 하니 그는 다시 나가고 얼마 뒤에 들어온 것은 정샤오쉬였다.

"어떻게 되었소?"

"공사관으로 다케모토(竹本多吉) 대령을 찾아가 의논하였더니 요시자와(芳澤謙吉) 공사에게 보고하여 폐하를 모시도록 합의를 보았답니다. 그러니 지체 말고 빨리 가셔야겠습니다."

"그래? 허지만 갈 수가 있겠소? 장문치가 감시를 하고 있는데."

"걱정 없습니다. 병원 뒷문 밖에 마차를 대기시켜 놨으니까요."

"그럼 갑시다."

두 사람은 후문으로 빠져나와 마차에 올랐다. 때마침 바람이 불어와 흙비가 자욱하게 뿌리는 속을 마차는 일본 공사관을 향해 장안가(長安街)를 내달린다.

"왜 이 길로 가오? 민국정부의 경찰들이 수두룩한데."

"이것이 지름길입니다. 제 아무리 눈이 밝아도 설마 폐하께서 이렇게 초라한 마차를 타고 가시는 줄은 알 리가 없으니 안심하십시오."

300미터쯤이나 달렸을까.

"이제부터는 공사관 구역 안입니다. 조금만 더 참으시면 되겠습니다."

이윽고 마차는 황진(黃塵)을 헤치고 공사관 문 앞에 이르렀다. 공사관원의 정중한 환영을 받으며 안으로 들어가니 요시자와 공사 부처의 영접이 또 대단히 융숭하다. 방 셋을 치워서 도망꾼들을 자리잡고 살도록 하였을 때, 푸이가 문득 생각나는 사람은 완룽과 문수 두 후비(后妃)였다. 사가에 사람을 보내어 후비가 공사관으로 오도록 연락하였으나 허락이 나지 않는다. 결국 일본 공사가 돤치루이 집정에게 교섭을 해서 간신히 양해가 되었다. 완룽, 문수가 시종·태감·주방장 등 수십 명의 수행원을 거느리고 우르르 밀려드니 방 세 개만으로는 여간 비좁지가 않았다. 요시자와는 이층집 한 채를 몽땅 내주어 불편이 없도록 애를 써 주었다. 이밖에도 공사가 여러 가지 정치적 호의를 베풀어 줌으로써 푸이는 흡족했다.

"일본이 나에게 이렇게 호감을 갖고 있는 줄은 몰랐어."

그는 완룽에게 가끔 이런 말을 하였다. 나진옥의 간곡한 권고로 푸이는 지금 일본으로 갈 것을 고려 중이다. 공사관의 이케베(池邊) 서기관은 가장 열심히 푸이의 동행(東幸)을 진언했다.

"폐하, 장차 중국 대륙에 큰 동란이 있을 것이 뻔한데 그때 수습할 분이 폐하 말고는 한 분도 안계십니다. 어서 바삐 외지에 나아가 대사를 계획하십시오."

그러나 당장 떠난다는 일은 어렵고도 위태하다. 먼저 안전한 곳을 찾아 톈진 일조계(日租界)로라도 옮기는 것이 현명하다. 톈진에 사람을 보내서 그럴만한 처소를 찾아보게 하였다. 일본행 필요에서 뿐만 아니라 공사관에 얹혀산 지 석 달 남짓 살림이 커지고 식구가 늘어서 이제는 이층집 한 채만으로는 협착하였고, 또 각국에 대한 체면도 세울 겸 톈진으로 이사하기로 작정한 것이다. 이리하여 발견된 집이 장원(張園)이다.

장원은 무창(武昌)주둔 제8진 사령이던 장표(張彪) 장군의 소유로 정원이 넓은 8층 건물인데, 무창 봉기(蜂起) 때 장표 장군이 허겁지겁 일본 조계(租界)인 여기로 도망와서 가족과 함께 살았던 집이다. 장표 장군은 이 집을 푸이에게 무료로 제공해 주었다.

이 일을 공사에게 의논하였더니 요시자와도 귀찮던 지라 대찬성이어서 톈진 일본 총영사관 경찰서장과 사복 경찰관을 베이징으로 불렀다. 이들 호위를 받으며 1925년 2월 23일 저녁 7시 푸이는 첸멘(前門)역을 떠나 톈진으로 향했다. 톈진역에는 톈진 주재 총영사 요시다 시게루(吉田茂)와 주둔군 장병들이 도열, 그를 열렬히 마중했다.

그즈음 베이징 록펠러 병원에서 간장암(肝臟癌) 수술을 받은 쑨원(孫文)은 재기불능 선고를 받고 객사에 누운 채 위독한 상태였다. 병실에는 아들 쑨커(孫科)와 부인 쑹칭링(宋慶齡), 처남 쑹쯔원(宋子文)에, 동서 쿵샹시(孔祥熙), 동지 왕징웨이(汪兆銘) 등이 베갯머리를 지키고 있었다.

왕징웨이가 마지막 교훈을 들려달라고 했을 때 쑨원은 눈을 가늘게 뜨고 기운 없는 소리로 중얼거렸다.

"자네들을 만날 때마다 늘 위험해 보이기만 하니 큰일이야. 내가 죽으면 혁명의 적들은 제군 분열과 반목을 획책할 터이지. 그것이 안 될 때는 죽이려구 할 걸세. 죽지 않으려면 분열 반목을 해야 할 테고. 나는 이제 할 말이 없네."

그러고는 돌아누워 버린다. 그들은 이날 유언서에 서명을 받기 위해 모였는데 쑹칭링이 울음을 터뜨려서 병세가 더 악화된 3월 11일까지 끌어오다가, 겨우 서명을 받은 다음날 12일 아침, 드디어 쑨원은 파란 많은 60년 생애에 막을 내렸다.

생전 그가 영도하는 국민당과 중국공산당의 합작인 소위 국공합작(國共合作)을 시도한 것은 제국주의와 군벌을 타도할 목적에서일 뿐, 민족·민권·민생을 주안으로 하는 삼민주의(三民主義) 실천을 전제로 한 것만 보아도 그 본질이 반공(反共)이었음을 짐작케 한다. 아무튼 그가 맨 처음에 해야 할 일이 군벌타도였고, 그 목표가 베이징에 주저앉은 장쭤린의 축출이었던 것은 두말할 나위도 없다.

이리하여 실천에 옮겨본 것이 몇 차례에 걸친 북벌(北伐)계획이다. 광둥(廣東)에서 멀지 않은 황포(黃浦)에 군관학교(軍官學校)를 설립, 교장이 된 장제스(蔣介石)가 인솔한 학생군과 광둥군이 북벌을 위해 장시성(江西省)에 진출했을 때 광둥을 지키고 있던 진형명(陳炯明) 장군이 반란을 일으키어 북벌은 중지되고 도리어 반란군 진압에 총력을 기울이지 않으면 안 되게 되었다.

이러한 일련의 사태가 장쭤린에게는 더할 나위 없이 다행한 일이었다. 그는 일본을 등에 업고 그 힘을 빌려서 퇴위한 청조 황실에 어물쩍 민심을 수습해 가며 꿈의 날개를 마냥 펴보려는 욕심을 품었다. 아들 학량을 데리고 앉아 그는 회심의 웃음을 터뜨리었다.

"하하하, 쑨쯔원 등쌀에 골치가 아프더니 그것들도 이제는 운이 다한 모양이야. 하하하."

바로 쑨쯔원의 4남매를 가리킨다. 그를 비롯하여 맏누이 쑹아이링

(宋靄齡)은 쿵샹시의 부인이고, 둘째 누이 쑹칭링은 쑨원 부인이 되었으며, 막내 누이 동생 쑹메이링도 장제스와 약혼을 한 사이다. 쑹아이링이 여비서로 망명하는 쑨원을 따라 일본에 갔다가 때마침 일본에 가 있던 쿵샹시와 결혼하게 되자 동생 쑹메이링을 비서 자리에 소개하여 쑨원과 결혼할 인연을 맺어 주었다. 쑹메이링 마저 쑨원의 애제자 장제스와 약혼한걸 보면, 여걸 3형제의 영향은 곧 쑨원의 영향이기도 하지 않을까.

"국민당의 운명도 멀지 않았어."

장쭤린의 이 말은 왕조명과 장제스가 반공의 기치를 선명히 한 뒤로 국민당 내부 좌우 대립이 심각해질 것을 예언한 것이다.

"아버지, 국민당의 앞날이 어떻게 될까요?"

"뻔하지. 내분(內紛)이 몇 갈래인지 몰라. 쑨원이 죽었으니까 당장은 후계자 문제로 경합(競合)과 반목이 생길 것이고, 그대로 가다가는 가만 둬두 자멸하구야 말걸."

"어떻게 자멸해요?"

"후계자 물망에 오른 후보는 장제스·호한민(胡漢民)·랴오중카이(廖仲愷) 왕징웨이 넷인데 저희끼리 죽이다 남은 놈끼리 또 싸울 테고 아무렴! 다 망하구 말거다."

장쭤린의 예언은 적중하였다. 그해 8월 호한민의 동생이 랴오중카이를 암살하였고 호한민은 러시아 시찰 명목으로 쫓겨나고 말았으니 남은 것은 정객 출신의 왕징웨이와 군인 출신 장제스 뿐이었다.

다음 해 3월 장제스는 좌익분자들이 자기를 승용선 중산함(中山艦)에 실어 러시아로 납치하려는 음모 사건을 조작, 광둥에 계엄령을 선포하고 군부와 당 안의 공산분자 숙청에 본격적으로 손을 대었다. 이 일이 끝난 두 달 뒤에는 전당대회에서 북벌계획을 뚜렷이 밝히며 국민혁명군 총사령에 임명되니 이로써 북벌 방침은 확정을 보게 된 것이다.

장제스가 북벌에 나선 그해 11월 11일 왕징웨이는 무한(武漢) 정부를 수립했다. 그렇거나 말거나 북벌작전은 추진되었다. 장쭤린은 장제스의 혁명군을 막아내기 위해 펑위샹을 앞세웠다. 장쭤린의 정권 독점에 불만을 품은 펑위샹은 여기서 또 한 번 태도를 바꾸어 이번에는 장제스 편에 붙어서 북벌에 가담하고 나섰다.

그는 스스로 '그리스도 장군'을 자처하듯 중국에서는 드물게 보는 인텔리 장군이었지만 자기 부하로는 결코 사관학교 출신을 기용하지 않는다. 그의 아래에서 사천왕(四天王)으로 불리는 녹종린·장지강(張之江)·쑹저위안(宋哲元)·리밍충(李鳴鐘) 등도 예외는 아니었다. 졸병 출신의 쑹저위안은 제 이름이나 간신히 끄적거릴 정도로 무식하였으나 실전에 들어서는 유례없는 명장이 된다.

그러나 배신을 떡먹듯이 하는 펑위샹도 버림받는 날은 있었다. 북벌사업이 어지간히 진척되었을 때 장제스는 난징(南京)에 국민정부를 세웠다.

이렇게 되니 또 다른 쑨원의 제자로 러시아에서 돌아와 국민정부 입법원장으로 앉아 있는 호한민은 눈에 거슬리는 존재였다. 가뜩이나 눈 위 혹처럼 거추장스레 여기는 터인데 호한민은 또 가만히 있지를 않는다.

1927년 12월 장제스와 결혼한 쑹메이링은 한 컬레에 20달러나 하는 양말을 사 신었다. 그러자 호한민이 나섰다. 건국 초에 이런 사치를 일삼으면 국가 장래가 어찌되겠느냐는 입법원장의 담화를 발표한 것이다. 그러자 격노한 장제스가 그를 탕산(湯山)에 감금하니 당의 원로급인 임삼(林森)·쑨커(孫科) 등도 신변에 위험을 느껴 광둥으로 도피하여, 멀리서 호한민의 석방을 외쳐보았으나 결국 쉽게 이루어지지 않았다.

일본의 부당한 압력도 있었지만 장제스는 어쩐지 신변이 허전하고 불안하여 견딜 수 없는 지경이었다. 모두들 자기 권좌(權座)를 노리는 것만 같아서 좀처럼 사람을 믿을 수가 없었다. 오직 믿는 이가 있다면 그의 비서장이고 모사꾼으로 이름 높은 양융타이(楊永泰)뿐이다.

"각하, 천하를 통일하려면 세 사령관의 권력을 약화시키는 것이 가장 빠른 지름길입니다."

세 사령관이란 리쭝런(李宗仁)·옌시산(閻錫山)·평위샹을 두고 하는 말이다.

1차 북벌이 성공했음을 난징에 있는 쑨원의 묘소에 보고를 하고 돌아왔을 때 양융타이가 장제스에게 진언한 말이다. 이 헌책(獻策)을 알고 받아들인 장제스가 제1착으로 숙청 대상에 올린 것은 리쭝런이었다. 이 일에 성공한 장제스는 옌시산·평위샹을 차례로 몰아내었다. 할 수 없이 러시아로 망명한 평위샹은 이번에는 또 좌익으로 기울어졌다. 변화무쌍의 인텔리 무인 평위샹, 그는 운명의 인물인가.

이 해도 다 저물어 갈 무렵 가와시마 요시코(川島芳子)의 결혼식이 뤼순(旅順)에서 성대히 거행되었다. 일본 군부가 이 결혼에 각별한 관심과 지대한 호의, 친절을 베푸는 것은 한눈에 보기에도 이상할 지경이었다. 신랑 간쥬르쟈부와 나란히 찍은 사진이 신문에 실렸을 때 그것을 본 사람들은 다시 한 번 이상한 느낌을 받았다. 신랑 얼굴이 심각하고 사색적인데 비해 신부 표정은 어딘지 모르게 회의적(懷疑的)이고 반항적이다.

초연한 신랑과 초조해 보이는 신부……. 이 대조적인 두 개의 안색에 사람들은 형극(荊棘)의 장래를 점치려 했다.

첫날밤, 신부는 신랑의 접근을 완강히 거부했다.

"제 몸은 불결해요. 며칠 있다가……."

이것이 표면에 내세우는 이유였지만 며칠이 지나도 요시코는 계속 남편에게 몸을 맡기지 않았다.

"일본에 돌아가서요, 중국에서는 싫어요."

대범한 간쥬르쟈부는 이유를 캐묻지 않았다.

'그럴만한 무슨 까닭이 있겠지.'

그러면서 이해하려는 노력만을 계속할 뿐이었다.

─일본으로 돌아온 부부는 신혼 여행지를 닛코(日光)로 택했다. 풍경이 아름다운 곳으로 도쇼구(東照宮) 신사(神祀)와 게곤노다키(華嚴瀑布) 폭포가 있어서 유명했지만 이 고장을 더욱 이름나게 한 것은 폭포 위에서 유행한 젊은 학생들의 투신자살이었다. 그 효시(嚆矢)가 명문고의 수재 후지무라 미사오(藤村操)였다.

지금 요시코는 남편 간쥬르쟈부와 나란히 그 폭포 위에 섰다. 동시에 그녀는 죽음을 생각하고 있었다. 오늘밤, 자기 몸 위에 불어닥칠 폭풍을 생각하면 우울하기 짝이 없다. 아직까지는 숫처녀의 몸이다. 세상에서야 어떻게 알건 두 사람만이 아는 비밀.

일본에 돌아오면 하나가 되자고 하였다. 그리고 그들은 돌아왔다. 이제 더 핑계를 삼을 구실이 없지 않은가.

'깨끗하고 맑은 물, 차라리 이 속에 깨끗한 몸과 마음을 내던져 폭포의 비말(飛沫)이나 되어 버릴까.'

이런 부질없는 생각을 되풀이하고 있을 즈음, 깜짝 놀라 쳐다본 곳에 간쥬르쟈부의 미소 띤 얼굴이 있었다.

"요시코, 뭘 생각해?"

물끄러미 쳐다보는 시야가 물결처럼 흐려지더니 남편 얼굴 위에 포개지는 것이 마츠모토에서 처음 만난 야마가(山家) 중위 모습이었다. 그것을 지워버리자 그 뒤에서 나타난 또 하나의 얼굴, 그것은 푸이였다. 자금성을 쫓겨나 톈진 장원에서 무료한 나날을 보내고 있을 동갑짜리 친척 푸이. 요시코는 또 한 번 소스라치게 놀랐다.

'내가 왜 그이를 생각한담.'

지워버리려 해도 이번에는 잘 되지 않았다.

"뭘 생각하냐구."

"옛날 일요."

"옛날 일?"

"네. 당신, 이 나무의 유래 알아요?"

요시코가 별안간 생각난 듯이 쓰다듬는 것은 한쪽만 껍질이 벗겨진 나무였다.

"유래? 몰라."

"제가 설명할게요. 20여 년 전, 후지무라라는 학생이 여기에 먹글씨루 유서를 써 놓구 이 폭포에서 투신 자살을 했어요."

"그래?"

"플라토닉 러브가 자살의 원인이었지요. 더럽혀지지 않은 깨끗한 몸인 채 물에 떠서 흐르고, 맑은 넋은 영원히 이 산모퉁이에 머무르고 싶었던 거예요. 제일고등학교 문과에 재학중인 명문 출신의 미남자가 18세 좋은 나이에 죽어야 했던 그 마음을 이제는 나도 알 것 같아요. 얼마나 멋져요?"

"흠."

"암두지감(巖頭之感)이라는 그의 유서가 적혀 있던 자리가 바로 여기죠."

"그런데 지금은 왜 없어? 20여 년 풍상에 씻겨 버렸나?"

"아니죠, 그 뒤에도 자살자가 끊이지 않았어요. 후지무라를 본따려는 자살 지망자가. ……그가 투신한 것이 1903년 6월 22일 아침이었으니까 제가 태어나기 3년 전인데 1907년 7월까지, 그러니까 4년

동안 여기서 투신한 사람이 185명, 엄청난 숫자예요. 그래서 당국이 지워버렸지 뭐예요."

"그거 참 잘 했군."

"잘해요? 그 학생이 이 세상에 왔다 간 기념으루 마지막 남겨 놓은 몇 줄의 글마저도 멋을 모르는 인간들이 말소(抹消)시켰단 말이에요. 허지만 소용없어요. 그 글은 많은 사람 가슴속에 살아 있구 저도 꼬박 외우구 있으니까요. 읊어볼까요? 들으실래요?"

"맘대루."

간쥬르쟈브는 흥미도 관심도 없다는듯 외면하였고 요시코는 눈을 감고 음성을 가다듬었다.

"……유유하구나 천지(天地), 요요하여라 고금(古今), 오척단구(五尺短軀)가 이 무한대(無限大)를 헤아리고자 한다. 호레이쇼의 철학, 궁극(窮極)은 무슨 오소리티에 값(價)하는 것이랴. 만유(萬有)의 진상은 단 한마디에 끝난다. 가로되 불가해(不可解)라고. 나, 이 한을 품고 번민 끝에 죽음을 택한다. 이미 나 여기 서기에 이르러 가슴속에 아무런 불안도 없다. 처음 알았노라, 가장 큰 비관은 가장 큰 낙관과 일치하는 줄을."

요시코의 눈에는 이슬이 맺혔고 눈물 젖은 검붉은 망막에는 또 한 번 야마가 중위와 푸이 얼굴 모습이 명멸한다. 그녀는 눈을 번쩍 뜨며 말했다.

"여보, 우리도 여기서 죽어 버릴까?"

"무, 무어?"

남편은 흠칫 한걸음 뒤로 물러섰다. 떠밀거나 끌어안고 떨어질 박진성(迫眞性)을 감득한 때문이다.

"요시코. 왜 이런 좋은 날, 그런 불길한 생각을 하구 있지?"

"좋은 날 함께 죽으면 좋지 않아요?"

"우리 그만 내려갑시다."

"가만 계셔요. 제가 얘기 또 하나 할께요."

"조선의 왕세자 이은(李垠)에게 시집간 나시모토노미야 마사코(梨本宮方子) 알죠?"

"말은 들었어."

"그 여자, 지금은 쇼와 천황(昭和天皇)이지만 그때 황태자였던 히로히토(裕仁)와 사랑하는 사이였대요."

"그건 알구 있소."

"알아두 또 들으세요. ……사랑하는 사람은 친척인 구니노미야 나가코(久邇宮良子)에게 뺏기구 변변치 못한 망국의 세자와 결혼해야 했던 그 마음, 어땠을까요?"

"할 수 없지, 운명인걸."

"그렇지요. 운명이죠?"

요시코는 다짐하듯 되묻고 나서 다시 말을 계속한다.

"그러나 그 운명은 주위에서 만들어 억지로 안겨준 거예요. 그러니까 말하자면 정략(政略)결혼의 제물이 된 셈이죠. 그건 이은의 경우도 마찬가지겠지요. 그에게는 경성(京城)에 민갑완(閔甲完)이라는 약혼녀가 있었으니까요. 민규수(閔閨秀)의 마음은 또 어땠겠어요. 조국의 원수들에게 약혼자를 빼앗긴 그 마음이 어디 그뿐이에요? 사랑하는 사람을 앗아간 무리들이 박해를 가해 제 나라에서 못살고 조국을 떠나야만 했으니 말이에요. 민갑완은 조선을 떠나 중국으로 가야 했어요. 지금 상하이에서 살구 있대요. 어쩌면 사정이 나하구 꼭……."

요시코는 여기서 말을 뚝 끊었다. 마사코의 처지와 민규수의 형편, 그리고 이은까지, 어쩌면 그렇게도 자기와 흡사하지 않은가.

다시 감은 눈꺼풀 안에 또 한 번 부침(浮沈)하는 야마가와 푸이의 얼굴, 그러다가 야마가는 가라앉고 하나만 솟구쳐 떠오른 것이 푸이였다.

'그렇다, 앞으로는 푸이를 위해서 살자. 그를 도우면서 살아가다가 그가 죽으면 같이 죽자.'

요시코는 가슴속을 맴도는 죽음의 검은 그림자를 말끔히 털어 버리고 눈을 번쩍 뜨면서 발딱 일어났다.

"내려가요."

남편의 손을 잡아 끌었다.

그 뒤부터 간쥬르쟈부는 요시코의 몸을 아예 가까이 하려 들지 않았다. 아니 못하였던 것이다. 죽거나 죽이거나 할까봐 도저히 그럴 수가 없었다.

신혼이면서 각방을 쓰는 요시코가 혼자 누워 기나긴 밤을 지새우는 때이면 아득히 사라진 옛 기억을 더듬어 장원에 칩거하는 푸이를 불러내려 하였다. 그 옆에 있을 두 부인, 아직 만나본 적 없는 완룽과 문수가 부러우면서 질투를 느꼈다.

"어떻게 생겼을까. 어떤 여자들일까?"

가끔은 두 여자의 좌표(座標) 위에 넌지시 자기 자신을 옮겨다가 앉혀 보기도 하는 요시코였다.

"가자. 대륙으로 건너가자. 가서 푸이 옆에 가까이 접근하리라."

─그러나 완룽도 문수도 요시코가 부러워하거나 질투를 하리만큼 행복하지는 않았다. 장원(張園) 넓은 뜰에 놀던 사슴 한 마리를 두고 쓴 문수의 글이 그것을 웅변으로 증명해주고 있었다.

'원중애록(園中哀鹿)'이란 제목을 가진 그 글은 이러하였다.

봄빛이 찬란하다. 붉은꽃 푸른잎이 원중에 가득하여 넘칠 듯이 물결친다. 그 속을 거닐던 내가 문득 걸음을 멈춘 것은 동산에서 기르던 사슴의 구슬픈 울음소리를 들었을 때이다. 소리를 따라 다가선

곳에 빈사(瀕死) 상태의 사슴이 있다. 나는 생각한다. 이 사슴은 뽑혀서 동산에 들어왔고 추위에 떨며 먹이를 찾아 헤매지 않아도 좋은 호강 속에 고생을 모르며 장수(長壽)하였으니 역시 행복한 일생이었다고. 그러나 야생의 동물은 집에서 기를 것이 아니다. 사슴은 동산에서 자유가 없었다. 옥에 갇힌 죄수처럼 해방되지 않는 한 결단코 자유를 누릴 수는 없으리니. 장자(莊子)는 말했다. '살아서 감탕 속에 꼬리를 끌지언정 죽은 뒤 귀골(貴骨)이 되기를 원치 않는다'고.

이 글을 남겨 놓고 문수는 장원에서 홀연히 자취를 감추고 말았다.

'저 사슴 꼴이 되기 전에……'

그런 마음이 그녀의 탈출 결심을 재촉하였던 것이다.

어느 날 그녀는 쇼핑을 한다고 외출하더니 다시는 장원에 돌아오지 않았다. 처음에 이 사건은 납치냐 암살이냐 등등 구구한 억측이 떠돌았으나 보석을 비롯한 값진 물건들이 미리부터 종적을 감춘 사실로 보아 계획적인 실종인 줄을 뒤늦게야 알았다.

장원에서는 쉬쉬하며 비밀로 묻어 두려 하였으나 푸이 자신의 마음은 속일 수가 없다.

'앙큼한 것, 그렇게 대담할 줄이야……'

곁에 있을 때는 대수롭지 않았지만 없고 보니 아쉽고 안타깝다. 자그마한 키에 보조개가 옴팡 패이는 귀여운 얼굴…… 푸이는 분하였으나 어찌할 도리가 없었다. 이제는 완룽만이라도 확보해야 한다. 황제의 위신을 위하여서라도……

그래서 푸이는 완룽에게 감시와 핍박을 가하면서도 때로는 관대를 베풀어 방종을 허용하기도 하였다. 완룽이 마약을 애용하기 시작한 것이 아마 이 무렵부터였을 것이었다.

푸이는 문수가 돌아와 주기를 기대했다. 아직 비밀이 지켜지고 있으니 그동안 슬며시 돌아와 줬으면 싶었다.

그러나 문수는 돌아오긴커녕 아무런 의사 표시도 없다가 3년이 지난 뒤에야 겨우 왔다는 기별이 이혼 수속을 밟아 달라는 부탁이었다.

그 무렵 이혼 절차는 법정을 거치지 않고 당사자 간의 합의만으로 증인 앞에서 서류에 서명만 하면 완료되었다. 푸이가 이에 불응하고 계속 돌아오기만을 종용하자 문수는 변호인에게 의뢰하여 이혼 소송을 법정에 제기할 기세를 보였다.

여기에 놀랜 푸이는 5만원(元)의 대금을 위자료로 지불하는 동시 이혼 수속을 하여 주어서 문수는 비로소 완전한 자유의 몸이 되었다.

"원중애록"이 안되기를 원한 그녀는 지겹던 숙비(淑妃) 자리를 떠난 것만도 대견하였던지, 5만원에도 미련을 두지 않아 돈이 흩어지는 것도 아랑 않고 조촐한 소학교 교사로 수절(守節)의 일생을 마쳤다.

그러나 비밀은 문수의 한 오빠가 동생에게 보내는 공개장을 텐진서 발행하는 신문 '상보(商報)'에 발표함으로써 깨어지고 진상은 천하에 폭로되고 말았다.

당초에 문수가 실종되었을 때 어떻게 알았는지 일본 군부가 위로하며 적극 수색에 나서준 일은 푸이를 지극히 감격케 하였다.

그뿐 아니라 금벽휘(金璧輝=川島芳子)와 간쥬르자부의 결혼에 일본이 무한한 호의를 베풀었다는 일이라든가 베이징에 군 정부를 세우고 대원수(大元帥)로 군림한 만주땅 펑톈군의 총수요, 은인인 장쭤린을 지지, 보호하려고 산동 출병(山東出兵)을 해서 북벌군을 막아준 일들이 푸이는 마냥 고맙기만 하였다.

'일본과 장쭤린이 합의만 한다면 청조 재건과 황제 푸이도 어렵지 않게 이루어질 것이요, 반드시 장차 그렇게 되고야 말 것이다.'

그런 희망에 일본으로 기울어지는 호감은 동생 푸제가 일본 유학 결정이라는 구체적인 사실로 나타났다.

"청조 재흥의 때는 박두했다. 이 기회를 놓칠까봐 나는 동행을 단념하련다. 내 대신 네가 동경으로 건너가라."

"거긴 가서 뭘해?"

"군사학을 전공하고 돌아오너라."

"멋쟁이 육군 장교가 되고는 싶지만 혼자 가기는 어쩐지 불안한 걸."

"그건 걱정 말어. 매부(妹夫) 윤기(潤麒)하고 같이 가면 되니까."

"윤기 매부라도 같이 간다면 괜찮지만 그래두 일본말을 모르는데 어쩌면 좋지?"

"그건 염려 없다. 톈진 영사관에 가정 교사를 부탁했더니 도야마 다케오(遠山猛雄)라는 일본인을 추천해 주었어. 그 사람을 찾아다니면서 어학 공부를 하여라."

"일본에 가면 고생 안할까?"

"그런 근심은 안해두 좋아. 대재벌 오쿠라 기하치로(大倉喜八郎)가 재정 보증과 학비 부담을 책임진다니까."

"그렇다면 가볼만두 하군. 나, 갈테야."

"그러라니까. 가면 사관학교를 다니도록 해라. 밉기는 하지만 장제 스를 봐라. 그자의 성공은 무력을 장악한데 있다. 내가 병권(兵權)만 움켜쥐는 날에는 일본을 위시한 모든 외국이 우리를 적극 원조해 줄 것이야. 먼저 네가 유능한 군사 전문가가 되는 것이 가장 빠른 길이다. 알겠니?"

"음."

이리하여 푸제와 윤기가 유학 준비를 위해 톈진 주재 일본 총영사관에 부지런히 다닐 즈음 뜻밖에 난데없는 사건이 펑톈에서 터졌다.

그 발단은 장쭤린이 일본을 배반한 데에 비롯한다. 그러나 장쭤린도 할 말은 있다. 북방 토벌의 국민군이 군사 행동을 재개하였을 때 일본이 출병해 준데까지는 좋다. 즉 1928년 4월 19일 거류민 보호 명목으로 구루미(久留米) 제18사단과 화베이(華北) 주둔 제9사단 일부를 파견, 지난(濟南)을 점령한 일본군의 속셈은 시커멨다. 러일전쟁 승리 전리품인 만주 이권을 확보하기 위해 만주 및 화베이 지방과 중국 본토를 격리(隔離)하려는 것이었다.

이런 내막을 알아차린 장쭤린은 일본의 심지가 얄미웠다. 생명의 은인이요, 의형처럼 알고 있던 다나카 키이치(田中義一)가 수상으로 있는 일본 정부가 이렇게까지 나올 줄이야.

더구나 장쭤린을 의심암귀(疑心暗鬼)로 몰고 간 것은 국민정부의 내분으로 한때 물러났던 장제스가 일본을 다녀온 뒤부터이다. 국민혁명군 총사령에 복귀하여 북벌을 재개하였는데, 이를 저지한다고 출동한 일본군과 충돌로 지난 사건을 치른 후 장제스는 국제연맹(國際聯盟)에 호소하는 등 일본과 맺은 밀약이나 묵계(默契)가 한낱 연극에 불과하다고 믿게 되었다. 그는 일본 의존을 포기하고 자주권을 행사하며 미국의 후원을 은근히 바라는 태도로 나가는 한편, 만주에서 일본의 소중한 이권인 만철(滿鐵) 권리를 빼앗을 셈으로 병행(並行)하는 철도 부설을 계획, 펑톈성 모아산(帽兒山)에 영사관을 설치하겠다는 일본 요청을 단박에 물리쳤다. 또 펑톈에서 발행되는 일본인이 경영하는 한자신문 성경시보(盛京時報)의 판권 취소도 단행하였다.

이같은 장쭤린의 태도 표변(豹變)을 본 관동군은 펑톈군 무장 해제와 그의 하야(下野)공작을 추진하게 되었다. 이와 때를 같이한 북벌군의 진격은 맹렬하여 베이징이 함락되는 건 시간문제였다. 장쭤린의 신변마저 위태로워졌을 때 일본 정부는 그에게 무장 해제와 베이징 철수를 권고하기에 이르렀다.

이 목적을 수행하기 위해 요시자와 공사가 장쭤린을 방문한 것은 5월 17일 오후 11시 무렵 일이다.

"대륙의 평화와 질서 유지를 위하여 장제스 장군 휘하의 북벌군과 각하가 거느리는 펑톈군의 동시 무장 해제가 시급한 문제로 남았습니다."

우선 이렇게 전제해 놓고나서 나머지 운을 띄웠다.

"……우리 일본은 엄정 중립의 입장에서 이 일을 권고합니다."

개인 의사가 아닌 본국정부의 방침임을 못박는 동시에 중립이라는 미명으로 발뺌하면서도 은연중 위협하는 태도를 버리지 않았다. 이 말을 들은 장쭤린은 펄쩍 뛰면서 소리쳤다.

"무장 해제라니! 그렇게 되면 나는 실각(失脚)을 하게 되오. 나의 실각은 만주 적화(赤化)를 의미하고, 그렇게 되면 귀국에 대한 악영향도 적지 않을 터이니 잘들 알아서 하시오!"

도리어 요시자와를 견제하려 들었다. 요시자와는 최후의 무기를 꺼집어 내었다.

"정 무장 해제가 싫으시다면 시급히 만주 복귀를 단행하시오. 길은 그것밖에 없습니다."

"그것도 어렵소. 내가 떠난 뒤에 만일 펑위샹 같은 자가 베이징으로 들어와서 정권을 잡게 된다면 그건 더욱더 큰일이지. 나는 죽으면 죽었지 이곳을 떠날 수는 없소이다."

네 시간에 걸친 긴 회담은 마침내 결렬되었다.

장쭤린의 만주복귀, 이것은 일본의 요망과도 일치한다. 만주로 불러다가 괴뢰정권을 만들어 앞세워 놓고 만주라는 땅덩어리의 맛난 음식을 마음대로 요리해 보자는 것이 관동군의 심산이었다.

그런데 장쭤린은 거부하였다. 그러나 위험은 시시각각으로 박두한다. 북벌군의 파죽지세는 장쭤린의 외고집을 불허한다. 제반 정세가 그에게 불리하게만 돌아가는 마당에 아들 학량까지도 베이징 철수를 권해온다. 할 수 없이 그는 만주 복귀를 고려하게 되었다.

이때에 이르러 관동군에서는 두 가지 의견이 대립되고 있었다. 하나는 장쭤린을 데려다가 이용하자는 것이요, 다른 하나는 대륙을 침략하는데 거추장스러우니 방해물을 제거하자는 주장이었다. 어쨌거나 끌어내고 보자는 심보였다. 그리고 나머지 일은 그 뒤에 의논해도 좋지 않으냐는 방향으로 합의를 보아 요리 방법은 당분간 보류하자는 쪽으로 낙착을 보게 되었다.

그러나 참모회의 결정과는 상관없이 고급 참모 몇몇 만이 극비리에 따로 회합을 가지고 의논한 결과 장쭤린이 펑톈에 들어서기 전 없애버리자는 결론을 내렸다. 이 어마어마한 암살극의 주역을 맡고 나선 것이 관동군 고급 참모 고모토 다이사쿠(河本大作) 대령이었다.

고모토는 일찍부터 장쭤린의 제거, 살해만이 최고 당면 과제요, 애국 충성의 극치요, 자기에게 지워진 지상 명령이라고 믿어온 자이다. 그는 항상 장쭤린을 암살할 기회를 노리면서 만일 성사가 되더라도 뒷날 일본에 미칠 영향이 지대할 것을 감안하여 미리부터 여론의 경향을 알아보기 위해 온갖 시험을 해보는 용의주도한 인물이었다.

반년쯤 전부터 심복 부하인 카와고에 수이(川越守二) 대위와 마적 행세를 하는 대륙 낭인 나카무라 등에게 명령하여 중국 동쪽 철도 동부선과 서부선 철교를 한 달 간격으로 한 번씩 폭파시켜 보았다. 그 결과는 양호하였다. 신문은 앞을 다투어 이 사건을 대대적으로 보도하는데, 동부선 때는 하르빈의 장쭤상(張作相)이나 백계 노인(白

系露人)이 장쭤린의 폭정에 반항하기 위한 소행이라 추측하고, 서부선 폭파 시에는 지치하루에 있는 오준승(吳俊陞) 일파가 벌인 짓이라고 단정하였지만 어느 신문에서도 일본군을 용의자로 취급한 논조는 발견할 수가 없었다. 이것을 본 고모토 다이사쿠는 뜻밖에도 장쭤린을 반대하는 세력이 꽤 크고 많이 있음을 알아채고 자신감을 얻게 되었다.

'그를 죽이더라도 중국인에게 죄를 뒤집어씌우면 무사하겠군.'

매사 신중하고 조심성 있고 빈틈없는 그는 만약 탄로가 나서 처벌 받게 되는 최악의 경우까지도 계산에 넣어 카와고에 또 하나의 동지인 독립수비대 제2대대 중대장 도미야 데츠오(東宮鐵男) 대위와 밀담하는 자리에서 말했다.

"내 고향 효고켄(兵庫縣) 시노야마(篠山)에 어림잡아 2만원 상당의 부동산이 있으니, 만일 발각되어 퇴역 처분을 받게 되면 그것을 매각하여 3등분해서 살림 밑천으로 삼자."

그렇게 결의를 표명하여 동지를 안심시키는 한편 격려도 하였다.

—고모토 대령은 부잣집 아들로 늘씬한 체격에 얼굴이 미남이라 군인답지 않게 똑똑한데다 돈 잘 쓰고 놀기 좋아하는 기질을 지녔다. 시골 기생에게 유행가 가락을 가르쳐 줄만큼 잔재주도 있어서, 겉보기에는 무척 대범하고 뇌락(磊落)한 것 같지만 실상은 야심만만하고 매서운 데도 있는 명석한 두뇌의 소유자였다. 때로는 군 당국의 약체(弱體)를 사정없이 비판 공격을 하는 탓에 고위층으로부터 미움을 받아 쟁쟁한 육군대학교 출신이면서도 변두리 부대 대대장으로만 돌아다닌 불평 많은 이단아(異端兒)이기도 했다.

이러한 고모토가 암살 계획을 실천에 옮긴 무시무시한 함정이 있는 줄 까맣게 모르는 베이징의 장쭤린은 요시자와 공사의 만주 철수 권고에 전후하여 그를 방문한 만철(滿鐵)총재 야마모토(山本條太

郞)와 철도 건설에 관한 협정에 조인을 마치고 마침내 만주 복귀를 결심하였다. 이 협정이야말로 자신을 낚아내려는 미끼임을 알 턱이 없었다. 협정 내용이 유리한데다 북벌군 공격 앞에 시시각각으로 위험이 다가오는 터라 5월 3일 베이징을 출발할 작정으로 초하루 오후에는 베이징 주재 외국 사절들을 초치, 작별 인사를 나누었다. 드디어 초사흗날 이른 아침, 예정대로 군악대의 취주악이 우렁차게 울려 퍼지는 가운데 특별 열차로 베이징을 떠났다.

은밀히 통과 지점 각처에 특파 배치된 일본의 정보 장교로부터 전보 또는 전화로 관동부 사령부에 상황이 수시로 보고되고, 고모토 참모는 상황 파악을 정확히, 신속히 전해듣고 있었다. 베이징에 파견된 나케시타(竹下義晴) 중령은 알려왔다.

"장쭤린이 가장 사랑하는 다섯번 째 부인을 7량(輛) 편성 특별 열차 편으로 먼저 떠나 보내고 5, 6시간 뒤늦게 20량 편성 열차로 떠났습니다."

산하이관에 대기 중인 이시노(石野芳男) 대위는 일본인 고문 마치노(町野武馬) 대령과 기가(儀俄誠也) 소령도 동승했다는 전보를 알리면서 장쭤린의 부인이 탄 열차가 폭탄설치지점을 통과했다고 보고했다. 텐진군 사령부도 장쭤린을 태운 열차가 막 지나갈 때 마치노 고문이 도중하차한 사실을 알려왔고 펑텐 서북쪽 60킬로에 위치한 신민(新民)에 파견된 간다 요시노스케(神田泰之助), 다케다(武田丈夫) 두 중위에게서는 영사관 직통 전화로 다섯번 째 부인 열차 통과를 전해왔다.

장쭤린의 펑텐 도착 예정은 4일 새벽 5시 30분경이다. ─산하이관에서 날아온 보고는 오준승 장군이 동승했다는 새 소식도 함께 전했다.

─장쭤린이 베이징을 떠난 그날 밤, 펑텐의 일본 독립수비대 병영

뒷문을 소리 없이 빠져 나가는 손수레 하나가 있었다. 폭약(爆藥)과 폭파용 전선인데, 이 짐을 호송하는 몇몇 검은 그림자 중 앞장선 것이 고모토 대령, 그와 나란히 걷는 사람이 도미야 대위, 그 뒤를 따르는 것이 이번에 특히 불러온 조선 용산 공병 제20대대 소속 폭파 전문 공병 중위와 병사들이다. 고모토가 도미야에게 속삭였다.

"도미야, 자신 있지?"

"예."

"만일의 경우 실패했을 때 대책은?"

"가와코시와 의논한 제2계획은 차 안에 검객(劍客)을 잠입시켜 살해하는 것이고, 그것도 실패하면 마지막 방법 제3안으로 매복시켜 둔 사격병이 열차를 향해 기총소사(機統掃射)를 퍼붓기로 하였습니다."

"좋아!"

고모토는 어둠 속에서 하얀 이빨을 드러내고 잔인하게 웃었다.

―손수레는 만철선과 경봉선(베이징 펑톈 사이 철도)이 교차하는 황고둔(皇姑屯) 입체(立體)교차점 철교 아래에 멈춰졌다. 벽돌로 쌓아 올려진 그 교각(橋脚) 밑에다 60킬로 안팎의 폭약을 장치하고, 약 200미터 거리에 있는 열차 감시 초소까지 전선을 연결하는 작업을 정밀 신속하게 마치었다. 이 초소에서 스위치만 누르면 폭약이 터지게 되어 있었다. 도미야 대위가 책임진 임무였다.

"알았지? 먼저 들어오는 황색 열차는 부인이, 그보다 5, 6시간 뒤에 들어올 코발트빛 열차에 장쭤린이 타고 있다. 실수 없이 하도록."

"핫."

"그럼 난 얼른 다녀올 테야. 아직도 그 일이 남았으니까."

"핫. 수고하십시오."

―고모토가 관동군 참모 숙소인 심양관(瀋陽館)에 돌아온 것은

밤 열시를 전후한 때였다. 다른 참모들은 연회에 나가 자리를 비웠고 그가 대기시켜둔 가와코시 대위와 보초병만이 텅 빈 큰집을 지키고 있었다.

"가와코시. ……왔나?"

"아직 안 왔습니다."

"웬일일까?"

"글쎄요, 이상합니다."

"흠. ……다른 준비는 다 됐겠지?"

"핫."

"어디 좀 봐."

"여기 있습니다."

가와코시가 내놓은 것은 야릇한 편지 세 통과 러시아제 폭탄이었다. 편지를 펴 본 고모토는 말했다.

"이거면 됐어, 풀로 붙여라."

만족한 듯 웃으며 도로 내주는 편지 두 통 중 하나는 장제스군이 발행하는 폭파 명령서를 위조한 것이고, 나머지 한 통은 역시 위조한 가짜 신분증명이었다.

"이만하면……. 하하하."

고모토는 웃었으나 무엇을 기다리는지 초조한 빛은 감출 길이 없었다. 이때 소리 없이 들어선 사나이, 그는 석탄 장사를 하는 대륙 낭인 이토오(伊藤謙三郎)란 자였다.

"고모토상, 기다리셨지요?"

"오, 이토오상! 어서 오시오. 기다렸구말구."

"그러실 줄 알았습니다."

"데리구 왔소?"

"물론입니다. 하나 앞에 백원, 백오십원씩 주구 세 놈을 매수했는데, 그중 한 놈이 달아나 버려서 좀 늦었습니다."

"그럼 두 놈뿐이요?"

"예. 두 놈이라두 되지요."

"뭐 그건 그렇소. 지체할 수 없으니 빨리 불러 주시요."

이토오가 바깥쪽을 향해 손짓하니까 협수룩한 중국인 둘이 굽신거리면서 들어왔다. 고모토는 능숙한 중국어로 말했다.

"이제부터 철도를 폭파하러 간다. 너희들은 폭탄만 던져라. 알았나!"

"셰셰(고맙습니다)."

"그럼 이걸 가지구 같이 가자."

고모토와 가와코시는 위조한 가짜서류와 러시아제폭탄을 두 사람에게 각각 나누어 주고 네 명은 한 자동차에 올라 도미야가 기다리고 있는 현장 초소로 향했다. 차 안에서 고모토는 약간 양심의 가책은 있었던지 일본말로 자기 자신에게 타이르듯 말했다.

"가와코시. 본국에서는, 중국 본토를 장제스에게 맡기고 만주와 몽고를 장쮜린더러 맡아 다스리라 하고 두 놈에게 싸움을 부추겨서 이익을 보자는 속셈인 모양이다. 나는 그게 아니야. 서양놈이 동양 침략을 할 때 써먹던 낡고 미지근한 수법으로 뭐가 되겠어. 장쮜린을 때려잡고 만주를 당장 집어삼켜야지. ……안 그런가?"

"그렇습니다."

"음. ……이 두 놈이 폭파한 것처럼 위장(僞裝)을 하면 우리는 감쪽같이 빠질 수가 있단 말이야."

"핫."

일행이 초소에 도착했을 때는 열한 시가 조금 지났다.

"황색 열차가 지나갔을 텐데."

고모토가 묻는 말에 도미야 대위는 대답했다.

"핫. 지나갔습니다."

"그게 장쭤린 부인이 탄 열차야. ……몇 시간 안 남았군. 그럼 부탁하네."

"안심하십죠. 살(矢)은 벌써 활(弓)을 떠났습니다."

혐의를 면하기 위해서 물샐틈없는 수배만 해놓은 뒤, 고모토와 가와코시는 참모 숙소로 돌아왔다.

—이윽고 5시 23분 새벽 공기를 뚫고 울려오는 굉장한 폭발음 한 번과 콩 볶듯이 쏘아대는 기관총 소리……

삽시간에 참모 숙소가 술렁거렸으나 폭파 현장은 아수라장이었다. 장쭤린이 탄 전망차와 식당차가 철교 사이에 걸쳐졌을 때 도미야 대위는 힘껏 스윗치를 눌렀던 것이다. 전망차는 바퀴와 바닥만을 남기고 지붕은 물론 차체가 콩가루처럼 부서진데다 불까지 나서 그 칸에 타고 있던 수행원 17명이 몰살을 당했다. 그 옆에 미리 죽여다가 버려 놓은 중국인 둘의 시체가 폭탄과 편지를 품에 지닌 채 나뒹굴고 있었다. 폭풍(爆風)에 몸을 날린 오준승 장군은 자신이 중상을 입었으면서도 외쳤다.

"대원수 각하는 무사하시냐?"

"네, 무사하십니다."

그 대답을 듣고서야 그는 괴로운 듯 숨을 거두었다. 그러나 대원수는 장쭤린은 무사할 리가 없었다. 그는 다리가 끊어진 채 철교 밑으로 떨어져서 신음하는 것을 살아남은 부하가 구출하여 비밀리에 펑톈의 대원수부(大元帥府)로 옮기었다.

이 흉보를 접한 아들 장쉐량이 란저우(蘭州)에서 상인(商人)으로 변장하고 펑톈에 잠입, 겨우 임종을 모실 수가 있었다. 기력으로 며칠을 버티던 장쭤린이 아들을 보자 유언으로 남긴 말이 이것이다.

"쉐량아. 너는 ……일본에 대한 복수를 잊지 말라. 잊어서는 안

된다."

장쭤린은 죽었다. 아들 장쉐량은 남았지만 일본군은 그를 얕잡아 보았다.

—장쭤린이 운명하던 바로 그날, 국민혁명군은 베이징에 입성하여 오랜 숙제이던 북벌을 완성하였다.

비명에 부친을 잃은 슬픔 속에서도 장쉐량의 심경은 두루 복잡하였다. 이제부터는 어떡할 것이냐. 장제스를 적으로 삼을 것이냐, 항일 동지로 알아야 하나.

축록전(逐鹿戰)에서는 패배하였어도 핏줄기는 결국 하나가 아닐까. 그는 쑨원이 부르짖다가 간 민족주의가 머릿속에 어렴풋이 떠오르는 것을 의식하였다.

두 요시코

청나라 숙친왕(肅親王)의 딸로 태어났으나 일본인 가정의 양녀로 보내졌으며, 대륙을 무대로 다양한 화제를 불러일으키다가 아침 이슬로 삶을 마친 남장 여자 스파이 가와시마 요시코(1907~1948). 또 일본인이면서 이향란이라는 예명으로 중국인 가수와 배우로 이름을 떨쳤고 전쟁이 끝난 뒤 일본에서 배우, 기자, 정치가로 활약한 야마구치 요시코(山口淑子 1920~2014). 두 요시코는 1937년 여름에 처음 만났다. 그때 가와시마 요시코는 30세, 야마구치 요시코인 이향란은 17세였다.

두 여인은 텐진(天津) 일본인 조계송도가(租界松島街) 한구석의 화려한 중화요리점 동흥루(東興樓)에서 만났다. 야마구치 요시코는 아버지와 함께 상류층 파티에 초대를 받았다. 넓은 가게 안에는 화려하게 꾸민 사람들로 왁자했다. 가장 큰 소리로 담소를 나누는 무리 안에 피부가 하얗고 기품이 넘치는 웃는 얼굴이 보인다. 바로 동흥루 경영자 가와시마 요시코였다.

아버지가 야마구치 요시코를 소개했다. 그러자 가와시마 요시코는 능숙한 일본어로 대답했다.

"이름이 요시코라니? 이런 우연도 있군요. 저도 요시코라고 합니다. 잘 부탁드립니다. 저는 어릴 때 요코라고 불렸으니 따님을 요코라고 부르지요. 나를 그냥 오빠로 부르렴."

남자 투로 말하는 가와시마 요시코를 이향란(야마구치 요시코)은 생각했다. '반듯한 몸매에 남성용 치파오를 입었네. 짧은 머리에 7대 2로 가르마를 타고 말이야……. 눈빛과 입술에선 장난기 넘치는 애교가 엿보이는 걸?'

야마구치 요시코는 베이징의 외국인학교인 이치아오여자중학교(翊敎女子中學敎)에 다녔는데 마침 여름방학이었다. 13세 때 펑톈(奉天) 방송국 눈에 들어 가수 이향란으로 데뷔했지만, 아버지 친구 판유구이(潘毓桂)의 양녀가 되어 베이징으로 유학왔으며 중국인 판수화(潘淑華)로 지냈다.

파티가 끝난 뒤 다시 가와시마 요시코가 초대하면서 요코와 오빠 사이로 지내기 시작했다. 가와시마 요시코 공주가 초대했기에 톈진 시장을 역임한 판유구이 가족도 전혀 걱정하지 않았다. 오직 공부만 하던 야마구치 요시코는 가와시마 요시코가 보여주는 자유롭고 화려한 세계에 점점 매력을 느꼈다.

가와시마 요시코의 생활은 퇴폐하기 그지없었다. 낮과 밤이 뒤바뀌어 밤 열 시부터 놀기 시작했다. 술을 마시고 춤추며 노래 부르고 도박을 했으며 마약에 취했다. 놀다가 지치면 언제나 먼동이 틀 무렵이었다. 이 사실을 안 판유구이에게 야마구치 요시코는 호된 꾸중을 듣고 여름날 연회는 막을 내렸다. 베이징 집으로 돌아오자 자주 드나들던 야마가(山家) 아저씨에게도 꾸지람을 들었다.

"요시코, 빚진 건 없겠지? 앞으로 만나지 마라. 독이 될 사람이니까."

이렇게 여러 번 주의를 주었다. 그럼에도 베이징 시내에서 우연히 가와시마 요시코를 만났을 때 야마구치 요시코는 조금 망설이기는 했지만 반가운 마음에 함께 식사를 하곤 했다.

일본군 특수 임무기관 책임자인 야마가 토오루(山家亨) 육군 소령은 가와시마 요시코의 첫사랑이었다. 뒷날 대령이 된다. 두 사람은 서로 관계를 끊지 못했기에, 기구한 가와시마 요시코 공주의 운명을 야마구치 요시코가 눈치 채게 된다.

숙친왕 선기(善耆)의 14번 째 딸 가와시마 요시코는 베이징에서 태어났다. 애신각라 현자(愛新覺羅顯玗)로 금벽휘(金璧輝)라고 불렀다. 신해혁명(辛亥革命)이 일어난 뒤 1912년 숙친왕은 베이징을 탈출해 뤼순(旅順)으로 건너갔고 다섯 살 때 일본인 가와시마 나니와(川島浪速)에게 맡겨졌다. 가와시마 나니와는 떠돌이 육군으로 일본 정부의 대중국 정책 비밀공작에 참여했다. 애신각라 현자는 일곱 살 세 때 가와시마 나니와와 함께 일본으로 갔으며 양녀가 되어 이름을 가와시마 요시코로 바꿨다. 그녀는 아버지와 양아버지가 절실하게 바라던 청 왕조 부활의 꿈을 짊어지고 자라지만 어느 날 가와시마 나니와를 두고 이렇게 말했다. '요시코는 장난감을 선물받았어.'

가와시마 요시코는 도쿄의 가와시마 집에서 데시마(豊島)사범 부속 초등학교, 아토미(跡見) 여자학교에 다녔으며 나니와가 이사를 가자 함께 마쓰모토(松本)시로 옮겨 마쓰모토 여자고등학교를 다녔다. 뛰어난 미모, 총명함과 기품, 말을 타고 통학하는 모습은 주변 사람들의 시선을 모았다. 가와시마 요시코의 동창들은 입을 모아 말했다. "나비처럼 남학생들 사이를 날아다니는 동경의 대상이었죠. 성격이 착하고 낭만적인 친구였어요." 어렵게 학교를 다니는 옛 마쓰모토 고등학교 학생에게 사진으로 학비를 충당하라며 가슴까지 노출한 누드를 제공한 적도 있다. 요코하마(橫浜)에 가면 누드사진을 비싸게 팔 수 있는 시대였다.

15세가 된 1922년 숙친왕이던 아버지와 어머니가 잇달아 세상을 떠났다. 가와시마 요시코는 평생 부모님의 빈자리를 느끼며 고독에서 벗어나지 못하였다.

'아, 이 넓은 하늘 땅 아래 나는 고아로구나……'

뤼순에서 장례를 치르고 마쓰모토로 돌아왔지만 그녀의 자유분방한 모습을 받아들이지 못한 마쓰모토 여자고등학교에서는 복학을 인정하지 않았다. 이 무렵부터 나니와는 가와시마 요시코를 엄격하게 대하는데, 사람들 앞에서는 다정한 아버지를 연기하며 조국을 사랑하는 뜨거운 마음을 당당하게 외쳤다.

18세 무더운 여름부터 가을에 걸쳐 가와시마 요시코는 모르핀 자살, 권총 자살을 시도한 끝에 머리를 자르고 남장을 하기 시작했다. 그 이유는 야마가 토오루에게 실연을, 양부 나니와가 욕보였기 때문이다. 가와시마 요시코는 일기에 이렇게 적어 내려갔다. '10월 6일 밤 9시 45분 …… 영원히 여자를 버린다. 그 무렵 나의 고민, 안 좋은 기억, 남장을 하기로 정한 진정한 이유는 영원히 말 못할 수수께끼로 남으리라.'

가와시마 요시코는 20세 때 몽골인 장군 아들과 결혼하지만 3년 뒤 이혼했다. 그 뒤 상하이(上海)로 가서 무관 다나카 류키치(田中隆吉)와 사귄다. 중일전쟁 계기가 되는 상하이사변 모략공작에 참여하며 아름다운 여성 스파이라는 뜻의 '동양의 마타하리'로 불렸다.

애신각라 푸이(愛新覺羅薄儀) 황후 왕룽(婉容)을 관동군의 요청으로 텐진에서 만주로 호송, 만주국을 세우자 여자 장관으로 취임, 무라마쓰 쇼후(村松梢風)의 소설 《남장 여인》에 등장하며 일본군에게 협력하는 청나라 공주로 세상의 주목을 받는다.

1933년에는 러허성(熱河省)에 진출하기 위해 자경단을 조직했고 군사령관 다다 하야오(多田駿)의 명령을 받아 금벽휘 이름으로 안국군 총사령관에 취임, 러허작전에 참가한다. 신문에서는 '동양의 잔 다르크'라는 제목으로 기사를 실었다.

다다의 원조로 동흥루 경영자가 되었을 무렵 화려했던 영광은 이제 옛일이 되어 버렸다. 일본군, 만주국군, 대륙 우익 떠돌이들의 노리개가 되었으며 모르핀 중독으로 방종하고 방탕한 나날을 보냈다. 만주국은 일본의 꼭두각시였을 뿐 바라던 청 왕조 부활이 헛된 꿈에 지나지 않았다는 사실을 깨달은 허무함 속에서 가와시마 요시코는 강연을 펼치며 군부를 비판했다. 끝내 파파라 부르며 따랐던 다다가 그녀의 암살명령을 내렸다.

사가현(佐賀県) 출신 아버지 야마구치 후미오와(山口文雄) 후쿠오카현(福岡県) 출신 어머니의 큰딸 야마구치 요시코는 만주 펑톈에서 태어났다. 아버지는 만철(남만주철도 주식회사)에서 직원들에게 중국어와 중국 문화를 가르쳤다.

야마구치 요시코는 평범한 여자로 자랐지만 아버지가 철저하게 중국어를 가르쳤다. 초등학교 시절 사귄 백인 러시아 소녀 리바의 소개로 이탈리아인 오페라 가수에게 엄격한 수업을 받은 경험이 가수 이향란을 탄생하게 만든 계기가 되었다. 뒷날 리바네 가족이 볼셰비키(러시아 공산당원)였다는 사실을 알게 되지만 평생 친구로 친하게 지냈다.

사춘기 무렵 야마구치 요시코는 반일 게릴라 공격으로 불타오른 푸순(撫順), 일본 헌병의 중군인 노동자 고문 등 두 나라 싸움이 가져온 잔학한 풍경을 목격한다. 전쟁 뒤 일본으로 돌아와 기자로 베트남, 캄보디아, 아랍 여러 나라를 취재하며 연합적군간부 시게노부 후사코(重信房子)를 독점 인터뷰하는 활약을 보인다.

그러나 마음 깊은 곳에서는 전쟁은 사람을 미치게 하고 나라를 광기에 빠트려 시대를 어지럽힌다(《이향란 나의 반생》)는 강한 생각이 자리 잡는다.

가와시마 요시코와 만난 이듬해 야마가의 소개로 일본인이 만든 국책영화회사 만영(만주영화협회)에 입사해서 중국인 배우 이향란으로 데뷔한다. 〈백란의 노래〉, 〈중국의 밤〉, 〈열사의 맹세〉에서 하세가와 가즈오(長谷川一夫)와 호흡을 맞췄으며 시원시원한 눈매와 이국적인 얼굴로 주인공을 맡았고 주제가 〈중국의 밤〉, 〈소주야곡〉도 함께 성공을 거둔다. 1941년 일본에서도 공연을 했는데 관중이 유라쿠초(有樂町) 극장을 일곱 바퀴 반이나 둘러쌀 만큼 큰 성황을 보였다. 자신의 연인이었던 야마가와 야마구치 요시코가 사귄다고 오해한 가와시마 요시코가 야마가 소령과 이향란이 수상한 관계라고 헌병대에 밀고한 것도 이 무렵이다.

중국으로 돌아온 야마구치 요시코는 만주 영화가 아닌 중국 영화계에서 활동하고 싶어 했으며 상하이 중화전영(中華電映)에서 만든 작품에 출연한다. 어느 날 기자회견에서 이런 질문을 받았다.

"중국인인데 중국을 모욕하는 영화에 출연하다니 중국인이라는 자긍심이 없습니까?"

야마구치 요시코는 고개 숙여 사과했다.

"젊은 시절의 실수입니다. 후회하고 있습니다."

우레와 같은 박수소리가 울려 퍼졌다. 그녀는 끝까지 일본인이라는 사실을 밝히지 않았다.

만영 전속이라는 신분에 변함은 없었지만 1941년 뒤에는 대부분 일본 영화에 출연하고 신징의 만영촬영소에서 세트촬영을 할 기회는 아주 적어졌다. 그래서 로케이션이나 위문 순회 등 일이 일단락되면 만영본사인 신징(新京)에는 돌아가지 않고 베이징의 생가로 돌아갈 때가 많았다.

야마가 토오루는 아직 베이징의 북지군 보도부에 있어서 그녀 집에 자주 얼굴을 비추었다. 이제 예전과 같은 키다리 아저씨가 아니었다. 전에는 이향란의 고민을 들어주고 사소한 일에 상담도 해주었지만 어느새 반대가 되어 있었다. 오히려 나이가 더 어린 이향란이 연애상담을 해주는 입장이 되어 버린 것이다.

야마가는 미남은 아니지만 남자다운 풍채를 가지고 있어 매력적이었다. 의젓하게 싱긋 웃고 있는 그 모습에는 중국인 어른의 풍격이 보였다. 긴 시간 이어진 그 추억들을 되돌아보니, 군복 차림의 기억은 거의 없다. 정보장교라는 직책 때문인지 늘 특별하게 만들어진 양복이나 고급스러운 중국인 차림을 하고 있었다. 머리카락도 군인처럼 짧게 깎지 않고 길게 늘어뜨려 7대3 가르마로 꾸민 상태였다. 장티푸스 후유증으로 자유로이 움직이지 못하는 다리를 감추기 위해 늘 지팡이를 짚고 다녔다.

그는 일본 군인이면서도 거만하게 행동하거나 큰 소리를 내거나 생트집을 잡지 않았다. 이런 성격 때문에 여성들에게 인기가 많았다. 만날 때마다 상담을 부탁하는 그 내용은 바로 여성문제였다. 자신보다 어리고 연애 경험도 적은 자신에게 고민을 상담하는지 이향란은 어리둥절하지만 야마가의 여성문제 뒤에는 늘 가와시마 요시코가 관련되어 있었다.

육군 위탁생으로서 야마가는 도쿄 외국어학교(현재 도쿄 외국어대학)를 다니고 마츠모토 연대 시절에는 가와시마 요시코에게서 중국어를 배웠으며 베이징 유학을 가서 실력을 갈고닦았다. 평소에 이향란과 야마가는 중국어와 일본어를 섞어 썼지만 연애 문제를 이야기할 때는 중국어를 썼다. 늘 입버릇처럼 이런 말을 하곤 했다.

"일본 여자는 왠지 마음이 가질 않아. 우물쭈물 거리기만 하고 무슨 생각을 하는지 통 알 수가 없단 말이야."

그의 연애 상대는 온통 중국인 여성들뿐이었다. 여성에 그치지 않고 공적으로나 사적으로나 교류관계를 맺고 있는 사람은 일본인보다 중국인이 많았으며 오히려 일본인을 피하는 것 같기도 했다. 야마가는 결혼을 하고 아이 하나를 낳았는데 부인이 일찍 세상을 떠났다. 그 뒤로는 재혼할 생각 없이 독신 생활을 즐기는 듯 보였으며 많은 미녀들과 염문이 자자했지만 그 상대는 왜 무조건 중국인이었던 걸까? 첫사랑 상대가 가와시마 요시코(川島芳子)라는 중국인이었음에 관계가 있는 걸까? 두 사람의 애증관계는 그 뒤에도 완만하게 이어지고 있는 듯했다.

"요시코는 무슨 짓을 저지를지 알 수 없는 여자야. 사령부에서 돌아와 보니, 관사 안이 텅 비어 있었어. 내가 나가고 없을 때 와서 내 모든 물건들을 차에 싣고 가버린 거야. 자랑거리였던 콘탁스와 라이카 같은 독일제 고급 카메라뿐 아니라 양복에서부터 바지들까지 모두 없어졌다구. 다시 사면 되지. 하여간 그 여자 덕분에 이 신사복도 구두도 모두 새로 만들 수밖에 없었어."

그는 쓴웃음을 지었지만 비슷한 사건이 자주 일어났던 모양이었다. 난감해하며 물건들을 다시 돌려받기 위해 가와시마네 집으로 가봤지만 물건은 물론 야마가의 몸도 쉽게 돌려받을 수 없었다.

이향란은 베이징 생가로 돌아갔을 때, 여학교시절의 친구들과 만나거나 여동생들과 쇼핑을 하러 왕푸징 거리나 첸먼 거리를 다니곤 했지만 나이트클럽이나 댄스홀에는 가지 않았다. 현지 유력자가 주관하는 파티에도 거의 얼굴을 비추지 않았다. 가와시마와 마주치면 귀찮아질 것 같았기 때문이다. 야마가와 자신을 오해한 그녀가 나이트클럽이나 파티 자리에서 있는 일은 물론이고 없는 일까지 지어내서 퍼뜨리고 다닌다는 소문이 이향란 귀에까지 들려온 탓도 있었다.

'이향란 있잖아, 그 애가 여학생이던 시절에 내가 그렇게 잘해주었는데도 배신을 했다니까. 피아노도 사주고 집까지 지어줬는데 유명인사가 되고 나니까 나를 거들떠보지도 않잖아. 내가 야마가한테 부탁해서 만영에 들어가게 해주고 여배우까지 됐는데 은혜를 모르는 것. 나와 야마가의 관계를 알면서도 여러 사람들을 속였지. 기르던

개한테 손을 물리는 딱 그 꼴이잖아.'

　사람들 시선을 끌려고 그런 말도 안 되는 말을 하는 게 가와시마 요시코의 특기라는 소문이었다. 사실, 타다 하야오 중장 같은 군 수뇌부와의 달콤한 관계를 이용해 사람들을 속이고 돈을 받아 챙겼다는 소문은 이미 파다했다. 분명 이향란은 여학생 시절 여름방학을 톈진에서 보낼 때 '요코쨩'이라 불리며 사랑을 받았지만 실제로 가와시마 요시코에게 받은 것은 중국옷 두 벌뿐이었다.

　야마가와 이향란의 '관계' 또한 말도 안 되는 오해였는데, 몇 번 야마가의 연애상담 상대를 해주는 동안 오해의 원인이 분명해졌다. 야마가는 '만영 여배우 이명'과 특별한 사이였지만 가와시마는 '만영 여배우 이 모'와 소문을 듣고 '만영 여배우 이향란'이라 잘못 혼동하여 생각해 버린 것이다.

　1937년 동화상사 가와키타 나가마사(川喜多長政)는 〈동양평화의 길〉 중국인 배우만을 출연시킨 영화를 제작할 때, 베이징에서 주연배우를 공모했는데 300명 응모자들 가운데 6명을 채용했다. 그 가운데 두 여배우로, 한 사람이 이명, 또 한 사람은 백광이었다. 이명은 베이징 관화(北京官話 : 베이징과 중국 북쪽에 있는 여러 성(省)에서 통용하는 공용 표준어)를 할 줄 알았기에 만영에서 신징으로 왔다. 훤칠한 키에 글래머 여성으로 투명한 피부, 차가운 느낌을 주는 미인이었지만 다리가 약해서 달리는 장면에서는 늘 스턴트맨을 써야 했다.

　이명, 백광 모두 베이징에 살았고 한 지역에서 신문, 영화 등 보도 문화공작을 담당하던 야마가의 공적 저택을 자주 드나들었다. 그러는 동안 이명과 야마가는 서로 사랑하는 사이가 되고 그 소문이 가와시마 귀에까지 들어갔다.

　가와시마는 크게 화가 나면 무슨 짓을 할지 모르는 성격이다. 진위를 자세히 알아보지도 않고 헌병대에 떠들어 대고 다녔다.

'야마가 소위와 이향란은 수상한 관계에 있다!'

어느 날 이향란의 집을 찾아온 야마가는 아버지와 담소를 나눈 뒤 그녀를 왕푸징 거리로 데려갔다. 평소 같으면 자기 이야기를 늘어놓으며 안주를 먹고 오래된 술을 마셨겠지만 그날은 어딘가 우울해보였다.

"사실은 말이야, 헌병대에 불려갔었어. 가보니까 말도 안 되는 밀고장이 와있는 거야. 이향란이 야마가와 심상치 않은 관계에 빠져 야마가로부터 일본군 비밀정보를 빼돌리고 중국 공작원에게 통신하고 있다고 말이야. 이 무슨 당치도 않은 말이야. 헌병대도 나를 싫어하는 누군가가 퍼뜨린 소문이라 생각하고 크게 추궁하지는 않았어. 하지만 이런저런 소문이 떠돌고 있으니 조심하라는 따끔한 말을 하더군. 그 밀고장 글씨를 보니 분명 가와시마 요시코였어."

헌병대는 물론 야마가가 이명과 동거한다는 사실을 알고 있었다. 때문에 밀고장 내용은 거짓이며 이향란과 야마가를 중상하고 있음 또한 알고 있었다. 그 밀고장을 쓴 이가 바로 가와시마 요시코라는 것도 이미 조사해본 모양이었다. 이 사건은 북지 파견방면 사령관 타다 하야오 중장의 귀에도 들어갔다.

타다 중장은 일찍이 가와시마 요시코(중국명 금벽휘)를 안국 군사령에 임명하거나 텐진에 동흥루라는 중화요리점을 아지트로 만들어준 후원자였다. 그러나 가와시마가 중장을 아버지라 부르고 다니면서 중장의 필적을 이용한다는 소문이 돌고 있었다. 이제는 타다 중장에게 있어 가와시마 요시코는 남녀관계에서도 일본군의 대륙전략 추진에서도, 거치적거리는 짐과 같은 존재가 되어 있었다. 뒷날 '가와시마 요시코를 제거하라'는 극비명령이 내려지고야 만다.

1940년부터 가와시마 요시코는 텐진의 동흥루, 베이징 저택, 하카타의 호텔 별장 세 곳을 오가면서 즐거운 나날을 보내고 있었다. 평소에는 동흥루 경영을 다른 사람에게 맡겨놓고 베이징의 자택에 머물고 있었지만 때때로 후쿠오카를 방문할 때는 우익의 거두, 겐요샤(玄洋社)의 도야마 미쓰루(頭山 滿)를 만나곤 했다. 사사카와 료이치(笹川良一)와의 만남도 이때부터 시작되었다. 사사카와는 대일본 국수대중당 총재였는데 하카타의 호텔 별장에서 가와시마와 만났을 때, 이렇게 권유를 받은 적이 있었다.

"나는 사사카와 오라버니와 친한 정치단체를 만들 거야. 요코쨩도 참가하지 않을래?"

사사카와의 드라마틱한 반생을 그려낸 야마오카 소하치(山岡莊八)의 〈파천황−인간 사사카와 료이치〉에 의하면, 가와시마는 타다 중장의 암살명령으로부터 그녀를 구해준 사사카와를 쫓아 규슈까지 갔다고 한다. 그러나 나중에 야마가 말한 내용과는 조금 달랐다.

"요시코는 중국대륙을 향한 일본군의 행동을 비판한 문서를 도조 히데키, 마쓰오카 요스케, 도야마 미쓰루 등 일본 정계, 군부 거물급 사람들에게 전하고 장제스와 평화공작을 펼치길 호소했지만 그중에서도 타다 중장을 크게 비난했다. 중장이 자신을 상대하지 않고 멀리 하려 했다는 것에 대한 원망도 있었겠지만 그 문서에는 요시코 나름대로 일본군에 대한 실망도 들어있었다. 어찌 되었든 중장이 그대로 요시코를 방치하면 할수록 점점 더 귀찮아질테니까 그녀를 처분하기로 결단을 내렸다. 그 명령이 나에게로까지 왔다. 나와 요시코의 옛날 일을 알고 있기 때문이었을 것이다."

그 무렵 가와시마는 타다 중장과는 완전히 멀어지고 타미야 아무개라는 참모와 염문이 자자했는데, 한편으로는 더블 스파이라는 소문도 돌고 있어서 북지군 당국에서는 가와시마 요시코야말로 골치 아픈 씨앗이라 할 수 있었다. 특히 타다 중장은 요시코의 상소가 일본 본국 육군본부에서 거론된다면 피해를 입을 게 뻔하니, 차라리 없애버리기로 마음먹은 게 아닐까? 야마가는 이렇게 말했다.

"요시코는 군을 자기 마음대로 휘두르려 해. 나조차도 당했다니까. 하지만 없애라는 명령이 내려와서 요시코를 처형한다 생각하니 참을 수가 없어. 아주 오래 전부터 알고 지낸 여자이고 청나라 숙친왕의 왕녀, 만주 황제 친족이야. 그래서 내가 책임을 지고 일시국외퇴거 처분으로 일본에 보낸 거야. 지금 규슈 운젠에서 숨어 지내고 있겠지."

뜻밖에 이야기였다. 타다 중장이, 이제는 대하기 어려운 존재가 된 예전 정부를 죽음으로 보내기 위해 그녀의 첫사랑 상대에게 암살을 명령하다니. 참으로 소설보다도 더 놀라운 사실, 비참한 이야기였다. 하지만 앞서 말한 '파천황'에 의하면 암살명령은 헌병대 유리 소장에게 내려졌다고 한다. 진실은 무엇일까. 둘 다 사실인 걸까. 어느 게 사실이든 타다 중장은 가와시마 요시코의 암살을 아랫사람에게 명령을 내린 것만은 분명하다. 중장에게는 암살집행인이 누구이든 방해되는 인물을 제거할 수 있으면 그걸로 된 것이었다.

'파천황' 작품에 의하면 1940년 6월, 베이징에 머물러 있던 사사가와에게 전부터 알고 지내던 베이징 헌병대 사령관 유리 소장이 찾아와 이런 상담을 요청했다고 한다.

"타다 하야오 북지군 사령관으로부터 가와시마 요시코를 암살하라는 명령이 내려왔지만, 군에서 이용할 만큼 이용을 하고나서 없애버리는 것은 너무하다고 생각합니다. 어떻게 다른 방법이 없겠습니까?"

그녀를 동정한 사사가와는 연금 상태인 가와시마를 만나 탈출 용의를 확인하고는 다롄의 호시가우라 호텔로 연행했다. 그곳에서 둘은 맺어진다. 그 뒤 가와시마는 사사가와에 대한 사랑을 점점 더 키워가고 '오빠'라 부르며 규슈, 오사카, 도쿄 어디든 따라다녔다고 한다. 사사가와가 너무 바빠서 상대를 해주지 않으면 '요시코시스'라는 전보를 쳐서 불러내고 지쳐서 돌아가려고 하면 눈물을 흘리며 붙잡고는 함께 잠자리에 들면 밤새 잠을 재우지 않았다고 한다.

그 무렵 이향란은 호텔 별장에서 가와시마를 만났다. 도쿄에서 촬영이 끝나고 상하이로 넘어가기 위해 하카타에서 비행기를 타게 되었다. 묵기로 예정된 호텔 별장 현관 앞에는 많은 사람들이 모여 있었다. 그 속에서 이런 목소리가 들려왔다.

"이야, 요코쨩! 여기로 온다고 해서 기다리고 있었어!"

고급 삼베 옷을 입고 허리띠를 맨 채 머리 모양은 여전히 단발이었다. 이향란은 깜짝 놀랐지만 아무렇지도 않은 척했다.

그러자 가와시마는 갑자기 기모노 옷자락을 휙 걷어서 허벅지를 드러내 보여주었다. 생생한 상처 자국과 주사바늘 흔적이 보였다.

"나는 이렇게 고생했어. 일본군을 위해 싸우다가 얼마나 심한 꼴을 당했는지. 이 상처가 그 증거란 말이야."

뜬금없이 생각지도 못한 인물을 만나서 깜짝 놀랐는데, 사람들 눈도 있는 곳에서 기모노 옷자락을 걷어 맨살을 보이다니! 이향란은 그만 말문이 막혀버렸다. 매니저 아쓰미(厚見)와 스탭들도 같이 있었기 때문에 나중에 이야기하자며 그 자리에서는 헤어졌지만, 저녁식사 전에 이향란의 방을 찾아와 그녀는 얼굴을 비췄다. 지역신문에 야마구치가 하카타(博多)에서 항공편으로 상하이(上海)로 간다는 짧은 기사가 난 것을 보고 일부러 하카타까지 찾아와서 이 호텔에 투숙했다고 한다.

베이징에서 국외추방 명령을 받고 운젠에서 군색하게 지내고 있다는 사정을 아는 줄도 모르고 이런 이야기를 꾸며댔다.

"양할머니가 정신이상 증세로 운젠(雲仙)에서 요양 중이라 간병을 하러 왔어."

"너도 완전히 인기 스타가 되었구나. 영화 〈가와시마 요시코전〉을 만들 계획이 있는데, 네가 주인공인 나를 연기해주면 좋겠네."

'그런 계획은 들어본 적도 없는데…….' 이향란은 떨떠름한 표정으로 마냥 듣고만 있었다.

"나는 지금 후세에 남을 국가적 대사업을 계획하고 있어. 나 가와시마 요시코(川島芳子)가 장제스(蔣介石)와 손을 잡는 거야. 사사카와 료이치(笹川良一)와 새로운 정치단체를 만들었어. 마쓰오카 요스케(松岡洋右)와 도야마 미스루(頭山滿)도 협력해 줄 거야. 너도 입회하는 게 어때?"

"미안하지만 저는 바빠서요."

"요코, 너한테는 미안한 짓을 했어. 야마가(山家)와 사이를 의심하기나 하고. 스캔들 상대는 리밍(李明)이었다며? 아무튼 야마가는 못된 남자야. 야마가도, 다나카 류키치(田中隆吉)도 다다 하야오(多田駿)도……일본군들은 죄다 몹쓸 놈들이야."

이향란에게 큰 상처를 준 일에 대한 변명과 사죄는 그걸로 끝이었다. 그때 매니저 아쓰미가 스탭과 협의한 내용을 알려주러 왔다. 가와시마는 자기가 하고 싶은 말만 하고 나갔다. 이것이 두 요시코의 마지막 만남이었다.

새벽 3시 즈음이었을까. 모기장 밖에서 부스럭거리는 소리가 나서 이향란은 눈을 떴다. 인기척이 나면서 모기장이 흔들렸다. 벌떡 일어나 주위를 둘러봤지만 아무도 없었다. 그런데 베갯머리에 두꺼운 편지봉투가 놓여 있었다.

보랏빛 잉크로 쓴 글씨가 빼곡히 적힌 편지는 서른 장쯤 되었던가. 달필이지만 가와시마 요시코의 말투처럼 거친 필체였다. 내용은 차분한 어조였다.

'요코, 오랜만에 만나서 반가웠어. 나는 한 치 앞을 장담할 수 없

는 처지야. 너와 만나는 것도 이게 마지막일지 몰라.'

돌이켜보면 내 인생은 정녕 뭐였나 싶어. 한없이 허무해. 인생은 남들이 떠받들어줄 때가 절정기야. 하지만 그 시기에는 이용하려는 놈들만 몰려들지. 그런 놈들에게 끌려 다니면 안 돼. 너는 네 신념을 지켜. 지금이 가장 마음껏 할 수 있을 때니까 네가 정말 하고 싶은 일을 해. 남에게 이용만 당하다가 쓰레기처럼 버려진 좋은 예가 여기 있잖아. 나를 잘 봐. 내 괴로운 경험을 교훈 삼아 이렇게 충고할게. 지금은 아득한 광야로 저물어가는 해를 바라보는 심경이야. 나는 고독해. 나 홀로 어디로 걸어가면 좋을까.

이향란은 가슴이 철렁했다. 여기저기서 입을 모아 동양의 마타하리, 만주의 잔다르크라고 추앙했던 가와시마에게 이 정도로 인간 냄새가 나는 인상을 받은 것은 처음이었다.

'너와 나는 태어난 나라는 다르지만, 공통점이 많고 이름도 똑같아서 늘 신경 쓰이는 존재였어. 언제나 네 노래는 잘 듣고 있어. 특히 〈중국의 밤(支那の夜)〉은 수없이 듣다 보니 레코드판이 하얗게 닳아버렸지 뭐야.'

이향란은 〈중국의 밤〉을 영화 주제가로 불렀지만, 레코드판은 와타나베 하마코(渡辺はま子)가 녹음했다. 솔직한 심경을 토로하면서도 어딘가 꾸며대려고 하는 점이 역시 가와시마다웠다.

풍운저미

1928년 6월 장쭤린이 폭살된 지 며칠 뒤 6월 6일, 국민혁명군은 베이징 입성에 성공하였다. 이로써 오랜 숙원을 달성한 장제스는 배일(排日)정책의 기치를 선명히 하는 동시, 구미(歐美)열강에 대해서도 불평등 조약 폐기를 통고, 동등한 권리를 당당히 주장하고 나섰다.

그 무렵 펑톈에서 거행된 장쭤린의 장례식에서 관동군이 보여준 애도의 물결이 볼만하였고, 쇼와(昭和) 천황은 조문(吊問)의 칙사(勅使)까지 보내면서 허풍을 떨었다.

중국을 통일한 장제스의 대일정책을 알았고, 또 동삼성의 실력자 장쭤린을 암살한 만큼 만몽에 부식하려던 세력에 차질이 생긴 것은 물론, 기득 이권의 수호마저도 위험하게 되었다. 되도록이면 장쭤린의 후계자인 장쉐량을 회유 포섭하여 일만(日滿)합작을 이룩해 보려는 엷은 꾀의 시안(試案)이 바로 이 정중한 문상으로 나타난 것이다.

또 다른 이유는 폭살 책임을 장제스에게 돌려 대륙의 양대 세력을 이간하며 그 틈에 어부지리(漁父之利)를 탐내자는 속셈도 있었다. 그러나 이 가면은 차츰 하나 둘씩 벗겨져 나갔다.

관동군의 마각(馬脚)은 그들의 궤변에서 폭로되기 시작했다. 현장에 살해 유기(遺棄)된 중국인 2명이 그 소지품으로 보아 장제스군의 편의대(便衣隊)임이 틀림없다고 강변(强辯)하였으나, 그 많은 폭약이 두 사람 힘만으로 삼엄한 경비망을 뚫고 운반되었으리라고는 아무도 믿지 않았다. 뿐만 아니라 중국인 2명이 전날 밤 목욕을 한 목간

탕 주인이 불려와서 시체 얼굴을 보고 증언한 사건의 실마리는 불리한 방향으로 몰아갔다.

"이 사람들 군인 아니… 쿨리(苦力=막벌이 노동자). 이등(伊藤) 대인이 지난밤 우리 목욕탕에 데리고 와서 목간 시킨 사람."

그것만이 아니었다. 펑톈군 헌병대는 일본 헌병대 펑톈 분대장 미따니(三谷)에게 이런 말도 남긴 뒤였다.

"대원수 각하의 기차 여행을 경호하기 위해 우리 중국 헌병도 귀군에 협조해서 철교 경비를 분담하겠소."

스스럼없이 나섰을 때 처음에 미따니 헌병 대장은 너그러이 받아들였다. 그런데 당일 밤, 즉 3일 저녁에서 4일 새벽에 이르는 동안 미따니는 관동군 사령관 명령이라며 중국측 헌병의 현장 접근을 엄금한 사실이 드러났다. 이것은 무엇을 의미할까.

일본 정계의 고위 간부층은 벌써 사건 진상을 간파하고 군부의 독주(獨走)를 비난하는 소리가 암암리에 높아가고 있었다. 정우회(政友會) 내각의 다나카(田中義一) 수상은 당황한 중에도 입장이 몹시 난처하였다. 국민에게는 '만주 모 중대 사건'이라고만 발표하여 사실을 은폐하며 극비리에 수습하려고 애썼으나 국회의 이목까지는 속일 수가 없었다.

그는 군인 출신이지만 수상직에 앉고 보니 열강에 체면도 있는지라 급진적인 침략을 피해서 외교적으로 서서히 만몽을 집어삼키려던 노릇인데, 군부가 경솔하게 일을 저질러 주니 싫건 좋건 보조를 맞추지 않으면 안 될 처지에 놓였다.

그 고충이야 어떻든 야당인 민정당(民政黨)의 공격은 빗발치듯 쏟아졌다. 드디어 국회 조사단이 구성, 현지에 파견되었는데 야당의원들의 조사 결과 쿨리의 시체에서 발견된 러시아제 폭탄(수류탄)은 미따니 헌병 분대장이 거리 고물상에서 사들인 것임을 증명하였다.

이리하여 내각에 책임을 맹렬히 묻게 되자 육군 중앙부에까지 비화(飛火)하여 자체 조사에까지 나서지 않을 수 없게 된 군수뇌부는 헌병 사령관 미네(峰幸松)를 현지에 급파, 조사에 착수토록 하였다.

미네의 조사 결과도 관동군에 불리한 것뿐이었다. 그가 보관 중인 각 부대의 폭약 출납(出納)상황을 알아보려 하였을 때 관동군 수뇌부는 이를 완곡히 거절하였다.

왜냐하면 범행에 사용된 폭약은 뤼순 공과 학당에서 화약에 관한 강의를 맡고 있던 가와코시(川越) 대위가 그 실습용으로 관동군 병기부에서 반출한 것이었기 때문이다.

이밖에도 밝혀진 모순이 한두 가지가 아니어서 벌써 장줘린 폭살이 관동군의 소행임이 천하에 폭로되었다. 일본 국내에서는 아는 이만 알고, 국민들은 깜깜이었으나 외국에서는 누구나 다 아는 사실이었다.

다나카는 궁리 끝에 정계 원로(元老)이고 천황의 고문인 사이온지 긴모치(西園寺公望)를 찾아가 이 일을 의논하였다. 사이온지는 크게 근심하면서 말했다.

"사건의 진상을 일본인에게만은 감출 수가 있어도 무대가 만주 벌판이라 중국인과 서양 사람에게까지 비밀히 한다는 건 불가능한 일이야. 일찌감치 책임자를 색출해서 엄중히 처벌하면 장쉐량이라도 아비 원수를 일본이 갚아주었으니 납득할 터이고, 세계 여론도 일본의 공정무사(公正無私)를 인정해 줄 것이네. 어서 참내(參內)해서 폐하께 사건 전말을 상주하라구."

이 권고에 따라 다나카는 궁성에 들어가 천황을 만난 자리에서 결의를 보였다.

"……엄중한 처치를 취하기 위해 군법회의에 회부할 작정입니다."

그러자 천황도 다짐하며 말했다.

"사실을 충분이 조사하여 나쁜 것이 나타나면 빨리 인정하고, 외국에 퍼진 소문이 사실이라면 군의 기강을 다잡고 진상을 솔직히 외국에도 밝혀서 사과할 것은 사과하도록. 배상할 일은 배상하는 편이 국제 간에 신의를 얻는 길이다."

그러나 책임자 처벌은 수상의 뜻대로 진행되지 않았다. 육군 대신 시라카와(白川義則)는 범인을 두둔하며 말했다.

"고모토 등 그 소행을 결코 잘한 일이라고는 못하겠으나 그 동기로 말하면 국가에 대한 충성이 지나친 나머지 저지른 일이라, 차제에 엄벌을 하면 군 사기에 막대한 지장이 있을 듯하니 재고해 주시길 바랍니다." 군부를 더 자극하기가 겁이 나서 다나카는 주춤거리며 다시 천황 앞에 나아갔다.

"범인이 육군에는 없는 듯하지만 가벼운 행정 처분은 내리겠습니다."

쇼와(昭和) 천황은 그가 흥분했을 때 늘 하는 버릇대로 등을 굽히고 체머리를 흔들면서 나지막한 고집스러운 음성으로 날카롭게 추궁하였다.

"전날 하던 말과 모순되지 않는가!"

"거기에 대해서는 설명해 올릴 일이 있습니다."

"설명 따윈 듣고 싶지 않아."

자리를 박차고 일어나 전신을 흔들면서 안으로 사라져 버렸다.

황급히 물러나온 다나카는 8월 군부 정기이동 관동군 사령관 무라오카(村岡)와 참모장 사이토(齋藤), 독립수비대 사령관 미즈마찌(水町) 중장 등을 예비역에 편입, 범인 고모토는 가나자와(金澤)의 제9사단 참모로 전임 대기 발령하였다가 1년 뒤에는 경도(京都)에 있는 제16사단 현역 참모로 복귀시켰다. 그 후 고모토는 군적을 떠나서 만철(滿鐵)의 이사(理事)로 출세하였다.

아무튼 고모토의 행정 처분과 현역 복귀도 군무국장 아베(阿部信行)가 천황의 재가를 받아서 시행되었다.

"앞으로는 육군 군인이 그와 같은 과오를 두 번 다시 범하지 않토록. 하라"

천황은 아베에게 이런 조건을 붙였지만, 천황도 군부 주장에 차츰차츰 끌려 들어가고 있었음이 분명했다.

그즈음 다나카 수상의 입장은 매우 난처하였다. 아사히(朝日) 신문 사설(社說)에서 '만주 모중대 사건'이 무엇인지 공개하라 윽박하는가 하면 야당의 정부 공격은 극도에 달하여 '목하 조사중'이라는 둔사(遁辭)만으로는 미봉책(彌縫策)도 되지가 않는다. 여당과 군부는 또 그 나름대로 천황의 묵인을 받으라고 등쌀이었다. 하는 수 없이 다시금 천황에게 알현을 청하였으나 시종장(侍從長) 스즈끼(鈴木貫太郎)는 대답했다.

"말씀은 여쭤보겠지만 아마 소용이 없을 겁니다."

쇼와 천황은 진작부터 스즈키에게 말했다.

"내가 다나카에게 속은 듯하네. 그자가 하는 말은 알아들을 수가 없어. 다시는 만나고 싶지가 않아."

한편 다나카는 원로 사이온지에게서 내각 총사직 암시를 받았으므로 다음 해 7월 2일 드디어 내려오고, 야당이던 민정당의 하마구치 오사치(濱口雄幸)가 후계 내각의 수반이 되었다.

그동안 장쒜량은 무엇을 하고 있었나. 선친 장쮀린의 유언은 있었지만 즉각 일본을 적대시하는 태도로 나가는 것이 현명하지 않음을 깨닫자, 겉으로만 일본 측 발뺌에 속는 체하면서 아직은 대세를 좀 더 관망하기 위해 아슬아슬한 줄타기를 시도하고 있었다.

미리부터 짐작한 다나카 수상은 장쒜량의 역치(易織)를 사전에 막아볼 속셈으로 장쭤린 장례식에 참석하는 특파 대사 하야시 곤스케(林權助)를 만주에 파견, 장쉐량 설득에 나서도록 했다. 역치란, 장쭤린 정권의 오색기(五色旗) 대신 청천백일만지홍(靑天白日滿地紅) 민국 국기로 바꾸는 것을 말한다. 즉, 이것은 장제스와 화해를 의미했다.

장쉐량은 하야시와 만난 자리에서 역치 의사가 있음을 밝히고 앞으로 3개월 동안 일본의 성의를 보아 태도를 정하겠다며 함축성 있는 언명을 하였다. 그러나 장쉐량으로도 언제까지나 주춤거리고 있을 형세가 아니었다.

이미 만리장성까지 뻗어온 장제스의 세력에서 만주를 지키려면 일본과 합작을 벌이는 것이 유리할 줄은 알지만 감정상 그것은 어렵고 또 일본을 믿을 수도 없었다. 그렇다고 지나치게 뻗대면 이번에는 아버지 장쭤린처럼 자기의 신변이 위험해질지 모른다. 아니, 꼭 그럴 것이다. 벌써 후계자 경쟁에 나선 양위팅(楊宇霆) 뒤에는 일본 군민(軍民)의 세력이 작용하고 있지 아니하냐.

양위팅은 일찍이 장쭤린의 참모장과 군기창(軍器廠) 책임자를 겸했던 인물이다. 마쓰이 이와네(松井石根) 참모본부 정보부장과 그의 동생인 전 장쭤린 고문이던 마쓰이 나나오(松井七夫) 및 그 배후 인물로 알려진 군수품 납품업으로 거부가 된 일본 재벌 오쿠라 기하치로(大倉喜八郎)의 후원이 있는 데다 실력자인 창인후아이(常蔭槐)를 심복으로 거느리고 있으니 큰 강적이 아닐 수 없다. 그는 만주 철도의 실권을 장악한 교통총장의 요직에 있을 뿐 아니라, 장쭤린과 운명을 같이한 오준승 장군 뒤를 이어 흑룡강 성장(黑龍江, 省長)도 겸임하여 정규 병력은 아니라도 산림보안대(山林保安除) 명칭의 군대도 거느리고 있었다. 마땅히 장쉐량 눈에는 정적으로 비치리라. 이렇듯 불안한 형편이라 양위팅을 앞질러 일본과 손을 잡거나 그 성의를 알아보고 잘 되면 군자금 조달도 의뢰해 볼 마음에 어느 날 밤 늦게 몰래 자기 집으로 아라키 고로(荒木五郎)를 초대했다. 아라키는 군인 출신인데 황모(黃慕)라는 중국 이름으로 장쭤린 지휘 아래 평톈군의 한 부대장을 맡은 사나이이다.

장쉐량은 아라키에게 만주 이권을 전부 일본에 양도하는 대신 공작금으로 일화(日貨) 4억원을 제공하라는 협상 조건을 제시했다.

이리하여 관동군 사령관 무라오카와 면담이 이루어졌다. 만철 부총재 마쓰오카 요시케(松岡洋右)가 동경으로 날아서 자금 조달을 서둘렀으나 다나카가 선뜻 말을 듣지 않아 난항 끝에 차일피일 날짜만 미뤄졌다. 장쉐량도 이제는 기다릴 수가 없고 결렬로 보았는지, 아라키에게 교섭 중지를 통고, 7월 3일에는 장제스로부터 동삼성(만주) 보안 총사령의 임명을 받더니 반일(反日) 태도를 굳히면서 본색을 드러내기 시작했다. 드디어 3월 29일 역치는 단행되었다. 여기에 이르러 장쉐량은 양위팅, 창인후아이의 존재가 더욱 불쾌하고 불안스러웠다. 그래서 1929년 1월 10일 밤, 두 사람을 자기 집으로 마작(麻雀)에 초대하였다.

그들은 마지막으로 한 번 더 쉐량을 설복하여 친일로 전향시켜볼 의도로 조금도 경계하는 빛 없이 무기도 안 가진 빈몸으로 장쉐량을 방문하였던 것이다.

마작을 하다 말고 장쉐량이 밖으로 나가더니 잠시 뒤 방 안에 나타난 것은 뜻밖에도 봉녕(奉寧) 철로국장 고기의(高紀毅)가 아닌가. 그의 손에는 모젤식 권총이 있었다.

"앗, 무슨 짓을 하려는 거야?"

질문의 대답은 권총이 하였다.

"탕."

"타앙."

이로써 일은 끝이 났다. 어둠과 추위 속으로 시체가 끌려나간 뒤 피묻은 호피(虎皮)를 그냥 둔 채 응접실 문은 굳게 닫혀져 다시는 영영 열릴 줄을 몰랐다.

'만주 모 중대 사건'을 책임지고 다나카 내각이 물러난 것이 이 무렵이다. 하마구치 내각이 성립되자 외상(外相)을 맡은 시데하라 기주로(幣原喜重郎)는 대중(對中)문제 해결에 매우 부심하였다. 그는 장제스를 상대하여 그가 일방적으로 폐기한 조약 조정의 일환으로 관세문제 교섭에 열을 올리었다.

이때 사부리 사다오(佐分利貞男) 주중 공사가 연락차 본국에 왔다. 도쿄에서 볼일을 끝낸 뒤, 휴양을 위해 하코네(箱根)로 떠난 것이 11월 29일이었다. 이날 밤, 그가 유숙하고 있는 후지야(富士屋) 호텔에서 원인 모를 권총 자살의 시체로 발견되었다. 아니, 그것은 자살이 아니라 분명한 타살이었다. 권총은 오른손이 쥐고 있는데 총알은 왼쪽 관자놀이에서 우측으로 관통했다. 뿐만 아니라 그 권총은 사부리 공사의 물건이 아니다. 그 호신용 권총은 가방 속에서 나왔다. 억측이 구구한 가운데 일본 측은 이 자살을 장쉐량이 꾸며낸 연극으로 보았다. 이리하여 공기가 험악하고 풍운이 긴박해 있을 때 조선에서는 광주(光州)학생 사건이 한창이었다. 처음에는 식민지 차별 교육을 반대하던 반항 운동이 차츰 일제 타도로 구호가 바뀌어 갔다. 이것은 일본 위정자의 신경을 극도로 자극하였는데, 다음 해 5월 30일에는 간도(間島) 룽징(龍井)에서 일제 타도를 외치면서 무력으로 반항하는 조선 이민의 일대 궐기가 있었다.

이에 일본은 하루바삐 만주를 손에 넣어서 소위 치안 확보를 서두르고 싶어진 것이다. 침략의 야망이었다.

'만주를 먹자. 생명선인 만주를 확보하자. 피를 흘려서라도……희생을 무릅쓰고라도……. 일본의 군·관·민이 똑같이 염원하는 대륙

이여!'

이보다 앞선 1928년 봄, 가와시마 요시코는 도쿄에 마련한 간쥬르쟈부와 꾸린 신혼 가정을 탈출하다시피 벗어나서 홀로 베이징에 와 있었다.

요시코는 YMCA회관에 조용히 묵으면서 베이징의 풍경을 사랑하기에 여념이 없었다. 추경(秋景)만은 못하여도 봄은 또 봄다운 경치를 부푼 가슴에 한 아름씩 안겨 텅 비인 속을 벅차도록 메꾸어 준다.

도쿄를 떠날 때 요시코의 마음은 텐진을 방문하여 푸이를 먼저 만나보리라 다짐했지만 그곳을 가지 않고 베이징으로 먼저 온 데는 나름대로 이유가 있었다. 첫째, 활달하고 대범한 성격인 그녀도 푸이를 대하기가 가슴 뭉클한 수줍음 탓이고, 둘째는 아직 순결을 지니고 있다지만 세상이 다 아는 간쥬르쟈부의 아내였다는 얼룩을 흐르는 세월에 씻어 보고 싶어서였다.

여기서 얼마를 지내는 동안 요시코가 즐겨 찾아가는 곳은 푸이의 생가(生家)인 순친왕 저택이었다. 어마어마하게 규모가 크고 으리으리하게 잘 꾸며진 이 건물과 요시코가 비교할 수 있는 가장 큰 건물은 도쿄의 궁성뿐이다. 일본 궁성보다 더 거대한 이 집 부근을 돌아보면서 푸이의 발자국이 찍혔을, 그 손때가 묻었을, 또 어쩌면 호흡한 공기 한 조각이라도 남아 있을지 모르는 집 안의 공간이 애틋한 느낌이 들어 가슴이 뜨거워지기도 한다.

물론 찾아 들어가기만 하면 반가이 맞아줄 친척이 이 집 안에는 살고 있다. 그러나 요시코는 일부러 문을 두드리지 않았다. 자기가 중국에 와있음을 누구에게도 알리지 않았다. 별안간 푸이를 만나 그를 놀라게 해주려는 장난끼가 그렇게 시킨 것이었다.

―베이징의 산하(山河), 옛날 그대로이지만 인정 풍속은 매우 변하였다. 만주족 출신의 황제가 여기를 떠나 톈진에 은거하는 오늘 이름마저 페킹(北京=Peking)에서 페이핑(北平=Peiping)으로 바뀐 명·청(明淸)의 성경(盛京)에서 이제 만주 귀족이 행세해 보기란 다 틀린 일이다. 사양(斜陽)의 왕공 대신들은 다시 볼 수 없는 지난날 영화의 꿈을 그리며 나태와 방종을 일삼는가 하면, 그 부인과 딸들은 환락항(歡樂巷)을 방황하며 육(肉)의 향연을 추구한다. 첫째가 아편이고 둘째는 정사(情事)이다. 여기서 그들은 젊음을 불사르고 사치를 구가한다.

　이리하여 생겨난 것이 향거(香車)라는 것이다. 인적이 드문 밤거리에 화려한 마차가 멈추어지고 향불[線香] 하나가 까물거리며 자줏빛 연기가 피어오르면 이것은 만주족 귀부인이 어디선가 불장난 할 상대를 기다리고 있다는 암호로 통한다. 야유랑(冶遊郞)이 향불을 보고 욕심이 동하면 차부(車夫)와 교섭이 시작되는데 이때 사나이의 외모나 차림새가 쓸만하여 차부 눈에 들게 되면 향불이 꺼지고 사나이는 마차에 오른다.

　마차가 닿은 곳은 예외 없이 마약 소굴이고 침침하면서도 화려한 침실에는 귀부인이 기다리고 있게 마련이다. 여기서 흥정이 성립되면 애욕의 폭풍 속에 하룻밤을 주색으로 지새운다.

　요시코도 향거의 가두 풍경을 여러 번 목격하였다. 자신이 남장(男裝)을 차리고 향거의 손님이 되어 보기도 했다. 요시코는 남장이 잘 어울렸다.

　그녀가 일본에 살 때 다카라츠카 소녀가극단(寶塚少女歌劇團)이 한창 인기였는데, 이것은 미모의 소녀만으로 구성된 공연단체로 남자 주인공도 언제나 여우(女優)가 맡는 것이었다. 이 영향으로 레스비언이 유행하였고 남장을 즐겨하는 요시코는 사춘기를 맞은 처녀 친구들 간에 여왕처럼 군림하여 언제든지 선망의 촛점 속에 있었다. 그러한 경험이 변장술을 능숙하게 하여 요시코의 남장은 그대로 이어져 왔다.

그러니 사실은 여자이기 때문에 침실에서 여자를 상대하기란 아주 무능에 가까웠다. 본색이 드러날새라 조심하면서 손발의 기교만으로 애무(愛撫)를 퍼부으면, 열병 앓는 암범처럼 몸부림치고 용틀임하며 포효(咆哮)하는 전라(全裸)의 불덩이···. 조갈증이 나는 듯 헉헉 몰아쉬는 거친 숨결과 화통 같이 뿜어내는 뜨거운 입김.

처음으로 요시코는 여체(女體)의 비밀을 알았다. 자신에게는 경험이 없으면서도 동경(憧憬) 비슷한 충동은 관능이 마비되어 경련을 일으키는 육괴를 굽어보며 야릇한 질투를 느끼는 것이다.

'정녕 이런 것인가? 나 혼자 뒤 떨어져서……'

행렬에서 낙오(落伍)된 듯한 초조감……. 요시코는 톈진으로 향하였다.

장원(張園)을 방문하여 황후 완룽을 만났을 때 요시코는 매우 실망하였다. 키가 크고 정돈된 얼굴이긴 하지만 까칠한 피부색으로 보나 더듬거리는 시선으로 미루어 만족한 부부생활을 영위하는 여인의 모습은 아니었다.

'만주 귀족 이 여인을 베이징 마약 소굴 침대 위에 옮겨 놓는다면……?'

아무런 반응도 있을 것 같지 않다.

감정이 고갈되고 정열이 건조해 보이는 이 여인에게서 푸이는 무엇을 찾고 있을까. 요시코는 자신감이 생겼다. 아직은 미지(未知)의 세계건만 완룽 따윈 자기를 따라오지 못할 듯싶다.

이윽고 황제 폐하의 알현―

그 자리에서 요시코는 또 실망했다.

'이 사람이 오랜 세월을 두고 동경 세계에서 애태우며 그려본 장본인이란 말인가?'

큰 키에 수수깡 모양으로 여위어서 볼품 없는데다 비좁은 어깨 사이 희고 시원하게 뻗어난 긴 목 위에 사마귀처럼 작은 머리가 위험 천만하게 달려있지 않은가. 음성도 가늘어서 기운이 없다. 순간, 요시코는 자기 혐오를 느끼면서 몸서리쳤다.

'이런 사람을 위해서 내가…… . 차라리 모르는 편이 좋았다. 우상(偶像)일 때가 좋았어…….'

그러나 푸이의 경우는 달랐다. 말로만 들어온 금벽휘(金壁輝), 세련된 그녀를 눈앞에 대할 때 현기증이 날만큼이나 황홀했다.

"벽, 벽휘. 오늘부터는 아무도 가지 말고 내 곁을 떠나지 말라."

"황제 폐하, 어명이십니까?"

"아, 아니, 명령이랄 게 아니라……."

"저는 가야합니다. 이렇게 뵈었으면 곧 떠나야 합니다."

"어, 어디로?"

"상하이(上海)."

"거기는 왜?"

"그리로 가던 길에 폐하를 뵙고자 들렀던 것입니다. 이제는 한이 없으니 물러가겠습니다."

달아나듯 장원을 빠져나온 요시코였다. 두 번 다시 올 일이 없는 다시는 만날 필요가 없는 사람들이다.

'그 꼴에 청조 재건(淸朝再建)? 어림두 없지.'

몸서리를 치면서 상하이로 온 요시코는 자신의 순결이 주체스럽고 무거운 짐이었다.

'어디엔가 버려야 할 텐데……. 끝없는 향락을…….'

―상하이에 상륙한 요시코는 공동조계(共同租界) 한복판 시장루

(西藏路)에 위치한 장강반점(長江飯店)에 여장(旅裝)을 풀었다. 여기서도 만주족은 자학 속에 방탕한 나날을 보내고 있었다. 국제 도시 상하이에서는 베이징에서처럼 한민족의 행패가 심한 편은 아니지만 외국인의 고자세와 우월감은 참고 견디기가 어려울 지경이다. 장강반점에서 빤히 내려다보이는 경마장 정문 앞에 이런 패쪽이 붙어 있었다.

—중국인과 개는 출입을 엄금함.

이것을 보면서 분개한 요시코는 그것도 무리가 아니리라 이내 깨닫게 하는 일을 목전에 발견하였다. 그녀가 묵고 있는 호텔 장강반점은 매음의 소굴이었다. 밤낮으로 노래와 춤, 마작하는 소리에 잠을 이룰 수 없을 정도였다. 아무데나 가래침을 뱉고 불결한 짓을 하는 중국인들. 출입을 금하는 경마장의 처사가 도리어 온당한 지도 모른다.

요시코는 혼탁한 곳을 피해 일본 사람 행세로 남장을 하고 경마장에 자주 가서는 마술(馬術)을 익혔다. 승마복에 가죽 장화, 아름다운 모습의 이 차림은 외국인들까지도 놀라게 할 구경거리로 번졌다.

프랑스 조계에 있는 카바레 '팔선교(八仙橋)'에도 요시코는 남장으로 혼자서 불쑥 나타나곤 한다. 처음에는 몰랐지만 그가 여자임은 탄로나기 일쑤였다. 그즈음 상하이에는 여자 남장이 크게 유행했다. 일세의 염명(艶名)을 날린 새금화(賽金花)라든가, 유명한 여배우 매란방(梅蘭芳)도 남장을 하고 다니던 때라 눈밝은 플레이보이들이 요시코가 여자인 줄 못알아 볼 리가 없다. 외국인의 유혹이 잦았지만 요시코는 번번이 물리쳤다. 적어도 지금까지 지켜온 순결을 버릴만한 곳이 아니라고 생각한 탓이다.

그러나 계속되는 호화로운 낭비는 장원을 떠날 때 푸이가 하사한 돈만으로는 뒤를 대기가 벅찼다.

여기서 요시코는 쑤저우허(蘇州河)를 건너 홍규(虹蚓)로 갔다. 공동 조계의 일부인데 거기에는 일본군이 주둔해 있고 일본 거류민도 많아서 소동경(小東京)으로 부르는 곳이다.

공작금을 물쓰듯이 하는 일본 군부에서 유흥 자금을 끌어낼 목적에서였다. 요시코가 여기서 만난 사람이 특무기관 장교 다나카 류키치(田中隆吉) 대위다. 그를 처음 보았을 때, 요시코는 가슴이 뭉클하였다. 간쥬르쟈부같은 포류지질(蒲柳之質)이 아니고 푸이처럼 빈약하지도 않다. 육군대학 출신의 다나카는 어깨가 떡 벌어지고 목이 굵은데 씩씩해 보이는 얼굴에 수염터가 퍼렇다.

요시코는 다나카에게서 첫사랑인 청년장교 야마가의 그림자를 발견하였다. 그러나 다른 장교들이 요시코에게 베푸는 친절의 절반도 다나카에게서는 찾아볼 수 없는 것이 서운했다. 그 점만이 이 정력적인 사나이에 대한 요시코의 유일한 불만이었다. 만나도 본체만체 무관심한 사람. 그러기에 유달리 마음이 쏠리는 사나이기도 하였다. 이러한 다나카가 하루는 불쑥 요시코 앞에 나타나더니 말을 건넸다.

"가와시마, 볼일이 있으니까 나를 따라 와."

늘 퉁명스럽게 말하는 다나카가 오늘은 군복 아닌 중국옷을 입은 것이 인상적이었다.

"왜요?"

"글쎄 따라와 보면 알어."

"싫어요."

"싫어? 그렇게는 안 돼, 어서 와."

이 한마디 내던지고 뒤도 안 돌아보고 성큼성큼 나가는 다나카를 자석에 끌리는 쇠붙이처럼 따라나서는 요시코였다. 수비대 정문 앞에는 자동차가 있었다. 다나카가 먼저 오르더니 사뭇 명령투이다.

"타."

요시코는 빨려 들어가듯 차에 올라서 조수석에 앉았다.

"어디로 가는 거예요?"

"가와시마의 숙소."

"내 숙소요?"

"그래."

"안 돼요."

"내가 들어가겠다는 게 아니야. 오늘은 특수 임무를 수행하기 위해서 장화를 벗어 버리고 중국옷으로 갈아 입으라는 거지. 밖에서 기다릴테니까 기포(旗袍)를 입고 나와."

요시코는 다나카가 명령하는 대로 충실히 시행했다. 몇 번 반항을 시도해 보았으나 숨이 가빠지고 아니꼽기는 하여도 시키는 대로 하는 것이 속 편할 것만 같았다.

두 사람을 나란히 실은 자동차는 교외(郊外)로 벗어나더니 황진(黃塵)속을 마냥 달린다.

"날 어쩌려는 거예요?"

"특수임무라니까."

"?"

얼마나 달렸을까. 갑자기 차가 서더니 명령하듯 말했다.

"내려."

이번에도 요시코는 말없이 복종했다.

바닷바람에 여윈, 앙상한 나무들이 듬성듬성 서 있는 그늘 숲으로 다나카는 요시코를 안내한다. 안내라기보다 납치에 가까웠다.

"앉어."

그러더니 사나이는 털게 같은 손으로 어깨를 왁살스럽게 끌어당겨서 강렬한 흡인력으로 요시코의 입술을 빨아대는 것이었다.

"우……."

무어라고 하는데 밀착한 입은 말을 이루지 못한다. 다음 순간 다나카의 다른 손이 요시코의 겨드랑이를 더듬더니 중국옷 옆 단추를 끄르기 시작한다. 본능적으로 몸을 옴츠리며 요시코는 손을 들어 사나이의 뺨을 후려쳤다. 흠칫하는 찰나 요시코는 발딱 일어나 종종걸음으로 달아났다.

"거기 서."

뒤따르는 한마디가 목덜미를 잡는 것 같아서 주춤했다.

"안 오면 쏘아 버릴 테다."

힐끗 돌아본 시야에 다나카가 빼어든 권총이 파고든다. 성큼성큼 다나카가 걸어오더니 요시코를 풀밭 위에 쓰러뜨렸다. 다음 순간, 요시코는 중압감을 느끼면서 하반신에 심한 동통(疼痛)을 맛보았다.

요시코는 입술을 악물었다. 질끈 눈도 감았다. 반항하려면 그럴 여유도 있었으나 사나이가 하는 대로 몸을 내맡겼다.

권총이 무서워서가 아니라 다만 그런 형식을 취하고 싶었을 뿐이었다.

'여기서 버리자. 그리고 후회를 말자.'

얼마 뒤 요시코는 일어나 앉아서 헝크러진 머리를 쓰다듬으며 종알댔다.

"이것이 특수 임무예요?"

"물론이야. 가와시마가 내 심복이 되게 하려면 가장 빠른 길이 전부를 소유하는 거지."

요시코는 쓸쓸히 웃었다. 그녀는 고통스러움에 놀랐지만 다나카는 요시코가 아직 남자를 경험하지 않은 처녀 몸임에 놀라워했다.

"병신이었구나."

"누가요?"

"간쥬르쟈부."

"호호호."

요시코는 벌써 웃을 수 있는 여유가 생겼다.

'쓰레기통에 내가 버리고 싶었던 것을 버린 것뿐인데.'

—이 일이 있고부터 요시코는 누구 앞에서도 다나카의 연인 행세를 대내놓고 했다. 그 뒤에도 반복되는 정사에 그녀는 억센 팔로 으스러지도록 포옹해 주기를 기대했고, 자신도 백사(白蛇)같은 팔로 다나카의 굵은 목을 감고 조를 만큼 기교가 익숙해 갔다.

—이러한 때에 요시코가 한인(漢人)을 몹시 증오하게 될 동기가 베이징에서 발생했다.

장제스의 부하인 41군 군장(軍長) 쑨뎬잉(孫殿英)의 동릉(東陵) 굴총사건(掘塚事件)이 바로 그것이다. 동릉은 건륭제(乾隆帝)와 서태후(西太后)의 능으로 베이징에서 90마일 떨어진 지점에 자리하고 있었다.

무덤 안의 터널과 문은 전부 조각한 백옥(白玉)으로 쌓아올리고 부장품(副葬品)은 보석, 비취, 다이아몬드 등 값진 보물들뿐이다. 서태후의 봉관(鳳冠)은 진주를 금줄로 짠 것이고 이불을 장식한 모란꽃도 진주로 엮어 뭉쳤다. 팔찌에는 크고 작은 다이아몬드로 큰 국화 한 포기와 조그만 매화 여섯 송이를 만들었고, 손에 쥔 항마장(降魔杖)은 전신이 비취이다. 시체가 신은 신발도 구슬로 수놓은 것이며 관 속에는 보석 염주(念珠) 17벌과 비취 팔찌 몇 쌍이 들어 있었다. 건륭제의 부장품은 보검과, 옥·상아·산호에 조각을 한 문방구와 금불(金佛) 등이다.

쑨뎬잉이 이것을 도굴(盜掘)해서 베이징 골동품상에 처분하였다. 처음에 그는 동릉 일대의 교통을 차단하고 군사 훈련이 있으니 접근하지 말라는 포고문을 붙인 뒤, 대규모의 계획적인 도굴에 착수하였다. 공병대 대장에게 명령하여 다이나마이트로 무덤을 폭파해서 파헤쳐가며 꼬박 사흘 밤낮을 걸려서 무덤 안의 보물을 몽땅 훔쳐내었다.

동릉 수호 대신에게서 이 기별을 받은 푸이가 놀래서 장제스에게 항의하였다. 장제스는 곧 지구(地區) 책임장 옌시산(閻錫山) 장군에게 명하여 범인 체포를 서두르는 한편, 만주 출신 귀족들도 특별 조사반을 편성하여 현지에 보내면서 뒷수습까지도 의뢰하였다.

현지에 도착한 조사단 일행이 도굴 현장을 보았을 때 그 낭자한 모습은 목불인견이었다. 건륭제의 묘소는 빗물이 가득 차 있어서 먼저 물을 퍼내는 작업부터 하지 않으면 안되었다. 서태후의 무덤에는 반라(半裸)의 옥체가 아무렇게나 버려져 있었다. 3시간에 걸쳐서 다시 관에 모시고 봉인(封印)을 했다.

푸이는 장원에 제단을 모시고 하루에 세 차례씩 사죄하는 제사를 올렸다. 이 제사에 모여든 청조 유신들은 주먹으로 땅을 치며 호천 망극하면서 이를 뿌득뿌득 갈았다.

격분한 푸이도 치를 떨면서 거듭 맹세를 되풀이했다.

"이 원수를 갚지 못한다면 짐은 청조 황실의 자손이 아니다."

—이 기별을 들은 요시코는 파랗게 질린 입술을 바르르 떨면서 다나카의 앞에서 흥분을 참지 못했다.

"오늘부터 앞으로는 한(漢)이란 이름이 붙은 건 사람이든 물건이든 가만 두지 않을래요."

"쑨뎬잉은 밉지만 장제스나 옌시산은 훌륭하지 않어?"

"뭐가 훌륭해요. 다 같은 놈들이지."

"왜? 옌시산이 쑨뎬잉이 보낸 사단장을 붙잡아서 가두었다던데."

"곧 석방한 얘기는 못들으셨어요? 장제스두 처음엔 꽤 성의를 보이는 체했어요. 비록 정치적 연극이긴 하지만요. 그러던 것이 이제는 그 사건에 대해서 추궁하지 않기로 했대요. 쑨덴잉이 장제스 부인 쑹메이링에게 무덤에서 파낸 보물들을 선물하구부터는요. 그래서 서태후 폐하 관(冠)에 달렸던 구슬로 쑹메이링의 신발을 장식했다지 않겠어요?"

"흠."

"이제부터는 그 보복에 일생을 바칠래요. 완전히 일본 편에 서서 푸이 황제를 도우면서 말예요."

복수 일념에 불타는 요시코가 관동군의 주구(走狗)가 되기로 작정한 것이 바로 이때였다. 그러한 요시코에게 또 한 번 충격을 준 것은 동릉 사건을 전후하여 장제스가 중화민국 정부 주석(主席)에 취임한 일이었다.

호시탐탐 대륙 침략의 기회를 노리던 일본은 1930년 6월 21일 장쉐량이 육해군 부사령에 취임한 것을 계기로 만주를 집어삼키려는 전쟁 도발(挑發)의 요인을 만들기에 광분하고 있었다. 이와 같은 침략 정책에 소극적인 하마구치(濱口) 내각이 군비 축소 문제를 다룬 런던 조약에서 양보를 많이 하였다고 연약(軟弱) 외교라는 비난이 높아진다. 국제적으로는 약하고 대내적으로는 강하다 하여 11월 14일 동경역에서 우익 청년의 저격을 받고 중상, 이듬해 병세가 악화되어 사망한다. 와카츠키(若槻禮次郎) 내각이 성립된 1931년 6월 일본군 참모본부는 개전(開戰)에 대비하여 흥안령(興安嶺) 산맥의 지세(地勢) 조사를 위해 중국어에 능숙한 나카무라(中村震太郎) 대위를 현지에 파견하였다. 중국인으로 변장한 나카무라가 앙앙시(昂昂溪)에서 여관을 경영하고 있는 예비역 상사 이스기(井杉延太郎)와 백계 노인(白系露人)·중국인 각각 한 명씩 데리고 말에 올라 떠난 것은 6월 6일이었다.

그들 일행이 20여 일간 수송·숙영(宿營)·급수(給水) 상황 등 조사 임무를 수행하며 둔간 지구(屯墾地區)에 닿아 주막을 찾아서 점심 요기를 하고 있을 때이다. 눈앞에서 훈련 받는 둔전병(屯田兵)을 주의 깊게 관찰하고 있는데, 갑자기 말을 매어 둔 나무 그늘에 둘러선 몽고인들이 왁자지껄 떠드는 소리가 들려왔다.

"뭐야?"

나카무라가 속삭이는 말에 이스기 상사는 더욱 목소리를 낮추었다.

"일본 말(馬)이 신기해서 구경하는 모양입니다. 앗! 저거……."

이스기가 손을 들어 가리킨 곳에 둔전병 장교 하나가 걸어오고 있었다. 제3단장 관옥형(關玉衡)이라는 사나이였다. 그는 구경꾼들을 헤치고 말을 보더니 물었다.

"이 말 누가 타구 왔어?"

"저기서 식사하는 사람들의 말입니다."

"흠…… 조사할 일이 있다구, 저 사람들을 내방까지 연행해 와."

"예."

말을 뺏으려고 그러나보다, 몽고인 병사들이 수군거렸으나 관옥형의 생각은 그것이 아니었다. 일행 4명을 간첩 용의가 짙다고 본 것이다.

나카무라는 관옥형 앞으로 끌려왔다. 중국어를 아무리 잘한다 해도 의심을 품고 조사를 받게 되면 바탕이 드러나게 마련이다. 그래서 나카무라는 벙어리 시늉을 하기로 작정했다. 그러나 그의 얼굴을 쓰윽 쳐다본 관옥형은 놀램과 반가움을 감추지 못하며 유창한 일본말로 물었다.

"야! 너 일본 군인 나카무라 아니야? 나를 모르겠니. 내가 일본 사관학교에 유학하고 있을 때, 너 학생대장(學生隊長)을 하고 있지 않앉어?"

본색이 드러났다. 이제는 더 변명할 여지가 없다고 생각한 나카무라는 적의에 찬 눈초리로 계속 쏘아보며 입은 그냥 굳게 닫은 채였다. 무엇을 물어도 대답을 아니하였다. 관옥형이 심문을 단념하고 일단 억류하기 위해 앞으로 한발 내딛었을 때이다.

"밖으로 나가자."

"에잇."

날카로운 기합 소리와 함께 비호처럼 덤벼든 나카무라가 유도로 관옥형을 마루바닥에 내동댕이쳤다.

"음!"

기습을 당한 관옥형은 격노하였다. 그는 허리춤에 찬 권총을 빼 들었다.

"타앙."

겨냥은 정확하였다. 총성 일발에 나카무라는 그 자리에 꼬꾸라졌다. 관옥형은 부관을 불러서 명령했다.

"이자의 수행원 3명도 총살형에 처하라."

"예."

총살형은 집행되고 시체들은 기름을 부어서 화장해 버리고 말았다. 하필이면 일본 사관학교 출신 중국인 장교를 만나 일행 4명이 무참히 살해된 이날이 6월 27일이었다.

돌아오기로 예정한 날짜가 지났는데도 일행과 연락이 끊어지자 관동군은 가타쿠라 다다시(片倉衷) 대위를 중국인으로 변장시켜 현지에 급파, 진상 조사에 들어갔다.

7월 하순 경에 이르러 현지 근처의 일본인 작부(酌婦) 우에마츠 기쿠코(植松菊子)라는 여자에게서 어렴풋이나마 사건의 윤곽을 알아내고는 증거 수집에 나서서 물적 증거 몇 가지를 찾는 데에 성공,

가다쿠라는 사령부로 귀환했다.

이 보고를 받은 관동군 참모 이시하라 간지(石原莞爾) 중령이 고급 참모 이타가키 세이시로(板垣征四郎) 대령과 함께 사후 수습책을 의논하는 자리에서 말했다.

"이타가키상. 이번 사건 처리는 무능한 외교 교섭에만 맡겨 둘 게 아니라 장쉐량을 상대로 무력 행사를 하는 것이 가장 빠른 해결의 지름길이 될 듯싶습니다."

"나도 그렇게 생각하네. 동감이야."

"만몽(滿蒙)문제가 오늘과 같은 교착 상태에 빠진 것도 따지고 보면 그 책임은 시데하라(幣原) 외교의 우유부단한 소극 정책에 있습니다. 이 기회를 놓치지 말고 일전을 해보는 것도 좋지 않겠습니까?"

"아직 일러. 외무성더러 하는 데까지는 해보라고 내버려두었다가 실패했을 때 우리가 천천히 나서도 늦지 않아."

"그건 위험합니다. 그렇게 하면 열이 식기 쉽고 기회를 잃기도 첩경이니까요. 이렇게 해보면 어떻겠습니까? 사건 해결 교섭을 총영사관에 맡기지 말고 공동 조사의 명목으로 보병 1개 소대 병력을 현지에 파견해서 군부가 교섭을 담당하면……."

"서두를 거 없네. 나중에라도 외무성의 잔소리를 막으려면 일단은 맡겨둬 보는 거야."

두뇌가 명석하다고 이름난 이시하라보다 이타가키는 한 술 더 떠 날카로운 머리에 흥정도 할 줄 아는 노련한 전술가였다.

결국 8월 7일부터 펑톈(奉天) 총영사 하야시(林久治郎)의 책임 아래 교섭은 시작됐으나, 중국 측이 살해 사실을 완강히 부인하므로 외교 교섭만으로는 속수무책이요, 진퇴유곡에 봉착했다.

이때 관동군이 교섭을 후원하는 의미에서 철도 보호를 구실삼아 보병 1개 대대 병력을 현지에 파견하겠다고 외무성에 제안하였더니,

시데하라 외상은 이를 거부하고 하야시 총영사에게 교섭 속개를 훈령하였다.

증거물 제시와 증인들의 증언 청취로 중국 측이 나카무라 대위 일행을 살해한 사실을 시인한 것이 9월 18일. 그날이 바로 공교롭게도 만주사변의 직접적 도화선이 된 류타오거우(柳條溝) 철도 폭파 사건이 일어난 날이라, 만주사변을 중국측에서 918사건으로 호칭하게 된 연유도 바로 이것이었다. 이와 거의 때를 같이하여 창춘(長春) 근처에서 일어난 조선에서 이주한 농민과 토착 만주 농민 사이 분규(紛糾) 사건도 사변 돌발의 중대한 원인 중 하나가 되었다.

만보산(萬寶山)은 창춘시에서 80리쯤 떨어진 곳에 있는데 이 산기슭 평지는 논밭을 일구면 풍성한 수확이 예상되는 비옥한 평야였다. 간도에서 쫓겨온 50호 약 2백 명의 조선 이민이 이곳에 정착하여 땅을 일구어 수수를 갈아 먹고 지낸 지가 벌써 여러 해째이다.

'이 기름진 땅을 이렇게 썩힐 게 아니라 논을 만들어 보았으면……'

이 점에 착안한 것은 지도자인 학영덕(郝永德)과 장백산(張白山)의 두 인텔리 청년이었다. 그들이 한자리에 모여 앉기만 하면 황무지 개간에 관한 이야기로 꿈을 그려보는데 여념이 없었다. 그러나 요사이 장백산이 기운을 잃은 것은 무슨 까닭일까.

"장형 이통강(伊通河)에서 물을 끌어오면 2·3천 정보(町步)의 논밭을 만들기는 문제가 아닐 거요. 추위가 닥치기 전에 착수해 보는 게 어떻겠소."

학영덕은 얼굴에 홍조를 띠면서 열을 올린다.

"좋은 생각이요마는 이통강에서 물을 끌어내리려면 거리가 20리나 되는 긴 수로를 만들어야 하겠는데 그 일이 쉽겠소."

"물론 어렵지요. 쉬운 일이 어디 있겠소. 그러나 이곳에 사는 우리 동포가 50가구에 2백 명이나 되지 않소. 어르신들과 어린아이, 병들어 앓고 있는 아낙네를 빼더라도 작업에 동원될 노동력이 150명은 될 텐데 무슨 걱정이요. 우리가 합심하면 안 될 것이 없을 게요."

"합심이 될지가 또 문제 아니오?"

"그건 우리 노력에 달렸지요. 시작이 반이라니 어디 한번 착수해 봅시다."

"아무래도 성산(成算)이 없어 보입니다. 물길을 만들려면 중국인 소유의 토지를 수로가 거쳐 오지 않으면 안됩니다. 욕심 많은 그자들이 이 일을 승낙할까요?"

"열의를 가지고 교섭하면 무슨 방법이 생겨나겠지요. 아무려나 한번 착수해 보지 않으려오?"

"성공하지 못할 일이라면 처음부터 아예 걷어치우는 편이 나을 것 같소."

"성공할지 실패할지는 부딪쳐봐야 알지요. 수로로 쓰는 대신에 지세(地貰)를 낸다든가, 무슨 길이 트일 게요."

"글쎄요."

장 청년이 뜨아해서 주저하는데는 그럴 만한 이유가 있었다. 드넓은 땅을 소유하고 있는 토호(土豪)지주 왕(王)가와 장 청년 사이에는 오래 전부터 언쟁이 있어 왔다.

장 청년은 생활비와 늙은 부모의 약값으로 왕가에게서 많은 빚을 얻어썼다. 그 채무를 이행하기는커녕 이자까지 합하여 해마다 빚은 늘어나건만 그래도 또 돈을 빌려 오지 않으면 연명해 나갈 형편이 못되었다.

욕심 사나운 수전노(守錢奴) 왕가가 다른 조선 이민에게는 감기 고뿔도 거저 주는 법이 없으면서 장백산에게만 호의를 베푸는데는 의뭉스러운 목적이 있어서이다. 그 목적은 장 청년의 누이동생 순복이를 소실로 탐내는 것이었다.

또다시 돈을 빌려 주면서 왕가는 앞으로 1년 안에 갚지 못하면 순복이를 데려간다는 조건을 내세워 처녀의 몸을 담보로 빚을 주었다.

이 굴욕적인 조건을 수락하면서까지 돈을 빌리지 않으면 안되는 장 청년은 가슴이 아팠다. 1년 안에 부채를 청산할 자신이나 계획이 있어서가 아니다. 1년이면 노부모의 병을 고쳐드릴 수 있을 것 같고 병만 나으면 순복이를 데리고 달아나거나 아니면 무슨 변통이 나서겠지, 막연한 마음에서 돈을 얻어 내야만 했다.

'히히히, 네가 무슨 재주로 1년 안에 그 많은 돈을 만들어 해. 순복이는 이제 내 색시나 다름없어.'

왕가는 1년을 기다려서 기한이 된 날에 순복이를 데려간다고 등쌀이었다. 장 청년은 생각다 못해 부락에 사는 조선 청년과 순복이를 결혼시키고 말았다. 날마다 찾아와 왕가는 으르딱딱거린다.

"장백산, 나쁜 놈. 날 속였어. 돈이나 빨리 내놔."

"1년만 더 기다려 주시오. 이번에는 무슨 짓을 해서라도 꼭 갚아드릴테요."

그러나 왕가는 막무가내였다.

"내일 저녁에 댁으로 찾아가리다."

"좋아. 기다린다 해. 돈을 꼭 가져와야 한다."

"알았소, 마련해 보리다."

돈이 마련되지 않을 것은 왕가도 장 청년도 뻔히 안다. 다음날 저녁 때 장백산은 왕가를 찾아갔다.

"돈 가져왔어?"

입을 다문 채 장 청년은 품 속에서 날이 새파란 단도 한자루를 꺼내놓았다.

"아야, 아야. 그 칼로 나 어찌해."

"1년을 더 연기해 주지 않으면 당신을 당장 찔러 죽이고 나도 이 자리에서 죽으려오."

이 말은 위협만은 아니었다. 장 청년은 정말로 그런 길밖에 없다고 생각하면서 찾아온 것이다.

"아, 알았다 해. 1년을 또 넘기면 안된다."

"고맙소, 왕대인. 앞으로 1년 안에는 반드시 갚도록 하지요."

이렇게 해서 간신히 얻은 1년의 말미……. 내년 가을까지이다. 학영덕이 주장하는 관개(灌漑)공사가 성공한 날에는 어쩌면 그 소출(所出)로도 부채 일부는 갚아질지 모른다는 기대가 그에게도 없는 것은 아니었다. 그러나 수로를 내려면 왕가의 땅을 거쳐야만 한다. 이 일을 왕가가 양해할 리가 없다. 장 청년은 자기가 빠지는 편이 오히려 교섭이 순조롭게 진행될 것으로 믿었다. 학영덕은 음성을 가다듬어서 말했다.

"장형이 주저하는 이유를 나도 모르지 않소. 빚 때문에 왕가를 겁내는 모양이지만 교섭에는 내가 나설테요. 장형은 뒤에서 동포들만 설득해 주시오."

"알겠소. 그럼 뒷일은 내가 맡아 보지요."

이렇게 해서 간신히 합의를 보자 성미가 괄괄한 학영덕은 다음날부터 본토민 지주들을 찾아다니며 양해를 구하여 대강 승락을 받았으나 역시 왕가는 끝끝내 난물(難物)이었다.

순복이 일로 조선 이민에 대한 감정이 언짢은 왕가는 어떠한 감언이설에도 요지부동이다.

"내 눈에 흙이 들어가도 좋아. 물길 내는 거 못한다."

"왜 그러십니까. 여기는 만주땅이고 우리는 조선 사람입니다. 황무지를 개간하면 중국의 이익이 아닙니까. 우리 조선이 독립해서 본국으로 돌아가는 날엔 왕대인께 다 드리고 가겠습니다.”

“물길 냈다가 장마 져서 이퉁강이 범람하면 홍수 나서 농사 지은 거 몽땅 휩쓸려 나간다.”

“그럴 리 없습니다. 지형이 그렇게 생기질 않았는 걸요.”

“몰라. 우린 조선 사람 몰라 해.”

학영덕은 교섭을 단념하고 돌아서지 않을 수 없었다. 그는 장백산을 찾아갔다.

“어떻게 되었소. 왕가가 말을 좀 듣습니까?”

“안 되겠습니다.”

“내 그럴 줄 알았오. 아무래도 그만두는 게 좋을 것 같소.”

“말이 되오? 다른 지주들은 양해를 다 했는데 어째서 중지한단 말이요.”

학영덕은 낯을 붉히면서 말을 계속한다.

“……억지로라도 해내야 합니다. 무슨 짓을 해서라도 착수해야지요.”

“억지로라도?”

“그렇소. 우리는 2백 명이오. 그까짓 왕가 하나 때문에 하려던 일을 그만두면 쓰겠소?”

“우리가 2백 명이라지만 저들은 5·6백명이 넘습니다. 실력 대결을 해본대도 어림없지요.”

“그렇게 우는 소리만 하려거든 장형은 빠지시오. 나 혼자서라도 해보겠소.”

학영덕은 눈을 부릅뜨며 자리를 박차고 일어났다. 억척같은 그는 이민온 동포를 모두 부르고 한바탕 연설을 한 뒤 곡괭이·삽·보습·가래 등 농기구를 모아오라고 했다. 이렇게 해서 모은 농기구의 날을 벼르노라 야단법석일 때 핀잔 늘어놓기 좋아하는 사람들이 이번에는 안에서 들고일어났다.

"여보게, 영덕이. 꿈 작작 꾸라구. 한창 농사에 바쁜 농번기(農繁期)에 연장과 일꾼을 모두 그쪽으로 돌리면 이곳 농사는 어찌 되나. 한가해진 뒤라면 모를까."

"농한기(農閑期)에는 동토(凍土)가 됩니다. 얼어붙은 땅을 파서 수로를 만들 수 없으니 지금이 일하기엔 가장 적당합니다."

"철 없는 소리! 1년 농사 망하면 굶어 죽지 별 수 있어?"

"그 대신 1년만 고생하면 명년 추석 명일에는 쌀밥으로 배불리 먹게 됩니다."

"그게 꿈이라는 거야. 고향의 문전 옥답(門前沃畓) 왜놈에게 다 뺏기구 예까지 굴러왔는데 쌀밥이 어디 가당키나 해? 분수를 알아야하네, 우리는 유랑민이야."

"유랑민이라고 언제까지 고생만 하라는 법은 없습니다. 그만두실 분은 안 나와도 좋습니다. 그 대신 수로가 완성 돼도 물꼬 끌어댈 생각일랑 아예 마시오."

이 한마디가 뜨끔하였던지 잔소리꾼들이 입을 꾹 다물어서 작업 착수는 만장일치로 결정을 보았다.

봇도랑 내는 공사는 곧 시작되었으나 난관과 애로는 첩첩이어서 갈수록 태산이다. 흙 무더기뿐 아니라 암반(岩盤)에 부닥치면 일대 난공사에 직면하게 된다. 대륙의 뜨거운 태양 볕이 내리쪼이는 곳에서 영양실조의 몸으로 중노동에 뛰어드니 일사병(日射病)에 쓰러지는 이도 속출하였지만 그보다 더 곤란한 것은 양해했던 지주들이 모두 반대하고 나선 일이다. 왕가의 사주를 받은 영향임이 틀림없었다.

반면 1931년, 관동군은 만주사변을 일으킨다. 만주사변이 일어난 원인은 중국 사람들로부터 이런 감정이 들었기 때문이다.

'이곳은 중국땅이다. 썩 나가라. 일본의 침략이 아닌가. 보상 따위 하지 않을 것이다. 무일푼으로 이곳에서 나가라!'

일본인들은 부아가 치밀었다. '그건 도가 지나치잖아. 조약 위반 아니야?'

9월 18일 관동군은 펑텐 교외 류타오후(柳條湖)에서 만철 선로를 폭파하고 총공격을 시작했다. 1만 수백 명의 관동군은 펑텐(奉天), 잉커우(營口), 안둥(安東), 랴오양(遼陽), 창춘(長春)을 비롯한 남만주의 주요 도시들을 곧바로 점령했다. 뿐만 아니라 그들은 독단적으로 국경을 넘어온 조선군 약 4천 명을 편입시킨 뒤 육군 중앙부와 일본 정부의 만주사변 불확대방침에도 불구하고 북만주까지 진출했다. 11월에는 마잔산(馬占山)군과 격렬한 전투를 벌여, 헤이룽장성(黑龍江省) 제2의 도시 치치하얼을 점령했고, 그 다음 해인 1932년 2월 하얼빈 점령을 통해 둥산성(東三省, 헤이룽장의 3성)을 제압하기에 이른다.

이때 10만 이상(또는 25만, 40만)이라고도 불렸던 장쉐량의 둥베이군에서 주력이었던 11만 명은 장쉐량과 함께 장성선(長城線)보다 남쪽으로 내려갔고, 잔류 부대는 여러 지역으로 흩어져 있었다. 베이징에 있던 장쉐량은 장제스(蔣介石)의 방침에 따라 군대에게 저항하지 말고 철수하라는 명령을 내렸다. 그때 장제스가 이끌던 국민당은 공산당 포위소탕작전에 모든 힘을 쏟으며 국내 통일을 최우선 과제로 두고 있었기 때문이다.

러시아는 제1차 5개년 계획을 달성하는 일에 여념이 없었고, 관동군이 치치하얼과 하얼빈을 점령했음에도 불구하고 중립을 지키기로 했다. 미국과 영국은 경제공황에서 아직 회복하지 못했기 때문에 관동군의 군사행동은 생각보다 쉽게 진행되었다.

탈출

중국인 지주들은 항의하기 위해 대표를 뽑아서 학영덕에게 보내었다.

"물길 내는 일 고만둬 해."

대표의 말에 학 청년은 좋은 말로 부드럽게 대답했다.

"말이 됩니까, 당신들은 이 일을 미리 승낙했습니다."

"승락했던 사람이니까, 취소할 권리 있어 해. 우리 취소한다."

"그건 안 됩니다. 우리의 돈과 노력, 목숨까지 바친 사업입니다. 이제 와서 그런 말이 어디 있습니까. 당신네는 취소 한마디로 해결될지 몰라도 우리는 생명이 걸렸으니 호락호락 물러설 수 없습니다."

"무엇이? 물러설 수 없으면 어떻게 해."

"일을 계속할 뿐입니다."

"우리는 막을 뿐이야."

학 청년의 호소와 애원도 모두 물거품으로 돌아갔다. 회담이 중지되어 결국 교섭은 단절되었다. 이제 남은 것은 쌍방의 실력 대결뿐이다. 지주 측은 수효를 믿고 많은 노동력을 동원하여 모처럼 만든 수로를 메꾸어간다. 학영덕은 더 견딜 수가 없어 혼자서 왕가를 찾아갔다.

"왕대인, 살려주시오. 가엾은 우리 동포 2백 명의 목숨이 왕대인 손에 달려 있습니다."

"무슨 말을 해."

"물길 내는 일에 협조해 달라는 것입니다."

"나 그런 거 몰라. 우리 상관 없어."

"다 알고 찾아왔는데 이렇게 딱 잡아 떼깁니까?"

"모르니까 모른다고 한다. 그게 나빠?"

"오냐, 그만둬라. 더는 부탁하지 않겠다. 고집불통인 되놈에게 정으로 호소하러 온 내가 잘못이다."

"뭐, 뭐라고 했어? 욕 했지?"

"했다. 했으니 어쩔래? 내가 여기 올 때는 죽을 각오로 온 거다. 교섭이 결렬되면 죽고 안 돌아갈 작정이었어. 나를 어서 죽여라. 내가 죽는 날엔 어떤 일이 벌어질지 알지? 어서 죽여!"

학 청년은 악을 쓰며 대들었다. 뒷걸음질로 밀리던 왕가는 학영덕이 삿대질로 가슴을 떠미는 서슬에 뒤로 나동그라져 엉덩방아를 찧었다.

"오, 때렸지?"

"때렸다. 맞아 죽기 위해 때렸어. 맞아 보려느냐. 에잇!"

학영덕은 왕가의 멱살을 잡고 따귀를 후려쳤다.

이 광경을 지켜보던 왕가의 하인들이 우루루 밀려들어 학영덕에게 몰매를 퍼부었다. 날아드는 몽둥이 세례와 거센 발길질에 그는 눈을 감고 이를 악물며 참았다.

'죽자. 내가 여기서 맞아 죽으면 저희도 조금은 반성하겠지.'

이런 마음이었으나 무수히 욕만 당한 끝에 질긴 목숨은 끊어지질 않고 그냥 붙어 있었다. 한참 만에야 정신이 든 그는 기지사경에서 엉금엉금 기다시피하여 부락으로 돌아왔다. 불안과 조마조마함 속에서 교섭 결과를 기다리던 부락민들은 피투성이가 되어 돌아온 목불인견의 학영덕을 보자 저마다 흥분하였다.

"왕가놈을 때려죽여라!"

"그래, 가자!"

군중 심리에 살기(殺氣)가 파급되어 사투(死鬪)의 결의가 넘쳐흐른다. 이것을 막고 나선 것이 장백산이었다.

"여러분, 참읍시다. 저들에게도 생각이 있을 테니 좀 두고 보면서 하회를 기다립시다."

"두고 보긴 뭘 봐. 똥되놈에게 무슨 양심이 있다구!"

"그렇지 않습니다. 어려운 일을 당할 때일수록 우리는 침착합시다. 저들은 많고 우리는 적습니다. 완력으로 덤빈대도 우리 편에 희생자가 생길 것이 뻔합니다."

"이대로 고스란히 앉아서 굶어 죽기나, 속 시원히 분풀이나 하고 맞아 죽기나, 죽기는 마찬가지라면 사내답게 싸우다 죽자."

"옳은 말입니다. 이판사판 죽을 거라면 한 놈이라도 없애 버리고 죽읍시다."

장백산은 소리를 높여서 애원하였다.

"여러분, 우리가 죽으면 어르신들과 어린아이는 어찌됩니까. 아내와 누이동생, 딸들은 놈들에게 욕을 보게 됩니다. ……참읍시다. 참아야 합니다."

장 청년이 눈물로 하는 호소에 부락민은 간신히 흥분을 가라앉혔다.

"나라 없는 백성의 슬픔입니다. 고국 하늘 바라보며 호천 망극할지언정 화풀이 끝에 소중한 가족을 희생시키지는 맙시다."

울컥 치솟는 설움에 부락민들은 저마다 눈시울이 뜨거워졌다. 그러나 이들에게는 한바탕 울어볼 겨를도 없었다. 슬프다고 우는 것도 사치에 속한다. 슬픔이 극도로 달하면 허망한 망실 상태가 되는가보다. 지겨운 피로감을 한 아름씩 안고 허수아비처럼 서 있는 그들의 시야는 몽롱하고 청력도 희미하다. 그러한 귓전으로 아우성이 파고든다.

"되놈들이 몰려온다!"

"무엇이라구? 되놈들이 몰려와?"

과연 둑길을 달려오는 수명의 그림자가 드리워져 있었다.

"놓치지 마라. 제발로 걸어온 놈은 이 잡듯이 하자!"

장백산 청년은 또 한 번 앞을 막고 나섰다.

"여러분, 제발 이러지들 맙시다. 저 사람들이 우리 요구를 받아들이려고 오는지도 모르지 않습니까?"

"백산이. 자네 눈은 눈이 아니구 티눈인가? 놈들이 손에 무얼 들고 있나 좀 보라구. 모두 몽둥이를 갖고 오지 않나? 요구를 받아들이려구 오는 놈들이 저 지경이야?"

"하여간 제게 맡겨 두십시오. 제가 먼저 만나보겠습니다."

장백산은 달음박질로 마주 나갔다. 그는 살기등등 몰려드는 중국 농민들 앞에 두 팔을 벌리고 막아섰다.

"여러분, 왜 이러시오? 말로 하시오. 우리, 말로 합시다!"

"듣기 싫다, 꺼울리 놈."

"이놈부터 해치우자."

"와—"

그 다음은 아수라장이었다. 장백산은 몽둥이에 얻어맞고 발길에 밟히었다. 머리통이 터져서 피를 흘리면서도 그는 당장 눈앞에 벌어질 처참한 상황을 그려보면서 어떻게든 막아보려고 이리 뛰고 저리 뛰었다. 그러나 올 것은 오고야 말았다. 부락민들은 삽과 곡괭이 등 농기구를 휘둘러서 막혔던 봇물이 터져 흘러넘치듯 까고 치고 때린다. 기세에 눌리어 쫓겨가는 본토민을 뒤쫓아 여지없이 보복을 쏟는 필살의 일격들……

중상자는 생겼어도 다행이 쌍방에 사망은 없었다. 하지만 사건은 이것으로 끝난 게 아니었다. 쫓겨난 본토민이 정부에 고발하니 중국 현정부(縣政府) 당국은 경찰을 동원하여 도리어 중상을 입은 학영덕·장백산을 주동자라며 10여 명의 조선인을 불법 납치해다가 감금하였다. 그래도 부락민은 슬기로웠다. 이 일을 가지고 일본 영사관에 호소할만큼 미련하지는 않았다.

일본 측은 일본 국적을 가진 조선 동포 거류민을 보호한다는 미명 아래 창춘(長春) 영사 다시로(田代重德)가 영사관 경찰을 현지에 파견하여 항의하는 한편, 체포해 간 10여 명의 석방을 요구하였지만 중국 측이 이를 일축하자 사태는 점점 심각해 갔다.

양국 관헌의 날카로운 대치 속에 교섭은 현지에서 다시 영사와 창춘의 중국 관헌, 펑톈 총영사 하야시와 길림성(吉林省) 장쭤샹(張作相) 주석의 선으로 옮겨졌다. 여기서도 합의를 보지 못해 차원은 비약하여 하야시 총영사와 장쉐량, 시게미쓰(重光) 공사는 국민 정부의 왕정정(王正廷) 외교부장을 각각 상대하여 절충을 모색했지만 결국 허사였다.

생존을 위한 엄숙한 투쟁을 전쟁 도발 구실로 삼으려는 잔혹한 호전마(好戰魔)의 억지가 합의 직전에서 트집을 잡곤 하여 풀리기 어려운 교착 상태를 부른 것이다.

이러는 동안에도 이퉁강의 수로 공사는 조선 농민에 의해 강행된다. 불청객인 영사관 경찰대가 동포의 권익을 보호한다는 핑계로 계속 주둔하니 철수를 종용해온 중국 측이 민간인 수백 명에게 무기를 나눠 주어 실력 대결로 맞서게 되었다. 비수 청룡도와 모젤식 총기로 무장한 현지민의 습격을 받게 된 농민들은 본의 아니게 영사관 경찰대와 합세하게 되었고, 경찰대는 기관총을 석 자루나 끌어내어 대비하는 일촉즉발의 위기가 조성되었다.

결국 충돌은 일어나고야 말았다. 그러나 이번에도 부상자만 났을 뿐, 쌍방 모두 사망자는 없었다. 이러한 일련의 사태를 주시해 온 일본 군부는 조바심이 났다.

"경찰의 병신들은 대관절 무얼하고 있는 거야. 안되면 이쪽 총으로라도 조선놈 몇몇 쏘아 죽여서 구실을 만들지 못하구서."

전쟁을 하려면 국제연맹(國際聯盟)에 내놓을 뚜렷한 명분을 장만해야 한다. 그래야만 사후 수습이 수월하고 또 유리한 결말을 지을 수 있다. 그러기 위해서는 사태가 좀 더 악화되어야 한다.

'큰 사건이 터져야 할 텐데.'

이런 기대를 저버리고 불은 꺼지려 하고 있지 않은가. 초조 끝에 안달이 난 관동군 수뇌부는 조작한 허위 보도를 종용하기에 이르렀다.

'—만보산 충돌 사건에서 조선 농민 다수가 중국인에 의해 참살당했다'—

이 악랄한 술책에 말려든 것이 조선일보 창춘 지국의 김이삼(金利三)이라는 젊은 기자였다. 7월 2일 조선일보는 동지 호외(號外)에 이 특종기사를 보도하였고, 이 호외를 읽은 독자들은 격노하였다. 그것은 노여움으로만 그친 게 아니라 행동으로까지 나타났다.

'중국인이 동포를 학살했다면 우리도 놈들을 때려잡아서 복수를!'

이 소동은 중국인이 많이 살고 있는 인천에서 시작되었다. 하루이틀 사이에 서울·원산·신의주로 번지더니 5일에는 평양에서 최고조에 달했다. 일본인은 이 사건을 허울 좋게 '배화(排華)소동'이라고 불렀으나 명실 공히 '중국 거류민 대량 학살 사건'이다.

평양에 살고 있는 화교(華僑)의 직업은 천층만층이었다. 거름통을 메고 집집마다 다니면서 변소를 처다가 채소 재배를 하는 야채장수, 손재주가 있는 사람은 벽돌 쌓는 미장이에 돌을 쪼는 석공(石工), 땜

질통에 놋그릇 뚜껑만한 종을 달고 딩동댕동 돌아다니는 땜장이, 자리 잡은 사람은 이발관과 목욕탕 영업, 그도 저도 할 수 없는 자는 호떡장사에서 자장면 장사로……그러다가 돈을 벌면 집을 사서 중화요리점을 경영한다. 자투리 형겊을 꾸려서 지고 돌팔이를 하다가도 어느덧 의젓한 비단장수로 커다란 가게를 벌이고 앉기도 하는 그들…….

그러나 막벌이 노동자의 수효가 더 많았다.

그해 여름에는 비가 많이 와서 장마가 지루했건만 평양의 도심지에서는 큰 토목(土木) 공사가 진행되고 있었다. 법수(法水)머리 십자로는 세 쪽만이 신작로이고 나머지 하나는 신전골이라 하는 골목길이다. 상가의 중심을 이룬 서문(西門)거리에서 대동강으로 통하는 신전골은 꼬불꼬불하여 중간 지점부터는 이름도 다르게 '차돌박이골'이라 불리었다. 모여들었다가 흩어져 버리는 화물이 대동강 배편에 닿아 좌우되는 평양에서는 이 골목길 도로 확장공사가 시급하여서 신전골을 넓혀 정해문통(靜海門通)이라 하는 20미터 길을 내는데, 그보다 앞서서 하는 것이 땅을 깊이 파고 대형 토관(土管)을 묻는 하수도 시설이다.

이 공사판에서는 중국인 노동자가 대부분이어서 조선 사람은 꾀를 부리거나 게으름을 피우지만 중국인은 소박히 성실한데다가 품삯이 싸기 때문에 상당히 많은 수효가 동원되었다. 또 대동강 범람을 막기 위한 장장 10킬로의 강변 연안로(沿岸路)를 철근 콘크리트로 방수벽(防水壁)을 쌓아 올리는 공사에도 중국인 노동자들은 많이 불려 다녔다.

이것이 조선인 노동자에게는 참을 수 없는 불만이었다. 그들은 품삯을 받으면 술부터 마시는 버릇이라 언제나 가난하여서 빈털터리지만, 중국인 노동자는 호떡 한 덩어리로 배를 불리고 남은 돈은 저축을 한다. 아무리 거지 같은 사람이라도 누더기 옷 속에 고향으로 돌아갈 노수(路需)와 여비는 간수하고 다닌다니 부러움 반 비웃음 반 아이들까지도 중국 사람이라면 당돌하게 '해라'를 말하고 침을 뱉는 버릇이 있었다.

이러한 때에 중국인 학살 사건이 일어났다. 평양이 다른 지방보다 며칠 늦게 터진 것은 거의 신문 독자가 노동자층 중심이었기 때문이다.

중국인 노동자를 죽여서 처넣은 시체가 신전골 흙구덩이 속에 군데군데 쌓이고 전족(纏足)탓에 걸음을 못 걷는 임신부를 갈고리로 배를 가르는 등 산비(酸鼻)의 참상은 이루 헤아릴 길이 없었다. 행길에 즐비한 주인 없는 비단가게의 창고는 습격을 받아 끌어낸 피륙이 전차 공중선에 빈틈없이 걸리어 교통이 차단되었고, 폭도들은 거기서 얻은 물건을 호주머니에 넣고 뿔뿔이 집으로 흩어졌다. 이와 같은 마비 상태에서도 치안 책임이 있는 일제 경찰은 겉으로만 말리는 체 할 뿐 내버려 두었다. 선동은 안했다지만 방임 자체가 선동이 아니면 무엇이겠는가.

이렇게 되니 공인된 살인이요, 묵허(默許)받은 강도질이었다. 그러고도 명색은 만보산 사건의 보복이라고 떠들어 댔다.

동포의 복수를 대행하는 민족 명령이라……. 명분은 떳떳하나 내용은 비굴과 우열(愚劣)에 통한다.

얼핏 보면 노동판 일자리를 중국인들에게 빼앗긴 앙갚음 같기도 하나 사실은 강자에게 공인 받은 객기의 소산이다. 투계 (鬪鷄), …… 그렇다, 투계에 견줄만하다.

일제에 억눌린 울분을 분출시킬 돌파구를 여기에서 찾았다면 그런대로 용서를 받겠다지만 그것도 아니었다. 그러면 무엇이냐.

청일(淸日)·러일(露日) 두 전쟁에서 대승을 거두고 제1차 세계대전에 참가하여 5대 강국에서 3대 강국으로 올라선 일등국 일본의 무력 앞에 몸을 구부리고 자주성을 포기하기에 이른 우리 민족은 한번 더 슬퍼야 했고 소름끼치는 자기 혐오를 맛보았다. 아직 분노하면 이만큼 저력을 나타내고 독기를 품을 수 있다는 슬픈 시위(示威) 효과를 여기에서 찾을 수밖에 없었다. 이 사건에서 무저항 속에 죽어간 화교의 수효가 109명, 부상자는 160명을 웃돌았다.

일본 군부는 가면 속에서 미소지었다. 침략의 구실을 마련해 주기 위해 광분한 지각없는 무리들, 그러나 일본의 눈으로 볼 때는 얼마나 쓰기 편리하고 부려먹기 간편한 민족이었겠는가. 필요에 따라서는 얼마든지 신축성을 둘 수 있는 관엄(寬嚴), 이것이 식민지 정책의 비결임을 그들은 잘 알고 있었다. 그러나 정도에 있어서 많이 지나쳤다. 그러기에 당시 일본의 아사히(朝日) 신문까지 사설에서 평소 그렇게도 조선인 집단 행동을 철저히 감시, 단속하던 총독부 당국이 이번만은 어쩐 일로 그다지도 호인이 되었더냐고 야유를 퍼부을 지경이었다.

이렇게 되니 중국 본토의 도처에서 한교(韓僑) 탄압이 눈에 띄었다. 그들을 보호한다는 구호는 충분히 침략 전쟁의 명분을 장만해 주고도 남는다. 이제 앞으로 할 일은 전쟁을 시작할 계기를 찾는 것뿐이다. 아니, 그보다 먼저 해야 할 일이 있다. 공격 무기를 현지로 싣고 병력을 이동시켜야 한다. 그나마 아무도 모르게 감쪽같이 해야 하는 데에 기술이 쓰이고 고민도 따른다.

병력은 아쉬운 대로 현지 주둔군을 끌어 쓰다가 필요에 따라 보충하면 그만이지만 전투에 주효할 신예 무기를 옮겨오는 것은 무엇보다 시급한 일이었다.

관동군은 빈틈없는 비밀행동으로 전쟁 준비에 착수했다. 지금까지 경험으로 보나 또 수집된 정보와 정찰 결과로 볼 때, 평톈성을 공격하려면 성능 좋은 거포(巨砲)가 절실히 필요하다. 그래서 현지군은 육군중앙부와 절충한 끝에 24센티 유탄포(榴彈砲) 2문을 일본 본토에서 운반해 오기로 하였다. 이 거창한 대포를 고베(神戶)에서 배에 실을 때도 일부러 보통 여객선을 택했고 다롄(大連)항구에서도 관동군의 병기부원은 물론 뤼순(旅順)의 중포병 대대(重砲兵大隊)에서 차출된 후원부대까지 몽땅 중국옷으로 갈아 입어 현지 인부로 변장시킨 뒤 작업에 들어갔다.

공교롭게도 때가 한창 여름철이라 짧은 밤시간을 뜬눈으로 새우는 중국인이 많은가 하면 더위를 참지 못해 침대를 행길에 끌어 내다놓고 자는 사람도 있어서 그들 눈을 속이기란 여간 어렵지가 않았다. 포신(砲身)을 나무상자에 넣은 채 옮기면서 고관의 관곽(棺槨)이라고까지 할 정도였다.

포를 비치할 기지의 기초 작업도 극비리에 진행되었다. 1미터 깊이의 땅을 파면서 수영장을 만든다고 선전하기도 했다. 대포를 감추어 둘, 10미터 사방, 7미터 높이의 생철 지붕을 얹는 판자집을 짓는 공사는 밤마다 12시에서 새벽 3시까지, 사흘이 걸려서야 완성을 보았다. 무더위 속에서 강행한 중노동으로 수많은 야맹증(夜盲症) 환자까지 발생하는 실정인데 구경 좋아하는 중국 사람들은 이것이 무엇인가 우르르 모여들었다. 이럴 때는 돌맹이를 던져 쫓고 또 중국 비행기가 공중 정찰을 할 때면 격추 태세를 갖춰서 다시는 나타나지 못하게도 하였다.

또 만일의 경우에 대비해 보병이라도 대포 조작을 할 수 있겠끔 특별 교육을 실시하는 한편, 공격 예상 목표마다 표를 해두고 언제라도 맞추어 조준(照準)을 하면 목적물에 명중시킬 수 있는 준비까지 완료하였다. 모든 작업을 끝마친 뒤에는 진지(陣地) 고사포라고 소문을 냈지만, 중국 측이 의심을 품고 그 근처에 초소(哨所)를 만들어 놓고는 밤낮으로 감시를 게을리 하지 않았다.

히시가리(菱刈隆) 대장 후임으로 관동군 사령관이 된 혼조 시게루 (本庄繁) 중장은 8월 20일 랴오둥 반도 뤼순에 있는 군 사령부에 부임한 착임 제1성이 가관이었다.

"본관은 정예 무비를 자랑하는 장병 제군을 신뢰하며 앞으로 힘을 합하고 마음을 모아서 서로 국운 신전(伸展)에 크게 기여할 것을 기대하는 바이다."

각지의 부대를 순시 검열하는 중 창춘에 있는 독립수비대에서는 다음과 같은 훈시를 하였다.

"요즈음 비적의 출몰이 심하여 철도 운행에 막대한 지장을 초래하고 있는 것은 매우 유감이다. 우리의 권위와 역량을 경시하는 불령 (不逞) 무리에 대하여 단호한 조치를 취해서 철도 수비에 만전을 기하는 한편, 제국 재류민의 불안을 일소하기에 노력하라."

이 말은 만철(滿鐵) 부속지 이외의 곳에까지 군사 행동을 연장시켜도 무방하겠고, 군 사령관 자격으로 인정한다는 함축성 있는 발언으로 주목을 끌만한 것이었다.

사령관의 검열이 끝나자 각 부내는 임전 태세를 차려서 언제라도 돌발하는 비상사태에 출동할 수 있도록 밤에도 군복을 입은 채 잠을 잘 정도로 초긴장 체제를 갖추었다.

1931년 9월 18일. 만주사변이 일어난다. 중국 정부가 나카무라 대위 일행 살해사건의 책임을 자인한 바로 그날이었다.

밤도 깊은 11시경, 뤼순에 있는 군 사령관 관사에서 혼조 시게루 중장은 펑톈에 가 있는 이타가키 참모로부터 장거리 전화를 받았다.

"사령관 각하십니까?"

"그래, 혼조다."

"여기는 펑텐입니다."

"무슨 일이야?"

"보고합니다. 오늘밤 열시 반 경, 펑텐에서 일지(日支)양군의 충돌이 있었습니다. 이타가키는 사태가 긴급함을 감안해 독단으로 독립 수비대와 주둔 연대에 출동을 명했습니다."

"원인은 뭐야?"

"펑텐과 북대영(北大營)의 중간 지점인 류타오후(柳條溝)에서 만철선이 폭파 당했습니다."

"류타오후라면 북대영에서 남방 6·7백 미터 지점이 아닌가?"

"그렇습니다."

"북대영에는 중국군 병력이 주둔해 있지?"

"맞습니다. 아마 그자들의 소행인 것 같습니다."

이것은 거짓말이었다. 일본군이 류타오후의 만주 철도를 폭파하는 이 작전은 이시와라 참모 단독으로 계획한 것인데, 이시와라는 전에 이 계획을 이타가키에게 공개하고 의견을 물은 적이 있었다.

"이타가키상, 기탄 없는 의견을 들려주십시오."

"나는 책임만 지겠네. 계획은 자네가 해."

"그래도 알고는 계신 편이 좋지 않겠습니까?"

"말해 보게."

"먼저 류타오후 부근에서 만철선을 폭파시킵니다."

"또 폭파인가. 누구에게 시킬건가?"

"펑텐 수비대에 고모토(河本)라는 날렵하고 팔팔한 중위가 있습니다."

"뭐? 고모토?"

이타가키는 이시와라가 놀라는 이유를 안다.

"장쥐린 폭살 사건 때 고모토는 이름이 다이사쿠(大作)고, 이번 고모토는 스에모리(末守)라고 합니다."

"하하하, 알구 있어. 아무튼 폭파 작전과 고모토라는 성은 여간 인연이 깊지 않은 걸."

"미신 같지만 장쭤린 때에 성공한 고모토상을 닮으라고 일부러 그런 성을 골랐습니다."

"그건 자네답지 않은 걸. 그래서……."

"아군에게 미리 출동 준비를 시켜 두었다가 철도 폭파를 트집잡아 기습 공격을 퍼부을 작정입니다."

"음, 좋아. 교묘한데."

"감사합니다."

"한가지 주의할 것은 만철선이 우리 일본의 소유라는 점일세. 규모가 크면 피해도 있는데다가 이번엔 만주 점령의 구실만 얻으면 되니까 너무 요란스럽게 굴지 말라구."

"알겠습니다."

—이리하여 9월 18일 류타오후 부근에서는 만철선 폭파 돌발 사고(?)가 생겼다.

이와 때를 같이하여 출동한 일본군과 중국군 사이에 전투가 벌어진다. 그 무렵 계획자 이시와라 참모는 뤼순에 있으면서 낭보가 오기를 기다리고 있었다.

드디어 전투 개시 연락을 받은 그는 사령관 관사로 달려가 전 관동군의 출동과 펑톈군 공격 작전 명령 결재를 받았다.

"이시와라, 적군과 아군 진영의 병력 대비를 다시 한번 설명하라."

"핫. 아군 병력은 약 1만 1천, 적은 11배에 해당하는 11만 5천에 동원 총병력은 45만이라고 합니다. 아군 한 명이 적군 열 명씩 죽인다면 승리는 확실히 우리에게 있습니다."

"알구 있어. 물론 승리는 우리 편에 있지. 하하하."

혼조 사령관은 호걸풍의 웃음을 터뜨렸다.

일본군은 다음날 19일 펑톈·북대영 등을 점령하고 21일엔 지린까지도 석권했다.

이튿날 아침 8시에는 심양관(瀋陽館) 제1호실에 자리 잡은 관동군 참모장실에 참모장 미야케(三宅) 소장을 중심으로 도이하라·이타가키·이시와라, 가다쿠라 등 각 참모가 모여서 막료 회의를 개최했다.

이 방이야말로 만주국의 산실(産室)이고 회동한 참모들은 산파역이었던 것이다. 아직은 다 점령하지 못한, 그러나 앞으로 반드시 점령하고야 말 만몽(滿蒙) 전역을 어떻게 요리할 것인가에 대해 의견을 모으기 위한 모임이었다. 먼저 이타가키 대령이 입을 열었다.

"본관 의견은 만주 전역을 전령하는 문제가 시급하다고 생각합니다. 점령 뒤에는 잠정적으로 군정을 펴서 정책을 수행하는 한편, 자리가 잡히기를 기다려서 그밖에 일을 도모하더라도 늦지는 않을 줄 압니다."

그러면서 종전부터 연구를 거듭해 온 점령안을 누누히 설명하였다. 그러나 도이하라 대령의 생각은 사뭇 달랐다.

"한마디로 만몽이라 하지만 방대한 영토와 수많은 주민이 있는 이 지역에 점령 정책을 실시한다는 건 매우 어려운 일인줄 압니다. 따라서 본관은 오족 공화 체제(五族共和體制)를 수립해 흩어진 인심을 모으는 것이 가장 현명하리라고 봅니다. 겉으로만 통치자를 세우고 모든 권한은 관동군이 장악해서 실속을 차리면 될 게 아닙니까."

이시와라도 고개를 끄덕이며 말했다.

"육군 중앙부도 일본이 지지할 수 있는 정권을 수립하는 것이 좋겠다는 의견이라면, 본관도 본부안과 대동소이한 도이하라 대령님 주장에 동의합니다."

오랜 시간을 끌며 갑론을박 끝에 누구를 추대하느냐는 문제에까지 서로 의견이 접근하였다. 작전 지휘를 위해 펑톈(奉天)에 와 있던 혼조 사령관의 임석을 빌어서 얻어진 결론은 내략 다음과 같은 것이었다.

1. 지지 받을 수 있는 선통제(宣統帝)를 수반으로 하는 중국 정권을 동북삼성(東北三省) 및 몽고를 영역으로 하는 지역에 수립, 만몽에 거주하는 각종 민족의 낙토(樂土)가 되게 한다.

2. 국방과 외교는 신정권의 위촉을 받은 일본 제국이 대행하고 교통과 통신의 주요 사항도 관리하되, 그밖의 내정 문제에 관하여는 신정권이 통치한다.

3. 수반 및 일본 제국에서 소모되는 국방·외교에 필요한 비용은 신정권이 부담한다.

4. (이하 생략)

거짓 '만몽문제 해결책 안'이라는 이 속셈을 중앙부에 보고했다. 같은 날 관동군은 오후 4시 톈진(天津) 군 사령관 앞으로 선통제 푸이와 그의 근신(近臣)을 군 보호 하에 두어 달라는 전보 요청을 하고 뤼순 항구에 머물러 있는 일본 견외함내(遣外艦隊) 수뇌부에 선통제가 탈 배편 알선도 의뢰하였다.

톈진 군 사령관은 푸이의 보호와 감시를 관동군 요청대로 즉각 수락했으나 쓰다(津田) 견외함대 사령관과 쿠보타(久保田) 해군 무관의 태도는 극히 소극적이어서 관동군의 의뢰를 딱 잘라서 거절해 왔다.

그러나 이타가키 참모는 실망하지 않고 요시코의 양부(養父)인 가와시마 나니와(川島浪速)를 펑톈에 불러서 밀담을 한 뒤, 혼조 사령관의 동의도 얻어서 선통제를 설득하는 중대 사명을 맡겨서 톈진으로 보냈다.

천하의 이목은 선통제 푸이에게로 집중되었다. 푸이를 빼앗기지 않으려는 장제스 정부와 그를 납치해다가 괴뢰로 이용하려는 관동 군 수뇌부와의 대결은 톈진 주변에서 불꽃을 튀기려 한다.

장원에서 정원(靜園)으로 옮긴 푸이의 거처는 그 이름처럼 조용하 진 못하다. 언제나 위험이 감돌고 불안한 기분에 사로잡힌 채 하루 하루를 씹어 삼킬 듯이 맞이하고 보내는 나날이었다.

그는 황후 완룽을 잠시도 곁에서 떠나지 못하게 하였다. 웬지 무 시무시해서 보초 역할을 시킬 필요에서도 그랬지만 불안함 속에 요 동치는 가슴을 대화로 풀어서 발산시키지 않고는 뼈근해서 견디기 가 힘든 탓이 거의 그 이유였다.

"완룽, 지린성이 독립을 하였대."

"폐하는 그런 일까지도 부러우십니까?"

"아니, 부러울 건 없어. 짐은 황제이니까. 그렇지만 동삼성으로 돌 아갈 날은 멀지 않은 것 같아. 짐이 조상님 발상지로 가서 청조 재 흥을 이룩할 수 있다면 얼마나 좋을까."

"……."

"아이신교로(愛親覺羅 : 황금겨레)가문의 더할 나위 없는 경사이지. 그러나 총통(總統)이나 그런 것이라면 안해. 짐은 청 황실의 후손이 니까 황제가 아니면 안되지."

푸이는 낮에는 까불고 밤이면 겁이 나서 이불을 머리 위까지 푹 덮고 기나긴 가을밤을 지새워야 했다.

그런데 어느 날, 25세 푸이는 돌연 관동군 고급 참모 도이하라 대 령의 방문을 받았다. 정중하고 은근한 태도가 첫눈에 믿음직하고 마 음에 드는, 그러한 분위기를 도이하라는 갖추고 있었다.

예사 방문이 아니라 법대로 알현 절차를 준수하는 점에 푸이는 대뜸 호감이 갔다.

형식적인 인사가 끝나자 도이하라는 본론으로 들어가 일본군의 만주 출병을 변명하기 시작했다.

"……장쉐량이 만주 백성을 도탄의 고난 속으로 몰아넣고 일본의 권익과 생명 재산 옹호에 관한 아무런 보장도 없으므로 일본군은 부득이 출병을 단행하게 되었습니다."

"그래요?"

"관동군은 만주에 대한 영토적 야심은 전혀 없고 다만 성심성의껏 만주 백성이 신국가를 건설하는 사업에 협력하며 원조할 마음일 뿐입니다. 폐하께서는 이 기회를 놓치지 마시고 고토(故土)로 돌아가시어 신국가 지도에 앞장서실 것을 권하고 싶습니다."

"짐이 지도를 해요?"

"그렇습니다."

"통치가 아니고 지도?"

"통치올시다. 일본은 폐하가 통치하시는 신국가와 공수 동맹을 맺고 전력을 다하여 주권과 영토를 보호할 것입니다. 폐하는 한 나라의 원수로서 모든 통치를 자주적으로 행하실 수 있습니다."

"그것은 관동군의 의견이요, 귀국 천황 폐하의 결심이요?"

"천황 폐하께서는 관동군을 신임하고 계십니다. 또한 외신(外臣)들도 관동군을 대표하여 알현을 청하였습니다."

"그러면 짐이 한가지만 더 묻겠는데 명백히 대답하오."

"말씀하십시오."

"그 신국가는 어떠한 형태의 국가가 되는 것입니까?"

"아까도 말씀 드렸습니다마는 자주 독립의 나라로 폐하께서 국정 일반을 결정하는 국가입니다."

"짐이 묻는 것은 그것이 아니오. 짐이 알고자 하는 바는, 그 국가가 공화제(共和制)인가 제제(帝制)인가 하는 점이요. 즉, 제국이냐 아니냐 하는 것이요."

"그러한 문제라면 펑톈에 가시면 저절로 해결이 될 것입니다."

"아니지요. 황제라면 가겠으나 그렇지 않다면 짐은 아니 가려오."

"물, 물론 제국입니다. 그 점은 염려없습니다."

"그렇다면 가도 좋소."

"황공합니다. 그러시면 폐하께서는 바삐 출발하시는 게 좋겠습니다. 늦어도 16일까지는 만주 땅에 도착하셔야 되겠습니다."

"그렇게나 급히……."

"예, 자세한 것은 펑톈에 도착한 뒤에 천천히 여쭙기로 하겠습니다."

"그러하오."

도이하라의 교섭은 보기 좋게 성공하였다. 그러나 말이 어디서 새었는지 이 비밀 회담은 다음날 신문에 특종 기사로 보도되고 회담 내용까지 대서특필로 게재되었다. 푸이도 놀랐지만 도이하라는 더욱 놀랐다. 그는 곧 이타가키 참모에게 전보를 쳤다.

—푸이를 타진한 결과 만주로 탈출할 의사가 충분히 있다고 인정함. 지린에 정부를 조직할 마음인 것 같음. 이 사실이 신문에 보도되어 중국 측의 감시가 심해진 것은 물론 톈진 총영사 쿠와시마(桑島)가 본국 외무성으로부터 푸이 탈출을 엄중히 감시하라는 훈령을 받고 경계를 철저히 하므로 특별 비상수단을 쓰지 않고는 소기의 목적을 달성하기 어려울 것으로 사려됨. —

물론 기밀 전문이지만 행간(行間)에 감추어진 보이지 않는 글 뜻을 도이하라는 이타가키에게 전하고 싶었던 것이다.

즉, 본국에 연락하여 육군 중앙부로 하여금 외무성에 압력을 넣어 달라는 것과 크고 작은 부작용이 일어날 사태가 야기될지 모르니 사전에 상사의 양해를 얻어 두고, 사후 수습도 당부한다는 내용이었다.

하지만 외무 당국은 특히 관동군의 독주(獨走)를 위험시할 뿐 아니라 상식으로는 도저히 납득되지 않는 괴뢰 정권 수립에 처음부터 반대여서 협조는커녕 정면으로 반대하고 나섰다. 이것을 분명히 알고는 도이하라도 더는 망설이고 있을 수만은 없게 되었다. 그가 말한 '특별한 비상수단'이란 무엇일까. 본디 도이하라는 권모술수에 뛰어난 재주를 지닌 모략가요, 책사(策士)이다.

그것은 훗날 '톈진 사건'으로 불린다. 그 폭동 자체가 도이하라가 친히 조작하고 연출한 연극이었다. 푸이의 톈진 탈출 예정일보다 이틀 앞선 11월 8일 중국 편의대(便衣隊)로 변장한 일본인 한 무리가 도이하라의 지령으로 중국인 지역 안에서 폭동을 일으켰다. 이것을 구실 삼아 일본 조계에는 계엄령이 선포되고 삼엄한 경계망이 펼쳐졌다. 온 중국 지역과 사이에 교통이 차단되어 중국인은 통행증을 가진 푸이의 근신 정샤오쉬와 그 아들 정쉬(鄭垂) 부자밖에 정원은 물론 일본 조계 안을 다닐 수 없게 되었다. 도이하라의 속셈은 계엄령을 선포한 삼엄한 분위기와 소란통을 이용해서 푸이 탈출을 성공시키자는 계산이었던 것이다.

이 계략을 간파한 쪽에서는 푸이 탈출이 계엄령 선포를 전후해서 이루어지리라는 추측을 하게 되어 도리어 탈출 날을 광고한 셈이 되었다. 이날 푸이 앞으로 협박장이 날아들고 공갈 전화가 걸려 왔다.

'이 꼴을 당하는 것도 앞으로 이틀 뿐.'

이런 생각을 되뇌이면서 푸이가 안락의자에 기대앉아 피로한 심신을 쉬고 있을 때, 그의 심복 내시 기계충(祁繼忠)이 안색이 하얗게 질려서는 허둥지둥 달려 들어왔다.

"폐, 폐하……."

"왜 그러나?"

"폭, 폭탄이. 폭탄 두 개가……."

"무어?"

그러니까 조금 전 어떤 낯선 자가 새로 취임한 펑텐 시장 조흔백(趙欣伯)박사의 명함을 얹은 과일 바구니를 바치고 돌아갔다 한다. 무심코 열어 보니 과일 밑에 폭탄 두개가 들어 있었다고—.

문제의 폭탄은 곧 연락을 받고 달려온 일본군 사령부와 경찰에 의해 제거되었는데 나중에 알아본 결과 장쉐량의 병기창에서 제조된 것임이 밝혀졌다.

도이하라는 일부러 사람을 보내서 전갈했다.

"폐하는 아무도 만나시지 않는 편이 좋겠습니다."

"안만나구말구."

"도이하라 대령님은 폐하께서 한시라도 빨리 여기를 출발하시는 것이 좋겠다고 말했습니다."

"알았어. 어서 떠나도록 주선하라고 일러 두어."

"떠나실 때까지 부디 누구도 인견하지 말으셔야겠습니다."

"이번 길에 정샤오쉬 부자와 시종 기계충만은 데리고 갈 작정인데, 그밖에 사람은 아무도 안 만날 테야."

이것은 그 사이 푸이가 톈진 탈출을 번의(飜意)하지 않았나 하는 다짐이고, 또 탈출을 간지 (諫止)하는 말에 귀를 기울이지 못하도록 잡인을 만나는 것을 막을 목적에서 부린 '쇼'에 불과하였다.

—아무튼 불쾌하고 겁나는 일들을 몇 차례 겪은 뒤, 드디어 탈출 예정일인 11월 10일이 푸이 앞에 다가섰다.

그날 저녁 푸이는 아무도 모르게 정원 문을 빠져 나가기로 되어 있었다. 그런데 막상 닥치고 보니 쉬운 일이 아니었다. 자동차에 오른 채 차고(車庫) 문을 벗어날까 궁리했다. 그러나 오랫동안 방치해 둔 차고 문에는 광고 포스터가 잔뜩 붙어 있어서 문이 열리지 않았다. 시종 기계충이 나서서 한 꾀를 내었다.

"폐하, 괴로우셔도 잠시 자동차 트렁크 속에 들어가 계시면 차를 몰아 무사히 빠져 나갈 수 있을 것입니다."

"그렇게라도 해야겠다."

푸이는 스포츠 카 뒷쪽에 달린 짐 싣는 칸 트렁크 뚜껑을 열고 안으로 엉금엉금 기어 들어갔다. 몸은 여위었어도 키 큰 그가 비좁은 트렁크 안에 몸을 감추기란 수월한 일이 아니었다. 이리저리 몸을 굽혀 보며 가장 편한 자세로 쭈그리고 앉았다가 이마를 바닥에 대고 무릎을 꿇고서 엎드리는 것임을 깨달은 그였다.

"이제는 뚜껑을 닫아라."

"예."

"탕."

소리가 나도록 뚜껑이 닫히는 찰나 외마디 비명이 울린다.

"아야!"

푸이는 등뼈가 으스러지는 것 같은 아픔을 참아야만 했다. 트렁크의 쇠뚜껑이 고양이처럼 꾸부리고 엎드린 등을 모질게 내려친 것이다.

허리를 펼 수 없고 손을 뒤로 돌려 어루만질 수도 없는 자세로 얼마를 가지 않으면 안되었다.

"앗!"

이번에는 전방에서 몹쓸 충격이 전달되어 왔다. 서투른 운전수가 전신주에 차를 부딪친 것이다. 동시에 머리가 쇠뚜껑과 충돌하여 눈앞이 아찔아찔하다.

'여기서 짐이 이대로 죽어도 아무도 알지 못할 터이지.'

푸이는 겁이 났다. 하지만 천천히 겁을 낼만한 여유도 다음 순간부터 사라졌다. 차가 자갈길을 달리는지 전후 좌우상하로 키질하듯 마구 흔들려서 트렁크 속 황제 폐하는 거의 제 정신을 차릴 수가 없을 지경이었다.

차가 목적지인 시키시마(敷島) 요리점에 이르고 트렁크 뚜껑을 열었을 때 푸이는 축 늘어져서 살아 있는 사람 같지가 않았다.

"폐하, 나오십시오."

도이하라가 안내역으로 붙여준 요시다 다다타로(吉田忠太郎)와 기계층의 부축을 받아서 간신히 비틀거리며 발걸음을 옮길 때 찬바람을 쏘인 탓에 조금 정신이 들었다.

"폐하, 기운을 내십시오. 여기서 주저앉으시면 큰일납니다."

푸이는 시키시마 요리점에서 일본군 장교의 외투와 군모로 변장을 마치고 푸이는 이번엔 군용 트럭에 의젓이 올라탔다.

"폐하, 똑바로 앉으셔서 몸을 곧게 세우시오. 그렇게 흐느적거리는 일본군 장교는 없습니다."

"눈은 크게 뜨고 입을 꼭 다무십시오. 사팔눈에 입이 헤벌어진 육군 장교도 없으니까요."

요시다의 이러한 주문이 또 한 번 푸이를 몹시 괴롭혔다. 그럭저럭 트럭은 백하(白河) 강변길을 달려서 부두에 도착했다.

차에서 내려 콘크리트 포장 도로를 잠시 걸어 나간 곳에 불을 끈 소형 기선 한 척이 대기하고 있었다.

"여, 여기가 어디?"

푸이가 겁에 질려서 허둥거리는 것을 보자 요시다는 부드러운 투로 말했다.

"폐하, 걱정하실 것 없습니다. 이곳은 영국 조계니까요."

"어서 배에 오르셔야 합니다."

바람에 흔들리는 허수아비처럼 푸이는 휘청휘청 갑판에 탔다.

그가 선실에 들어갔을 때 미리 약속했던 대로 정샤오쉬 부자가 기다리고 있다가 큰절을 하는 것을 보고야 푸이는 조금 마음을 놓았다.

"폐하, 옥후 제절 강녕하셨습니까?"

"강, 강녕하지 못했어."

　몇 마디 이야기를 주고받는 동안 요시다가 내리자 배는 불을 끈 채 기관 돌아가는 소리를 내며 언덕을 떠나 강물 위에 떴다.

　일본군 사령부 소속 수송선인 히지야마 마루 배에는 바리케이트와 철판으로 간이장갑(簡易裝甲)이 시공되어 있었다. 잠시 뒤 푸이가 유심히 살펴보니 일본 군인 10여 명이 갑판 위를 오락가락 하고 있다. 그는 다시 겁이 나서 물었다.

"저 군인들은 왜 타고 있지?"

"폐하를 경호하기 위해서입니다."

　겨우 안심하며, 얼마를 갔을까……

　정쉬가 불쑥 말했다.

"외국 조계를 지났으니 이제부터는 중국인 세력 권내에 들어섰습니다."

"무, 무어?"

"군량성(軍糧城) 근처는 중국군이 수비하고 있습니다."

　푸이는 또 한 번 겁이 났다. 경호한다는 일본 군인들도 굳은 표정으로 입을 다문 채 말이 없었다.

　긴장과 침묵이 서서히 가라앉는 두 시간 즈음 지났을 때이다.

　갑자기 강 언덕에서 명령하는 소리가 들렸다.

"배를 세워라!"

　숨소리마저 죽이고 있던 일본 군인들이 선실 문을 열고 갑판으로 뛰어나갔다. 바리케이트 뒤에 몸을 감추고 강변 쪽으로 총부리를 겨누고 있는 모습을 창구멍으로 내다본 푸이는 전신이 와들와들 떨린다.

기관이 감속을 하면서 뱃머리가 언덕을 향해 천천히 접근한다. 그러다가 갑자기 기관부가 요란한 소리를 지르며 전속력으로 달리기 시작이다. 언덕에서는 사격을 퍼붓고 배에서는 군인들이 용감히 맞서 총을 쏘았다.

차츰 언덕의 총성이 멀어지고 배는 선실에 불까지 켜 놓고 평화롭게 강물 위를 미끄러진다.

─배가 타이구(太沽)에 도착한 것은 한밤이었다. 여기서 아와지마루(淡路丸)라는 일본 상선을 갈아타고 잉커우(營口)로 향하였다. 푸이는 의심이 부쩍 났다.

'펑톈으로 간다면서 왜 잉커우로 향할까?'

13일 아침 배가 잉커우의 만철(滿鐵) 부두에 닿았을때 푸이는 마중 나온 우에스미(上角利一) 소개로 아마카스(甘粕正彦)란 인물의 인사를 받았다.

관동 대진재 때 오스기 사카에(大杉榮) 부부와 어린 조카를 목졸라 죽여서 우물에 던진 헌병 대위 출신의 그 아마카스가 지금 홀연히 나타난 것이다.

아마카스의 안내로 푸이 일행은 마차를 타고 역으로 향했다. 역에서 기차를 타고 한 시간 남짓 가서 내린 곳이 탕강자(湯崗子)라 하는 온천장(溫泉場)이다.

어디로 가는지, 왜 여기에 와야 하는지 알지 못하는 채 안내 받은 곳은 만철 직영의 대취각(對翠閣)이라는 온천 여관이었다.

그날 밤은 너무 고단하여 이층 침실에서 정신없이 자고 일어난 푸이가 아침 세수를 끝마치고 시종 기계충에게 물었다.

"여봐라, 우리 같이 나가서 이 근처를 좀 거닐어 보고 오자. 풍경이 퍽 아름다울 것 같다."

이 말에 그는 안색이 흐려졌다.

"폐하, 외출은 허락되어 있지 않습니다."

"뭐? 허락되어 있지 않아? 짐이 누구의 간섭을 받는단 말이냐?"

"법이 그렇다고 합니다."

"법이 그래? 누가 그런 법을 만들었는지 아래로 내려가서 알아보고 오너라."

"아랫층에 내려오는 것도 엄금이라고 하였습니다."

"누가…… 대관절 누가 그런 말을?"

"아마카스라는 일본인의 지시입니다."

그제야 살펴보니 대취각 여관이 완전 봉쇄되어 있는 줄 알아챘다.

"알 수가 없는 걸. 2층에서 어찌하여 아래로 내려가면 안된다는 거야."

"그것도 알 수가 없습니다."

"그러면 네가 가서 짐이 부른다고 둘 중 하나를 올라오라 일러라."

"예."

기계충이 내려가서 우에스미를 데리고 왔다. 그는 언제나 생글생글 웃는 얼굴이었으나 어딘가 독살스러워 보이기도 하는 생김새였다.

"하나 물어 보겠소. 어째서 외출도, 내려가도 아니 된단 말이오?"

"그것은 선통제의 신변 안전을 위해서입니다."

푸이는 어이가 없었다. 이자가 도대체 누구이기에 황제라고도 폐하라고도 아니하고 대뜸 선통제라 부른단 말인가.

"짐더러 언제까지 여기에 있으라는 말입니까?"

"그것은 나도 모릅니다."

"몰라?"

"그렇습니다. 나는 아무것도 모릅니다."

"그럼 누가 아오?"

"우리는 이타가키 대령의 지시대로 따를 뿐입니다."

"우리? 그 우리 속에 짐도 포함 되오?"

"짐이라고요? 짐이 누구요? 그런 사람은 없는데요."

숨이 막힐 지경이었지만 푸이는 여기서 이 사람을 놓치면 큰일이라는 생각에 얼른 말을 건네었다.

"나, 나를 찾아 오는 사람은 만나게 해줘야 할 게 아니겠소?"

"그일도 역시 이타가키 대령의 지시를 따라야만 합니다."

"이타가키 대령은 지금 어디에 있소?"

"펑텐에 계십니다. 만주에 세워질 신국가 문제를 가지고 토론 중이라 선통제의 일로 머리를 쓸 겨를이 아직은 없을 것입니다."

"신국가 문제를 가지고 토론 중?"

"그렇습니다."

푸이의 실망은 컸다. 그나마 외출의 자유마저 없으니 이렇게 되면 추대를 받는 것이 아니라 붙잡혀온 꼴이 아닌가.

"토론 중이라니 무슨 뜻입니까. 짐을 황제로 모셔간다는 말입니까?"

이 말을 들은 우에스미의 얼굴에서 웃음빛이 싹 가시더니 짜증스러운 투로 말했다.

"나는 모르오. 이타가키 대령이 압니다."

"약속이 틀리지 않소? 짐이 텐진을 떠난 것은 제위에 앉기 위함이었소."

"글쎄요."

"약속이 틀리오."

"나는 선통제와 무엇을 약속한 일도 항의를 받아야 할 이유도 없는 사람이요."

"일본인이 짐에게 한 언약이요."

"어디 일본인이 한둘이어야 말이지요. 그 많은 사람이 저마다 한 약속을 지키지 않았다고 내가 책임져야 할 까닭은 없소."

"음!"

"내 말을 잘 들으시오. 누가 선통제에게 그런 말을 했는지 몰라두 설령 언약을 지킨들, 그런 막중한 일을 일조일석에 선뜻 해낼 수는 없지 않겠소? 서서히 다 잘 되겠지요. 선통제는 너무 조급해 하지 마시오. 때가 오면 선통제의 출마를 청할 날이 반드시 올 거요."

한 임금이 외국인에게 능멸 당하는 모습을 지켜보며 울상을 짓던 정쉬가 이 말을 듣고는 눈을 빛내며 물었다.

"그, 그렇게 되는 날엔 황제 폐하께서 펑톈으로 옮기시게 됩니까?"

우에스미는 늘 하는 버릇대로 대답했다.

"그것은 이타가키 대령만이 알고 있소."

이 무렵, 일본은 혼란 속에서 헤어나지 못하고 있었다. 만주 침략을 비난하는 소리가 각국에서 일어나 국제적으로 고립무원의 형편이고 국내에서도 찬반양론이 일어나 아귀다툼을 벌이는 판이었다.

소심하기로 이름난 일본의 쇼와 천황도 전국의 불확대 방침을 수차례 종용하여 군내부에까지 두 의견이 대립하여 있는 형편이었다.

콧바람이 세기는 역시 관동군뿐, 아무리 배짱이라 한들 이런 형편에서 푸이를 중심한 식민지 요리 방법에까지 신경쓸 경황이 없었던 것이다.

황제 푸이는 탕강자 온천에서 버림받은 고양이처럼 외로운 나날을 또 보내지 않으면 안되었다.

꼭 일주일만이다. 우에스미가 웃는 낯으로 이층에 올라오더니 말했다.

"선통제는 기뻐하시오. 이타가키 대령에게서 전화가 왔습니다."

"예? 나, 나더러 펑톈에 오라는……."

"아닙니다."

"그럼 무엇이요?"

"펑톈이 아니라 뤼순으로 오시랍니다."

"뤼순? 거기는 왜요?"

"모릅니다……."

"이타가키 대령만이 알고 있소?"

"하하하, 그렇습니다."

"펑톈으로 아니 가고 뤼순에는 왜……."

"펑톈 근처에는 아직 비적이 출몰해서 위험하니까 안전한 뤼순으로 모시려는지도 모릅니다. 오늘밤 기차로 떠나시는 게 좋습니다."

그날 밤차로 푸이는 탕강자를 떠나 다음날 아침 일찍 뤼순에 이르렀다.

뤼순에서 그가 묵게 된 곳은 만주의 얼굴이 된 야마토(大和) 호텔이었다.

제2장

만주건국

　침략을 일삼는 일제의 야망 앞에 푸이는 한낱 허수아비였다. 찬란하게 장식한 꼭두각시 뒤에는 언제나 끈이 달려 있고, 그 끈은 관동군이 잡고 있었다. 고삐와 채찍, 그것으로 움직이는 괴뢰의 그림자를, 그 땅의 백성들은 밟기를 겁냈다. 허울 좋은 대만주제국의 황제폐하, 동족은 물론 인방의 겨레까지를 한데 묶어 제물로 삼아 간신히 얻어 가진 제위와 부귀영화, 미주와 가적에 휩싸인 가식의 권세를 휘두르면서도 푸이는 알지 못한다. 거기에 더한 미색과 아부 아! 꿈아, 영원하여라. 그러나 꿈은 흉몽이었다.

　'만주국'은 1932년 3월 1일부터 1945년 8월 18일까지 13년 5개월에 걸쳐 중국 동북부〔현재 동북 삼성(三省), 랴오닝성(遼寧省), 지린성(吉林省), 헤이룽성(黑竜江省)을 중심으로 한 지역〕에 존재했던 독립국이다. 그러나 이 국가에는 한 나라를 구성하는 중요한 요소 중 하나가 결여되어 있었다. 그것은 바로 '국민'이다.

　국토, 국민, 주권은 근대국가를 구성하는 3대 요소이며, 그중 어느 하나라도 결여되면 '국가'는 성립되지 않는다. '국민'이 없는 만주국이라니 어찌된 일일까? 그 답은 간단하다. 만주국에는 국적법이 없었다. 만주국에 사는 주민이 있어도, 누구를 국민으로 인정해야 하는지 기본적인 규정조차 없었던 것이다.

만주국 국토에는 3000만 명이라 알려진 국민들이 있었다. 하지만 만주국의 슬로건이 '오족협화(五族協和)', 다민족국가였다는 점에서도 알 수 있듯이 한민족(漢民族, 흔히 말하는 중국인), 만주민족(여진족), 일본민족, 조선민족, 몽골민족 등 셀 수 없이 다양한 민족들로 나뉘어 있었다. 그들 말고도 러시아민족, 오로촌족, 퉁구스족 등 수렵·방목 생활을 하는 북방소수민족, 유다야인이나 아르메니아인, 또 본디 소유하고 있던 땅을 잃어 버린 유랑민족 등 복잡하고 다양한 민족들이 섞여 있었다.

건국 과정에서부터 만주국은 민족국가일 수 없었다. 국민국가를 목표로 하는 가장 처음이 될 국민이라는 개념이 성립되지 않았다. 만주국 붕괴 뒤에 중국(중화인민공화국)이 '가짜 만주국(僞満州国)'이라고 부르는 것은 만주국이 일본의 꼭두각시 국가이기 때문이다. 즉 제국주의 일본이 식민지 점령지로 꾸며낸 '가짜' 국가에 불과하고 국민 규정조차 없이 국가 형태도 지니지 못한 '엉터리 국가'임을 의미하고 있었다.

등조

관동군 참모 이타가키 대령 지시에 따라 뤼순 야마토 호텔로 옮겨진 후, 선통제 푸이는 목을 길게 느리고 기다렸으나 좀처럼 그는 나타나지를 않았다. 그도 그럴 것이 이타가키는 지금 펑톈에 있었다.

만주사변이 일어난지 불과 나흘 만에 국제연맹은 긴급 이사회를 열고 사변 확대를 막기 위한 중일분쟁 해결권고안을 결의했다지 않는가. 세계의 시선이 만주로만 모이고 있는 이때, 시급한 문제는 조속히 괴뢰정권을 수립하여 '기정사실'로 만드는데 있을 뿐, 그 정권의 수반을 누구로 하느냐는 것은 그다지 관심둘 일이 못되었다.

하물며 청조(淸朝)의 재현이겠는가. 외국에 선전을 위해서도 당장은 만주 인민 총의(總意)를 가장한 공화제 만주국을 만들고 싶은 것이 이타가키의 본심이었다. 그러려면 겉으로나마 총의는 하나여야 한다. 그것이 어느 정도 '힘'으로 이루어졌다. 장쉐량과 그밖의 반일(反日) 세력은 달아났거나 물리쳐서 만주 천하에 관동군 마음대로 안되는 일이 없었다.

항일, 배일의 요인들이 러허(熱河)와 베이징 등지로 도피하자 친일파의 치안유지회(治安維持會)가 곳곳에 생겨났고 계속해서 각 성(省)이 장쉐량 정권을 떠나서 독립, 성정부(省政府) 수립을 선언했다. 그런데 한가지 말썽거리가 생겨났다. 그것은 바로 마잔산(馬占山)의 존재이다.

흑룡강성(黑龍江省) 해륜(海倫) 출신 마잔산이다. 샤오싱안링(小興

安嶺) 기슭에 자리 잡은 이곳은 마적의 본고장이라, 그가 마적 부대의 여단장(旅團長)으로 출세할 것은 마땅하였다.

일본군이 진저우(錦州)를 폭격한 지 얼마 안 된 1931년 10월 14일 하르빈을 거쳐 치치하얼(齊齊哈爾)에 입성한 마잔산은 감옥에 감혀 있던 마적 두목 10여 명을 석방, 그 부하들을 모아 군대 조직으로 흑룡강군을 편성한 뒤 흑룡강성 임시 주석 겸 변방군(邊防軍) 부사령으로 눌러앉았다.

다음날, 그는 일본의 철도와 철교를 폭파해서 정면으로 침략자에 도전하고 나섰다. 이 일로 세계 각국의 갈채와 장쉐량 및 국민정부의 격려를 받아 마적의 소두목이었던 그는 일약 중국 영웅으로 군림하게 된다.

이것을 보고 독이 오른 관동군은 제2사단장 다몽(多門二郞)에게 출격 명령을 내려 영하 20도의 혹한을 무릅쓰고 다몽 사단이 지지하르로 진격, 19일 오후 8시 목적지에 입성하니 마잔산은 부득이 철수하여 하이룬으로 일단 후퇴했다.

이래서 현지에 만들어진 치안유지회가 '성장(省長)에 장징후이(張景惠)를 추대(推戴)한다'고 결의했다.

장징후이는 장쉐량의 아버지 장쭤린이 마적 두목 동대호(董大虎)의 부하이던 때부터 동지로 서로 피를 나누어 마신 의형제 사이다.

'이렇게 관록있는 장로(長老)급 마적을 장수로 앉히면 마잔산도 수그러들테지.'

이타가키의 속단에서 나온 결정이었으나, 장징후이가 고분고분 움직여 주지 않으니 애가 탔다. 조바심이 난 이타가키가 펑톈 상부지(商埠地)의 장징후이 저택을 방문하고 마잔산 억압책을 의논하였을 때 장은 말했다.

"억압보다 기용하는 편이 현명할 거요. 그게 아니하면 흑룡강성의 치안은 언제까지 가더라도 문란할테니까."

"기용하더라도 각하가 친히 만나서 권고를 해주셔야 되지 않겠습니까?"

"내가? 나더러 마잔산을 찾아가 만나라고? 그건 안되지."

"그럼 누가 가면 좋겠습니까?"

"당신이 가시오."

"……."

문득 이타가키는 신변에 위험을 느꼈으나 굳게 마음먹었다. 그가 하이룬으로 찾아가 설득한 결과로, 마잔산과 장징후이는 하르빈 건너편 언덕에 있는 송포진(松浦鎭)에서 회합을 갖고 장징후이가 흑룡강성 장수(將帥), 마잔산이 부장수, 이런 서열로 합의를 보게 되었다.

그러자 극도로 분개한 상해 시민들이 총궐기했다. 지금까지는 일본 제품 불매운동과 규탄하는 가두연설, 포스터를 붙이거나 전단지를 뿌리기가 고작이었는데 이때부터는 소극적 반일이 적극성을 띤 투일(鬪日)로 번져서 독립의용군단(獨立義勇軍團)이 조직되면서부터는 무력항쟁도 불사할 기세를 보였다. 여기에 대항하여 일본 거류민단도 결속해서 도처에 난투극을 벌이는 한편, 정부에 출병을 요구하는 선언문 결의문을 발송하기도 했다. 이와 맞물려 일본 동경에서 놀라운 사건이 발생했다.

1932년 1월 8일 오전 11시 44분, 요요기 연병장(代代木練兵場)에서 거행된 육군 연시관병식(年始觀兵式)을 마치고 궁성으로 돌아가던 쇼와 천황 일행이 사쿠라다몬(櫻田門) 전차 정류장 앞을 막 통과하려는 무렵, 어디선가 수류탄 하나가 날아와 전차길 한복판에서 폭발했다.

"쾅"

일시에 행렬이 흩어졌으나 천황은 무사하였다. 마차가 세 대였는데 선두를 달리던 것이 식부차장(式部次長) 마쓰다히라 요시타미(松平慶民)이고 그 다음 궁내대신 이치키 키토쿠로(一木喜德郎) 마지막으로 천황은 세 번째 마차에 있었다. 궁내대신의 마차가 정류장 안전 지대에 이르렀을 때 1미터 즈음 떨어진 궤도 안에서 수류탄이 폭발한 것이다. 그러나 궁내대신도 마부인 마쓰야마(松山三次郎)도 무사하였다. 천황기를 들었던 근위사관 다데(館義治)가 탄 말이 허리를 다치고 천황 마차의 말코에 파편이 꽂혔을 지경이지만 천황 쇼와는 작은 상처도 입지 않았다.

검정 학생복을 입은 투탄자(投彈者)는 현장에서 약 18미터 떨어진 경시청(警視廳) 현관 앞으로 다가서서 두 번째 수류탄을 던지려다가 그만 경찰에 체포되었다.

조사 결과 아사야마(淺山昌一), 또 기타 기노시타(木下昌藏)라고 하는 32세 한국 청년 이봉창(李奉昌)임이 밝혀졌다. 그는 심문에 따라 배후 인물이 상해 임시정부 국무령(國務領) 백범(白凡) 김구(金九)라고만 말할 뿐, 다른 동지들 이름은 끝내 입 밖에 내지 않았다.

"주소는?"

"경성부 금정(京城府錦町) 118번지."

"범행 동기는?"

"나에게 묻지 마라. 네 놈들이 더 잘 알고 있지 않느냐. 정 듣고 싶다면 일러주마. 나는 대한 독립을 위해 너희 천황을 죽이려 했다. 두 번째 마차가 검은 칠을 하고 금색 술이 달린 붉은 창문에 금화를 수놓은 휘장이 걸렸기에 던졌건만, 아아! 실패해서 분하고 원통하다."

"뭐라고?"

"이놈! 나는 너희 황제를 상대하려고 왔다. 쥐새끼 같은 놈들이 왜 나서서 나를 괴롭히느냐. 대한 독립 만세……."

이 기사가 상해에서 발행되는 중국국민당 기관지 민국일보(民國日

報)와 신조일보(晨朝日報)에 대서특필로 게재됐다. 두 신문의 논조는 대동소이였다.

"당연한 의거" 또는 "불행히도 왜왕은 무사하였다"고 했다. 상해의 일본 거류민은 다시 들고일어났다. 불경(不敬)이라는 것이다.

이러한 상황을 직시하면서 호전마 이타가키는, 상해 주재 공사관부 육군 무관 보좌관 다나카 류키치(田中隆吉) 소령을 불렀다.

"상하이의 형편은 어때?"

"거류민들이 야단법석입니다."

"흠, 민간인 거류민까지 궐기하는 판인데 본국의 무골충들은 뭘하고 있는지 몰라."

"예?"

"어째서 군사 행동으로 중국을 때려잡지 못하고 불확대(不擴大) 방침이니 뭐니 우물쭈물하고 있는지를 모르겠단 말이야."

"동감입니다."

"정부가 꽁무니를 빼면 하는 수 없지. 우리가 앞장을 서는 수밖에. ……다나카!"

"핫."

"자네 상하이로 돌아가서 일 한가지를 꾸며보지 않겠나?"

"무슨 일을 말입니까?"

"몰라서 물어? 무슨 일이겠나, 뻔하지. 본국의 무골충들이 아무리 전쟁을 싫어해도 안하고는 못 배겨낼 원인을 하나 만들자는 거야."

"알겠습니다."

"여기 운동 자금 2만원이 있네. 이걸 갖고 가서 재주껏 해봐."

"예."

"상하이에서 일을 벌려서 각국의 관심과 주의가 그쪽으로 쏠리게 만든 뒤 만주국을 재빨리 독립시키도록 하려는 것일세."

"잘 알았습니다."

"그럼 가봐."

"예."

상하이로 돌아온 다나카는 가네보(鍾淵妨績會社) 상하이 출장소를 찾아가 10만원을 더 얹어서는 정부 가와시마 요시코를 찾아갔다.

"요시코. 이 돈으로 중국놈 몇몇을 매수하라."

"뭘 하게요?"

"일본인을 습격하게 하는 거야."

"알았어요, 전쟁 도발이지요?"

─1월 18일 오후 4시 10분경, 일련종(日蓮宗) 묘법사(妙法寺) 중인 상해 포교 (布教)주임 아마사키(天崎啓昇)가 불교도 4명과 함께 양수포(揚樹浦) 방면으로 탁발(托鉢) 다녀오는 길에 마옥산로(馬玉山路)로 나왔을 때였다.

"일본놈들이다! 모조리 죽어버려라!"

이 외침과 함께 달려든 중국인들에 의해 아마사키는 권총에 맞아 죽고 불교도 2명은 중상을 입었다. 이 살상 사건을 듣자 일본 거류민들은 극도로 흥분했다. 흥분한 군중을 다시 선동한 것이 다나카가 길러둔 폭력단, '청년동지회'였다. 회장 미쓰무라(光村芳藏)는 다음날 19일 군중 앞에 나서서 이렇게 소리쳤다.

"여러분! 우리는 앞으로 얼마나 더 참아야 합니까. 신문의 불경 사건에 뒤이어 이번에는 선량한 승려(僧侶)와 신자를 죽이고 상처 입힌 사건이 일어났습니다. 여러분, 나는 알고 있습니다. 저격 사건의 범인이 누구인지를. 어디에 숨어 있는지까지도……."

"누구요?"

"어디요?"

"말하오."

"네, 말하리다. 그건 항일분자의 소굴인 삼우실업사(三友實業社)요."

"삼우실업사를 쳐부수자!"

"와—"

삼우실업사란, 항일 의용군 조직을 가진 중국인 경영의 타올 공장이다.

소낙비가 쏟아지는 그날 밤, 청년동지회원들은 삼우실업사로 달려가 아우성 끝에 해결을 못보게 되자 창고에 불을 지르고 폭행을 저질렀다. 새벽 2시 반경의 일이다. 돌아오는 길, 화덕로(華德路)까지 나왔을 때 급보를 듣고 달려온 공동 조계의 중국인 경찰대와 맞닥뜨리고 만다.

"때려죽여라!"

휘두르는 일본도 칼바람에 경관 2명이 죽고 2명은 중상을 입었는데 회원 중에서도 1명 사살, 2명 중상의 희생이 났다.

이날 상하이 총영사 무라이 쿠라마츠(村井倉松)가 중국 정부에 대해 엄중 항의를 하였으나 이것과는 별도로 일본인 구락부 회관(會館)에서는 또다시 거류민 대회가 열리고 있었다. 오후 1시가 되기 전부터 모여든 그들은 살기등등해서 살벌한 분위기 속에 다음과 같은 결의문을 채택했다.

"이제 항일 폭거는 극도에 달하였다. 제국 정부는 최후의 결심을 하고 즉각 육해군을 증파(增派)하여 자위권을 발동해서 중국 폭도의 항일운동을 봉쇄 근절하라."

대회가 끝나자 열광한 천여 명은 총영사관과 일본 해군 육전대 본부 청사로 몰려가 시위를 벌렸다. 이러는 사이 공동 조계의 외국인 경찰대와 충돌하여 쌍방에 부상자를 내는 불상사도 있었으나 육전대 지휘관 사메지마 도모시게(鮫島具重) 해군 대령은 군중 앞에 나서서 그들을 선동했다.

"본관은 만일의 사태에 대비해 거류민의 생명과 재산 보호, 자위권 발동을 위해서라면 단호한 조치를 취할 각오로 있습니다. 현재 보유하고 있는 병력만으로 부족할 때는 언제라도 증강할 준비가 되어 있으니 여러분, 군을 전적으로 신뢰하고 안심해 주기 바랍니다."

그러나 군대 증강은 되지 않았다. 이에 분개한 이타가키는 소문으로만 떠돌던 관동군 독립설을 증명할 중대한 행동으로 나섰다. 관동군 이름으로 본국 육군 수뇌부에 협박장을 발송한 것이다.

"제국이 우리(관동군)의 자멸을 요구하는 이상 우리도 생존을 위해 제국과 결별하지 않을 수 없다. 결별하는 날에는 우리와 일본 제국과 관계가 끊어지므로 폐하의 칙명(勅命)에도 군수뇌의 명령에도 구속 받을 이유가 없어지는 것이다. 들려오는 정보처럼 불확대 방침이 칙명이고 그것이 실행된다면 금후 관동군은 만주에서 독립하여 동경 정부와는 별개의 자유행동을 취하겠다……."

이 난폭한 언행은 분명히 반역을 의미하는 것이지만 동경에서는 약간의 물의를 자아냈을 뿐 결국 관동군이 의도하는 대로 1월 28일 드디어 '상하이사변'은 터지고야 말았다.

같은 날, 이타가키는 뤼순에서 만족한 표정으로 선통제 푸이의 측근 정샤오쉬와 만나고 있었다. 푸이가 뤼순으로 온 지 석 달 동안 줄곧 이타가키만을 기다리다가 몹시 지쳤을 때 만나주지 않더니 정샤오쉬만 불려간 것이다.

그 사이에 푸이는 연금상태였다. 처음 한 달 동안 야마토 호텔에 묵으면서도 대우는 탕강자 대취각의 온천에서와 다를 것이 없었다. 오히려 더 심한 편이었다.

영화를 자랑한 야마토 호텔은 서양인을 위한 일류 숙박시설이다. 정부의 '3대신 명령'에는 '철도 정거장의 숙박과 식사 제공'도 있었다.

당시 만주에는 일본인이 밥을 먹고 숙박할 수 있는 위생적이고 안전한 시설이 부족했다. 1930년 대에도 일본인 거주지를 벗어나면 대체로 위생상태가 좋지 않았다.

초기 구상에서는 국제항인 다롄, 관동군사령부가 있는 뤼순, 상업 교통 중심지 펑톈, 만철선의 북쪽 종점인 창춘에 짓기로 하고, 다롄 근교의 해안인 호시가우라(星が浦)에 화려한 호텔을 구상했다.

그중 개업이 가장 빨랐던 것은 본사가 있는 1907년 8월 개업한 다롄. 그 다음으로 철도 연락 등으로 러시아와 교류가 많은 창춘이었다. 창춘에서는 동청철도의 창춘철도구락부를 개조하여 이용했다. 창춘의 야마토 호텔 신관을 개업한 것은 가장 이른 1910년, 세계에서 최첨단이었던 곡선적인 아르누보 양식이 도입되었다.

초기 야마토 호텔은 이렇게 러시아가 남긴 건물을 활용한 것이었다.

다롄은 만철 본선의 시발역, 일본과 이어지는 항로의 발착항일 뿐 아니라, 상하이 항로도 있어 내외에서 다양한 여행객들이 찾아왔다. 숙박시설이 부족하여 여객선과 침대차를 숙박에 이용한 시기도 있었다고 한다.

다롄에서 야마토 호텔이 신축되기 시작된 것은 1909년.

다롄 야마토 호텔은 완성까지 만 5년이 걸려 1914년에 개업했다. 정면 2층 높이의 원기둥이 늘어선 르네상스 양식 4층 건물로 객실 115개, 정원 175명이었다. 만철 10년사(年史)는 '구미의 일류 호텔에 필적'한다고 자화자찬했는데, 당시 일본에는 그만한 대규모 호텔이 없었다.

1916년 끝 무렵 숙박객의 송영용으로 마차 13대, 말이 22마리 준비되어 있었다.

쇼와 시대에 들어서자 불황의 물결이 이 호텔까지 밀어닥쳐, 전통

있는 악단을 해산하고 일식부를 신설했다. 고기나 생선을 굽는 석쇠, 회전문을 설비한 것도 이 무렵이다.

처음에 펑톈 야마토 호텔은 펑톈역 2층에 들어섰다. 1928년 6월에 장쮀린이 탄 열차가 관동군의 고모토 다이사쿠(河本大作) 선임참모에 의해 폭파된 사건의 폭발음을 요사노 아키코(與謝野 晶子) 부처(夫妻)가 들은 것도 이 호텔이다.

이듬해 1929년 5월 대광장에 새로운 호텔이 준공되었다. 철근 콘크리트 건물로 외벽에는 하얀 타일을 붙였다. 지상 3층, 지하 1층, 객실 71, 정원 90명이다. 양쪽 끝의 옥탑이 인상적이었다.

바닥에 마호가니가 깔린 중앙홀에서 음악회와 무도회가 종종 열렸다. 여학교 2학년 야마구치 요시코(이향란)가 이 홀에서 개막공연에 첫 출연했고, 그것이 만영(滿映)의 대스타 이향란이 탄생하는 계기가 되었다.

신징의 야마토 호텔은 처음에는 도고 헤이하치로 제독의 조카인 이와시타 가이치(岩下家一) 자작이 지배인으로 일했고, 도쿄고등상업학교를 갓 졸업한 이누마루 데쓰조(犬丸徹三)도 근무했다. 훗날 제국호텔 사장이 된다.

1932년 만주국이 발족하자 숙박객이 급증했다. 객실 25개로는 도저히 부족해서 증축하여 객실 54개, 정원 80명으로 늘렸다. 300명을 수용할 수 있는 식당도 증설했다.

1942년 건국 10주년 기념연회가 열렸다. 초대 손님이 약 천 명인 대연회였기 때문에 종업원이 부족하여, 손님 접대에 익숙한 만철 차장과 식당차 종업원까지 동원되었다고 한다.

하얼빈의 야마토 호텔은 1935년 만주국이 동청철도를 구입한 뒤 1937년에 개업했다. 객실은 56개이지만 송화강변(松花江邊)에 늦봄부터 여름까지 운영되는 요트클럽이 유명했다. 강 위를 오가는 요트와 함께 러시아인 악사의 연주와 러시아 요리 등 이국적인 정취가 가득 넘쳐 흐른다.

눈치 빠른 근시들까지 이제는 일본인 수족 노릇을 하는 것이 몹시 눈에 거슬리고 비위가 상해서 견딜 수가 없었다. 어찌되었던 푸이는 더욱 외롭고 초조했다. 다행히 황후 완룽이 톈진에서 와 있어서 유일한 기쁨이요 위안이었으나, 때로는 두 사람 몫의 고독과 불안을 혼자 맛보고 느끼고 겪어야 하는 푸이이기도 했다. 관동군의 명령으로 구신(舊臣) 선기(善耆)의 아들 헌장(憲章)네 집으로 이사한 뒤 베이징을 탈출해 온 여동생 둘과 같이 지내게 된 것이 또 하나의 힘이 되었으나 그 일이 푸이의 등극을 돕는데는 아무런 효과도 없었다.

이러한 때에 이타가키가 정샤오쉬를 부른 것이다. 실낱같은 희망을 걸어보는 푸이는 자기 처지가 딱하고 처량했다. 그러나 정샤오쉬는 그렇지가 않았다. 격동하는 국면의 물결을 타고 일본에 가담하는 편이 충복이기보다 유리할 것이라 간파한 그는 푸이 모르게 관동군에 추파를 보내고 알랑거려서 출세를 해보자는 배짱이었던 것이다.

정샤오쉬의 목표는 새 국가의 내각 수반이 되는 데 있었다. 국체(國體)야 공화제가 되든 제정(帝政)이 되든 상관없었다. 오로지 관심사는 자신이 국무총리에 올라앉는 일뿐이었다. 그 자리를 노리는 정적(政敵)이 없지는 않아서 초조해 하던 그는 아들 정쉬까지 내세워서 갖은 추태를 다 부렸다.

이 낌새를 알아차린 푸이는 더욱 조바심이 나서 손수 12개조의 요망 사항을 기초했다. 자기 지위가 황제가 아니면 어떠한 명목의 자리라 할지라도 출마하지 않겠다는 내용과 그 이유를 밝힌 문서였다. 이것을 정샤오쉬에게 주면서 이 정신에 어긋나지 않는 한도 안에서 교섭을 진행하라고 일렀으나, '12개조'는 언제나 정의 손에 묵살되었다.

하루는 우에스미가 푸이를 찾아왔다.

"폐하."

이 호칭에 만족하여 도취한 기분으로 푸이가 위엄을 차리고 있을 때 우에스미는 더욱 만족할 말을 건네는 것이었다.

"폐하는 마잔산을 알고 계십니까?"

"안다고 할 수 있겠지요. 짐이 톈진에 있을 때 마잔산이 장원으로 짐을 찾아왔던 일이 있으니까요."

"그러면 잘됐습니다. 마잔산에게 귀순(歸順)하라는 조칙(詔勅)을 내려주십시오."

"조칙?"

"그렇습니다. 폐하의 칙명이라면 마잔산도 곧 투항을 할 것이니까요."

"그, 그건 그렇소. 그러나 짐이 톈진에 있을 때 마잔산에게 벌써 투항하라는 칙명을 내린 일이 있는데요."

"한 번 더 조칙을 내려주십시오."

"어렵지 않소. 곧 근신에게 명하여 문안을 작성케 하지요."

이리하여 '조칙'이 만들어졌으나 이 항복 권고서가 발송되기도 전에 마잔산은 벌써 장징후이와 합작해서 지난성의 주석 시챠(熙洽) 등이 동북행정위원회(東北行政委員會)를 조직, 준비에 분망했다.

마잔산 귀순 공작에 성공하고 상하이사변 도발에 뜻을 이룬 이타가키에게 남은 문제는 푸이를 황제 아닌 집정(執政)으로 끌어내는 일뿐이었다. 신중을 기하기 위해, 푸이를 만나지 않고 심복 정샤오쉬를 먼저 보자고 한 것이다.

정샤오쉬·이타가키의 회담은 야마토 호텔에서 이루어졌다.

"각하의 생각은 어떠시오. 신설되는 국가를 만몽공화국(滿蒙共和國)이라 하고 선통제를 대총통(大總統)으로 추대한다면."

"관동군 측 의도가 그러시다면 하는 수 없는 일이지만 황제께서는 전부터 공화제를 반대해 오셨으니 쉽게 수락하지는 않으실 것입니다."

"어려운 일이지요. 그러기에 정 각하의 노력에 기대를 거는 것이 아닙니까. 누구보다도 각하라면 설득이 가능할테니까요."

"제 생각 같아서는 제정을 펴도 무방할 듯 한데요."

정샤오쉬의 이 말에는 푸이를 괴뢰(傀儡)로 내세우고 실권은 관동군이 장악하면 그만 아니냐는 의미가 포함되어 있었다. 이타가키는 불쾌한 내색을 드러내며 말했다.

"장래에는 모를까, 아직 당분간은 제정 실시가 어려울 거요. 각하도 아시겠지마는 아시아의 일은 아시아인끼리 해결하라는, 그래서 동양의 영원한 평화와 안정, 동존공영(同存共榮)을 꾀하자는 일본의 성의와 노력을 납득하지 못한 국민정부가 비겁하게도 국제연맹에 호소하였고, 연맹 측은 이 역사적인 대사업에 부당한 간섭을 하기 시작하였소. 국제연맹 이사회는 작년 끝 무렵 만주문제 조사라는 명목 아래 조사단을 구성했고, 며칠 전에는 영국 대표 리튼을 단장으로 하는 조사위원의 임명도 있었지요. 미국은 또 어떻습니까. 국무장관 스팀손이 만주 사태에 대한 불승인(不承認) 정책을 우리 일본과 장제스에게 통고하지 않았소? 동아시아의 자립과 발전을 달갑게 여기지 않는 백인들이 이 사업을 반대하고 나설 것은 예기치 못한 건 아니지만, 정말 너무들 합니다. 저희들이 무어라 한대도 일본은 조금도 소신을 굽히지 않을 확고한 결의가 서있습니다. 그래도 제정을 서두르는 자들을 자극하는 일은 현명치 못하기 때문에 당분간 공화제를 채택하자는 거요. 황제는 국민 위에 군림(君臨)하는 것,

대총통은 백성들이 추대하는 것 아닙니까. 일국의 통치자인 점에는 다를 것이 없는데 왜 효과적인 공화제를 마다하고 제정을 고집하는지 알 수가 없소. 선통제는 몰라서 그런다 치고, 정 각하께서는 충분히 납득하고 계신 터라 선통제 설득이라는 중대한 임무를 수행토록 이 이타가키가 머리 숙여 부탁하는 겁니다."

설득을 부탁하는 게 아니라 자신이 설득 당하고 있는 것인지조차 정샤오쉬는 알지 못한다. 그는 이타가키의 장광설(長廣舌)에 감격하면서도 자신의 흥정은 잊지 않았다.

"잘 알겠습니다. 황제 폐하께는 재주껏 아뢰서 칙허를 얻도록 하겠습니다마는 그 대신……."

"그 대신, ……그 대신 무어란 말이요?"

"폐하께서 대총통에 취임하신 뒤에는 권고한 책임상 내가 늘 옆에 모시면서 국사를 보필해야 되겠습니다."

"좀 더 구체적으로 말해 줄 수 없소?"

분명 이타가키도 잘 알고 있는 억지였다. 그런 줄 알면서도 정샤오쉬는 대답 해야했다. 그는 이렇게 반문한다.

"허허허. 측근에 있으면서 보필할 책임자의 직책이 무엇이겠습니까. 국무총리와 같은 내각의 수반이 아닐는지요?"

"하하하! 알겠소. 책임 있는 보증은 못하지만 노력해보겠습니다."

"꼭 부탁드립니다."

"고려해 보지요."

이타가키는 이 교섭에서도 반 이상 성공한 셈이었다. 그러나 정샤오쉬는 이 보고를 하자마자 푸이로부터 적잖은 핀잔을 들어야 했다.

"경은 짐이 주장하는 12개조의 정통론(正統論)을 이타가키 대령에게 제시하지 않겠소?"

"물론 보여주고 의논을 했습니다마는 모두가 미정(未定)이라는 것이었습니다."

"미정이라니, 이제 와서 그게 무슨 소리요? 짐을 톈진에서 데려올 때 이렇게 하자고 꾀어내었다는 말이요?"

"하오나 폐하, 미정이란 것은 공화제로 하던 제정으로 하던 아무런 결정도 없다는 뜻이 되겠습니다. 따라서 제정을 아직 단념하실 계제는 아닌 듯합니다."

"어쩌면 가능할지도 모른다 이 말이요?"

"그렇습니다. 이타가키 참모에게 선물을 하사하시면서 환심을 사 두었다가 합당한 시기에 복위(復位)를 하신다면 그리 어려운 일도 아닐 것입니다."

"선물 하사는 어렵지 않소마는 복위가 아니면 짐은 다시 톈진으로 돌아갈 뿐이요."

"황공합니다."

푸이는 몸에 지니고 있던 장신구 중에서 귀중품인 보석 몇 개를 이타가키에게 하사(下賜)아닌 진상(進上)을 했다. 그러고는 낭보를 기다렸다.

'무슨 좋은 기별이 있을 터이지.'

푸이는 자신감이 생겼다. 장징후이, 시챠 등이 국무총리 자리를 노리는 은근한 태도를 알고 있기 때문이다. 시챠는 정면으로 그 직위를 요구하면서 총액 수십만 원의 돈을 바치기까지 했잖은가.

그랬는데 2월 19일, 푸이는 천만의외의 뉴스를 들었다. 그동안 준비를 해오다가 어제 발족한 '동북행정위원회'가 만주에 공화국을 건설한다는 의안을 가결했다는 소식이다. 어제 18일은 푸이의 26회 생일이다. 하필이면 그날 장징후이, 시챠, 마잔산 등으로 구성된 위원회가, 위원장으로 선출된 장징후이의 사회로 이런 일을 의결하다니……

만주의 백성이 전화(戰禍)로 얼마나 죽는지, 일본이 어떤 방법으로 식민지 지배를 계획하고 있는지, 또 군대가 얼마나 주둔하는지, 어느 광산과 권익을 탈취하는지에 대해 전혀 관심 없는 푸이에게 유일한 관심거리이던 복위 문제가 이런 모양으로 낙착되자, 그의 실망과 분격은 극도에 달하였다.

"정샤오쉬를 불러라, 당장!"

불러온 그의 얼굴에서도 혈색을 찾아볼 수가 없었다. 국무총리 자리가 장징후이에게 돌아가지 않을까, 걱정이 앞섰지만 푸이는 좋을 대로만 해석을 한다.

"경도 상심이 되는 모양이지만 짐은 어찌하면 좋소. 이렇게 된바에는 텐진으로 돌아가고 싶은데."

"돌아가신다면 신도 따르겠습니다. 소신은 이러한 세상에 더는 살고 싶지 않습니다."

"대관절 어찌된 일이요?"

"이타가키 참모를 만나보기 전에는 헤아리기 어렵습니다."

"이타가키 만나보오. 이타가키를."

"예, 그렇게 해야겠습니다."

이러한 때에 마침 이타가키에서 전화가 걸려와서 정샤오쉬를 곧 만나자는 것이었다.

"폐하, 신이 이타가키를 만나 엄중 항의를 하고, 그 진상을 알아가지고 돌아오겠습니다."

"그렇게 하오."

정샤오쉬를 만나는 이타가키의 태도에는 전날과 다른 점이 조금도 없었다.

"정 각하, 얼마나 수고하시오?"

"대령님이야말로 애 많이 쓰십니다."

두 사람의 회견은 그다지 오랜 시간을 필요로 않았으나 의견 교환은 충분히 되었다. 그저 이타가키의 일방적인 발표를 정샤오쉬가 받아들이는 것이었다.

　잠깐이건만 오랜 세월을 기다린 것처럼 푸이가 조바심을 내고 있을 때 정샤오쉬는 돌아왔다

　"미정이라던 일은 어찌 되었소?"

　"결정을 보았다고 합니다."

　"어, 어떻게?"

　"역시 공화제로……."

　"무어?"

　푸이의 안색은 새파랗게 질렸다.

　"정통론을 주장하지 않고?"

　"했습니다. 그러나 소용이 없었습니다."

　"소용이 없었다니……."

　"만주 인민을 대표한 동북행정위원회에서 의결한 사항이라 이타가키 참모로도 어찌할 수 없다는 이야깁니다."

　"그깟 녹림(마적)출신 무리가 청조 황실의 일을 좌지우지한단 말이요?"

　"세태가 변하고 인심마저 바뀌었습니다."

　"어떻게 변하고 어떻게 바뀌었단 말인가?"

　이타가키를 만나러 갈 때와 돌아온 뒤 정샤오쉬의 태도가 돌변한 것이 푸이에게는 못견디게 노여웠다. 무슨 언약을 했으면 통곡해도 시원치 않을 마당에 이토록 태연할 수 있단 말인가. 저 안하무인인 그 표정이 더욱 가증스럽지 않은가. 정샤오쉬는 한 술 더 떠서 말했다.

　"발전하는 요즘 세상은 옛날과 다릅니다. 만주 땅과 백성은 폐하

한분의 것이 아닙니다. 백성 없는 정치는 성립되는 것이 아니니 폐하께서는 민심의 소재를 아시고 중의(衆議)에 따르심이 합당할까 합니다."

푸이는 어이가 없었다. 무슨 말로 방자한 이자의 드센 콧대를 보기 좋게 꺾어 주면 좋을까. 그는 너무 기가 막혀서 음성도 낮아졌다. 억양 없는 음성으로 나약하게 물었다.

"그러면 짐은 어찌하면 좋아?"

"집정에 취임하는 것을 수락하시는 게 좋겠습니다."

"무엇이?"

푸이의 음성은 다시 높아졌다. 마치 이렇게 하기 위해 일부러 나지막히 말했던 것처럼.

"……쓰잘데없는 것. 당장 물러가. 당장 이타가키를 불러!"

"오후에 이타가키가 알현하러 온다고 하였습니다."

"기다릴 수 없어, 빨리 불러!"

─그러나 정작 푸이가 이타가키와 첫 회견을 하기는 한 달 가까이 지난 2월 23일 오후였다.

작은 키에 다부진 몸집, 희고도 맑은 얼굴에 샛파란 수염터, 짙은 눈썹 아래 날카롭고 매서운 눈매, 검은 콧수염 밑에 꼭 다문 윤곽이 또렷한 입술…… 이런 것들이 푸이를 못견디게 위압하였다. 푸이와는 모두 정반대의 인상이다. 군복 소매 사이로 내민 와이셔츠의 희고도 빳빳한 맛과 다림발이 곧게 선 바지선이 퍽이나 세련된 느낌을 주었다. 그는 언제나 상냥한 눈웃음을 지으며 대동한 관동군 통역관 나카시마(中島比多吉)를 통해 혼잣말처럼 조용히 지껄였다.

"본인이 오늘 이렇게 찾아뵙게 된 것은 관동군 혼조 사령관 각하의 명령으로 만주의 신국가 문제를 보고하기 위해서입니다."

"말씀하오."

"장쉐량은 만주에서 학정을 자행했기에 인심을 얻지 못했고, 일본의 권익이 추호도 보장되지 않는 실정이 부득이하게 일본의 군사 행동을 강요했던 것입니다. 일본군의 진주(進駐)는 만주 인민을 원조해 왕도낙토 (王道樂土)를 건설할 성의에서 나온 것인데, 보다 높은 실현을 목전에 박두하고 있습니다."

"국가의 성격과 형태, 또 나머지에 대해 자세한 것을 듣고 싶습니다."

"예, 이 신국가의 명칭은 '만주국'입니다. 수도는 창춘(長春)인데 곧 신징(新京)으로 개칭되겠습니다. 이 신국가는 다섯 민족에 의해 구성됩니다. 만주족·한민족·몽고족·일본인 조선인입니다. 일본인은 수십 년간 만주에 심혈을 기울여 왔습니다. 법률상 정치상 지위는 물론 다른 민족과 동일합니다. 예를 들면 꼭 같은 자격으로 만주국의 관리가 될 수 있습니다."

나카시마의 통역이 끝나기도 전에 그는 가방을 열더니 속에서 '만몽인민선언서'와 다섯 빛깔로 된 만주국 국기를 꺼내더니 탁자 위에 펼쳐 놓았다. 그것을 굽어보는 푸이의 눈은 분노에 가득 차서 동공이 흐려지기까지 했다. 선언서와 국기를 밀어놓으며 그는 말했다.

"도대체 어떤 나라입니까. 그 나라가 대청제국(大淸帝國)의 후신(後身)이라는 말입니까?"

"그렇지 않습니다. 대청제국의 후신이 아니라 지구 위에 새로 생겨나는 나라입니다. 동북행정위원회가 결의하고 만장일치로 각하를 국가의 원수, 즉 집정(執政)으로 추대하는 것입니다."

'각하?'

푸이는 가슴이 철렁하였다. 난생 처음 들어보는 이 말.

더구나 자기를 황제로 모시겠다고 약속한 관동군 대표자의 입에서 이 말을 듣게 될 줄이야. '선통제' 또는 '폐하'라는 칭호가 이제 그들에게서 없어지고 마는가. 동북 2백만 평방리(平方里)의 토지나 3천만 인민을 잃으면 잃었지 '폐하'라는 칭호는 잃고 싶지가 않았다. 벌써 제 정신이 아닌 사람처럼 푸이는 큰 소리로 외쳤다.

"만주 인심이 향하는 곳은 짐 개인이 아니라 대청의 황제요! 따라서 황제 폐하라는 이름을 없애는 날 만주의 인심도 사라집니다. 이 점은 관동군 측에서 다시 고려해 주지 않으면 안되겠소!"

이타가키의 얼굴을 싸늘한 웃음빛이 스쳐 지나갔다.

"만주 인민은 각하를 신국가의 원수로 추대하고 있습니다. 그것이 인심의 귀추이고 또 관동군이 동의하는 바입니다."

"그러나 일본도 천황제의 제국이 아닙니까. 어째서 관동군은 공화제에 동의하는 것입니까?"

"각하가 그렇게도 공화제가 싫으시다면 공화라는 글자를 사용하지 않아도 좋습니다. '집정제'라고 하면 어떨까요?"

"짐은 귀국의 성의와 노력에 진심으로 감사하고 있소. 그러나 다른 일이라면 모를까 집정제만은 받아들일 수가 없소. 황제라는 칭호는 청황실 조종(祖宗)이 남겨주신 거요. 그것을 이제 와서 없앤다면 짐은 불충불효가 되는 것입니다."

"집정이라는 건 한낱 과도기에 불과합니다. 선통제가 대청 제국의 제12대 황제 폐하이신 것은 누구나 의심할 수 없는 명백한 사실입니다. 장차 신국가의 국회가 생기면 반드시 제황제 회복의 헌법을 가결할 줄로 믿습니다."

"국회라고요? 짐은 그런 것을 상대하고 싶지 않습니다. 첫째 대청 황제 칭호는 국회 같은 곳에서 나올 성질의 것이 아니니까요."

3시간이나 논쟁을 계속했으나 끝내 일치된 결론을 얻지 못했다. 이타가키는 가방을 닫으면서 일어설 준비를 한다. 그의 어조와 태도는 시종일관 부드러우나 창백한 얼굴이 더욱 파랗게 되고 웃음빛도

가신 싸늘한 입술로 말했다.

"각하, 한 번 더 깊이 생각해 보십시오. 오늘은 이만하고 내일 다시 이야기하기로 합시다."

이 말을 남기고 거수경례만 하고는 방을 나가 버렸다.

이때 정샤오쉬가 나서서 말했다.

"폐하, 오늘밤 이타가키 참모를 야마토 호텔에 초대해서 사연(賜宴)을 하심이 좋겠습니다. 갈등을 없애려면 꼭 필요합니다."

"연회는 해서 무얼하오. 짐은 그럴 생각이 없소."

"폐하, 안 되십니다. 일본군 측의 감정을 상하면 좋을 것이 없습니다. 장쭤린의 최후가 본보기입니다."

"비적 출신 장쭤린과 짐을 어찌 한가지로 말할 수 있소. 짐은 용종(龍種)이 아니오?"

"일본인들이 그렇게 보아 주지 않으니 큰일입니다."

푸이가 평소에 생각하고 염려하던 일들을 정샤오쉬는 거침없이 채찍처럼 퍼붓는다. 장쭤린의 최후 이야기에 겁이 난 푸이는 떨리는 음성으로 이렇게 말했다.

"그렇게 꼭 필요하다면 그건 경이 알아서 좋을 대로 하오."

연회석에서 이타가키는 호방한 성격을 과시했다. 누가 주는 잔도 사양치 않고 받아 마시며 큰 소리로 담소한다. 낮에 벌인 논쟁은 싹 잊어버린 듯 화제는 명승고적 이야기와 술, 담배 식도락 등 정치와는 무관한 것들이 중심으로 흘렀다.

밤 열시 경 연회가 끝나기까지 취담이 오갔으나 위험한 정치담에는 한마디 언급도 없더니 다음날 아침 일찍, 이타가키가 정샤오쉬 부자를 비롯한 근신들을 야마토 호텔로 불렀다. 의례적인 인사를 마친 뒤 그는 단도직입적으로 이렇게 말했다.

"돌아가시는 대로 집정 각하께 말씀을 전해 주시오. 군부의 요구는 절대로 취소하거나 변경할 수 없노라고. 만일 수락하지 않는다면 적대적인 태도를 취하는 것으로 간주해서 일본도 적을 대하는 수단으로 응수할 길밖에 없습니다. 이것은 군부로서 최종적인 선입니다."

좌석은 숙연해졌다. 오직 정샤오쉬 부자는 체면상 시무룩해하는 양 하면서도 기쁨을 감추기 어려운 표정이다.

푸이 눈앞에 돌아온 정샤오쉬는 고개를 조아리며 말했다.

"소신이 전에도 말씀 드린대로 일본의 감정을 상하는 것은 이롭지가 않습니다. ……그러나 아직 늦지는 않았습니다. 신은 벌써 이타가키 앞에서 분명히 말했습니다. 폐하께서는 군주의 권력을 가지고 단독으로 정무(政務)를 처결할 수 있으시다고요."

"경은 누가 준 무슨 권한으로 그런 약속을 했다는 말이요?"

"호랑이 굴로 깊숙이 들어가야 호랑이 새끼를 얻을 수 있습니다."

옆에 있던 그의 아들 정쉬도 거들었다.

"시무(時務)를 아는 이는 준걸(俊傑)이라 했습니다. 우리들 군신 일동은 지금 일본인 수중에 들어있으니 저들과 맞서서 손해를 보기보다는 적의 계책을 역이용하고 시세 변화에 적응하여 장차 대사업을 계획하는 편이 현명할까 합니다."

푸이는 정쉬를 쏘아 보았다. 지난 밤 연석에서도 가장 흥이 나서 이타가키와 몇 번이고 건배를 하며 연회가 끝난 뒤에까지 붙들어 앉히고 술잔을 나누던 자가 지금 또 씨부렁씨부렁거리고 있다.

푸이가 끝내 말을 않자 이번에는 그 아비 정샤오쉬가 이마에 핏대를 올리며 대들듯 말했다.

"일본인은 언명한 대로 실천합니다. 처음에 일본은 호의를 가지고 폐하께 국가 원수가 되시라고 권한 것입니다. 황제가 되시는 것과 다름이 없습니다. 신이 몇 해 동안 지성으로 폐하를 모신 것은 실로 오늘이라는 날이 있기를 기대했던 탓입니다. 언제까지나 싫으시다면 신은 어전을 떠나 고향으로 돌아갈 뿐입니다."

'고향'이란 말이 '일본'이란 뜻으로 들렸다. 푸이는 당황했으나 입으로는 큰소리를 쳤다.

"정 간다면 말릴 수 없는 노릇이오."

이 말에 정샤오쉬가 당황했다. 그러자 아들 정쉬가 나섰다.

"오늘은 일본의 행악을 감수하더라도 장래 신국가의 실력을 기르면 우리 주장을 떳떳히 관철시킬 날도 반드시 오고야 말 것입니다."

"그것이 언제란 말이야?"

"잠정적으로 1년을 기한하되 그 기간이 넘기까지 제정이 실시되지 않으면 즉각 퇴위(退位) 하신다든가, 그런 방법도 있겠습니다. 이러한 조건을 내고 이타가키의 태도를 관망하는 것도 해로울 건 없지 않겠습니까?"

"그러한 조건이라면 교섭을 진행시켜 보오."

"예."

날아갈 듯이 가벼운 걸음으로 이타가키에게 다녀온 정샤오쉬는 호흡까지 고르지 못하게 숨을 헐떡헐떡 몰아쉬며 말했다.

"폐하, 기뻐하십시오. 이타가키 참모가 기한부의 조건을 수락했습니다."

"1년 기한 말이요?"

"그렇습니다. 오늘 저녁 폐하를 위하여 지난밤 회찬(回餐)도 겸해서 연회를 베푼다고도 하였습니다."

이타가키가 베푼 연회는 일본 요정에서 일본식으로 진행되었다. 한 사람 앞에 상이 하나씩 놓이고 그 건너편에 게이샤(藝者=妓生)가 한 명씩 붙어 앉아서 술을 따르고 음식을 권한다. 샤미센(三味線) 앞에서 노래를 부르며 앉아 있는 게이샤는 소리 기생이다. 이타가키는 푸이 따위는 안중에도 없다는 듯 술 취한 얼굴이 풋고추처럼 파랗게 되면서 안하무인으로 떠든다. 게이샤 하나가 푸이의 빈약한 풍채를 할금할금 쳐다보다가 서투른 중국말로 물었다.

"이분은 장사꾼 같은데 무슨 장사를 하시죠?"

그러자 이타가키는 목구멍 속까지 들여다보이게 입을 크게 열고 너털웃음을 웃었다.

"하하하……."

푸이가 수모를 간신히 참고 앉아 있다가 연회가 끝나 처소로 돌아왔을 때 근신들은 저마다 한마디씩 그를 위로한다.

"창업주(創業主)는 누구나 처음에는 힘가진 자에게 몸을 의탁하고 천대도 달게 받는 것입니다. 진(晋)나라 문공(文公)은 오랜 세월을 국외에 몸을 피해 있다가 진(秦)나라 목공(穆公)의 힘을 빌어 고국에 돌아와 나라를 세웠습니다."

"물론입니다. 후한(後漢)의 광무제(光武帝)도 먼저 경시제(更始帝)를 세웠다가 그가 세상 떠난 뒤에 황제가 되었습니다."

"유표(劉表), 원소(袁紹)와 같은 한말(漢末) 장군들은 유비(劉備)가 촉왕(蜀王)이 되기까지 도왔고, 한림아(韓林兒)는 원(元)을 배반하고 한때 칭황(稱皇)을 했으나 명(明)나라 건국에 도움이 됐을 뿐입니다."

신하들은 각자 역사 지식에서 푸이 처지와 흡사한 고사(故事)를 인용하여 격려와 위로를 일삼았지만 어쩌면 눈앞에 닥쳐올 부귀영화가 황제의 고집으로 사라져 버릴세라 안타까워서 기를 쓰고 권하는 데 불과했다. 쇠꼬리에 붙어서 천리를 가는 출세가 아쉬운 것이다.

끝까지 '싫소' 막무가내로 버티다가는 일본인보다 앞서 신하들에게 봉변할 것 같은 분위기가 되자 푸이는 사흘이 지난 26일 근신에게 명하여 향궤(香机)를 만들게 한 뒤, 섭정 취임을 조령(祖靈)께 고하는 제문(祭文)을 올리었다. 다시 사흘이 지난 2월 말 관동군의 선전과 홍보 관계 담당인 참모부 제4과 연출에 의해서 전만주회의(全滿洲會議)가 독립과 집정 추대를 결의, 발표하니 이른바 만주국의 건국 선언이다.

관동군이 '건국'을 이렇게나 서두른 데는 따로 까닭이 있다. 이날 29일 국제연맹 이사회가 임명한 리턴조사단 일행이 동경에 도착하는 날이었다. 만주 인민의 자유로운 총의(總意)로 건국이 되었다는 기정사실을 만들어 둘 필요가 있었기 때문이다.

같은 날, 정샤오쉬와 우에스미는 푸이를 만난 자리에서 말했다.

"선통제는 답사(答辭)를 만들어 두셔야 되겠습니다."

"무슨 답사요?"

"전만주회의 대표가 내일 폐하께 취임을 청원하려고 이곳 뤼순으로 오게 되어 있습니다. 따라서 두 통의 답사를 준비하셔야 합니다."

"하나면 그만이지 두 통이나 무슨 소용이요?"

"그렇지 않습니다. 첫 번째는 거절하는 답사입니다. 그러면 대표들은 일단 물러갔다가 다시 간청을 드리러 올 겁니다. 그때는 수락하시는 답사를 내리셔야 합니다."

"그와 같이 미리 작성이 되어 있소?"

"그렇습니다. 비록 형식이나 그와 같이 하셔야 됩니다."

―다음날 3월 1일 사개석(謝介石) 등 아홉 명의 대표가 뤼순에 도착했다. 먼저 정샤오쉬가 회견하는 자리에서 첫 번째 답사를 발표한 뒤, 푸이가 일행을 인견했다. 일단 물러간 그들이 5일 날 다시 나타났을 때는 대표단이 29명으로 불어났다. 여기서 예정대로 섭정 취임을 수락하는 답사를 발표했다.

이튿날 완룽과 정샤오쉬 등을 데리고 탕강자로 가서 하룻밤을 묵고 미리와서 기다리고 있던 장징후이, 조흔백들과 함께 그곳을 떠나

3월 8일 오후 3시, 기차로 창춘(長春)역에 푸이 일행은 도착했다. 플 랫폼에는 환영객과 구경꾼으로 북적거렸다.

군악대와 헌병대, 또 환영대(라고 밖에 못할)의 대열 속을 헤치고 자동차로 닿은 곳이 집정부(執政府) 사옥이다. 본디 도윤아문(道尹 衙門) 청사이던 것을 개조한 곳인데, 다음날 거기에서 취임식은 거행 되었다.

만철 총재 우치다(內田康哉), 관동군 사령관 혼조, 미야케 참모장, 이타가키 참모 등 일본측 요인이 참석한 가운데 만주 민중을 대표 한 장징후이가 황금색 비단에 싼 집정인(印)을 바치고 정샤오쉬가 '집정 선언'을 대독했다.

이어서 축사와 답사, 국기 게양, 기념사진 촬영, 끝으로 축하 파티, 이런 순서로 취임식을 마친 푸이가 집정실에 들어오니 정샤오쉬가 처음으로 공무 한가지를 갖고 나타났다.

"혼조 사령관이 신더러 만주국 국무총리에 취임할 것과, 조각을 의뢰하면서 각 부서 책임자 명단을 첨부, 다음과 같이 추천을 해 왔 습니다. 서명하여 주시기 바랍니다."

"음."

이로써 만주국은 성립되고 각료의 명단도 발표되었다. 이중에서 낯익은 이름만을 추려 보면 국무총리 겸 문교부 총장 정샤오쉬, 입 법원장 조흔백, 참의부 의장 장징후이, 국무원 비서 정쉬, 군정부 총 장 겸 흑룡강 성장에 마잔산……

마적 출신의 마잔산으로는 큰 출세였다. 그러나 광야를 달리던 자 유의 괴걸(怪傑) 마잔산으로는 규율에 얽매이는 관료 생활이 생리적 으로 맞지가 않았다. 따분해서 몸살이 날 지경의 나날……. 아침마 다 정각에 출근해서 좀이 쑤시는 회의에 끌려다녀야 했고 권력이 있 다고는 하나 실권은 차장(次長)인 일본인에게 있는데다 항상 감시와 미행만 당해야 한다. 무식한 그는 결재 서류를 보면 꼭 원수 같았다. 사지가 꼬이고 오장이 뒤틀린다. 오금이 아프고 옆구리가 결린다.

그는 옛날이 그리웠다. 폭풍 속에 사구(砂丘)를 달리다가 마상(馬上)에서 고량주를 기울이면서 산짐승의 다리 고기를 뜯기도 하고. 얼마나 좋았나, 그 시절이.

가고 싶은데 가고, 먹고 싶은 것 먹으며, 자고 싶은 곳에서 자면 그만이던 그때……

약담배(아편)를 빨다가 계집을 안고, 주지육림 속에 놀다가 누구 꺼릴 것 없는 호통 한 번에 안되는 일이 없던 옛날……

총장실의 푹신한 안락의자보다 흙냄새 나는 거적자리가 더 좋았고 걸핏하면 고장이 나서 오도가도 못하는, 쇠로 만들어진 자동차보다 피가 돌고 있어 체온이 통하는 한 필 준총(駿驄)이 더 정답다. 생각이 여기에까지 미치자 그는 흑하(黑河)에 두고 온 애첩(愛妾) 서방(瑞芳)이 그리워서 못견딜 지경이었다. 마잔산은 드디어 결심했다.

'오냐, 돌아가자. 알지도 못하는 결재 서류를 쓰다듬기보다 서방이의 불룩한 젖가슴과 두둑한 엉덩판을 어루만지는 편이 백 번 낫지.'

—3월도 하순으로 접어들면서 마잔산은 항상 얼굴에 미소를 띠고 가장 흡족한 듯한 태도로 사람을 대하는데 이것은 주변을 안심시키기 위한 탈출 공작의 준비였다.

'내가 일본놈 아래서 썩을 게 뭐야. 국제연맹 조사단도 온다니 이때를 놓치지 말자.'

—4월 2일 치치하얼의 밤은 유난히도 어두웠다. 그 어둠 속을 달리는 전조등까지 꺼져 버린 검은색 자동차 한 대, 그 속에는 신생 만주국의 군정부 총장……아니, 구(舊) 만푸린(萬福麟)군의 여단장 마잔산이 타고 있었다.

그가 서방의 집에 도착하자 맞은편 언덕 러시아 땅 브라고예시첸

스크에 있는 중국 영사관과 흑하 주재 구 만푸린 군에 연락하고 성명을 발표했다.

"나는 동북위조직(東北僞組織) (국민정부는 만주국을 이렇게 불렀다)의 내막을 탐지하기 위해 치욕을 무릅쓰고 행동해왔으나 마침내 목적을 달성하고 오늘 돌아왔다. 나는 만주가 일본의 침략에서 해방되는 날까지 침략자와 계속 투쟁할 것이다."

이러한 마잔산에게 국민정부는 박수를 보내고 세계 각국에서는 중국 영웅이 다시 나타났다며 기대와 관심을 내비쳤다.

놀란 것은 일본 정부였다. 국내 신문의 보도관제(報道管制)를 엄중히 실시했으나 중국을 비롯한 각국 신문은 연일 마잔산의 사진까지 게재하며 선동과 격려를 아끼지 않는다.

이타가키 참모는 곧 창춘(신징)으로 달려가 만주국 정부 측과 협의했다. 그 결과 일본군이 마잔산의 토벌을 맡고 나서게 되었다.

그러나 웬일인지 토벌작전이 예정대로 진행되지 않았다. 번번이 실패만 거듭한다. 토벌군의 행동을 손바닥 들여다보듯이 환히 알고 있어서 언제나 선수를 쓰는 탓에 뒤로 따라다니며 헛물만 켜는 것이 토벌군의 실정이었다. 일본군은 약이 올랐으나 마잔산 군의 사기는 날로 높아만 갔다.

"이상한데, 적의 스파이가 침투했거나 아군 측에 내통하는 자가 있다."

토벌군은 엄밀한 자체 조사를 실시했으나 오리무중으로 알 길이 막연했다. 이러한 상황에서 거듭하는 실패에 토벌군은 심각한 우수에 잠겨 있었다.

"무슨 조화일까. 귀신의 장난이 아니고야 이럴 수는 없다……"

북만주의 겨울은 영하 30도를 넘기가 보통인데 푹푹 찌는 여름철

더위도 상식 밖이다. 4월에 반기를 든 마잔산은 신출귀몰, 무더위가 닥쳐와도 붙잡히지 않고 동에 번쩍 서에 번쩍한다. 그러다가 7월 27일에 이르러 하이룬 동쪽 47킬로 지점 안고진(安古鎭)서 토벌군은 비로소 마잔산과 만나 치열한 전투를 벌이었다.

아마카스(甘粕) 지대(支隊)와 요시오카(吉岡), 시시도(宍戸) 양 기병대와 합동작전으로 전개한 이 전투가 다음날 그리고 또 이튿날까지 계속된 끝에 1천 명에 가까운 마잔산 군을 울창한 삼림 속에 몰아넣고 기총소사를 퍼부었다. 그 결과 마잔산 군은 약 2백 명의 시체를 남겨 놓고 패주하였다. 전사자를 조사하던 토벌군은 그중에 고급 장교 한 명을 발견하고 함성을 올렸다.

"마잔산이 죽었다! 이게 마잔산의 시체다!"

물론 납득이 안가는 의심스러운 점도 있었다.

마잔산의 명함이 부근에서 발견되었다는 점과 둘째 수연(水煙=阿片吸飮器)이 있었다는 점을 들고 있으나 증거가 박약하다. 오히려 반증이 더 유력하지 아니한가.

썩어서 이목구비를 식별하기 곤란했다. 부패도(腐敗度)로 보아 오늘 전사한 것이 아니고 적어도 어제 28일 아니면 그저께 27일에 죽은 시체인데 이것이 마점산이라 가정한다면, 총대장이 전사했는데도 하루 내지 이틀 씩이나 전투를 계속하지 못했을 것이다. 더욱이 마잔산은 패주하던 29일까지 생존해 있어서 부하 장병을 지휘 독려하고 있었음이 분명하다. 따라서 고급 장교의 전사체는 마잔산이 아니라는 결론에 치닿고 마는데……

그러나 관동군은 7월 31일, 이렇게 발표했다.

"마잔산은 27일 내지 28일 하이룬 하북 안고진 부근 전투에서 장렬한 전사를 하였다. 마잔산의 시체는 적이 버리고 달아난 2백 여 명의 시체 속에서 발견되었다."

펑텐발 전통(電通) 지급 전보도 이런 뉴스를 전했다.

"교묘히 아군의 포위망을 탈출해온 마잔산은 부하 9백 명을 거느리고 도피 중, 재빨리 적의 퇴로(退路)를 차단한 아(我) 기병대가 적군 후방에다 포격을 퍼부은 결과, 마잔산은 2백의 부하와 더불어 기관총 사격을 받아 육군 중장 군복을 선혈로 물들인 채 훌륭히 전사했다."

그러나 일본군으로서 진정한 문제점이 그의 생사에 있는 게 아니라 군기(軍機) 보안 조치가 소홀하다는 헛점에 있다는 것을 깨닫는 자는 그리 많지 않았다.

마잔산군이 최후까지 항전하다가 버리고 간 곳에, 극비에 속하는 일본군의 작전명령서와 기밀문서를 작철(作綴)한 책들이 유기되어 있는 것을 허술히 넘겨 버린 탓이다. 현장에서는 3센티 두께의 책이 3권이나 발견되었다. 쓰레기통에서 주운 것 같은 찢어진 종이는 깨끗이 배접(褙接) 되어 있고 코 푼 종이는 구김살을 펴느라 다림질한 흔적이 뚜렷했으며 불에 타고 남은 절반짜리가, 또 화장실에서 주워온 것도 있었다.

마잔산의 신출귀몰도 알고 보면 이것이었다.

이듬해 4월 20일의 일이다. 쑤빙원(蘇炳文) 등 66명의 항일파 중국인 일행이 독일을 방문했을 때이다. 다음날 아침 베를린 신문의 조간들이 일제히 게재했다.

"1300의 소수 병력으로 2만의 일본군을 우롱한 중국의 영웅, 독일에 오다."

이 특종 기사는 세계의 안목을 몹시도 놀라게 했다. 66명 일행 가운데 만저우리(滿洲里) 주둔군 사령관 쑤빙원과 연락해 일본군 눈을 피해 러시아로 잠입한, 죽은 줄만 알았던 마잔산이 살아 있었던 것이다.

기자 회견에서 마잔산은 말했다.

"내가 귀국하면 다시금 항일 전선에 투신할 것은 물론이다. 중국이 일본의 압박에서 해방되고 만주가 일본 지배를 벗어나는 그날까지 나는 그들과 계속 싸우리라!"

이 호기로운 장담을 듣고 본 일본이, 아울러 전사했다고 발표했던 관동군이 분하고 창피스러웠을 것은 두말할 나위 없다.

—그러나 그것은 훨씬 뒤의 일이고 아직은 1932년 4월이니 이야기는 그때로 돌아간다.

만주국의 새로운 시작

근대 일본의 식민지 제국 역사는 청일전쟁 결과인 '시모노세키 조약'을 시작으로 '포츠담 선언'에 의한 태평양전쟁 패전으로 끝맺는다. 근대 일본 식민지 제국 50년사를 이해하려면 먼저 '만주'를 알아야 한다. '만주'는 일본에게 어떤 식민지였을까? '만주국' 출현은 어떤 의미에서 획기적이었던가?

지금 일본 식민지 홋카이도(北海道), 오키나와(沖繩), 오가사와라(小笠原), 지시마(千島)를 제외하면 일본의 해외 식민지 지배는 청일전쟁 후 중국에서 타이완을 할양받은 1895년부터 시작되었다. 이어진 러일전쟁 승리 결과, 1905년에는 남사할린과 관둥저우(關東州 및 만철 부속지) 조차권을 할양받았다. 오랫동안 청일전쟁과 러일전쟁의 쟁점이었던 조선을 1905년 11월에 '보호국'으로 삼았고, 1910년 8월에 병합하여 완전히 식민지화를 이루었다. 제1차 세계대전 중 점령한 독일령 남양군도(南羊群島)는 1921년 국제연맹에 의한 위임통치지로 일본의 지배 아래에 놓였다.

이렇게 공식적인 제국(fomal empire)으로서 일본제국의 골격이 정해졌다. 즉 1890년 11월 '메이지 헌법' 시행 시점에서 일본영토(本州·四國·九州·北海道의 四大島, 千島·沖繩·小笠原의 여러 열도 및 부속된 여러 섬)를 본토인 '내지(內地)'로 하고, 그 주변에 새로 복속한 식민지 즉 조선, 타이완, 남사할린, 관둥저우, 남양군도를 배치하며 '외지'

로 삼았다. 그러나 순수한 속령지(屬領地)인 조선, 타이완, 남사할린을 '순영토인 외지'로 하고, 영토권이 완전하지는 않지만 조차지(租借地)인 관둥저우 및 위임 통치지인 남양군도를 '영토인 외지'로 구별하였다. 공식적인 일본제국은 '내지'를 중핵으로 그 외연을 '순영토인 외지'와 '준영토인 외지'로 둘러싼 삼중 원환구조이다.

러일전쟁 후, 공식적인 제국의 '만주'지배는 관둥저우와 만철 부속지가 된 조차지 지배와 남만 여러 도시를 만철로 다롄(大連)항과 연결시킨 '점과 선의 지배'라는 형태를 취하였다. 그것은 세계적 상품인 콩수출을 기축으로 성장하여 '만주' 경제의 윗물을 떠내는 장치로서, 경제적 견지에서 보면 효율성이 나은 시스템이었다.

그러나 '십만의 생령(生靈), 이십 억의 국탕(國帑)으로 구입한 만주'라는 국민 신화와 애매한 국제 조약의 확대 해석을 기초로 한 '만몽특수권익'이라는 관념은 때와 장소에 따라서 자유롭게 비대화하곤 했다. 러일전쟁에서 만주사변에 이르는 '만몽문제'의 전개는 한정적인 지배 실태와 비대화한 관념 간의 사이에서 고민한 갈등의 역사였다.

신해혁명, 제1차 세계대전, 러시아혁명, 워싱턴 체제 이러한 세계정세의 격변 속에서 일본의 대중국 정책도 변화하지 않을 수 없었다. 만몽문제에 대해서는 중국 관내문제와 분리하고 열강과 협조하여 해결하는 국제 협조 노선을 선택하였다. 그러나 한편으로 중국의 국권 회수운동 고양의 위기감이 적화방지라는 또 하나의 과제와 얽혀서 만몽문제에도 새로운 양상이 나타났다. 국제협조노선이 형성된 1920년대 중엽 결국 '만주사변'을 일으킬 주요 무대장치와 주역이 대두된 것이다.

첫째, 만몽문제를 중국 관내문제와 분리하여 해결한다는 '만몽 분리주의'가 확립되었다. '만몽은 중국이 아니다'라는 인식이 널리 퍼짐에 따라 이를 지탱하는 기반이 되었다. 둘째, 만몽 질서유지는 '제국의 강녕'에 관계된다는 '만몽 치안 유지론'이 대두되었다. 만몽은 경제적·국방적으로 일본국민의 생명선이라는 '만몽 생명선론'에 의해 지지되었다. 셋째, 만철 수비라는 한정된 임무에서 벗어나 만몽 치안 유지를 주요임무로 자인한 관동군의 자립화 내지 정치화가 있었다. 즉 장쭤린을 사주하여 만몽 치안을 유지하려는 노선 한계가 명백하게 드러나면서 관동군의 군사력에 따라 군벌 내전을 재정(裁定)하고 차단하게 되었던 것이다.

관동군 작전 주임 참모 이시와라 간지〔石原莞爾〕로 대표된 '만몽 영유론'의 목적을 한마디로 말하면 다가올 세계 총력전을 상정한 고도의 국방국가 건설, 군사·경제 거점인 만몽전역의 안정적 지배 달성이다. 그 목적을 달성하기 위해 만몽 자치정권의 수립이 아니라 일본에 의한 영유, 즉 식민지화이다. "한족은 스스로 정치능력을 만들기 때문에 일본의 만몽 영유는 일본 존립 상 필요할 뿐 아니라 중국인 스스로에게도 행복이다" 이렇게 주장함으로써 만몽문제 해결의 정당성과 방법을 명쾌하게 제시했다. '정의' 실현을 위해 수단과 방법을 가리지 않았다면 벌써 '만주사변'에 이르는 길은 그 고비를 넘었으리라.

'만주국'의 성립이 일본 근대사에 각인시킨 의의는 무엇인가? 먼저 만몽 전역을 실질적 제국 지배 아래 편입시킨 것으로 현안의 '만몽문제'를 해결하고 일본 식민지 제국에 일정한 '완성'을 초래한 것이다. 그다음 제국 확대를 직접적 영유라는 과거 방식이 아니라, 독립국가 수립과 괴뢰화라는 새로운 방식으로 실행한 것이다. 끝으로 만주에서의 성공을 통해 새로운 침략 방식을 일본의 군사 팽창주의를 위해 준비한 것이다. '만주' 식민지화는 일본 식민지사에서 만주 이

중성을 보여준다. '만주국' 성립은 어느 역사의 완결, 새로운 역사의 시작을 알리는 사건이었다.

그렇다면 1932년 3월 '만주국' 건국에 이르는 어지러울 만큼 변화를 만들어 낸 동인은 무엇인가? 1931년 9월 관동군의 만몽영유안(滿蒙領有案)이 사변 발발 뒤 친일정권수립안(親日政權樹立案)으로 변경되고 군부 중앙 및 일본정부와 교섭, 독립국가건국안(獨立國家建國案)으로 이행한다. 제1차 세계대전이 지난 뒤 일본은 들끓는 세계 여론과 제국주의로 말미암은 타협의 선물로 보기도 한다. 피터 두우스 말했다.

"1931년 이후, 일본은 다른 제국주의 열강과 협조정책을 중지하고 중국에서 단독적인 팽창정책을 추구하였다. 그러나 일본정책 형성자는 공식적으로 중국의 지배를 싫어했다. 그들은 새로운 협력체제를 만들어 독자적인 '비공식 제국주의' 구조를 창출한다. 이 '비공식 제국'의 새로운 형식은 서구열강이 '민족자결권'에 서약함을 고려한 것이다.

관동군 지도부도 중국인 스스로가 내부적으로 분리되어, 9개국 조약에 위반되지 않는다는 군부중앙의 설득에 넘어간다.

이상 대외적 사정과 함께 대내적인 사정도 '만주사변'의 귀결을 '만주국'이라는 형태로 수렴시킨 필연성을 가지고 있다고 생각된다. 만몽문제 해결의 궁극적 목적이 '고도국방국가체제'의 구축에 있다면, 일단 국내 개조가 우선이라는 것이 일견 극히 합리적인 듯싶지만 이른바 내부 개조 역시 거국일치로 수행하기 어려워 정치적 안정은 상당한 세월을 필요로 하는 것이다(……중략……) 우리 국정은 국가로 하여금 신속하게 대외 발전에 주력하도록 촉구하면서 상황에 따라 국내 개조를 단행하는 것이 적당하다. 그 경우 '만주총독'을 두어 만주영유를 강행하고 국내 정치 틀에 얽매이는 것보다, 오히려 체제 혁신의 독립 거점을 밖에서 구축하며 혁신운동이 밖에서 안으로 유입되도록 하였다. 이와 같이 만주국 국가 체제는 동시대 일본 정치 체제의 연장이 아니라 역으로 그에 대립하는 안티테제로서 구상되었다. 만주가 영토화되지 않고 명목적으로도 독립국가화 되었기에 가능했던 일이다."

　그러면 '만주국(滿洲國)'의 '성공'에도 불구하고 왜 일본식민지 제국은 자기 완결성을 높이고 비록 잠정적이나마 안정적인 체제를 성공적으로 구축해 내지 못했을까? 면(面)으로서 만몽 분리의 실현에서부터 5년도 채 되지 않아 일본제국이 중국 관내로 침략해 이른바 '화베이(華北)분리공작'을 일으키게 된 인과관계를 어떻게 이해하면 좋을까? 군부에 내재된 팽창주의에 대해서는 생략한다. 여기서는 '만주에서 화베이로' 욕망의 비대화를 초래한 경제적 요인으로 '본디 만주 경제가 가진 그 비완결성'을 지적하고자 한다. 일본에 대한 '만주 경제의 비완결성'은 ① '만주' 경제의 비자립성과, ② '만주' 자원의 불완전성으로 분리할 수 있다.
　'만주' 경제의 기반이 된 콩(대두) 단일문화(monoculture)의 원형은 중국인(한족) 이주를 축으로 하는 중국 관내와의 순환 위에 형성되었다. 이러한 관내와의 관계를 도식화하면 화베이와는 인적(노동력)으로, 화중(華中)과는 물적(콩수출·생필품수입)으로 각각에 대응하는 금융 네트워크로 연결되었다. 콩수출의 주요 부분은 결국 러시아와 일본의 자본에 맡겨졌지만 생산·국내유통·소비의 경우 중국인 네트워크 시스템에 기본적인 변동은 없었다. 일본에 의한 '만주국' 창설은 이 네트워크를 인위적으로 단절하는 것이었다. 만주 농촌 경제를 유지하든 광공업 개발을 도모하든 화베이 노동자의 유입 또는 계절이동을 금지하면 원활한 노동력을 공급할 수 없다. 그들의 생활

필수품 공급과 배급을 모두 일본이 부담하지 않는 이상, 인위적으로 단절된 네트워크는 법의 망을 빠져 나가더라도 재생되었다. '만주국' 창설, 즉, 면으로서의 만주 지배는 점과 선에 의한 만주지배 시대에는 보이지 않았던 만주경제의 비자립화를 분명히 하였다.

일본의 화베이 침략 동기가 된 직접적 경제요인은 자원문제에 있었다. 자원자급론의 입장에서는 만몽 다음으로 중국 관내라는 발상이 일찍부터 존재하였다. 이시와라〔石原〕의 만몽영유론에서조차 장기적 전망으로서 밝히고 있다. "일미전쟁이 끝나지 않으면 단호히 동아시아가 봉쇄될 것을 각오하고 적절할 때 중국 본토의 주요 부분을 우리 영유 아래 두고(……중략……) 동아시아 자급자활의 길을 확립하여 장기전쟁을 유리하게 지도하여 우리 목적을 달성한다." 그러나 적어도 당면한 것은 반드시 만주가 기대했던 만큼 '국방 자원으로 필요한 대부분의 자원을 보유'하는 자원 잠재력을 가지지 않았던 것이 조금씩 분명해졌다.

일본이 만주국에서 취했던 경제 정책은 콩을 비롯한 농산물과 더불어 철광, 석탄, 유혈암(油頁岩 : oil shale) 등, 일본에 부족한 중요 자원 공급지로서 개발하려는 것이었지만, 처음에 오히려(만몽 영유가 아닌 만주 독립국 구상과도 관련하여) 일본에서는 일정한 독립성을 가진 경제권 건설이 기획되었다. '만주국'이라는 형태로 수렴시킨 필연성을 갖고 있다고 생각된다. 만몽문제 해결의 궁극적 목적이 '고도 국방국가체제'의 구축에 있다면, 일단 국내 개조가 우선이라는 것이 일견 극히 합리적인 듯싶다. 하지만 내부 개조 역시 거국일치로 수행하기 어려워 정치적 안정은 상당한 세월을 필요로 하는 것이다.

우리 국정은 신속하게 대외 발전에 주력하도록 촉구하면서 상황에 따라 국내 개조를 단행해야 한다. '만주총독'을 두어 만주영유를 강행하고 국내 정치 틀에 얽매이는 것보다, 오히려 체제 혁신의 독립

거점을 밖에서 구축하며 혁신운동이 밖에서 안으로 유입되도록 하였다. 이처럼 만주국 국가 체제는 동시대 일본 정치 체제의 연장이 아니라 그에 대립하는 안티테제로서 구상되었다. 만주가 영토화되지 않고 명목적으로도 독립국가화되었기에 가능했던 일이다.”

　그러면 ‘만주국(滿洲國)’의 ‘성공’에도 불구하고 왜 일본식민지 제국은 자기 완결성을 높이고 안정적인 체제를 성공적으로 구축해 내지 못했을까? 면(面)으로서 만몽 분리의 실현에서부터 5년도 채 되지 않아 일본제국이 중국 관내로 침략해 이른바 ‘화베이(華北)분리공작’을 일으키게 된 인과관계를 어떻게 이해하면 좋을까? 만주에서 화베이로 욕망의 비대화를 초래한 경제적 요인으로 본디 만주 경제가 가진 그 비완결성을 지적하고자 한다. ‘만주’ 경제의 비자립성과, ‘만주’ 자원의 불완전성으로 분리할 수 있다.

　‘만주’ 경제의 기반이 된 콩(대두) 단일문화(monoculture) 원형은 중국인(한족) 이주를 축으로 중국 관내와 순환 위에 형성되었다.

　자세히 살펴보면 화베이와는 인적(노동력)으로, 화중(華中)과는 물적(콩수출·생필품수입)으로 각각에 대응하는 금융 네트워크로 연결되었다. 대부분 콩수출은 러시아와 일본에게 맡겨졌지만 생산·국내 유통·소비의 경우 중국인 네트워크 시스템에 기본적인 변동은 없었다. 즉 일본에 의한 ‘만주국’ 창설은 이 네트워크를 인위적으로 단절하는 것이었다. 만주 농촌 경제를 유지하든 광공업 개발을 도모하든 화베이 노동자의 유입 또는 계절이동을 금지하면 원활한 노동력을 공급할 수 없다. 모든 생활필수품 공급과 배급을 일본이 부담하지 않는 이상, 인위적으로 단절된 네트워크는 법의 망을 빠져 나가더라도 재생되었다. ‘만주국’ 창설, 즉, 면(面)으로서 만주 지배는 점과 선에 의한, 보이지 않았던 만주경제의 비자립화를 분명히 하였다.

　일본의 화베이 침략 동기가 된 직접적 경제요인은 자원문제에 있었다. 만몽 다음으로 중국 관내라는 발상이 일찍부터 존재하였다. 이시와라〔石原〕의 만몽영유론에서조차 장기적 전망으로서 밝히고 있다.

"일미전쟁이 끝나지 않으면 단호히 동아시아가 봉쇄될 것을 각오하고 적절할 때 중국 본토의 주요 부분을 우리 영유 아래 두고 동아시아 자급자활의 길을 확립하여 장기전쟁을 유리하게 지도하여 우리 목적을 달성한다."

그러나 적어도 당면한 것은 만주가 기대했던 만큼 '국방 자원으로 필요한 대부분의 자원을 보유'하는 자원 잠재력을 가지지 않았던 것이 조금씩 분명해졌다.

일본이 만주국에서 취했던 경제 정책은 콩을 비롯한 농산물과 더불어 철광, 석탄, 유혈암(油頁岩 : oil shale) 등 부족한 중요 자원 공급지로서 개발하려는 것이었다. 그러나 처음부터 일정한 독립성을 가진 경제권 건설이 기획되었다. 철강·알루미늄·석유라는 가공자원 생산을 기초로 하는 중화학 공업 건설 계획이다. 여기에 일본과 만주 이외의 지역으로 자원 공급지를 추구하고, 만주에서는 불충분한 자원을 확보하고자 하는 움직임이 생겼다.

일본이 화베이에 기대한 주요 자원은 여섯 가지이다. 먼저 철광과 석탄이다. 무진장이라고도 하는, 특히 제철에 불가결한 강점결탄(强粘結炭) 공급이 일만(日滿) 제철업 편성에 필요하였다. 다음은 소금과 석유이다. 석유는 만주에서 개발 중인 석탄액화(石炭液化) 사업을 보충하였고, 공업용 원료염으로 아프리카에서 수입된 암염(岩鹽 : halite)을 대체하며 화베이 해안에서 천일제염(天日製鹽)이 되었다. 마지막으로 면화와 양모이다. 이것은 화베이 및 만주에서 농민·노동자에게 공급하는 생활 필수 의류 원료였다.

'화베이 분리 공작'은 현지 군부가 만주사변―만주국의 선례를 잘 배워 그 침략과 통치 방식을 답습한 것을 가리킨다. 만주사변에서 그 원형이 정식화(定式化)되고, 마침내 중일전쟁을 일으키게 된 이 침략방식을 후루야 데츠오〔古屋哲夫〕는 '현지 해결 방식'이라 일컫고 있다.

"현지 해결 방식은 필요한 지방 정권을 만들고 그 정권과 교섭하여 문제를 해결하는, 중국 중앙으로부터의 분리성과 일본으로의 종속성을 동시에 강화해 가는 것이다. 그러한 성격의 '해결'을 도모하는 것이 현지 해결 방식이다. 현지 해결이 실현될 때마다 일본의 권익도 확대되므로 그 내실은 점진적으로 조금씩 해결해 가는 침략 방식이다."

'현지 해결 방식'을 좀 더 통치 형태에 부합하게 말하면 '분치 합작' 방식 측면이 드러난다. 동북 삼성의 연성(連省)통합에 따라 '만주국' 건국의 선례(즉 동북 각지에서 자치위원회나 지방정권을 결성시켜 자치 또는 독립을 선언케 하고 통합된 신정부로 만들어 중앙과 분리, 단절을 정당화하는 방식) 의의를 야마무로 신이치〔山室信一〕는 다음과 같이 말하였다.

"분단→통합 수법이 만주국 건국에서 성공함에 따라 1935년 이후 본격화된 화베이·화중 점령지 통치 즉 1935년 11월 기동방공(冀東防共)자치위원회(허베이성), 1936년 5월 내몽군정부(챠하얼성), 1937년 10월 몽골연맹자치정부(1939년 9월 몽골연합자치정부), 1937년 12월 중화민국 임시정부(베이징), 1938년 3월 중화민국유신정부(난징) 수립에서 이 방식이 답습되어 최종적으로 통합한 중앙정권 1940년 3월 난징 중화민국정부가 만들어진다. 그런 의미에서 만주국 건국 공작은 일본이 중국점령지(중국에서는 윤함구(倫陷區)라고 함) 통치 형태, 이른바 '분치 합작' 방식의 원형이 된 셈이다."

침략의 새로운 방식과 함께 일방적인 지배 방식에 대해서도 '만주국'은 '좋은' 선례가 되었다. 그 요점은 국제조약 및 협정을 체결할 만한 '형식적 독립성' 확보와 통치 주권자의 '괴뢰화' 달성, 그 결절점으로서 군에 의한 '내면(內面)지도' 방식 확립이다. 군의 통치 의지를 전달하는 '내면적 지도권' 또는 '내면지도' 회로(回路)는 주로 군에 임면권이 장악된 고문 및 일본인 관리를 통해 실행되었다. 만주에서 화베이로 전이(轉移)된 이러한 '내면지도'를 야스이 산기치(安井三吉)는 말한다.

"화베이 지배에 적용할 '내면지도' 방식을 처음 제안한 것은 1937년 8월 14일부 관동군사령부 '대 시국처리 요강'이다. 신정권 총괄 기관 및 필요한 성정부에 유능한 일본인 고문을 배치하고 총괄기관의 내면지도에 임하기 위해 베이징 텐진(天津)군 예하의 대특무기관을 설치한다 했지만, 이 괴뢰 정권에 대한 지배 방법은 본디 관동군이 만주국에서 취해 온 방식이었다. 1933년 8월 8일부 각의에서 결정한 '만주국지도방침 요강'은 만주국에 대한 지도는 현 제도에서 관동군 사령관 겸 재만주국 대사의 내면적 통할(統轄) 하에 주로 일본계 관리를 통해 실질적으로 실행하기로 정했다."

이러한 '점진적 침략'이라는 방식에다 '루거우차오(蘆溝橋)사건'을 중첩시켜 볼 때, 그 후 중일 전면전쟁의 전개는 보기에 따라서는 일본 각층의 온갖 '잘못된 전망'이 누적된 결과였다. 최초 당사자인 중국 주둔군에게 이 사건은 군사적 일격으로 중국 측으로부터 양보를 이끌어냈다는 관례적 행동의 계기에 불과했다. '불확대' 방침을 표명하고 '사변'으로 사태 수습을 하는 일본정부에 의해서도 점진적 침략은 추인되었지만 과연 전면전쟁에 돌입할 각오가 되어 있었을까?

그러나 바꾸어 생각하면 관동군에 의해 시작되어 온 군부로 퍼져나간 새로운 침략시스템 아래에서 일본의 정치적·경제적·군사적 모든 장치가 중일전면전쟁을 향해 준비를 완료한 셈이었다.

'화베이 분리 공작'에서 '루거우차오사건'이 발생한 것은 만몽에 이어 화베이 5성으로 확대되어 새롭게 '만주국'화하려는 시도였다. 그러한 욕망의 비대화가 화베이와 화중을 목표로 하여, 마침내 중일전면전쟁에 이르는 과정에서 '만주국'에게 어떠한 역할을 기대하였고, 또 스스로 어떻게 변용하였을까? 간추려 말하면 '확대하는 제국'에서 '일본화' 확산현상의 일환으로 '외지의 내지화'(단, 이등 내지화)와 연동한 '만주국'의 외지화 현상으로 볼 수 있으리라.

일본제국의 '대동아공영권' 비대화는 '만주국 외지화'를 더욱더 결정지우는 것이었다. 태평양전쟁이 개전된 지 약 1년 만에 일본의 전세가 기울어지자 주일본 만주국 대사 리쟈오경(李招庚)은 말하였다.

"만주국 사상의 근간은 일본유신 생성 발전에 귀일하였고, 만주국은 일본 건국 정신인 팔굉위우(八紘爲宇)의 현소(顯昭)로서 대동아공영권의 장자가 되었다."

시위소찬

만주국이 탄생하면서 관동군 고급 참모 이타가키 대령의 심복 아마카스(甘粕)는 민정부(民政部) 초대 경무사장(警務司長)에 취임했다. 헌병 하사관 출신 스기야마(杉山)는 민정부 소속 특무기관원이면서도 그 유명한 아마카스의 실물을 한 번도 보지 못한 까닭은 무엇일까. 직위 차이의 탓? 아니다. 경무사장이면 직속 상사가 아니냐. 상관과 부하가 한 번도 만나지 못하다니……

스기야마 뿐 아니라 경무사에 근무하는 직원 중에도 아마카스 사장을 한 사람은 그리 많지 않았다. 무리는 아니다. 아마카스가 경무사 청사 안에 있는 때가 극히 드물기 때문이다.

'단 한 번만이라도 보았으면……허나 언젠가는 만나게 되겠지.'

스기야마가 이런 궁리를 골똘히 하고 있을 때 마스모토(松本守男) 고장(股=係長)이 부른다는 사환의 전갈이다.

"부르셨습니까, 고장님."

"자네 지금 곧 다롄으로 출발하게."

"예."

"16일 아침 다롄 호텔로 가면 라비에 걸린 시계 아래에 핫도리(服部)라는 분이 의자에 앉아 있을 거야. 그 사람에게 지금이 몇 시입니까, 시간을 물어보라구. 3시라고 대답할 거야. 그러면 5시가 아닙니까, 재차 묻게. 그렇게 하면 그 사람이 '핫도리'라고 신분을 밝히고 무슨 지시를 할 걸세. 그건 지시가 아니고 명령이지. 자네는 그 명령대로만 움직이면 되네.”

“알겠습니다. 다녀오겠습니다.”

“다녀와? 아마 어려울 걸.”

“예? 그럼 아주 갑니까?”

“하하하. 죽으러 가는 길은 아니니까 안심해도 좋아. ……그러나 시일이 좀 걸리겠지.”

신경(창춘)에서 연기처럼 사라진 스기야마는 마스모토 고장이 시킨 대로 순서를 밟아 대련에서 핫도리를 만나고 있었다. 핫도리는 빈약하고 초라한 체구의 소유자로 무테 안경 속에서 작은 눈만이 유난히 반짝거리는 인물이었다.

스기야마의 육감은 ‘핫도리’와 ‘아마카스’가 동일한 인물임을 짐작했다. 그러나 묻지 않았다. 이미 그의 직감은 적중했다. 핫도리야말로 아마카스가 가진 또 하나의 성(姓)이었던 것이다.

“스기야마, 자네 중국어에 능통하다지?”

“하. 다른 것은 몰라도 중국어만은 본토인과 구별이 안될 만큼 익숙합니다.”

“묻는 말에만 대답을 해.”

늠름한 핫도리의 흰 얼굴에 또 한 번 창백한 빛이 스쳐간다.

“하.”

“자네, 최근 만주에서 우리 군수품 창고에 불이 일어나는 걸 알고 있나?”

“네, 압니다. 원인 불명의 화재가 발생했지요.”

“원인 불명이라니. 불명이 아니라 모르고 있는 것뿐이야.”

“핫, 그렇습니다.”

“도깨비불은 아닐 테지?”

“아닙니다.”

"도깨비불이 아니면 사람의 짓인가?"

"물론입니다."

"누구?"

"김구(金九) 일파의 소행으로 짐작됩니다."

"하하하, 옳게 보았어. 그 방법은?"

"방화올시다."

"방화? 경비가 엄중한 창고 안에서 자연히 발생하는 화재를 방화라고?"

"가능합니다."

"어떤 수법으로?"

"린텔렌식(式) 발화법(發火法)이면 감쪽같이 해낼 수 있습니다."

"하하하, 잘 알고 있군."

린텔렌식 발화법이란, 독일 해군의 프랑스·폰·린텔렌 대위가 처음 사용한 방법이어서 이런 이름이 붙었다.

1914년 제1차 세계 대전이 일어났을 때, 아직은 참전하지 않은 미군이 연합군에게 원조물자 수송을 방해하기 위해 독일이 미국으로 밀파한 군사 스파이 린텔렌 해군 대위의 눈부신 활약은 거의 이 발화법에 의존하였다. 원리는 지극히 간단하나 효력은 놀랄 만하다. 적당한 길이의 연관(鉛管) 한복판을 구리쇠(銅)로 막고 한쪽에는 설탕에 가염소산가리(可鹽素酸加里)를 혼합한 물질을, 다른 쪽에는 유산(硫酸)을 채워서 막아놓는다. 이것을 수송선의 설탕 창고나 화약고에 넣어 두면 구리쇠가 유산에 부식(腐触)되어 두 가지 물질이 섞이게 되는데, 이때 산의 작용으로 맹렬한 폭발과 동시에 불이 일어나는 것이다. 중간을 막은 구리쇠 판대기의 두께에 따라 폭발 시간을 조절할 수 있는 일종의 시한(時限)폭탄이 바로 바로 린텔렌식 발화법이다.

"우리 군수품의 최대 집적소(集積所)인 다롄 부두에서 요즈음 빈번히 일어나고 있는 화재도 김구 일파가 즐겨쓰고 있는 린텔렌식에 희생되는 것이지. ……스기야마."

"하."

"자네, 상하이 지리에 밝은가?"

"어렵지 않습니다."

핫도리의 질문은 비약한다. 그 질문은 명령이고 단편(斷片)들이 흩어진 듯 보이면서도 한 줄에 꿴 듯한 연관성을 갖고 있었다.

"그럼 곧 상하이로 떠나게. 여기 지도가 있어. 중국인으로 변장하게. 이 집에 묵으면서 바로 맞은편 벽돌집을 감시하는 것이 자네 임무야."

"하, 감시만 하면 됩니까?"

"암살이다."

핫도리의 반들반들한 이마에 샛파란 살기(殺氣)가 떠올랐다.

"…벽돌집에 이토 히로부미(伊藤博文) 공작을 암살한 안중근의 동생 안공근(安恭根)이 살고 있다."

'23년 전의 일을 가지고 이제 와 보복을 하라는 건가.'

핫도리가 심중을 꿰뚫어 보기라도 하듯 말했다.

"안공근이 아니라 그 집에 가끔 출입하는 김구가 목표다. 잠복 근무를 하다가 김구를 만나면 처치해 버리는 거야."

"체포가 아니라 죽입니까?"

"거기는 프랑스 조계(租界)이다. 섣불리 체포하려 들면 시끄러운 국제 문제가 일어나기 쉽지. 남의 손에 체포되기 전에 없애 버리는 게 상책이야."

"누가 체포하러 가 있습니까?"

"사쿠라다몽(櫻田門) 사건의 범인 이봉창(李奉昌) 배후 인물이 김구인 것을 알아챈 검찰·경찰 등신들이 서투른 짓을 하려고 가 있단 말이야. 검사국에서는 후루다(古田), 가메야마(龜山) 검사에 오가와(小川) 서기가, 경시청에서는 특고과(特高課)의 야마가타(山形), 와카바야시(若林) 두 형사가 공동 조계에서 어정거리고 있지. 그것들이 뭉개 놓기 전에 자네 손으로 해치워. 지도에 있는 이 집을 찾아가면 금벽휘라는 만주 계집이 살고 있다."

"금벽휘라면 가와시마 요시코……."

"그래. 요시코에게서 공작금은 얼마든지 얻어쓸 수 있으니까 그렇게 알고."

"하."

"질문 없나?"

"있습니다."

"물어."

"목표는 알았습니다마는 목적은 무엇입니까?"

"무엇 같은가?"

"사쿠라다몽과 린델렌식 보복 같습니다."

"멍청한 자식. 그게 아니라 예방이야."

"예방……?"

"그래. 김구 일파는 목표를 바꾸었다. 그들 목표는 이번에 만주로 오는 국제연맹 조사단 리턴 경(卿) 일행 암살이야. 우리 일본의 국제적 입장을 고립무원으로 몰아 넣으려는 수작이다."

"알았습니다."

"얼른 떠나게."

"하."

"잠깐. 사격술과 완력에는 자신 있나?"

"있습니다."

스기야마는 자신의 늠름한 체격과 핫도리의 빈약한 체구를 비교하였다.

'저런 몰골을 하고도 오스기 사카에〈大杉榮〉일가를 맨손으로 몰살시켰는데, 나쯤이야……'

"뭘 생각하나. 남의 과거는 더듬는 게 아냐."

귀신 같은 사나이였다. 독심술(讀心術)도 터득하고 있단 말인가.

— 상하이에 도착한 스기야마는 핫도리가 건네준 지도를 보면서 프랑스 조계 천상리(天祥里) 요시코의 집을 찾아갔다. 4월 25일이었다. 요시코는 반색을 하면서 말했다.

"스기야마상, 기다리고 있었어요."

무르익은 아양에 철심석장(鐵心石腸)이라도 녹을 것만 같다.

"가와시마상을 이런데서 만나게 될줄이야……"

"쉿, 지금은 가와시마 아니에요."

"그럼 금벽휘……"

"천만에. 여기서는 추란(秋蘭)이라고 해요. 당신도 스기야마로는 안 될 걸요. 중국 이름 하나 지어요."

요시코는 먹음직스러운 음식을 대하듯 골격이 굵은 스기야마의 전신을 훑어 본다.

"……고단할 텐데 어서 들어가 좀 쉬어요."

윤기가 반지르르한 입술이 침을 꼴깍 삼키며 잡아당기는 손에 이끌려 스기야마는 요시코의 침실까지 들어갔다.

핑크 무드의 화려한 침실, 거기에 놓인 소파에 스기야마는 몸을 던졌다.

"술 드릴게요. 한 잔 마시면 노독(路毒)도 풀릴 거예요."

요시코는 이름 모를 양주 두 잔을 손수 따라 가지고 오더니 스기야마와 나란히 소파에 걸터앉았다.

"자, 드세요. 건배해요. 이제부터 우리는 동지가 되는 거예요."

"만나기는 처음이지만, 뭐 언제는 동지가 아닙니까?"

"만나기 전에는 동지가 아니에요. 오늘부터가 정말 동지지. 마음으로도, 몸으로도. 후후훗."

한 잔을 단숨에 들이킨 요시코의 빈 글라스를 내려놓은 손이 어느덧 스기야마의 고간(股間)을 더듬는다.

처음에는 어안이 벙벙하여 발정한 암캐 같은 요시코의 동작에 어쩔줄 몰라하던 스기야마도 전신에 취기가 돌면서부터 관능의 따뜻한 바닷속을 헤엄치는 듯한 기분이 되었다. 다음 순간, 요시코의 도톰한 입술이 흡착(吸着)했다. 흡착이라고 밖에 표현할 수 없는 가뿐한 풀기를 느낀다.

"으흥."

요시코의 백사(白蛇)같은 팔이 굵은 목덜미를 감은 채 힘이 더해진다. 찰나 스기야마는 다나카 류키지(田中隆吉)의 얼굴이 머릿속에 떠올랐으나 떨쳐버리듯 고개를 휘저으며 요시코의 몸을 번쩍 안아서 침대 위에 내동댕이쳤다. 두 개의 육괴(肉塊)는 하나로 얽히어 반항하는 탄력 위에서 뒹굴고 있었다.

─다음날도, 그리고 또 이튿날도. 오늘은 4월 27일이다. 그날 밤 스기야마는 발가벗은 몸으로 침대 위에서 일본말과 함께 요란한 총성을 들었다.

"쏴라! 쏴라……."

"음?"

요시코를 떠밀치고 일어나 창문가로 다가선 스기야마였다.

이지러진 달빛이 으스름한 속으로, 10여 대의 자동차가 달려들면서 헌병과 영사관 경찰이 건너편 벽돌집 2층을 향해 일제 사격을 퍼붓고 있다. 유리 파편이 부서진 창으로 사닥다리가 놓여진다.

'김구가 왔나?'

그러나 헛탕이었다. 조계를 경비하던 안남인(安南人) 경찰관의 제지를 뿌리치고 덤벼들었던 노력도 수포로 돌아가고 말았다. 한인 애국단원이 제공한 허위 정보에 농락되어 멋없이 놀아났던 줄을 깨달았을 때는 이미 늦은 뒤였다.

이무렵, 임시정부 국무령 김구는 상하이 모처에서 어제 그가 주관하는 한인 애국단에 입단한 25세 윤봉길(尹奉吉) 청년과 함께 밤 가는 줄을 모르고 이야기를 나누고 있었다.

"네가 상하이에 온 지가 벌써 1년이 가깝다면서 이제야 만나게 되었구나?"

"이렇게 늦게라도 선생님을 만나뵙고 보람있는 일을 하게 되어 기쁩니다."

"아니다. 진작에 알았더라면 깊이 정을 나눌 수 있었을 텐데 만나자마자 이별이라니 서운해서 그런다."

"시생이 몸은 죽어도 마음만을 늘 선생님 곁을 떠나지 않겠습니다."

"오냐. 나의 곁뿐 아니라 네 영혼은 우리 민족이 멸하지 않는 한, 언제까지나 동포들 가슴속에 살아 있을 것이다."

"다만 한가지 마음에 걸리는 것은, 고국에 계신 부모님과 식구들입니다."

"충(忠)은 즉 효(孝)니라. 충을 하는 곳에 어찌 효가 없겠느냐. 덕산(德山)의 고향집에는 내가 알려주마."

"감사합니다, 선생님. 다행히 부모님은 아직 젊으시고 동생 둘에, 제 처와 아들 형제가 있으니 뭐 별일은 없을까 합니다마는."

"너무 걱정 마라……그보다도, 너 오늘 훙커우(虹口) 공원엘 다녀왔다며?"

"예, 내일 모레 거사할 준비로 현지 답사를 하고 왔습니다."

"모레가 아니라 날이 밝아오니 이제는 내일이다. 그래, 너 죽을 곳을 보니 소감이 어떠냐?"

"시생 혼자서 죽을 곳이 아니라 왜놈 고관들을 잡아 앞세우고 떠날 곳입니다."

"하하하. 장하다 그 기개. 좋다고 떠들다가 죽어 넘어질 놈들 꼴이 볼만하겠구나."

"그런데 선생님, 폭탄은 틀림없이 마련되는겁니까?"

"틀림없다. 상하이 병공창(兵工廠)의 송창장이 책임 제조한 것을 내일 아침에 보내 준댔으니까 그건 염려마라. 내가 갖고 가마."

"선생님, 고맙습니다."

─4월 29일, 일본 천황 쇼와 생일로 천장절(天長節)이다.

이날 상하이에 있는 군·관·민이 합동해서 천장절과 만주국 건설, 전승을 경축하는 축하식을 홍커우공원에서 대규모로 개최하게 되어 있다.

그날 아침 노동복 차림의 김구와 말쑥한 양복을 입은 윤봉길 청년은 홍커우공원이 멀지 않은 곳에서 나란히 자동차를 내렸다.

"봉길아, 얼마 후면 네 생명은 끝이 난다."

"각오하고 있습니다."

"조국 광복과 민족 자유를 위한 위대한 희생이 되려는 너에게 성공이 있기를 빌 뿐이다."

"선생님, 정말 감사합니다."

"감사는 우리 국민 모두가 너에게 드려야 옳을 게야. 마지막으로 너한테 일러줄 말은 우리의 원수는 왜놈뿐이라는 것이다. 오늘 거사를 특히 침착하고 신중하게 해야 할 것이 식장에는 외국 인사들도 많이 참석할 터, 그분들에게 폐가 안되도록 조심해야 한다."

"명심하겠습니다."

"자, 여기 폭탄 두 개가 있다. 하나로는 원수놈을 거꾸러뜨리고 다른 한 개는 네 목숨을 끊어라."

김구는 어깨에 메었던 군용수통(軍用水筒)과 손에 들고 있던 양은 도시락을 내주었다.

"선생님, 이것이 폭탄입니까?"

"그렇다. 경비가 삼엄할 테니 여느 수단으로는 폭탄을 갖고 들어가기가 어려울 테니까."

봉길 청년은 눈시울이 뜨거워졌다.

'이렇게까지 세심한 주의를 해 주시는 선생님……'

독한 결심으로 얼어붙었던 마음이 따뜻한 안개 속에 감싸이듯 스르르 녹으려 한다. 그것이 눈물이 되어 커다란 눈에 펑 솟았다. 김구는 외면하였다. 차마 바로 볼 수가 없어서다.

"선생님, 다녀오겠습니다."

메어오는 목을 짜내듯이 내뱉은 윤봉길의 이 한마디가 결국 김구를 울렸다. 김구는 목이 메어 자칫 터져나오려는 오열을 깨물어 삼키며 말했다.

"오냐, 우리……저승에서나 다시 만나자."

이 말 한마디를 남겨 놓고 김구는 세워 두었던 차에 올랐다. 이제 혼자 남은 윤봉길 25년 생애의 막을 내릴 시간이 누에가 뽕잎을 씹어대듯 어적어적 다가선다. 눈앞에 떠오르는 사랑하는 아내 배용순(裵用淳), 여섯 살, 세 살짜리 모순(模淳)과 담(淡) 두 아들.

"모순아……담아……."

가만히 불러보는 굳어진 입술이 바르르 떨린다.

"아버지, 어머니……. 아우야, 동생아, 부디 안녕."

경련을 일으키던 뺨이 다시 굳어졌다. 눈물에 씻긴 눈동자가 파랗게 빛난다. 그는 품에서 일장기(日章旗=일본 국기)를 꺼내어 손에 꼬나들고 홍커우공원을 향해 걸음을 옮기었다.

제1관문은 무사히 돌파했다. 헌병과 경찰에서 신체 검사를 받았으나 수통과 도시락을 의심하는 자는 없었다. 바보처럼 웃으며 공원 정문을 들어선 윤 청년 앞에 제2관문이 가로놓여 있다. 즉, 경축대 정면으로 접근하는 일이다. 여기는 외국 귀빈의 자리요, 단상에는 일본 군부와 기관 고관들이 앉을 자리다.

천장절 경축과 축승(祝勝)기념 행사는 오전 11시, 군 사령관 시라카와(白川義則) 대장의 열병식(閱兵式)으로 시작됐다. 제9, 제14사단에 해군부대까지 포함한 대열병식은 중국은 물론 리턴 조사단을 위시한 각국 사절에 대한 시위(示威) 행진이기도 했다. 시라카와가 늘 아끼는 군마 무사시(武藏)를 타고 뚱뚱한 몸집에 호기로운 표정으로 열병을 마치자 경축대 단상에 올라가 좌정하고 앉는다.

이제 막 천장절 경축식이 벌어질 판이다. 윤봉길 청년은 안타까웠다. 경비원들이 이 정체불명의 청년이 단상 가까이에 접근하는 것을 기를 쓰고 막는 때문이다. 순간 비가 줄기차게 내리기 시작한다. 남국의 비는 사정이 없는 것, 댓줄기 같은 소낙비가 쏟아지자 장내는 잠시 동요되고 소란스러워졌다. 이 틈에 윤 청년은 제2관문을 무사히 통과할 수 있었다. 이제는 경축대가 지척이다. 울렁거리는 가슴을 간신히 달래면서 청년은 물병을 움켜잡고 호흡을 고른다. 기회를 포착하기 위한 준비이다. 21발의 황례포(皇禮砲), 잠시 뒤에는 그것이 있을 것이다.

'요란한 예포 소리에 섞어서 나도 폭탄을 던질까……묵념(默念)을 하느라 전부 눈을 감고 있을 때 던져 버릴까. 아니, 좀 더 기다려 보자.'

거침없이 쏟아붓던 소낙비가 걷히자 구름 사이로 햇볕이 내리쬔다. 경축식이 시작되었다. 군악대의 주악에 맞추어 일본 국가 기미가요(君ガ代)제창이다. 이 노래는 같은 것을 두 번 반복해서 부르는 법인데 막 끝나려 할 찰나, 즉 일본인들이 가장 엄숙하고 경건해졌다가 그 긴장을 푸는 순간은 11시 40분이었다. 그때 윤봉길 청년의 손에서 수통이 날아가 단상 한복판에 떨어졌다. 마개를 뽑은 물통 주둥이에서 하얀 연기가 모락모락 피어오른 것을 보았을 때는 이미 늦었다.

"앗, 저건?"

절호의 찬스를 노린 윤 청년의 계산은 적중하여 요란한 폭발음과 함께 단상을 연막 속에 묻히었다.

"꽈앙."

장내가 일시에 아수라장, 아비규환이다. 비명과 아우성……그러나 단상은 의외로 조용하다.

'전멸인가, 아니면 달아났는가?'

연기가 걷히면서 어렴풋이 보이는 경축대 위는 산비(酸鼻)의 극(極)이다. 장식이 파괴된 혼란 속에 피투성이가 된 고관들이 꿈틀거리고 끊겨져 나간 팔다리 사이로 훈장(勳章)이 너저분히 흩어져 있다. 청년은 도시락 폭탄을 번쩍 들었다. 또 한 번 던지려고 입술을 악물었을 때 악에 찬 목소리가 울려 퍼졌다.

"저놈이다! 범인을 놓치지 마라!"

헌병이 우르르 덤벼들어 폭탄을 쥔 윤 청년의 손목을 붙잡고 힘주어 비튼다. 도시락을 빼앗기었다.

"이놈들, 놔라. 나는 달아날 사람이 아니다."

청년은 몸부림으로 요동쳐서 헌병을 힘껏 밀친 뒤 두 팔을 쳐들고 소리 높이 외쳤다.

"대한민국 만세……한인 애국단 만세……."

겹겹이 에워싼 포위망 속에 윤 청년은 일본 군경에게 붙잡히는 몸이 되었다. 그래도 한은 없었다. 뉘우침 따위야 더더구나.

윤봉길 청년의 의거(義擧)로 천장절 행사는 혼란 속에 중지되었다. 제3함대 사령관 노무라(野村吉三郎) 해군 중장은 눈알이 튀어나와 실명(失明), 제9사단장 우에다(植田謙吉) 중장과 주중 공사 시게미쓰(重光葵)는 다리가 끊기는 중상, 경비병들과 상하이 총영사 무라이(村井倉松), 민간인 도모노(友野) 민단 서기와 부녀자 5명이 부상당했으며 상하이 거류민 단장 가와바타(河端貞次)는 배가 터지면서 창자가 쏟아져서 다음날 목숨이 끊어지고, 시라카와 대장도 전신에 1백 8개소나 탄편(彈片)이 들어박혀 신음과 회한 속에 5월26일 병참(兵站)병원에서 숨을 거두었다.

스기야마가 이 사건을 안 것이 그날 오후였다. 그는 요시코와 나란히 앉아 쓰디쓴 입맛을 다시면서 지껄였다.

"김구가 노린 건 엉뚱한 것이었소."

"호호호, 그 사람 역시 멋이 있네요."

"가와시마상은 통쾌하오?"

"통쾌할 건 없지만 멋있지 않아요?"

"난 꼭 리턴 조사단 암살 계획만 갖고 있는 줄 알았는데."

"또 모르지요. 그것까지 하고 있는지도."

"그 작자들은 왜 빙빙 돌아만 다닐까. 신변이 위태한 줄도 모르고서."

"그건 정말 그래요. 대담하다 할까, 철이 없다고나 할까…… 노리고 있는 게 조선 사람만이 아닐 텐데요."

"중국이 노린단 말이오?"

"아무렴요. 일본 사람들이 노려요. 왜 아직까지 내버려두는지 몰

라. 매수(買收)를 하든 죽여 없애든 하지 못하고."

"조사단은커녕 그들 일행 타이피스트 매수까지 일본은 실패했소."

"그럴 거예요. 어지간한 액수쯤은 거들떠보지도 않을 사람들이
니까. 리턴 경은 영국 귀족이에요. 클로오데르 중장과 맥코이 소장
은 각각 프랑스와 미국의 고급장성인데다가 독일의 슈네 박사, 이
태리의 알도로반디 백작이 재벌들이라니까 상대가 나쁘단 말이
에요."

"하지만 타이피스트까지야 왜 매수를 못한단 말이요. 일본은 싸움
은 잘해도 모략 작전에는 제로거든."

"그 사람들, 여길 다녀갔기에 망정이지 그냥 있었으면 영락없이 김
구의 폭탄 벼락을 맞고 말았을 걸요."

"그건 그래. 천장절 경축식에 빠질 수는 없었을 테니까. 하지만 김
구는 계획이 치밀하고 행동이 과감해서 외국 사람은 안 다치게 해.
이번에도 보구려, 희생은 우리 일본인 뿐이지."

"조선의 2천 만과 4억 중국인들이 얼마나 고소해 했을까?"

"요시코!"

"아이 깜짝이야. 왜 소리를 질러요?"

"그러고도 당신은 일본 사람이요?"

"아니요, 난 만주 여자예요. 조사단 일행이 만주로 가서 무인지경
처럼 얼마나 잘 돌아다닐까."

3월 14일 상하이 전적(戰跡)을 살펴본 조사단 일행은 4월 20일
만주로 향했다. 그들은 방대한 보고 자료의 거치장스러운 큰 짐을
끌고 다녀야만 했다. 그 보고 자료를 알고 싶은 일본. 알아야 작전
을 세우고 태도를 결정하겠기에 매수공작에 나섰다가 실패하자 간
악한 묘계(妙計)를 세운 일본이다. 즉 수행원인 타이피스트들을 매
수하다가 실패하면 조사단 일행을 모조리 암살해 버리자는 것이

었다.

"일본이 좀 더 스케일이 컸거나 이토 부장이 조금만 유능했어도 일은 쉽게 되는 건데."

스기야마가 말하는 이토 부장이란, 일본 측 정보부장으로 뒷날 정보국 총재가 된 이토 노부미(伊藤述史)를 말한다. 이토가 책임진 타이피스트 매수 공작금은 3만원이었다.

"착수는 빨리 했건만."

분해서 못견디겠는 사람마냥 스기야마는 입술을 지그시 깨문다.

"언제부터였는데요?" '

"지난 2월 말. 조사단 일행이 프랑스의 셰르부르(Cherbourg) 항구를 출발하기 전부터였어."

"매수 공작금 예산은 얼마구?"

"3만원."

"애개, 쩨쩨해라. 3만원을 가지고 뭘 한다고."

"3만원이 적어? 만원만 은행 예금을 해두면 그 이자만으로 평생을 생활할 수 있는데, 그 세 갑절이야."

"그런데 왜 실패했죠?"

"3만원 소리를 듣고는 타이피스트들이 웃더래. 그럴 수 밖에 없는 게 이건 나중에 알았지만 중국 측이 벌써 10만원으로 매수한 뒤라는군. 조사단이 지금 멀리 만주를 돌아다니지만 그날그날 조사한 걸 기차 안에서 타이핑하는데 그 자료만도 벌써 대형 트렁크로 130개나 된대. 그 정보가 타이피스트를 통해 난징 정부에 전해지고 있다니 안타깝지 뭐야. 일본은 정말 뭘하고 있는지 모르겠소."

"후후후, 스기야마상도 모르는 게 있군. 일본이라고 잠자코 있는 것만은 아니에요."

"뭘 하구 있다는 거요?"

"일본다운 잔꾀를 부리구 있지. 스기야마상, 검사총장(檢事總長) 노릇하던 미쓰유키(光行)상 알아요?"

"말로는 들었소만."

"그 사람이 관동(關東)지방 소매치기 대장 10명을 뽑아서 조사단이 묵는 호텔이나 숙소에 잠입시켰대요."

"그래요? 알았어, 서류를 소매치기하라고."

이때 초인종이 울렸다.

"누굴까요?"

"글쎄, 내가 나가볼게."

스기야마가 현관에 나가보니 일본인 남자 두 명이 서 있었다.

"스기야마상이지요?"

사나이는 관서 지방 사투리로 묻는다.

"그렇소. 어디서 왔소?"

"핫도리상의 명령으로······. 찾아가 보래서······."

"핫도리상? 그냥 구두로만······."

"아니요, 여기에 명령서를 갖고 왔습니다."

받아보니 프리메이슨 암호다. 해독을 하니 이 두 사람을 신징(창춘)까지 안전하게 안내하여 마쓰모토에게 소개하라는 간단한 내용이었다.

스기야마는 기뻤다. 핫도리, 즉 아마카스는 성패간(成敗間)에 칭찬이나 문책을 않는 성격이라고 들었지만 낡은 실수의 보답을, 새 임무를 맡기는 것이 대견하였다.

이 변변치도 않아 보이는 두 사나이를 그 먼 신징(창춘)까지 호송하는 일이 얼마나 보람있고 알찬 소임인지는 몰라도 명령은 지엄하고 소중하다.

사나이들은 자기 이름을 소개한다. 하나는 쿠보타(久保田), 다른 한명은 무시로(牟祉)라 했다.

"올라들 오시지요."

"아니요, 곧 떠나야 합니다. 이건 핫도리상의 명령이니까요."

핫도리의 명령을 자기보다 더 소중히 아는 쿠보타, 무시로 두 청년에 대해 스기야마는 엷은 질투를 느꼈다.

"알았소. 그럼 떠납시다."

―일행은 배와 기차 여행을 떠났다. 따분한 장거리 여행. 그러나 스기야마에게 따분하지 않을 일이 계속 생겼다.

중국에 고급 담배가 있건만 스기야마는 일본에서 만드는 골든·뱃트라는 싸구려 담배를 일부러 피우는 버릇이 있었다. 그런데 기차 유리창 밖으로 흘러가는 풍경을 바라보며 두 사람이 피워 문 담배는 골든·뱃트가 아닌가. 그 담배는 굵기가 가늘어서 첫눈에 곧 알아볼 수가 있다.

"음."

중국에서는 보기 드문 담배. 스기야마는 포켓에 손을 넣었다. 분명히 있다.

'나도 한 대……'

담뱃갑을 꺼내서 뚜껑을 열어보니 이게 웬일, 새 갑인듯한데 두 개피가 없다.

'이상한 일이다.'

그러나 한 개비를 뽑아서 입에 무니 쿠보타가 얼른 라이터를 켜서 불을 붙여 준다.

"어?"

던힐 라이터다. 던힐은 상하이나 다롄에 흔히 있는 것이지만 스기야마의 것과 너무 닮았다. 그래서 호주머니를 뒤져보았더니 없다.

'즈봉이었나?'

바지 주머니를 뒤졌으나 거기에도 없다.

'역시 저고리에……'

다시 한 번 손을 넣었을 때 이번에는 있었다.

그래도 스기야마는 아직 몰랐다. 기차가 펑톈에 도착하기 직전, 옆자리에 앉았던 중국인이 과자 상자를 풀어놓고 맛있게 먹고 있었다. 무시로가 부러운 듯 곁눈질로 보고 있더니 중국인이 내리자 과자 상자를 꺼내 놓는 게 아닌가.

"한 개 드시지요."

중국인이 먹고 있던 바로 그것이다.

"아니, 이건……"

"샀어요, 아까 그 짱꼬로한테서."

'샀다'는 말이 '소매치기 했다'는 은어(隱語)인 줄은, 스기야마도 헌병 출신이라 알고 있었다.

"뭐?"

그럼 포켓 속의 담배도 이자들이 슬쩍 빼어간 게 아닌가. 던힐 라이터도 뽑아서 쓰고 도로 넣어둔 것이다.

이제는 수수께끼가 풀렸다.

"당신들 그럼 이거……"

손가락을 꼬부려 끌어당기는 시늉을 해보였다. '소매치기냐' 물은 것이다.

"어? 그럼 스기야마상은 아직 모르고 계셨소?"

도리어 의아해한다.

"몰랐는데."

"핫도리상이, 우리 관서 지방의 이름난 소매치기들을 동원한 거요."

'아, 그런가. 글쎄 어쩐지.'

"그럼 당신네도 유명한 소매치기요?"

"하하하, 흔한 소매치기로 생각하지 마시오. 우리 둘 다 관서 지방에서 조금은 이름이 알려진 명인급(名人級)이니까요."

쿠보타는 빙그레 웃으면서 말을 계속한다.

"조무래기들은 면도날이나 가위 따위를 쓰지만 그런 건 사도(邪道)올시다. 적어도 명인급이 되면 아무런 연장도 필요 없이 손가락 두 개만 가지고도 외투를 벗기고 배에 찬 전대(纏帶)를 풀어내고, 신고 있는 신발을 벗겨오는 것쯤 누워서 떡먹기요. 그건 무시로의 단골 장기입니다."

무시로도 지지 않고 대꾸한다.

"쿠보타는 나보다 한 술 더 뜨지요. 오버나 양복과 조끼 단추를 끄르고 안주머니에 있는 지갑을 꺼내서 현금만 빼고 다시 넣은 뒤 차례로 단추를 끼워 주는 솜씨니 놀랍지 뭡니까. 그것도 상대가 졸거나 술 취해 있는 상태에서가 아닙니다. 맑은 정신으로 신문이나 잡지 따위를 읽고 있는 도중에 해내니 대단하지 않아요?"

"흠…놀랬어."

"배운 도둑질이라고, 그 솜씨 때문에 콩밥두 몇 차례 먹어 봤지만 그 재주가 국가를 위해 사용될 줄은 몰랐습니다."

"핫도리상이 그 재주를 이용하자고 하던가?"

"그게 아니면 뭐가 있겠습니까 우리들에게 만철(滿鐵)의 사환이나 차장으로 둔갑해 리턴 조사단을 미행하라는 명령이었습니다. 목표는 타이피스트라나요? 그들도 사람이니까 식사도 하고 화장실 출입도 하겠지요. 그때 우리 둘이 서로 교대해 가며 하나는 감시원 주의를 흩어놓고 또 하나는 일을 하는 거죠. 서류를 사진으로 찍고 원본을 도로 제자리에 돌려놓는 거예요."

"자신 있소?"

"아마 그런 일 쯤이라면 눈을 감고도 될 걸요."

—리턴 조사단은 이해 여름 1백 50개의 트렁크에 조사 서류를 다져 넣고 만주를 떠났다. 그러나 그 방대한 서류는 아마카스 기관을 통해 쥬네브에 있는 이토 정보부장에게 속속 전달된 것들이었다. 일본이 고립을 각오하고 국제연맹을 탈퇴한 근거가 실로 여기에 있었다.

리턴 조사단과 만주국 집정 푸이의 회담은 5월 3일에 있었다. 그 전날 이타가키가 찾아왔다.

"집정 각하. 내일 국제연맹의 리턴 조사단원 일행이 각하와 면담하기 위해 집정부로 올 것입니다."

그러면서 의미 심장한 웃음을 짓는다.

"정샤오쉬에게 들어서 알고 있소."

"본관이 말씀 드리고자 하는 것은 답변 내용에 관해서입니다. 조사단은 각하께 여러 가지 질문을 할 것입니다. 만주국은 어떤 경위로 수립되었는가, 각하는 어떻게 해서 만주로 오게 되었는가, 이런 물음이 있을 것으로 짐작됩니다. 그 대답은 두 가지 다 만주 인민 민의(民意)를 따라 그리 되었노라 답하시는 게 가장 현명할 듯싶습니다. 관동군을 대표했거나 일본 군인의 한 사람으로 진언하는 게 아니라 각하의 친구요, 조언자인 이타가키가 진심으로 드리는 충고입니다."

'친구? 충고?'

이런 말들이 귀에 몹시 거슬렸지만 푸이는 웃으며 잠자코 있었다.

"……물론 그 자리에는 관동군의 하시모토 참모장 각하와 본관이 동석할 테니 너무 근심하실 필요는 없을 줄로 압니다만."

"알겠소."

드디어 다음날 조사단 일행과 면담을 가졌다. 시간은 통틀어 15분간, 그러나 대화 내용은 극히 중요하였다.

조사단을 대표한 리턴 경이 어제 이타가키가 예언하던 대로 질문을 건넸다.

"만주국은 어떻게 성립되었으며 폐하는 어떤 교섭과 경로로 동북에 오시게 되었습니까?"

푸이는 '각하'가 아닌 '폐하'라는 호칭에 귀가 번쩍 띄었다. 동시에 옛날 스승 존스톤이 생각났다.

'존스톤도 리턴 경도, 같은 영국 사람이 아닌가.'

전에 존스톤이 이렇게 말했다.

"런던의 문호는 폐하를 위해 활짝 열려져 있습니다."

'조사단 일행은 적어도 나를 도우려고 온 사람들이다. 이 사람들 앞에서야 무엇을 감추랴. 속에만 두고 못하던 말을 낱낱이 털어 놓으리라.'

푸이는 결심했다. 짐은 도이하라에게 속고, 이타가키의 협박으로 만주국의 집정이 되었다. 당신은 할 수만 있다면 짐을 런던으로 데려가 주시오, 말하리라고⋯⋯.

흥분되어 얼굴을 붉히면서 둘러본 그이 시야에 관동군 참모장 하시모토(橋本虎之助)와 이타가키의 모습이 파고들었다. 태연을 가장하나 초조한 듯 창백해진 그들 표정을 보며 매서운 눈초리를 볼 때 푸이의 결심은 흐려졌다. 그의 입은 열렸으나 하고 있는 말은 속마음과는 전혀 반대의 것이었다.

"짐은 만주 민중의 열렬한 지지와 추대를 받아 이곳으로 온 것입니다. 짐의 국가는 완전히 자발적 의사에서 자주적인⋯⋯."

여기까지 발악처럼 열을 올려 말했을 때 조사단 일행은 한결같이 미소를 지으며 고개를 끄덕거렸다. 그 이상은 말할 기운도 없었지만 리턴 경도 더는 질문을 계속하지 않았다.

푸이는 조사단과 함께 사진을 찍고 샴페인으로 건배한 뒤 작별인 사를 나누었다. 조사단이 돌아간 후 이타가키는 만면에 웃음빛을 띄고 칭찬을, 피부가 간지럽도록 퍼붓는다.

"집정 각하의 태도는 참으로 훌륭하였습니다. 답변하는 음성도 분명하고 낭랑하였습니다."

정샤오쉬도 대머리를 흔들면서 말했다.

"저, 서양 사람들을 신도 만나보았습니다마는 말하는 것이 모두 기회 균등과 외국의 권익 문제로 신이 짐작하던 대로였습니다."

—어전을 퇴출한 리턴 조사단 일행은 만주국 총무청 장관이라는 직함을 가진 고마이(駒井德三)를 만났다. 국무총리인 정샤오쉬는 명색뿐이고 실질적인 총리는 고마이였던 것이다. 그야말로 명실상부한 만주국의 국무총리요 실력자였다. 일본은 이 사실을 감추려 하지 않았다. 일본에서 발행되면서 권위를 자랑하던 종합지《개조(改造)》는 공공연히 고마이를 '만주국 국무총리'라 했고 '신국가의 내각 총리대신'으로 불렀다.

고마이는 본디 만철(滿鐵)에 근무했던 자로 만주에 오자 만주대두론(滿洲大豆論)이라는 논문을 발표했다. 이 글이 동경 재벌과 육군수뇌부의 눈에 띄어서 중국통으로 인정받고 차츰 식민지 행정의 상담역처럼 되었다가 이번에 발탁되어 만주국의 실질적인 '총리' 권한을 장악한 사람이다.

이 교할한 인물이 조사단 인물을 만났을 때 단장인 리턴 경이 먼저 질문의 검을 빼들었다.

"만주국 건국을 시기상조(時機尚早)라고 생각하지는 않습니까?"

여기에 대해서 고마이는 궤변으로 희롱했다.

"시기상조는커녕 만시지탄(晚時之嘆)이 있습니다."

다음 질문은 미국 대표 맥코이 장군 차례였다.

"만주국은 문호개방주의를 표방하고 있는데 과연 실천에 옮겨서 행정과 외교에 반영시킬 셈입니까?"

고마이는 오만한 태도로 답변한다.

"문호 개방과 기회 균등은 만주국의 건국 이념이고 움직일 수 없는 철칙의 정신입니다. 문호 개방정책은 중국에 관심을 가진 열강(列强)을 대변하여 미국이 솔선해서 내세운 정신이 아닙니까. 그러나 중국은 그 권고를 받아들이기는커녕 점점 더 문호폐쇄(閉鎖)주의를 고집했던 것입니다. 우리는 정밀하고 견고한 열쇠를 쥐고 만주국의 문호를 열어 놓을 작정입니다. 따라서 우리는 서구제국(西歐諸國)의 대표자 제군들로부터 감사와 격려를 받을 이유는 있을지언정 추호라도 항의를 들어야 할 까닭은 없다고 확신합니다. 다만, 이 자리를 빌어서 명백히 해두고자 하는 것이 있습니다. 국방에 관한 산업입니다. 이것만은 절대로 문호 개방을 않는다는 원칙입니다. 세계 어느 곳에 국방산업에 대해 문호 개방을 취하는 나라가 있습니까. 있다면 지적해 주시길 바랍니다. 이 점, 만주국이라 하여 예외일 수는 없습니다."

다음에는 다시 리턴 경이 기립했다.

"만주국은 기회 균등을 실행할 의사가 있는지 여부를 밝혀주시오."

"기회 균등은 귀국(영국)이 중국에서 전례를 보여준 바가 있습니다. 즉, 전청(前淸) 끝 무렵 중국 내정이 극도로 문란해져서 통일을 잃고 있을 때 로버트·하아트는 제언했습니다. 지금 귀국 형편으로는 국제간의 신임을 잃기가 쉬우므로 차제에 서양인에게 의뢰, 해관(海關) 행정만이라도 확립해 둘 필요가 있다고 말이죠. 청조는 즉각 로버트·하아트 경(卿)을 총세무사(總稅務司)에 임명해서 해관 확립을 보기에 이르렀던 것입니다. 과연 그 해관에서는 영·불·일·중 각국 사람이 많이 고용되어 일을 했습니다. 이 해관은 중국에서 가장 신용있는 행정기관으로 인정받아 그 기관을 통해 열강은 중국에게 차관(借款)을 주고 중국은 명맥을 유지해왔습니다. 영국 사람들은 이 해관을 가리켜 기회 균등이라고 소리 높여 외쳤지만, 우리 일본인은 이 해관에 취직하려면 거의 거절에 가까운 영어 시험에 합격해야 되었습니다. ……어찌되었든 우리 만주국은 만주인과 일본인이 협력해서 건설한 국가이므로 신국가의 공문서는 만주어와 일본어로 발표합니다. 따라서 어느 나라 국민이건, 만주와 일본 두 나라 국어에 능통하고 또 만주국이 지급하는 대우에 만족할 사람이라면 누구라도 언제나 환영합니다. 이것이 본관이 주장하는 기회 균등입니다. 다 아셨습니까. 아직 이해가 되지 않는 분이 계시면 질문을 해주십시오."

이윽고 조사단은 말했다.

"더는 질문할 필요가 없다고 봅니다. 만주국의 입장을 충분히 이해하게 되어서 여간 다행이 아닙니다."

또 무슨 불리한 궤변이 터져 나올까 두려워서 꽁지를 빼는 것이었다. 그들이 신징(창춘)을 떠날 때 플랫폼에서 고마이 손을 잡은 리턴 경은 말했다.

"신만주국의 건전한 발전을 기원합니다."

그러면서 속에도 없는 외교 사령을 남발하는 극적 장면도 볼 수 있었다.

능변으로 고마이는 어떠한 논쟁에서도 패배한 경험을 갖지 않고 있는 인물이었다. 고마이의 상전은 관동군 사령관일 뿐, 괴뢰 정권의 명목뿐인 원수 푸이 집정이 아님은 물론이다.

기회 균등을 말하는 만주국이건만 일본인과 만주인의 차별 대우는 처음부터 노골적이었다. 봉급 문제부터 그러했다. 국무회의가 관리의 봉급 기준을 심의할 때였다. 국무회의 안건이란 총무청의 사전에 준비한 유인물(油印物)을 각부 총장에게 배부하여 일사천리로 통과시키는 것이고 상정되는 안건은 일본인만으로 구성된 차장(次長)회의에서 이미 가부가 결정되어 올라온 것이라 찬반 의견을 말하는 이가 별로 없지만, 이 급여령(給與令) 제정만은 각자 이해 관계가 얽혀서 잠자코 있을 수가 없었다. 그 초안에서 총장의 불평을 산 것은 일본인과 만주인이 구별되어 있고 일본인 관리에게는 약 40퍼센트 가량의 가봉(加俸)이란 특별 수당을 지불하도록 되어 있었다. 이것을 보자 먼저 항의를 제출한 것이 재정총장 시촤(熙洽)이었다.

"본안은 언어도단이요. 우리 만주국은 복합민족국가인 까닭에 각 민족은 일률평등이라야 합니다. 그런데 일본인은 왜 특별 대우를 받아야 합니까. 친선국을 자처하는 일본 국민이면 친선의 성의를 보여야 하지 않소?"

실업총장 장연경(張燕卿)도 한마디했다.

"혼조 사령관은 일찍이 만일(滿日) 친선, 동심 동덕(同心同德), 화복(禍福)간에 공동 운명체라고 언명한 일이 있습니다. 이제 차별 대우를 하면 혼조 사령관이 주장하는 정신에 배치되니 그 조항은 삭제하는 편이 좋겠습니다."

교통총장 정감수(丁鑑修)와 그밖에 총장들도 저마다 한마디씩 떠들어 중구난방이었다. 백전노장 고마이로도 답변이 궁해져서 기초자인 인사과장 후루미(古海忠之)에게 초안 설명을 명했다. 후루미도 괴변이나 역설에는 능수능란한 사람이었다. 그는 침착한 태도와 정숙한 음성으로 대답했다.

"에―, 여러분께서 평등을 말씀하시지만 대우 문제와 평등을 말하기 전에 능력이 평등한가에 관심 가질 필요가 있다고 생각합니다.

일본인은 능력이 많으니까 봉급도 마땅히 많이 받아야 합니다. 게다가 일본인은 생활 수준이 높아서 주식이 쌀인데 비해 만주인은 수수가 주식입니다. 일본사람더러 수수를 먹으랄 수는 없지 않습니까. 그렇다고 만주인에게 봉급을 더 줄 터이니 반드시 쌀밥만 먹으라고 강요한대도 그것은 무리입니다. 만주 출신의 총장님들이 진정한 친선을 기대하신다면 '일본인은 좀 더 많은 봉급을 받으시오' 이렇게 나와야 마땅할 줄 압니다."

말을 마치자 총장들은 저마다 큰 소리로 떠들기 시작했다. 고마이도 하는 수 없이 휴회를 선언하고 내일 재개(再開)한다며 자리에서 일어났다.

다음날 계속된 회의 석상에서 고마이는 말했다.

"차장들을 불러 연구 검토한 결과 관동군 측 동의도 얻어서 총장의 보수를 차장급과 동일하게 지급하도록 합의를 보았습니다. 그러나 일본인 관리는 일부러 고국을 떠나 만리 타향에 와서 만주인을 도와 왕도낙토(王道樂土) 건설 역군 노릇을 하고 있습니다. 이것은 감격할만한 일입니다. 따라서 일본인관리에게는 특별수당을 지급하도록 결정을 했습니다. 최종적 결정이니 변경이나 수정이 불가합니다."

순간, 총장들은 조금이나마 봉급기준이 높아졌고 또 더 말을 해봐야 눈총이나 맞을 듯싶어 입을 다물었는데, 유독 시쵀만이 혼조 사령관과 친하다는 착각에 들고일어났다.

"나는 돈에 욕심이 나서 하는 말이 아니라 도리를 밝히기 위해 한마디 해야겠소이다. 일본 어른들은, 대관절 왕도낙토를 어디에 건설하려는 것인지 묻고 싶습니다. 건설 장소는 만주가 아닙니까. 그렇다면 만주 인민이 없고도 건설이 됩니까. 만주인을 위한 건설이라면 당당 만주인에게 유리하도록 모든 행정이 실시되어야 할 것입니다.

여기에 대해 답변해 주시오."

이 말을 듣고 앉았던 고마이는 낯을 붉히면서 주먹으로 책상을 쳤다.

"자네는 만주 역사를 알고 있는가. 만주는 일본인의 피와 바꾼 토지다. 러시아 놈들 손에서 탈환한 것이란 말이야. 자네는 그걸 모르는가?"

시좌는 겁에 질려 파랗게 된 입술을 열며 대들었다.

"내가 발언을 하면 안된다는 것이요? 혼조 사령관이라 할지라도 내 앞에서 고함을 지른 적이 없소."

그러자 고마이는 더 큰 소리로 외쳤다.

"내가 가르쳐 주지. 이것은 관동군의 결정이다!"

이 한마디는 매우 효과가 있었다. 시좌는 입을 꾹 다물고 다른 총장들도 말문이 막혔다.

이 일이 있고 나서부터 총장들은 더욱 허수아비가 되었다. 모든 권한은 전부 일본인 차장이 장악하고 있었다. 차장회의는 '화요회의'라고도 불렸는데 총무청이 화요일마다 소집한 이 회의야말로 진정한 각의(閣議)였다. 상황(上皇)이라는 별명이 있는 관동군 사령관에 대해서만 책임을 지는 이 화요회의에는 언제나 관동군 제4과에서 입회하였고 안건도 제4과 필요에 따라 기초되었다.

만주국의 헌법인 조직법(組織法) 제1장은 13조로 되어 있는데 집정 권한이 규정된 부분이다. 제1조는 '집정은 만주국을 통치한다'로 되어 있고, 2조에서 4조까지는 '입법권 행사'와 '행정권·사법권의 집행'이 정해져 있으며, 이하 각조에는, 법률과 동일한 효력을 가지는 긴급 훈령(訓令)의 공포, 관제의 제정과 관리 임명, 육해공군의 통수(統帥), 대사(大赦), 특사(特赦), 감형(減刑) 및 복권(復權)의 권리가 있다고 나열되어 있다. 그러나 집정 푸이에게는 자신의 외출을 결정할 권한이나 자유도 부여되어 있지 않았다.

어느 날 그가 완룽과 누이동생을 데리고 산책을 즐길 양으로 그의 연호(年號)를 따서 명명한 대동(大同) 공원에 나갔을 때이다. 공원 안에 들어서자마자 일본 헌병대와 집정부 경비처(警備處)의 자동차가 부리나케 달려오더니, 집정부 고문관에 취임한 우에스미가 차에서 내렸다.

"각하, 돌아가셔야 합니다."

"왜요? 산책을 나왔는데."

"안되십니다. 지금 신징 시내는 발칵 뒤집혔습니다."

"무슨 일로?"

"각하가 안 계시니 헌병 사령부가 대량의 군대와 경찰을 동원, 시내 각처를 수사 중에 있으니까요."

"그래야 할 필요가 뭐요, 나는 여기 이렇게 있는데?"

"각하는 이 나라 최고의 집권자이십니다. 각하가 안 계시면……."

"나라가 안 되기라도 한다는 말이요? 내가 집정부 안에 있어도 하는 일이 없을 뿐 아니라 도리어 없는 편이 당신네들 일하기가 편리할 듯싶소만."

우에스미는 눈을 똑바로 뜨고 꾸짖듯이 덤벼든다.

"안된다면 안되는 줄이나 아십시오. 각하의 신변 안전과 권위를 위해 금후에는 절대로 외출하시는 걸 허락할 수 없습니다."

"나오지 말라면 알겠소."

그 뒤부터 푸이는 관동군이 마련하는 공식 행사 말고는 한 번도 정문 밖을 나서지 못하였다.

답답하여 푸이는 몸살이 날 지경이었다. 각부 총장이라는 자들이 가끔씩 들어온 적이 있으나 그들도 감시 받는 몸이라 다니는 곳이 일정하여서 새롭거나 재미있는 화제를 가져다 주지는 못했다.

혹시 공무에 관해서라도 물을라 치면 한결같았다.

"차장이 처리합니다."

"이 일은 차장에게 물어봐야겠습니다."

하지만 그 차장이라는 일본인은 일체 푸이 앞에 나타나는 일이 없었다.

고립

불안과 실의(失意) 속에 살아가는 집정 푸이에게 이제는 발악조차 할 수 없는 충격적인 뉴스가 전해졌다. 관동군의 독주(獨走)와 행패, 그것이 사령관 이하 간부 진영의 경질로 시정될 수도 있지 않나 이런 기대를 완전히 뒤엎는 사건이다. 즉 일본 육군이 국내외를 막론하고 호전적이고 독재적임을 알게 하는 암담한 소식이었다.

1932년 5월 15일, 그날은 일요일이었다. 육해군의 청년장교 18명이 백주에 수상관저를 습격, 총리대신 이누가이(犬養毅)를 살해하고 내대신(內大臣) 관저와 경시청, 정우회(政友會)본부, 일본은행과 미쓰비시(三菱)은행, 각처의 변전소(變電所)에 폭탄을 던졌다. 이것은 상하이사변이 만주에서처럼 실효를 거두지 못한데다 사후 처리를 미온적이고 소극적 외교로 흐지부지 넘겨버린데 대한 군부 파시즘 반발이 낳은 산물이다.

'5·15 사건'으로 불리우는 이 폭풍은 재벌과 결탁한 정당 정치가 현상 유지를 고수하여 전쟁 불확대 방침을 세우자, 급진파로 대소전(對蘇戰)까지 주장하는 육군대신 아라키(荒木貞夫) 대장을 추대한다. 군부 독재 내각을 구상해온 파시스트 군인들이 군비 조달 불능을 내세워, 아라키 대장(大藏) 대신 다카하시(高橋是淸)를 지원하는 수상과 또 겁 많은 천황에게 염전(厭戰)사상을 불어넣는 소위 '군측(君側)의 간(奸)'을 제거할 목적으로 거사한 군부 쿠데타였다.

표면에 내세운 동기는 이누가이 수상이 장쉐량에게서 거액의 뇌물을 받고 매수 당했다는 것이지만, 실상은 전쟁에 대한 천황의 소극책을 정면으로 공격하고 나선 게 분명했다.

내대신 마키노 노부아키(牧野伸顯)는 주말이라 마침 관저에 없었기에 망정이지 하마터면 피살될 뻔하였다. 급보에 접한 그가 여행지에서 피신을 하였을 때 묵고 있던 여관이 습격을 받아 방화로 말미암아 잿더미가 되어 버린 사실만 보더라도 명백한 일이다.

해군 중위 고가(古賀淸志)와 미카미(三上卓) 등 육사생도, 다치바나(橘孝三郎)의 애향숙(愛鄕塾)과 합세한 이 폭동에 농민 결사대까지 가담한 것은 이채로운 일이었다. 아무튼 수도를 혼란시켜서 계엄법령을 선포케 한 후 혁명을 단행하자는 의도였는데 아라키 대장은 주모자를 불과 4개월 금고형에 처하여 군부에 대한 인기 전술을 썼다. 그래도 해군에서는 최고 15년을 언도했으나 몇 차례 감형, 몇 해 뒤에는 석방되어 만주국에서 정치 활동을 펼치게 된다. 이렇게 되니 전쟁 확대를 위한 폭동이라면 위에서 장려하는 셈이 아닌가. ─이 사건에 대한 소식을 들은 푸이는 기막히지 않을 수 없었다.

'근왕(勤王)의 오랜 전통을 가진 일본 군인이 저희 나라 천황에게도 저렇게 대하거늘 나는 무엇이냐. 군벌이 세운 꼭두각시 건국이라는 이름으로 형성한 집단의 괴뢰 집정…… 그나마 이제 겨우 얼마가 되었느냐. 마땅치 않으면 언제라도 쥐도 새도 모르게 죽임을 당할지 모른다……'

등골이 서늘했다. 국제연맹 조사단장 리턴 경 일행이 왔을 때 자기를 영국으로 데려가 달라지 않은 것이 얼마나 다행인지 모른다. 만일 그렇게 말하였다면 지금쯤은 혼탁한 공기나마 이렇게 호흡하고 있지 못했을 게 아닌가.

'욕심을 버리자. 살아있는 것만도 다행이다.'

하면서도, 신변을 감도는 검은 구름과 조바심을 해소해 줄 곳은 역시 국제연맹인 것 같은 생각이 들었다.

'기다려보자. 조사단의 보고가 어떤 것인지를.'

9월 4일에 완성된 리턴 보고서는 10월 2일에야 공포(公布)되었다. 18만 단어로 된 이 방대한 보고서의 내용은 중국이 통일 국가 길을 걷고 있음을 논증하고 9월 18일 밤에 일어난 일본 측의 군사 행동 (만주사변)은 정당방위로 인정할 수 없으며, 만주국이 순수하고 자발적 독립운동 결과로 탄생된 것으로 볼 수 없기에 이를 승인할 수 없다. 그러나 만주에 '특수 사정'이 있음을 인정한 9·18 이전의 상태로 복귀시킴은 '현실의 사태'를 무시하는 것으로 해결의 길을 모색하기란 불가능하다……였다.

이 보고서에서 '만주에 관한 해결 원칙 및 조건'이란 대목 10개 항목만 뽑아내볼까.

① 중일 쌍방 이익과 양립할 것.

② 러시아의 이익에 대한 고려

③ 현존 다변적(多邊的)조약과 일치

④ 만주에 있어서 일본 이익 승인

⑤ 중일 양국간에 있어서 신조약 관계 성립

⑥ 장래에 있을지 모를 분쟁 해결에 대한 유효한 규정

⑦ 만주의 자치(自治)

⑧ 내부 질서 및 침략에 대한 보장

⑨ 중일 양국간의 경제적 제휴 촉진

⑩ 중국 개조에 관한 국제적 협력

이 보고서 내용이 선명하지 않은 것은 상호 모순과 전후당착이 있기 때문이다. 보기에 따라서는 쌍방이 다 유리한 듯하고 또 불리한 것도 같다. 요컨대 성격이 뚜렷하지 않고 태도가 분명치 않다. 외교 문서의 항례로 신축성이 있다고 하면 그만이겠으나 조사 업무를 수행하는 입장에서 볼 때는 모호하기 짝이 없어, 곧 조사단 자체 내에서 견해 불일치를 의미하는 것이 되고 말았다. 관계 당사자 간에 환영과 빈축을 동시에 받기가 알맞으나 기득권을 잃지 않고 확보하려는, 앞으로도 더 취득하려는 일본에게는 극히 불리한 내용이 아닐 수 없다. 일본 전권대표 마쓰오카 요스케(松岡洋右)는 회원국인 42국 대표를 상대로 고군분투하지 않으면 안되었다.

레망 호수 남쪽 언덕에 자리 잡은 스위스 관광 도시 쥬네부는 알프스 최고봉인 몽블랑 연봉(連峰)의 백설이 보이는 것으로 유명하지만, 1920년부터 국제연맹의 본부가 있는 점으로도 이름이 높다.

이 메트로폴 호텔은 4층 건물에 객실이 110개인데, 그중 105실까지 일본인 숙박객으로 북적거렸다. 일본의 전권대표 마쓰오카 일행 숙소임은 물론, 국제연맹에 관계되는 일본인이 모두 이곳에 묵고 있기에 층층이 일본 국기가 게양되어 마치 일본에 있는 듯한 착각을 불러일으킨다. 일본 옷과 왜나막신, 일본 음악, 일본어로 가득 채워진다.

2층 살롱에서 대기 중인 일본인 신문기자가 일본과 앙숙인 스페인 기자를 붙들고 앉아 세뇌 설득에 온 힘을 기울이고 있었다.

"……문제는 만주에 있어. 그건 중국 영토가 아니고 별개의 나라였단 말이야, 민족도 다르지. 중국은 한족, 만주는 만주족……. 그런데 만주 황제가 지금부터 3백년 전쯤 중국을 정벌해서 통일제국 청나라의 황제가 됐지. 20년 전 혁명이 일어나서 중국인은 황국의 후손인 선통제를 쫓아냈어. 황제는 몰아냈지만 가지고 있던 만주땅은 돌려 주지 않았거든. 그런 걸 만주 인민들이 옛날 주인의 자손인 선통제 푸이를 모셔다가 나라를 세웠어. 그게 만주국이야. 조상의 국토가 그 자손에게로 돌아왔는데 어째서 나쁘지. 뭐가 틀렸다는 거야?"

스페인 기자들도 녹록지는 않았다.

"일본인의 입장으로는 그렇게 주장하고 싶겠지만 그 논리가 정당하다면 프랑스는 부르봉(Bourbon) 왕가(王家)후손에, 독일은 카이제르에게 돌려줘야 되지 않겠어? 문제는 만주독립과 일본의 행동에 있는 것이지."

"잠깐, 그럼 한가지 비유를 들어서 설명할게. 가령 말이야, 이렇게 생각할 수는 없을까. 선통제의 조상이 옛날 중국으로 장가들 때 만주라는 딸을 데리고 갔단 말이야. 그런데 중국은 남편만 쫓아내고 그 딸은 놓지 않았거든. 왜 그랬을까. 그 이유는 뻔해. 그 의붓딸이 미인인데다 재산이 많으니까. 계모는 의붓딸의 재산을 빼앗을 뿐 아니라 들들볶고 구박이 심해. 만주는 울면서 몸부림쳤지. 이 기회에 감언이설로 추파를 던져온 것이 러시아, 미국, 영국이라는 능글맞은 홀아비들이었다 이 말이야. 그중에서도 러시아처럼 뚝심깨나 있는 색마가 29년 전에 이 처녀를 강간하려고 덤볐어. 이때 이웃에 사는 일본이라는 총각이 목숨 걸고 러시아를 물리쳐 줬거든. 처녀는 고맙게 알고 그 총각과 사랑하는 사이가 되었어. 이 연애를 보고 계모도 처음에는 못 본체 했었는데, 최근에 와서는 트집을 잡기 시작했어. 의붓딸만 못살게 구는 게 아니라 사위까지도 천대해. 처녀는 연인에게 모든 운명을 맡겼다. 그럴 수밖에 없는 게, 벌써 그들은 임신을 해서 '만주국'이라는 옥동자를 낳아 건강하게 키워가고 있단 말이야. 이걸 옆에서들 내놓으라고 한다고. 연인과 자식을 한꺼번에 내놓을 미친 놈이 어디 있겠어."

"흠, 자네 본국에서 발행하는 신문에 실린 이야기의 재탕이로군."

"하하하, 일본인이면 누구나가 꼭같이 갖고 있는 신념이지."

스페인 신문기자는 회중시계를 보면서 자리에서 일어났다. 일본인 기자의 궤변을 지금까지 참으면서 들어준 데는 나름대로 이유가 있었다. 스페인 대표 마달랴가를 마쓰오카가 오늘 중에 방문한다는 정보를 입수했기 때문이다. 마달랴가·마쓰오카 비밀회담을 특종기사로 내려고 누구보다 먼저 미행하기 위한 대기시간을 심심치 않게 보내려는 의도로 일본기자에게 웅변 연습을 하게 한 것이다.

일본의 전권대표 마쓰오카가 무슨 일로 스페인 대표를 만나려 하는지에 대해서는 알고 있지 못했다. 그것을 아는 길은 두 사람의 대화를 도청하거나 마달랴가의 공식 발표에서 추리하지 않으면 안된다. 그때를 기다리기에는 그의 젊음이 용납치 않았다.

'내가 잘못 알았나?'

그렇더라도 아주 근거가 없지는 않을 것이다.

'그렇다면?'

선수를 써서 마달랴가 대표를 먼저 만나보는 것이 상책이겠지…….

"어딜 가나?"

일본 기자가 묻는 말에 그는 의미심장한 미소로 대답하고 마달랴가 대표의 숙소로 자동차를 몰았다.

"마달랴가 각하, 안녕하십니까?"

반가운 스페인어에 반색을 한 마달랴가가 방문객이 신문기자인 줄을 알고는 선뜻 악수를 청한다.

"어서 와요. 기자 동지."

"마쓰오카가 온다더니 왜 여태 안오죠?"

"음? 그걸 어떻게 아오?"

"각하가 아시기 전부터 알고 있는 일을 또 물으시다니요. 너무 하십니다."

"하하하. 역시 빠르구려. 하지만 일곱 시에 온다는 것까진 몰랐나 보군."

"왜 모르겠습니까마는 그 전에 각하를 만나뵙고 예비 지식을 얻어 두려는 두둑한 배짱입니다."

"하하하, 우리 스페인은 보도진까지 약삭빠르다니까."

"각하, 어물어물 시간을 끌 작정이십니까. 어서 질문에나 답변해 주십시오."

"묻구려, 대답할게."

"짐작은 하고 있습니다마는 각하께 듣고 싶습니다. 마쓰오카가 각하를 왜 방문하지요?"

"그야 뭐 뻔하지. 지난 9월 15일 일만의정서(日滿議定書) 조인으로 일본이 만주국을 승인했지 않소? 그러나 회원국은 승인하지 않을 뿐 아니라 일본의 승인까지도 허락치 않는데 문제가 되는 거요. 아무튼 일본은 이 문제를 이사회에서 해결하고 싶겠지. 이사회 결의는 만장일치여야 되니까 한 나라만이라도 반대하고 나서면 결의가 성립되지 않아. 그러나 총회는 다르지. 과반수로 의사가 결정되니까 되도록 총회에 넘기지 않으려고 마쓰오카가 기를 쓰고 덤비는 판이요."

"그런 걸 군이 총회에 붙이도록 한 것은 각하의 공이 아닙니까?"

"하하하, 내 공이랄 게 있소? 연맹국의 다수를 차지하고 있는 소국(小國)대표들이 일국일표(一國一票)주의라는 점이요. 큰 나라건 작은 나라건 같은 한 표의 표결권밖에 없으니까 수효가 많은 소국이 단합만 한다면 아무리 큰 나라라도 꼼짝을 못한단 말이요. 이번에도 체코슬로바키아의 베네슈 대표와 내가 손을 잡고 소국을 이끈 보람이 나타난 것인데, 이렇게만 나간다면 앞으로는 국제연맹을 자유롭게 움직일 수 있을 듯싶소이다."

"그래도 일본이 만주국 승인을 취소하지는 않을 것 같은데요."

"그러니까 날 만나는 거지."

상하이사변 조정을 위해 총회 안에 설치된 19개국 위원회의 중심인 스페인 대표 마달랴가를 마쓰오카가 포섭하려는 것은 당연한 일이다. 지난 11월 21일, 연맹 이사회가 리턴 보고서를 심의하는 자리에 일본 대표로는 마쓰오카, 중국 대표로 고유균(顧維均)이 참석했었다. 개회 첫날 마쓰오카는 리턴 보고서에 대한 의견서를 제출하는 동시 보고서 내용을 반박하는 연설을 하고, 고유균은 찬성하는 의사를 표명했다. 다시 25일에 열린 이사회가 보고서 토의를 총회에 돌리도록 의논할 때 마쓰오카는 반대, 고유균은 찬성했다. 그러나 25일에 이르러 마달랴가 체코의 베네슈 대표 등 활약으로 안건을 총회에 붙이기로 결정을 보았다. 그 총회를 열기로 한 12월 6일을 이틀 앞둔 4일 저녁 7시, 마쓰오카는 마달랴가와 면담이 성사되었다. 회유, 매수, 위협……?

'무슨 수단을 쓰려나.'

마쓰오카의 흉중은 복잡했다.

'오냐. 다 해보자, 최선의 방법을.'

능변(能辯)인 마쓰오카는 먼저 담판부터 착수했다. 설득해 보려는 엉뚱한 배포였다.

"특별 총회가 모레로 박두했지요? 바쁘실 터인데 웬일로 이렇게 찾아오셨습니까?"

"예, 실은 그 문제에 관해서 각하의 기탄없는 의견을 듣고 우리가 의도하는 바를 말씀드리기 위해 방문하였습니다."

"흠. 원하신다면 들려주셔도 좋습니다."

"들어보겠습니다."

"뻔하지 않습니까. 일본이 만주에서 손을 떼라는 것이외다."

"그 이유는요?"

"그 이유는 리턴 보고서가 설명하고 있습니다."

"보고서의 일부는 우리도 동의합니다만 다른 일부에 도저히 동의를 할 수 없는 중대한 오류(誤謬)와 억측이 있는 것을 우리는 압니다. 각하가 지지하는 건 바로 그 오류의 방면이 아닐까요?"

"오류의 방면?"

"그렇습니다. 먼저 각하께 일본정부가 제출한 의견서를 충분히 정독하실 것을 권고합니다. 현재 형편으로는 혼란이 극심한 중국의 사정, 거기다 사활(死活)의 운명을 건 일본이 아니고서는 이해하기 어려울 것입니다."

"이유야 어찌 되었건 일본군의 행동은 분명한 침략행위올시다. 정당방위가 아니란 말씀이요. 고작 철도 분쟁 사건을 가지고 엄청난 파괴와 살륙을 감행하다니… 지나친 짓이라고 생각하지 않으시오?"

"겉에 나타난 것만으로는 그렇게 볼 수도 있겠습니다마는 일본은 오랜 세월을 두고 중국의 억지와 모욕을 참아왔습니다. 이번 철도 파괴가 다만 그 발화점이라는 것을 왜 생각지 않으십니까. 화산이 터지는 것은 조그마한 구멍이지만 터지기까지 얼마나 뜨거운 것을 속에 간직했는지 왜 모르느냔 말입니다. 당신은 정열의 나라 스페인 사람이 아닙니까. 솔직하게 우리 일본의 고충을 받아들일 수는 없는지요?"

"거절합니다."

"거절이라고? 만주가 우리 일본의 생명선인 줄을 안다면 그런 말은……."

"만주가 일본의 생명선이라면 국제연맹은 우리들 생명선이요."

"그러나 연맹이 일본의 압박만을 일삼을 때 연맹 자체도 위기에 봉착하리라는 걸 기억하시오."

"돌아가 주시지요. 다른 분들과 만나기로 약속한 시간이 되었으니까요."

마쓰오카와 마달랴가의 막후 교섭은 결렬되었다.

마쓰오카가 돌아간 뒤 마달랴가를 찾아온 사람은 중국 대표 고유균과 체코의 베네슈 대표였다.

"베네슈씨 이걸 보시오. 연맹 특별총회에 제출할 결의안 초고입니다."

마달랴가 내미는 종이를 받아들고 베네슈는 만족한 표정이었다.

"흠, 훌륭합니다. '일본의 군사행동은 정당방위가 아니다. 만주의 독립은 자발적이라 인정할 수 없는 리턴 조사원 인정을 기본 삼아 미국과 러시아를 초청해서 해결한다…' 하하하, 이만하면 됐습니다."

고유균도 흥분했다.

"이 결의안을 총회에 제출한단 말씀이지요."

"그렇습니다. 스페인, 체코, 아일랜드, 스웨덴, 4개국 명의로 제출할 작정입니다."

"통쾌한 일입니다. 잘 부탁합니다."

드디어 12월 6일, 국제연맹 특별총회가 열렸다. 의장석 앞에 마련된 연단에서는 영국 대표 싸이른 외상의 연설이 한창이다.

"……이 문제는 한 나라의 군대가 이웃나라를 침범했다는 단순한 것이 아닙니다. 만주에는 매우 복잡하고 까다로운 사정이 있다고 보는데, 리턴 조사단의 보고서는 두 나라에 대하여 엄정하고 공평된 비판을 내리고 있습니다. 양국은 리턴 보고서를 전적으로 수락하지는 않는다 해도 서로 양보할 여지는 있다고 봅니다. 일·중 두 나라가 스스로 해결하기 어려운 형편이므로 연맹의 권위와 책임하에 해결을 지어야 될줄로 믿는 바입니다. 19개국 위원회에 미국과 러시아 대표를 포함시킬 방법이 있다면 한결 효과적인 줄 압니다."

이것은 일본의 입장을 유리하게 만드는 발언이었다. 총회 표결 결과는 뻔하니 일본을 막다른 골목에 몰아넣어 결렬을 재촉하기보다

냉각기를 두어 어쩌면 제출될지도 모를 결의안을 보류시키고, 미·소 양대국을 가맹시켜 그 권위로서 절대 다수를 점하는 약소국의 횡포도 봉쇄하자는 일거양득의 영국다운 노련한 외교술이었다. 그러나 다음은 마달랴가 스페인 대표가 올라섰다.

"여러분. 중·일 양국 분쟁은 급기야 국제연맹과 일본정부와 견해 차이로 대립하는 불행을 초래하고 말았습니다. 과거 1년의 분쟁을 돌이켜볼 때, 사태 악화를 방지하려는 엄숙한 공약이 이루어진 아침에 한 도시가 점령되고, 병력의 철수를 맹세한 저녁에 한 도성이 침공을 받았습니다. 이것은 일본의 불신이 여지없이 폭로된 것으로서 이 국가 이익과 국제 이익의 충돌은 일본인 자신의 가슴속에 중대한 충동과 비극을 몰아왔던 것입니다. 오늘날 우리 임무는 연맹의 권위를 재건하고 모든 원칙을 천명하는 데 있습니다. 예를 들면 중국의 만주가 일본의 만주로 되는 것을 단연 거부해야 합니다. 따라서 국제적인 무정부 상태를 지양하고 세계의 엄연한 질서 확립을 위해 매진할 것을 요구하는 바입니다."

이때 체코 외상 베네슈가 의장석으로 나아가 이만스 의장에게 서류를 수교하였다. 전격적인 결의안 제출이다. 이만스 의장은 놀라면서 발표한다.

"에―지금, 스페인, 아일랜드, 체코, 스웨덴 4개국 대표 연명으로 된 결의안이 제출되었습니다. ……사무총장, 낭독하시오."

장내가 소연한 가운데 드러몬드 사무총장이 기립했다.

"결의안. ……총회는 금번 중·일간에 일어난 사태를 가증한 전쟁으로 생각한다. 1931년 9월 내일 이후 계속된 일본의 군사 행동은 정당한 자위 수단이라고 인정할 수 없다. 현 만주 정권의 승인은 현재 국제적 의무와 상치한다. 이상의 인정을 기초로 하여 분쟁 해결을 확보할 목적에서 19개 위원회에, 미국 및 소비에트 연방 협조를 간청할 권한을 부여한다…… 이상입니다."

영국의 요청을 받아들인듯 보이나 그것이 아니다. 미·소를 가담시키는 것이 아니고 협조를 요청, 그나마 권한을 부여한다고만 했다. 단순하고 경망한 마쓰오카는 얼굴을 붉히면서 발딱 일어났다.

"의장! 긴급동의."

"말씀하시오."

언권을 얻은 마쓰오카는 제자리에서 카랑카랑한 음성을 높이었다.

"본인은 일본 정부를 대표해서 4개국이 제출한 결의안 철회를 요구합니다. 만일 이것이 불가능하다면 결의안 표결을 총회가 조속히 시행할 것도 아울러 요구하는 바입니다. 그러나 이 난폭한 결의안을 총회 표결에 붙이는 결과가 얼마나 중대하고 불행한 사태를 빚어낼지는 제안자 자신도 아마 알고 있지 못할 것입니다. 그와 같은 불상사가 연맹에 미칠 영향을 본인은 연맹 일원으로서 깊이 우려하는 바입니다."

연맹의 탈퇴라도 불사하겠다는 발칙한 발언에 이만스 의장은 받아쳤다.

"지금 토론 중이므로 일본 대표의 요구는 나중에 답변키로 하겠습니다. 그럼 중국 대표."

지명 받은 중국 대표가 등단했다.

"중국은 불법한 침략의 산물인 만주 정권이 현명한 각국 대표의 표결을 따라 승인이 일축될 것을 희망하는 바입니다. 금후에도 중국은 합법적 자위 수단인 거부권을 계속 행사할 것을 밝혀둡니다. 일본 대표는 중국의 혼란과 불통일을 주장하고 있으나 그 대답은 리턴 위원회가 경멸로서 이미 하였습니다. 지난 3월 11일 결의에 따른 일본군 철퇴를 신속히 완료하도록 요청하는 동시, 정의와 평화를 사

랑하고 부정을 증오하는 각국 대표 힘으로 하루바삐 일본의 압박에
서 중국을 구출하도록 엄숙히, 열렬히 간구하는 바입니다."

이번에는 마쓰오카가 단상에 올라갔다.

"여러분, 본인은 각국 대표 발언에 대한 반론할 권한을 유보하면
서 우선은 논리가 공평하지 않다는 점을 지적하고자 합니다. 지금까
지 발언 중 리턴 보고서를 인용함에 있어서 문맥을 도외시하고 유
리할 듯한 지엽 말단의 일부를 추려 모아 공정치 못한 궤변으로 함
부로 희롱하고 있습니다. 일례를 들면 '1931년 9월 18일 밤에 일어난
일본의 군사행동은 정당한 자위 수단으로 인정할 수 없다'라는 내
용인가 하면, '일본 장교는 자위행동으로 믿고 행동하였다'는 대목도
들어있습니다. 이와 같은 모호한 보고서를 근거삼아 일본에게 누명
을 씌우면서 무죄를 증명하라는 태도는 분명한 불공평이라 아니할
수 없습니다. 일본은 조약상 권리를 따라 거류민의 생명, 재산을 보
호하기 위해 군대를 만주에 주둔시켰던 것뿐입니다. 본인은 만주가
일본의 생명선이라고 수차례 주장하여 왔습니다. 이것은 일본이 차
지할 경제 국방상의 이익만을 지적한 게 아닙니다. 만주국의 건전한
발전은, 동양 분규의 원인을 제거하여 주민의 낙토를 건설하고 자원
을 개발해서 동양 평화의 초석이 되며 나아가 전 세계 인류복지에
이바지할 계기와 터전이 될 것을 믿는 탓에 소리 높여 외쳐온 것입
니다. 원컨대 여러분은 제국 정부가 공개한 의견서를 숙독하시고 일
본의 성의와 열정을 이해하여 주시도록 부탁드립니다."

이때 이만스 의장이 토의 종결을 선포하였다. 남은 문제는 철회냐
표결이냐 하는 것뿐이다. 그러나 의장은 계속하여 총회 폐회를 선언
하여 아슬아슬한 폭발 직전에서 간신히 위기를 모면했다. 그러나 이
것으로 문제가 해결된 건 아니다. 이만스 의장은 드러몬드 사무총장
을 시켜서 영·불·이(伊), 3국 대표를 불러서 안으로 들이고는 이마

를 맞대고 대책을 의논했다.

이태리 대표 아로이디 남작의 제안으로 철회를 권고하기 위해 마달랴가를 불렀으나 그는 강경한 태도로 결의안 철회를 거절한다. 4개국의 체면과 위신을 생각해선들 어찌 그렇게야 할 수 있느냐는 것이다. 결국 철회도 표결도 보류하고 묵살하자는 데로 의견을 모아 일본 대표의 의향을 물었더니 마쓰오카도 한 발 양보해서 입을 열었다.

"그런 방법이 있다면 물론 일본 대표부도 남의 나라 면목을 손상시킬 생각은 없습니다."

그러면서 아량을 보이는 듯 굴었다. 그러나 여기에는 나름대로 흑막이 있다. 지연작전을 쓰면서 러허(熱河)지방(지금의 요령, 내몽고, 지난성의 접경 일대)을 점령하여 '기정사실'을 만들어 두자는 배짱이다. 외교상 군사상의 목적을 수행하기 위해 지연작전은 처음부터 일본이 원하는 바였다. 여기까지는 일본 외교의 승리라고 할 수 있겠다. 그러나 국제연맹이라고 장님들의 모임은 아니다. 일본의 속셈을 모를 리 없다. 이것을 못박기 위한 드러몬드 사무총장의 다짐은 날카로웠다.

"그럼 한가지 묻겠습니다. 일본은 러허성(熱河省)을 공격할 의도가 있습니까?"

마쓰오카는 얼굴을 붉히면서 원숭이처럼 웃었다.

"작전상 문제를 일개 외교관이 말할 것은 못되지만 러허는 만주국의 영토입니다. 국내 문제에 관해서 연맹의 용훼(容喙)는 무용이라 생각합니다."

마쓰오카의 경솔이었다. 속을 드러내어 본색을 보인 꼴이 되었다.

궁지에 빠진 국제연맹은 일·중 문제를 19개국 위원회에 일임한다는 모호하고 희미한 결정으로 부산스러운 결말로 얼버무렸다. 그리고 새해를 맞이하였다.

연맹의 무능과 일본의 본심을 안 장쉐량은 초조하였다. 군부 진용에 동요가 있을 것을 깊이 우려한 탓이었다. 그의 짐작은 적중하였다. 그러나 장쉐량은 아무것도 생각하고 싶지 않았다. 주색에 파묻혀서 모든 것을 잊어버리고만 싶었다. 36세의 한창 일할 나이건만 그가 힘들여 하는 일은 엽색(獵色) 행각뿐이었다. 펑톈에 있던 고관 자녀의 교육기관인 동택(同澤)여학교서 뽑아 들인 정실부인만도 벌써 다섯이다. 그러고도 모자라서 10만원의 대금을 들여 호접(胡蝶)이라는 여배우를 농락하려다가 실패하고는 폭력으로 소유하려는 추태까지 부렸다. 베이징 서성(西城) 순승왕부(順承王府) 장쉐량의 침실에 감금된 호접은 자기를 겁탈하려는 색마의 뺨을 보기좋게 후려치면서 조용히 입을 열었다.

"각하, 지금이 어느 때입니까. 각하는 동북군사령이 아니십니까. 지금 이 베이징은 동삼성에서 온 피난민과 허난(河南)방면에서 기근과 비적에 쫓겨온 4, 50만이 뒤섞여서 추위와 굶주림에 허덕이고 있습니다. 또 전선은 어떻지요? 20만 동포가 러허의 황야에서 한사코 조국을 수호하려고 대기하고 있지 않습니까. 각하만이 수천의 호위병과 철조망 속에 편히 지내며 이런 짓이나 하고 있어서야 되겠습니까?"

"그런 말은 하지 말어, 나는 생각하고 싶지 않다."

"각하, 그런다고 사실이 없어집니까. 각하의 고향 만주는 일본에 짓밟혀서 저꼴이 되었는데도 각하는 무엇을 하셨지요? 남방에 조직된 항일구원회에서는 벌써 몇 차례나 군자금을 거둬서 각하께 바쳤다고 들었습니다. 그 돈을 가지고 육림(肉林)에서 녹주(綠酒)나 부리셨지 촌토(寸土)나마 실지(失地) 회복을 하셨냐 이 말씀이에요?"

"두고 봐. 국제연맹에서 반드시……."

"각하, 어째 남을 믿으시나요? 자기 일은 스스로 처리해야죠. 나 같은 거 이까짓 낡아버린 몸 따위… 항일을 위해서면 당장 가루가 된대도 아까울 것 없어요. 이걸 각하께 바쳐서 위안이 되고 새 힘을 얻으신다면 언제든지 드리겠어요. 하지만 각하는 그게 아니에요. 하루하루 수렁길에 빠져 들어가는 줄을 알고야 어떻게…… 그러지 맙시다. 각하!"

"호접, 이 밤만은 눈 감아다오. 오늘만 즐겁게 해다오, 내일이 없는나다."

"안됩니다, 각하. 지금 내 목숨을 빼앗을 수는 있어도 이 몸만은 어떻게도 못하십니다. 차라리 항일전선에 내세워 주세요. 러허 일선에 보내주셔요. 살이 흩어지고 뼈가 튀는 일이라도 사양치 않겠어요."

"건방진 것. 듣자 듣자 하니 무슨 잔소리가 그리도 많아. 이리와!"

표범 같은 장쉐량이 호접의 몸을 덮치었다. 뜨거운 입김을 화통처럼 내뿜을 때 쇠로 잠근 문에서 노크 소리가 들려왔다.

"무, 무어야?"

"각하. 보고드릴 말씀이 있습니다."

총참모 영진(榮臻)의 목소리이다.

"나중에 들으면 안될까?"

"화급을 랴오허강은 일이라서……."

"음, 나갈게."

장쉐량은 끄르던 허리춤을 도로 걷어올리고 호색적인 눈초리로 호접을 바라보며 작전실로 나왔다. 거기에는 베이징 주둔군 사장(師長) 왕수상(王樹常)도 와 있었다.

두 사람 다 장쉐량의 심복이다. 이밖에도 만푸린 (萬福麟), 탕얼허

(湯爾和), 탕국전(湯國楨), 주광목(朱光沐), 산하이관에 있는 허주궈(何柱國), 톈진의 우학충(于學忠) 등이 있건만, 그중에서도 이 두 사람을 쉐량은 깊이 신임한다.

작전실 안에 심상치 않은 공기가 감돈다.

"무슨 일인데?"

"주칭란(朱慶瀾)의 태도가 아무래도 수상합니다."

주칭란은 항일구국회의 최고 책임자다. 난징 정부의 군자금 부담으로 10만의 부정규군(不正規軍)을 편성해 지금 러허 방면에 진출해 있는 장군의 한 사람이다. 겉으로는 항일 원조라지만 장제스가 보낸 감시원이라고도 볼 수 있는 주칭란, 그래서 장쉐량은 평소부터 이 사람이 마땅치가 않았다.

"어제 오늘 시작된 일이지 않은가. 그까짓 걸 갖구 뭘 이 밤중에……."

장쉐량은 침실에 두고 온 호접의 요염한 육체가 눈앞에 어른거렸다.

"그렇지 않습니다. 주칭란이 러허에서……."

"거기에는 만푸린이 있어. 제 아무리 발딱거린대두 잘돼 갈테지."

"두 사람의 대립이 심각합니다. 그 결과 2개 여단 정도가 동요하고 있습니다……."

"무어?"

"그런 정보가 조금 전에 입수됐습니다. 잘못하면 반기를 들고 동북 위조직(만주국) 쪽에 가담할 염려가……."

"급료는?"

"지급 됐습니다."

"장교들에게 돈을 좀 써볼까요?"

"그건 안 돼!"

장쒜량은 눈을 부릅뜨면서 계속 말한다.

"……2개 여단쯤, 될대로 되라지. 돈을 줘 버릇하면 거기에 맛을 들여서 다른 부대까지 동요될 염려가 있어."

"그건 그렇습니다. 영향이 좋지 않을 겁니다."

장쒜량은 뒷짐을 지고 방 안을 거닐기 시작했다. 그가 심각한 궁리를 할 때 늘 하는 버릇이다. 러허 방면의 동요는 치명적이 아닐 수 없다. 무슨 짓을 해서라도 이곳만은 사수해야 한다.

국제연맹과 국민 앞에 내세울 체면을 위해서도 최소한 러허성은 확보해야 할 필요가 있다.

'내가 살아날 길은 국제연맹뿐인데.'

연맹이 중국편을 들어 주어서 일본이 이탈을 하면 그때는 중·일 간의 문제가 아니라 국제연맹 대 일본 관계가 되니 책임이 벗겨질 뿐 아니라 대세가 유리해지리라. 연맹이 만주국을 승인한대도 그것으로 실지회복에 등한하다는 국민의 비난을 피할 수가 있다. 그렇게 되면 만주를 깨끗이 단념하고 허난 방면으로 진출하여 재기(再起)를 구상해 볼 길도 있지 아니하냐. 아무튼 러허성은 지켜야 한다. 국제연맹의 태도가 결정되기 전에 여기를 잃는다면 그때는 국민이 가만있지 않으리라. 체면 따위는 나중으로 돌리고라도 당장 몰락과 실각을 면키 어렵다.

―방 안을 거닐던 쒜량의 걸음이 문득 멈추어졌다.

"……소문은 아직 안 냈지?"

"예, 주칭란중에 잠복중인 첩자의 보고니까요."

"좋아, 그럼……."

장쒜량은 두 심복 부하에게 귓속말을 하였다. 말을 듣고 난 두 사람 얼굴에 놀라운 빛이 역력하게 떠올랐다.

"예?"

"그 길밖엔 방법이 없지 않나. 총참모가 수고를 좀 해 주게."

"아, 알겠습니다."

영진의 얼굴 표정은 침통하였다. 그리고 잔인하였다.

눈도 안 오시는 강추위다. 칼날 같은 찬바람이 살을 깎는 듯하다.

"추운데."

"어, 추워."

진저우(錦州)에서 멀지 않은 오가자(五家子) 부락에 주둔하고 있는 러허 혼성 제12사(師) 제3여(旅)의 사관들이 숙사에서 쏟아져 나온다. 돌길처럼 얼어붙은 땅을 내딛으며 성문을 향해 걷고 있다.

"검열은 무슨 얼어 죽을 검열이야."

"누가 아니래. 격려도 이제 우리에겐 소용없어, 추운데 괜스레 사람 고생만 시키는군."

"쉿! 아직 큰 소리를 내진 말게. 어럽쇼, 저걸 봐. 제2여의 장교들도 오고 있잖아?"

"소집을 받았나 보지."

―며칠 전부터 동북군사령 장쉐량의 총참모 영진 장군이 이 방면의 항일군을 위문하고 격려하기 위해 찾아온다는 소문이 퍼져 있었다. 오늘이 마침 그날로 영진 장군이 성벽 위에서 훈시를 한다고 했다.

분명 아침 10시라고 했는데 2개 여의 사관 3백 여명이 모두 집합했는데도, 오전이 훌쩍 넘었는데도 성벽 위에는 아무도 나타나지 않는다.

"어떻게 된 거야? 추워서 견디겠나."

"난 오줌을 좀 뉘야겠어."

"이런 때 적의 비행기가 와서 폭탄을 퍼부으면 큰일이지?"

"하하하, 모르는 소리 말어. 일본이 우리에게 그럴 리 없지."

"알 수 있나? 우리가 저희 편인 줄 모르니까 차별이 없을 걸."

"쉬, 말조심 해라. 아직은 잠자코 있는 게 상책이야."

본디 이 2개 여단은 장쉐량의 직계가 아니다. 탕위린의 군대였는데 탕의 태도가 갈팡질팡 모호할 때 만푸린의 손으로 넘어온 것이었다.

최근 구국후원회의 주칭란 일파가 세력을 펴기 시작하면서 만주국 측의 귀순 공작을 받아들여 근근히 투항할 기세를 보이기 시작한 부대이다. 가뜩이나 불평 한가득인데 추운 성벽 아래서 이렇게나 오래 기다리게 하니 짜증이 날만도 하였다. 그나마 이제는 오후 2시…….

"대관절 어떻게 된거야?"

"누가 알어. 그새 무슨 일이 있었나?"

바로 이때였다. 성벽 위에 사람 그림자가 나타났다. 그것은 영진 장군 일행이 아니라 자기 네 직속 상관인 제2, 제3여장이 전신에 결박되어 끌려온 모습이었다.

"앗, 저것이 웬일이냐?"

더 크게 놀랄 일은 다음 순간에 벌어졌다. 노끈에 꽁꽁 묶인 두 개의 몸이 천야만야한 성벽 밑 낭떠러지로 굴러 떨어졌다. 성벽 위 군사들이 발길로 걷어찬 것이다.

"주, 죽었다."

"납작해졌네."

"달아나자!"

성벽 아래서 대기 중이던 3백 명 사관들은 소동이 일어났다. 넘어져서 밟힌 자의 비명, 죽어가는 아우성들…….

그들이 질서 없이 범벅되어 움직일 수 없을 때 눈앞에 보인 것이

10여 자루의 기관총이었다.

"앗, 도대체 어찌된 일이지?"

사람들 물결은 뒤로 흠칫했다. 허나 거기에는 성벽이 있다. 이때 기관총이 불을 뿜기 시작했다.

콩 볶듯이 쏟아지는 총성 앞에 사관들은 가랑잎 떨어지듯 고꾸라져 갔다. 얼어붙은 땅이 피바다가 되고 그 위를 날카로운 바람이 할퀴고 지나간다. 이리하여 3백 명 전원이 몰살하였다. 식어가는 시체 위로 싸락눈이 내리기 시작한다.

다음날이었다. 장쉐량이 베이징 주재 외국인 신문기자와 회견을 가졌다.

"하하하, 여러분 수고하시오. 무슨 색다른 뉴스는 없습니까? 쥬네브의 형편은 어떻지요?"

3백 명 사관을 집단 살해한 전보를 받은 그였건만 태연하기 이를 데 없다. 기자 회견을 자청한 것은 혹시 그 사건을 알고 있지 않나, 타진을 하기 위함이었다.

시치미 뚝 따고 미소 짓는 장쉐량은 청년 귀공자의 모습일 뿐이다.

"쥬네브의 형편이라면 우리보다도 각하께서 더 잘 알고 계시지 않습니까."

"별로 아는 게 없는데요. 다만 일본 대표가 연맹을 탈퇴할 것 같습니다."

"가령 그렇게 된다면 러허 방면이 시끄러워질건데요."

"그럴 테지요. 그래서 그 방면에 정예 병력을 투입해서 철통 수비진을 펴고 언제라도 공세로 나갈 수 있는 작전을 수행 중에 있습니다."

"일본이 연맹을 탈퇴할 경우, 연맹 규약으로는 향후 2년간 견제를 받아야 할 의무가 있지만 탈퇴한 이상 규약을 준수하거나 연맹에 복종하지 않을 것이 예상됩니다. 그때는 일본의 정책과 작전이 활발해 질 듯싶소만, 거기에 대비해서 각하는 어떤 대책을 구상하고 계십니까?"

"지금도 말했지만 끝까지 싸울 뿐입니다. 아시다시피 나는 군인이니까 정치나 외교에 대해서는 전혀 문외한입니다. 싸우고 싸워서 이겨 나갈 작정입니다. 일본이 자위권 발동이란 말을 즐겨쓰고 있지만 이번에는 우리가 자위권을 발동할 차례가 아니겠소? 하하하."

장쉐량의 흉중에는 연맹에서 확고한 결단이 내려지기를 기다리는 마음이 도사리고 있을 뿐이었다. 그동안 미국 재벌에서 군자금 명목으로 얻어 들인 차관이 2천만 원을 웃돈다. 패전했을 때 미국으로 망명할 경우 이것이 쪼끔 마음에 걸리긴 하지만 그 대신 청실(淸室)에서 약탈한 수억에 달하는 값진 보화를 해외로 빼돌리지 않았는가.

'그것만 가졌으면……'

쉐량은 흐뭇하였다. 순승왕부 마당에는 언제라도 이륙할 완전 정비된 비행기가 두 대나 대기하고 있지 않느냐. 이만하면 되었다. 무엇이 겁나는가.

"그러나 여러분, 나는 국제연맹을 전적으로 신뢰합니다. 연맹의 능력과 권위는 불행한 사태를 빚어 내기 전에 공정한 비판과 엄중한 조치로서 원만한 해결을 지을 것으로 믿습니다. ……여러분, 그럼 축배나 한 잔씩 드실까요? 별실에 파티 자리가 마련돼 있으니 사양 마시고……"

기자들이 술과 춤에 즐기고 있을 때 장쉐량은 멀지 않은 침실에서 기어드는 음악을 들어가며 호접의 탐스러운 육체를 애무하고 있었다.

1월 15일, 미국이 국제연맹에 가입은 아니하였으나 만주국을 승인하지 않는다는 통고를 해왔다. 이것을 안 일본은 20일부터 만주국 군대를 시켜서 러허 방면을 집적거리기 시작했다. 국제연맹이 이 문제를 가지고 골치를 썩히고 있을 때 59세 한국 대표 이승만(李承晩) 박사가 쥬네브에 나타났다. 그는 각국 대표를 찾아다니며 일본의 야망을 폭로하고 만주 침략의 부당성을 지적하면서 한국 독립을 호소했다. 사무총장 드러몬드 경에게 보낼 장문 편지에서, 한국의 독립만이 일본의 대륙침략을 막는 길이라고 역설했다. 중국의 고유균 대표를 비롯한 각국 대표가 큰 관심을 갖고 동정을 품게 되었다. 여기서 처음 알게 된 프란체스카 양의 협조를 받으며 맹활동을 계속한 결과 한국 문제가 거의 상정하게 되었을 때, 영국 프랑스 대표들 반대로 뜻을 이루지 못했다. 그러나 이것이 던진 파문은 적지 않았다. 일본을 긴장하게 하였음은 물론이고 영국과 프랑스의 외교 방침에도 지대한 영향을 주었다. 이승만은 외국 기자들에게 큰 소리로 언명하였다.

"영국과 프랑스가 일본 속내를 알고 있으면서도 그 침략을 힘써 막지 않는데는 특별한 내력이 있는 것이니, 러시아의 세력이 중국대륙에 미칠 것을 일본 힘으로 막아보자는 것입니다. 이것은 국제 이익과 동양의 평화를 생각치 아니하고 잠시 동안 자기네 이익만을 구상하며 앞을 내다보지 못한 연고입니다. 지금 당장 각국과 상종하는 관계로 한국의 독립 청구를 무시하다가 결국에는 왜적의 화를 면치 못하게 될 것입니다. 그날에 가서 후회해본들 무슨 유익이 있습니까……"

전부는 아니지만 이승만의 활동이 영·불의 대일 외교를 경색(梗塞)케 하는데 적지 않은 작용을 하였다.

1월 23일, 19개국 위원회는 중·일 양국에 보낼 경고안 기초를 결정하고 영국과 프랑스를 비롯한 9개국으로 된 기초위원회를 구성했다. 2월 4일에 열린 19개국 위원회에서는 일본 측이 앞서 제출된 결의안을 수락하지 않으면 해결의 길이 없다는데에 의견을 모았다.

한편 일본은 2월 8일 최종 수정안을 제출하였다.

2월 11일은 일본의 4대 경절 하나인 기원절(紀元節)이다. 이날 경축 일색의 메트로폴 호텔로 드러몬드 사무총장이 마쓰오카를 찾아왔다. 이례적인 방문이었다.

"바쁘실 텐데 찾아와서 죄송합니다."

"드러몬드 경이야말로 다망하신 분이 어쩐 일이십니까?"

"사실은 19개국 위원회가 초안 결정을 한데 대한 일본 정부의 마지막 의견을 듣기 위해서입니다."

"그것이라면 벌써 수정안을 제출하시지 않았습니까?"

"알고 있습니다. 그러나 마지막으로 한 번 더."

이렇게 되니 연맹 측에서 애원을 하는 꼴이 되었다. 따라서 마쓰오카는 고자세가 될 수밖에.

"말씀하시지요."

"먼저 현재 만주를 그냥 국가로 승인하는 것이 사건 해결의 길이 아니다'라는 점을 일본 정부는 끝까지 거부하겠습니까?"

"물론입니다. 단연 거부합니다."

"만주에서 중국의 주권을 조금도 인정하지 않습니까?"

"그것은 만주국 대표 정사원(丁士源)씨가 답변할 분야올시다마는 만주국을 승인한 우방인 일본 대표로 말하란다면 질문하는 분의 상식을 의심하고 싶습니다. 일·만 양국은 국운(國運)을 걸고서라도 인정할 수 없습니다."

"이상 마지막 질문이었습니다. 실례지만 귀관은 본국의 훈령을 기다리지 않았으면서 그렇게 딱 잘라 말할 수 있습니까?"

"하하하, 나는 일본의 전권대표올시다. ……여기서 반문하고 싶은 점은 19개국 위원이란 작자들이 지금까지 어떤 귀로 일본 주장을 듣고 어느 눈으로 일본이 제출한 의견서를 읽었느냐 하는 점입니다. 다시 반복하지만 일본 정부의 만주국 승인은 엄연한 기성사실입니다. 일본이 오늘날까지 소리 높여 주장해 온 원칙이 바로 그것 아닙니까."

"그 점 잘 알겠습니다. 그러나 불행하게도 위원회의 여론이 이런 최후 질문을 귀국에 하도록 하였던 것입니다."

"여론이야 어떻든 일본의 주장에는 변함이 없습니다."

이때 이토 정보부장이 손에 전보 한 장을 들고 들어왔다.

"뭔가?"

"오늘 히비야(日比谷)에서 열린 국민대회에서 채택한 결의문입니다."

"흠, 읽게."

"예. ……속히 연맹을 탈퇴하라. 대표부 제군의 노고를 생각한다, 이상입니다."

일본말로 주고받은 대화라 드러몬드 경은 그 의미를 알지 못했지만 공기로서 짐작할 수 있었다.

"실례할까요?"

"괜찮습니다."

이토는 다시 말을 계속한다.

"우리 수정안은 묵살되고 권고안이 오늘 오전 중에 탈고됐답니다."

"마음대로들 하라지. 우리 뒤에는 국민의 지지가 있네."

이번에는 이토가 영어로 지껄였다.

"위원회의 권고서는 만주국 불승인과 일본인 철수를 조건으로 하고 있답니다."

"그게 사실입니까, 드러몬드씨?"

"사실입니다."

"국제연맹은 드디어 묘혈(墓穴)을 파기 시작했군요."

"원만히 해결되도록 끝까지 노력하겠습니다."

"잘 부탁합니다. 비록 연맹과는 작별하더라도 분쟁 문제에 관해서 오랫동안 애써주신 각하의 후의와 진력에 감사를 드립니다. 위원 제 군에게 권해 주시오. 일본은 비굴한 타협보다는 차라리 칼을 들고 일어서기를 원하고 있다고."

드러몬드 경이 돌아간 뒤 마쓰오카는 소파에 벌렁 누웠다. 피곤했다. 입으로는 큰소리를 하면서도 연맹에서 탈퇴하기란 외로운 일이다. 국제무대에서 퇴보하는 정도가 아니라 국제적으로 완전히 고립하는 상태가 아니냐.

'자칫하면 패망의 통로를 마련하는 것이 되지 않을까.'

그는 국민대회가 보내온 전보를 다시 꺼내들었다.

'배후에서 국민이 이렇게 열렬히 우리를 응원하고 있는데……'

마쓰오카는 문득 독일을 떠올렸다. 며칠 전 히틀러의 독재 정권이 서지 않았는가.

'외로울 것 없다. 국제연맹을 적으로 하는 친구가 있지 아니하냐.'

마쓰오카는 벌떡 일어났다.

2월 13, 14 이틀에 걸쳐 19개국 위원회는 보고서와 권고안을 가결하였다.

이것을 보자 일본 정부는 20일에 열린 각의에서 연맹 총회가 19개국 위원회의 보고가 채택될 경우 연맹을 탈퇴할 방침을 결정했다.

2월 23일 관동군은 돌연 움직여 만주국 군대를 지원한다는 구실로 러허 방면으로 진공을 개시했다. 다음날에 열린 국제연맹 총회에서는 찬성 42, 반대 1(일본), 기권 1(태국)로 보고서가 채택되었다.

마쓰오카는 부르짖었다.

"이제 일본 정부는 일지 분쟁에 관해서 연맹과 협력하던 노력이 한 계점에 도달한 것을 느끼지 않을 수 없게 되었습니다."

이 말을 남겨 놓고 대표단 일행과 함께 의석에서 퇴장하고 말았다.

그러나 러허 작전은 뜻과 같지 않았다. 서전(緖戰)에서는 관동군의 기동작전이 적중하여 약 10일 동안 걸쳐 러허성을 석권했다. 그런데 3월 첫 무렵, 만리장성 중요 관문을 공격하기에 이르러 중국 중앙군의 완강한 저항을 만나 뜻밖의 고전을 겪지 않으면 안되었다. 이제 와서 한번 호기롭게 퇴장한 국제연맹에 추파를 던질 수 없는 노릇이라 3월 27일, 일본 정부는 국제연맹에게 탈퇴를 통고하고 천왕 쇼와의 탈퇴 조서가 발표되었다.

그 사이 만주국에서는 어떤 일이 있었나. 근대 국가 형태를 갖추기 위해, 관동군의 발설로 정당 조직의 의논이 대두했다. 정당 이름은 협화당(協和黨).

그런데 집정 푸이가 기를 쓰고 반대했다. 국무총리 정샤오쉬가 이 문제로 의논했을 때 푸이는 말을 가로막고 팔을 저으면서 입꼬리에 거품을 물었다.

"당이 왜 필요하다는 거야, 당이 있으면 무엇이 유익하다는 거지? 신해(辛亥)년의 망국은 당이 초래한 거야. 공자님께서도 성군작당(成群作黨)을 하지 말라고 가르치셨어."

"이것은 관동군의 결정입니다."

"아무리 관동군의 결정이라도 들을 게 있고 못들을 게 있어."

푸이의 태도는 의외로 강경했다.

2, 3일이 지난 뒤 관동군의 고급 참모들이 푸이를 방문하고 설득을 시도했으나 허사였다.

3개월쯤 지난 7월, 관동군은 '협화당' 대신 '협화회'를 결정한다고 통고해 왔다.

‘국민당’, ‘공산당’ 등 ‘당’자에서 받는 어감이 언짢아서 푸이가 펄쩍 뛰는 줄 깨달은 관동군은 명칭을 이렇게 바꾸었는데, 이것은 푸이 고집 앞에 굴복한 게 아니라 관동군 방침이 바꾸어진 것 뿐이었다.

정당을 만들기보다 협회를 조직해서 모든 국민을 포섭하는 편이 통치와 착취에 편리하다고 생각한 것이다. 만20세가 된 남자는 전부 회원이고 여자는 ‘부인회’ 회원, 15세에서 20세까지는 청년단, 10세 이상 15세까지가 소년단이다.

이렇게 할 목적으로 협화회가 발족하기는 7월 26일이었다. 그리고 또 한가지 일만의정서(日滿議定書)의 조인(調印)이다.

혼조 사령관 후임으로 부임한 무토 노부요시(武藤信義) 대장과 국무총리 정샤오쉬 간의 조인(調印)은 9월 15일, 위황궁(勤民樓)에서 이루어졌다.

관동청 장관(關東廳長官)에 주만 전권대사(駐滿全權大使)까지 겸한 신임 관동군 사령관은 65세의 온후한 노인이었다. 참모장도 고이소 구니아키(小磯國昭) 중장이 새로 취임했다.

그렇다면 리턴 보고서는 얼마나 정확한가.

리턴 보고서에는 만주 독립운동은 없었으며 만주민족주의도 없었다. 푸이의 가정교사 존스톤은 혼잣말을 하곤 했다. “만주는 청조의 고향이기 때문에 만주국을 세웠다. 청조의 후계국가라는 그저 설명을 위한 논리로, 사실을 반영한 것이라고 밖에는 생각되지 않는다.”

만주는 중화민국의 전란에 휘말리기 전부터 1900년 일어난 러시아 점령 이후, 그보다 더욱 거슬러 올라가면 청일전쟁 뒤로 만리장성 남쪽과는 전혀 다른 방향으로 움직이기 시작했다. 그것이 남쪽 중화민국에 합병되어 버린다면 수탈될 뿐이기에 일본이 만주 나라를 세우기로 한 것이다.

리턴 보고서는 그에 대한 결론을 내지 못했다. 만주독립운동은 거짓이라 외치고 있지만, 남쪽 중화민국과 같은 상황이 아니라며 애매하게 책임을 회피할 뿐이었다.

만주국 대부분은 만주 사람들만의 토지가 아니며, 그 이전 역사가 있고 여러 종족이 있다. 오족(五族)뿐만 아니라 더 다양한 민족이 있는 땅인데, 그 뒤 '한족 인구가 압도적으로 많기 때문에 이곳은 한인 토지'라는 말이 두루 쓰인다. 중국은 인구가 많은 자에게 권리가 있다는 주장으로 밀고 나가려 하지만, 만주에 들어온 한인 측에 정통한 통치권이 있었을까? 지금도 온 세계 학자들이 만족(滿族)과 한족(漢族)만의 문제로 왜소화하고 있는 것이야말로 문제이다.

또한 리턴 보고서에서 만주인의 민족주의를 꺼내는 것도 유럽의 논리를 아시아에 강요하려는 것에 지나지 않는다. 만주인들이 자주적으로 자립과 독립을 위해 운동하는지에 따라 주권을 인정한다는 완전히 표면적인 논리가 되어 버린 것이다. 처음 민족주의를 화제로 꺼내든 시점에서 이미 현실과 동떨어진 논리가 된 셈이다. 만주인의 정체성은 신해혁명 이후 거의 소멸된 상태이다. 그렇다고 만주가 한족의 땅이냐고 묻는다면 그것은 전혀 다른 문제이다.

리턴 조사단의 보고를 근거로 국제연맹은 만주국을 부정하고 일본은 국제연맹을 탈퇴했다. 본디 국제연맹에는 미국과 러시아가 참가하지 않았고, '국제연맹'이란 이름뿐 아시아와 신흥지역의 분쟁에는 아무런 관심도 없이 그저 사이좋은 나라들끼리 맺은 연맹이었다.

그즈음 일본의 국제연맹 탈퇴에 국민들은 박수를 보냈다. 국제연맹이 중국을 제지하지도 않고 아무런 도움도 되지 않았기 때문이다. 국제연맹에는 군대도 없었으며 사건 중재도 제대로 하지 못했다. 실제로 유럽에서 일어난 싸움들을 중재하던 것은 물론, 상임이사국이었던 영국, 프랑스, 이탈리아와 패전국인 독일 사이에 벌어진 분쟁을 조정할 수 있었던 것도 오직 일본뿐이었다.

미국은 스스로 국제연맹을 주장하면서도 참가하지 않은 상태였다. 그러면서도 일본의 만주사변에 대해서는 불평을 해댔다. 만주국 문제 해결하기 위해 국제연맹을 움직이게 하려는 프로파간다를 받아들일 뿐, 일본의 입장을 이해하려고 하지 않았다.

일본이 국제연맹을 탈퇴한 가장 큰 이유는 그들이 인권 조항을 무시했기 때문이다. 지난날 일본은 국제연맹에게 인권차별을 폐지하라고 제안했지만 받아들여지지 않았다. 그런 조직과 뭉쳐 있어봐야 일본에 이득이 없었다.

그러나 만주국이 승인받지 못했다고 해서 일본이 국제연맹을 탈퇴할 필요가 있었을까. 유럽에서 일어나던 분쟁들을 해결하던 일본이 탈퇴한 것은 양쪽에게 있어서 불행한 일이었다.

회의장에서 나온 마쓰오카 요스케(松岡洋右)는 사실 국제연맹 탈퇴에 반대하던 사람이었다. 연맹 탈퇴를 강건하게 주장한 것은 사이토 마코토(斎藤実)내각과 우치다 야스야(内田康哉)외무장관이었다. 사이토 내각은 의회에서 많은 표를 차지하지 않았기에 여론의 폭주를 막을 순 없었지만, 리턴 보고서를 보고도 일본 신문이 제대로 된 진실을 전달하지 않음에 그는 크게 분노하고 있었다.

세계의 3분의 1에 해당하는 나라들은 왜 만주국을 승인했을까?

만주국 승인은 국제연맹에서의 42대 1의 부결만이 거론되지만, 사실 그즈음 세계의 약 60개국 중 20개국이 만주국의 존재를 승인했었다. 1934년 4월 로마 법왕청이 만주제국을 승인했고 그 뒤 이탈리아, 스페인, 독일 등이 잇따라 만주국에 대해 승인했다. 최종적으로는 승인한 나라 20개국 중 사실상 승인한 나라는 3개국이다. 그중 러시아는 건국 이래 국경분쟁을 거듭해왔지만 사실상 만주국을 승인한 나라였다.

그 무렵 몽골인민공화국은 러시아의 괴뢰국으로, 러시아밖에 그 나라를 승인하지 않았으니 만주국이 그보다는 형편이 좋았다. 현지를 소중히 하고 그 땅을 지키기 위해서는 일본이 만주를 보호국으로 만드는 것 말고는 다른 방법이 없었다. 당시 만주에 살고 있던 한인이 과연 장제스의 중화민국과 함께 하기를 바랐는지 묻는다면 무슨 말을 들려줄까?

몽골인민공화국이 베이징의 지배를 받고 싶어 했는지 묻는다면 긍정할 리 없다. 청조의 영토를 한족이 마음대로 휘젓는 것을 싫어한 현지인들이 있었기에 러시아가 몽골을 중화인민으로부터 격리시키고 보호국으로 만들었다. 그 다음 일본이 오랫동안 투자해온 토지를 지키기 위해 만주국으로 만들어 차지한 것이다.

그러나 외무성은 이런 경위를 미국과 유럽에 설명하지 못했다. 유럽 나라에 가서 해명할 책임을 지지 않으려 하다니……. 큰 문제였다. 그것은 지금과 똑같아 외교를 할 줄 모른다.

그러나 일본인은 현지를 제대로 관리하여 치안을 유지하고 농산물도 생산할 수 있게 만들었다. 점점 생산량은 늘어났고, 현지에 부정적인 영향을 줄만한 일은 전혀 하지 않았다. 한편 공산당은 마을을 부수고 사람을 죽이며 다녔기 때문에 장제스는 사실 일본을 적으로 돌리고 싶지 않았다. 당시 장제스에게 공산당 퇴치가 가장 중요했고, 일본의 만주국 건국은 중요하게 보지 않았다.

장제스는 체면이 서기만 하면 뭐든 괜찮았다. 일본에게 불평은 하면서도 만주국 사이에 곧 통관협정을 맺어 우편을 보내기도 했다. 공공연히 드러내지는 않아도 실질적으로 만주국을 승인한 것이다. 잘하면 일본이 개척한 만주라는 과실을 자신이 얻을 수 있으리라 여겼다. 장제스에게는 그것이 가장 좋은 방법이었으므로 일본과 그다지 충돌하지 않았다.

일본 방문

집정 푸이는 황위(皇位) 회복의 기대를 무토(武藤) 관동군 사령관에게 걸기 시작했다.

'일만의정서'의 문면(文面)이 부드러운 표현이고, 백발동안(白髮童顔)의 표정이 호호야(好好爺)로 보인 탓만은 아니다. 신임 참모장 고이소(小磯) 중장은 호상 거구(虎相巨軀)이건만 순진하고 정열적이어서 부임한 뒤 제일 먼저 장담한 말이 있다.

"일본의 자본가를 만주 땅에 한 사람도 들여 놓지 않겠다."

그 때문에 호감이 가서만도 아니다. 역대 관동군 사령관들은 거의 중장이었는데 대장 무토는 온 지 얼마 안되어 원수(元帥)가 된 일본 육군 장로(長老)라 그 주장이나 발언이 강력하리라 믿는 탓만도 아니었다. 여기에는 근거와 까닭이 있다.

혼조 사령관을 상대로 복위가 쉽지 않겠다고 생각한 푸이가 변호사 임정침(林廷琛)과 타이완 사람 채법평(蔡法平)을 비밀리에 동경에 보내서 군 수뇌부에 접촉시키는 한편 관동군 사령관 후임 물망에 오르고 있던 무토 대장과 암암리에 막후 교섭을 하게 했었다.

그 결과가 매우 성공적이라는 보고서를 받았던 일이 생각나서 어지간히 자신감을 갖게 된 것이었다.

그래서 푸이는 이제까지 혼조 사령관에 들러붙어서 알랑거리던 국무총리 정샤오쉬 부자를 없애버리고 그 대신 장스이(臧式毅)를 국무총리에 기용할 결심이었다. 그러나 이 일을 어떻게 알았는지 정샤오쉬의 아들 정쉬가 푸이를 찾아와 불온하게 말했다.

"폐하께서는 동경에 사람을 보내서 무토 대장을 만나보게 하셨다지요?"

"……."

"동경에서는 그 소문이 나돌아 폐하께서 국무원을 개편하신다고 떠들어 댄답니다. 신이 그 일을 알고는 말씀드리지 않을 수 없어서 찾아뵈었습니다. 다만 신은, 그 말이 헛소문이기를 바랄 뿐입니다."

"어째서 헛소문이기를 바란다는 말이오?"

"진심으로 그렇게 원하고 있습니다. 그 계획은 실천되지 않습니다. 가령 실천되더라도 만주인이 선두에 서면 각부 장관의 통솔도 어려울 것입니다. 장쓰이든 누구든 처리가 불가능하다는 말씀입니다."

"하고 싶은 말은 그뿐인가?"

"그렇습니다. 이 말씀은 어쩔 수 없는 실정이므로……."

"할 말을 다 했으면 물러가라."

"예."

정샤오쉬 부자를 몰아낸 뒤 푸이는 불안에 사로잡혔다.

'저들이 음모를 꾸미면…? 혼조가 갈리지 않는다면?'

아니나 다를까, 정샤오쉬의 태도는 불손할 정도로 쌀쌀해졌다. 이러한 때에 신구 사령관의 교체가 있었으니 푸이로서는 얼마나 다행이냐.

'이 기회에…….'

잔뜩 벼르면서 만나본 무토 대장은 온후한 노인으로 태도마저 정중하다.

복위 문제를 부탁했을 때 무토는 웃음빛을 잃지 않은 엄숙한 표정으로 대답했다.

"각하의 의견에 대해서는 본관이 가슴속에 담아 가지고 돌아가 충분히 연구해 보겠습니다."

이렇게 말하고 돌아간 무토에게서는 아무런 답도 오지 않았다.

푸이가 두 번째 무토를 만났을 때 결과를 알고 싶어 채근했지만,

"연구하고 있는 중입니다."

할 뿐, 그 이상 다른 말은 없었다.

만날 때마다 푸이가 조르면 넌지시 화제를 바꾸어 불교가 아니면 유교 이야기, 일만 친선에 관한 것 등을 말하고는 돌아갔다.

'온후한 줄만 알았는데, 우유부단(優柔不斷)한 늙은이 같으니라구······'

푸이는 실망했다. 복위 문제 해결은커녕 국무총리의 경질도 묵살당할 뿐이었다.

이것은 무토가 우유부단해서가 아니라 그는 군인이면서도 노회(老獪)한 정객이기도 한 탓이었다.

이듬해 7월, 무토는 죽을 때까지 푸이 손 따위에 놀아나지 않는 늙은 미꾸라지였다.

─무토가 죽자 활기를 띤 것이 정샤오쉬 부자였다. 징그러운 그는 이번에는 제가 앞장서 나섰다.

"폐하, 제7대 관동군 사령관이던 히시카리 다카시(菱刈隆) 대장이 이번 제9대 사령관으로 발령났습니다."

"알고 있어."

"뭐니 뭐니 해도 만주국의 국체(國體)와 폐하의 복위가 급선무니 동경에 특사를 파견하여 신임 사령관에 미리 줄을 대어 놓는 것이 좋지 않겠습니까?"

이 말에는 푸이도 솔깃했다.

"전에는 짐이 동경에 사람을 보냈다고 싫다던 경(卿)이 웬일이오?"

"그때는 본국인을 보내서 실패할 것이 분명하니 그렇게 말씀하였

습니다마는 이열치열(以熱治熱)이라지 않습니까. 일본인을 보내면 성공할 것이 틀림없습니다."

"일본인? 일본인이라면 누구……."

"쿠도(工藤)가 적임이겠습니다."

"쿠도라……."

이것은 푸이 마음에 쏙 드는 말이었다.

쿠도는 푸이 집정 호위관으로, 황상 폐하라고 불러주는 단 한 명의 일본인이다. 본심인지 아닌지는 모르나 푸이 앞에서 곧잘 눈물을 흘리면서 충성을 맹세하는 매우 신임하는 인물이다. 본명은 '鐵三郎'인데 푸이가 내려준 '忠'자를 이름으로 하여 지금은 '工藤忠'로 행세하는 위인이다.

"쿠도라면 좋겠지."

이리하여 일본으로 건너간 쿠도의 보고는 퍽 낙관적이었다. 이 정보가 거짓이 아님을 실증하는 일이 그해 10월에 나타났다. 즉, 신임 사령관 히시카리 대장에게서 정식 통고가 전달된 것이다.

"일본 정부는 각하가 '만주국 황제'에 즉위하시는 것을 승인할 용의가 있다."

푸이는 기뻤다. 그러나 불만이었다.

'왜 하필이면 만주국의 황제람, 대청(大淸)황제가 아니고…….'

즉위식 날짜도 결정되었다. 1934년 3월 1일, 이날 식장에 나갈 용포(龍袍)를 일부러 베이징에서 가져왔다. 광서제(光緒帝)가 입었던 것으로 영혜(榮惠) 태비가 22년간 고이 간직해 두었던 의복이다. 그러나 관동군의 지시는 이 용포를 입어서는 안된다는 것이었다.

"어째서 안된대?"

"모르겠습니다. 이타가키의 말입니다."

정샤오쉬는 풀이 죽어서 중얼거렸다.

"그럼 무엇을 입으라는 거야?"

"폐하……만주국 육해공군 대원수 정장을 하시라는 말이었습니다."

"말도 안되는! 짐은 대청의 후손이다. 청조 조상의 제도를 왜 버려야 한다지?"

황제가 되는지는 몰라도 이런 일 한가지도 마음대로 못하는 푸이였다. 결국 재차 교섭 끝에 고천제(告天祭)에는 용포를, 즉위식에는 군복을 입고 나가게 되었다.

즉위식이 끝나자 집정부가 내궁부로, 거처는 일본 황궁과 구별하기 위해 제궁(帝宮)으로 불리게 되었다. 물론 '만주국'은 '만주제국'이 되었다.

만주국 황제라는 것이 다소 불만이기는 하였지만 '황제'나 '폐하'란 말이 얼마나 듣기가 좋으냐. 관동군 사령관 이하 고급 간부까지도 모조리 '황제 폐하'라고 불러주니 갑자기 큰 세력이나 잡은 것처럼 우쭐해졌다.

'관동군 사령관쯤이 다 무엇이냐. 그런 것은 문제도 안된다.' 푸이는 생각했다.

또 다른 이유도 있었다. 그가 황제로 취임한 지 석 달만인 6월 6일 일본 천황을 대신하여 한 살 아래 친동생 지치부노미야(秩父宮) 야스히토(雍仁)가 즉위 축하 사절로 신징으로 찾아왔다. 스포츠에 만능인 이 수구장신(瘦軀長身)의 황제는 소탈한 사람이었다. 동경 뒷골목 노점 술집에도 가끔 나타나 사람들을 놀라게 하는 이 귀인은 극히 평민적이어서 일본에서도 인기가 높았다. 그는 자기 생일 6월 25일을 앞두고 만주를 방문했다. 공식 행사에서 푸이가 대훈위(大賊位) 국화대수장(菊花大綬章)을 완룽은 보관장(寶冠章)을 받았을 때 그는 마냥 호기로웠다. 더구나 행사 뒤에 사석에서 허물없이 친형

님처럼 대해 주는데는 사교라기보다 정이 싹틔는 우정을 느꼈다. 푸이가 네 살 아래였다.

"황제 폐하, 일본국 천황 폐하의 이름으로 폐하를 초청합니다. 부디 본국에 한번 와 주십시오."

푸이는 보라는 듯이 시립한 관동군 간부들을 둘러보며 자신만만하게 뻐겼다.

"예, 건국 초엽이라 올해에는 어렵겠지만 내년 중으로는 꼭 한번 방문하겠습니다."

이것을 계기로 푸이의 태도는 교만해졌다.

'나는 적어도 너희 군인들 상대가 아니라 일본 황실을 상대한다.'

안하무인의 자아도취 속으로 푸이는 빨려 들어갔다. 일본 황실의 권위? 그것은 절대적이 아니야! 그는 이러한 일화(逸話) 한토막을 잘 알고 있었다.

장성은 말고 일개 졸병이라 할지라도 일본 육군의 고자세는 저희 국내에서까지 자심하다고 한다. 군국주의 일본에서는 군복 앞에 굴복하지 않는 곳이 없다지 않는가. 군인의 행패는 곧잘 치안을 담당한 경찰과 벌어진 충돌에서 나타난다고 들었다.

빈발하는 이런 사건들은 내무성 관료들을 괴롭혔고 또 언제든 울며 겨자 먹기로 경찰측 굴복으로 해결을 짓곤 했다.

그랬는데 꼭 1년 전인 작년(1933년) 6월, 오사카(大阪)시 덴진바시(天神橋) 육정목(六丁目) 교차점에서 그 유명한 '고스톱 사건'이 발생한다. 제8연대 일등병 하나가 교통 신호를 무시하고 두 번씩이나 차도를 횡단했다. 순경은 분개해서 그 군인을 파출소로 연행하고 만다.

"나를 데려와서는 어쩌겠다는 거야?"

"교통 규칙 위반 혐의로 책임을 물으려는 거다."

"나는 폐하의 군인이다. 행정 관리의 간섭은 받지 않는다."

"나는 폐하의 경찰관이다."

"뭐라구?"

"이 자식이……."

군인과 경찰은 서로 맞붙어서 엎치락뒤치락 싸움이 시작되었다. 파출소 앞에는 구경꾼들이 모여들고 이 사건이 군에 알려지자 헌병대에서는 즉각 문제의 군인을 압송해 갔다.

8연대가 소속해 있는 제4사단의 이세끼(井關) 참모장이 이 사실을 알게 되자 사단장 데라우치(寺內壽一) 백작에게 전말을 보고했다.

"……군의 위신을 위해서도 문제의 그 경찰관을 단호히 처단해야 합니다."

치기(稚氣)만만한 데라우치는 입을 열었다.

"좋겠지. 이 기회에 단단히……."

그는 이렇게 장담하고, 때마침 야마구치 현인회(山口縣人會) 모임에서 만난 시로네(白根) 효고현(兵庫縣) 지사에게 다짐했다.

"이번만은 톡톡이 혼을 내서 경찰 버릇을 고쳐놔야 군의 위신이 서겠어."

한편, 아와야(粟屋) 경찰부장에게 사건 경위를 청취한 아가타(縣) 지사도 분개해서 내무성 경보(警保) 국장 마쓰모토(松本學)에게 보고, 내무대신까지 알게 되었다. 당시의 내무대신은 재계(財界)출신으로 강직하기 이름 높은 야마모토(山本達雄)였다.

"번번이 일어나는 육군의 행패를 내버려둘 수 없다. 이번만큼은 시시비비를 철저히 따져야겠다."

그는 단단히 별렀다.

아라키(荒木貞夫) 육군대신 이하 군의 상층부는 문제를 일으킨 병졸이 하던 말과 똑같이 종알거렸다.

"천황의 군인을 모욕하다니……."

내무성 고급 관리도 교통 순경보다 나은 말은 못했다.

"우리는 천황의 관리다."

여기에는 군이 노상 악용하는 법적 근거가 있다. 일본 헌법 제2장 〈신민의 권리 의무〉를 규정한 제32조에 '본장에 계재한 조규는 육해군의 법령 또는 규율에 저촉되지 않는 것에 한하여 군인에 준행(準行)한다'라는 것이 있어서 군인이 헌법의 테두리밖에 있음을 인정하고 있다.

공공연하게 내세우지는 못하나 군부 측은 이것을 방패삼아 양보하지 않을 뿐 아니라, 참모장은 6월 22일 '황군에 대한 경찰 폭행 치상 사건'이라 공표하는 성명을 통해서 을러댔다.

"황군의 위신에 관한 중대 문제이므로 진사(陳謝)를 하지 않을 때는 단호한 결의로써 해결에 임한다."

그러자 경찰부장도 응수했다.

"진사라니 말도 안 된다. 공무 집행 방해로 기소하겠다."

7월에 들어서서 아라키 육군대신은 데라우치 사단장에게 선동하는 말을 했다.

"지방에서 해결할 수 없으면 중앙에서 해결한다."

그 결과 난바(難波) 헌병대장이 검찰에 병사 명의로 교통 순경을 독직·상해·명예훼손 등의 죄명을 걸어 고발했다.

와타(和田) 검사정(檢事正)이 사건을 조사해 본 결과, 공무집행 방해 말고도 폭행·상해의 혐의가 도리어 군인 쪽이 더 짙다. 한순간, 헌병대 측 입장이 난처해졌다. 그뿐 아니라 동경과 나고야(名古屋) 그밖의 지방에서도 군경 충돌사건이 꼬리를 물고 일어났다.

만일 검찰이 이 사건을 공판에 회부하면 내막이 공개되어 군부가 국민 앞에 톡톡히 창피를 당할 판이었다. 이에 군부는 검찰에 압력을 넣어 공판 회부를 중지시켰다. 그렇다고 묵살된 것은 아니다. 이미 성명으로 발표한데다 내무성의 태도가 강경하여서 흑백을 끝까지 규명하자고 덤빈다.

10월에 들어서면서 후쿠이(福井)지방에서 육군 대연습(大演習)이 있었다. 아라키는 육군대신 직책상 천황을 수행해서 후쿠이로 떠났다.

연습 도중에 천황이 아라키에게 물었다.

"고 스톱 사건은 어찌 되었지?"

"폐, 폐하가 알고 계셨습니까?"

아라키는 황송해서 곧 육군 정무차관 도키(土岐章)에게 급히 사건 해결을 명령했다. 도키는 즉각 마쓰모토 경보국장을 만나 성의를 가지고 의논해서 해결방안을 모색한 결과, 데라우치와 동향인 야마구치현 출신의 시로네 지사를 사이에 내세워서 중개를 시킨 탓에 11월에는 원만한 타협을 보게 되었다.

이것은 일본 국내뿐 아니라 세계의 관심거리였던 중대 사건이었다. 만주국 신황제 푸이는 생각했다. 일본 군부의 최고 상층부라 할지라도 천황의 부드러운 말 한마디에 고집을 굽히고 굴복하는 기적 같은 사실을……

'군부가 뭐야, 관동군이 어떻다는 거야. 나는 일본국의 대훈위(大勳位)고 천황의 친구다. 자, 봐라 천황 대리 지치부 노미야〈秩父宮〉하고도 이렇게 가깝지 않으냐'

그는 히시카리(菱刈) 관동군 사령관쯤은 저 밑으로 깔보았다. 사실 히시카리는 숨도 크게 못쉰다. 그것을 황제의 권위 앞에 꼼짝도 못하는 것으로 착각했다. 가호위호(假虎威狐)라 할까.

히시카리는 저희 황제(皇弟) 지치부 노미야 어전이어서 태도가 겸허하고 은근하였던 것이다.

오만불손해진 푸이를 향해, 그는 속으로 잔뜩 벼르고 있었다.

'전하가 귀국만 해봐라, 가만 두나.'

지치부 노미야가 돌아간 뒤에도 푸이는 조금도 겸허해질 줄 몰랐다. 푸이를 이토록 자아도취에 몰아넣는 허물이 관동군 측에도 없지는 않았다.

만주 통치를 위해 그를 완전히 우상화할 필요가 있다는 생각에서 명실공히 운상(雲上)에 추어올려 놓았다. 푸이의 외출을 순행(巡幸), 임행(臨幸)이라 부르면서 한번 움직일 때는 그 차림새가 대단하였다.

운상은 일본군의 필요에 따라서만 외출이 허가되었다. 공식적인 행사가 1년에 네 차례 있었다. 하나는 '충령탑(忠靈塔)'에 가서 침략전쟁에 쓰러진 일본군 망령을 제사 지내는 일, 둘째는 '건국충령묘(建國忠靈廟)'에 가서 괴뢰 만군(滿軍)의 혼백을 위로하는 일, 세 번째 관동군 사령부로 가서 일본 천황의 생일인 '천장절(天長節)' 경축식에 참석하는 일, 끝으로 만주제국 협화회로 가서 신년 연회에 참가하는 일이다.

이러한 일로 외출할 때는 며칠 전부터 준비가 가관이다. 길을 고쳐서 황토를 덮는 것은 그래도 괜찮다. 외출 전날에는 '사상이 나쁜'……'불온분자'와, 불결을 이유로 거지와 부랑자가 몽땅 구금된다. 당일에는 교통이 차단되어 잡인 통행이 금지되고 점포나 주택에도 출입을 불허한다. 이렇듯 삼엄한 속으로 약식노부(略式鹵簿)가 지나가는데, 맨 처음 군대와 경찰의 선도차(先導車)가 앞서고 그 다음 경찰총감이 탄 붉은 오픈카다. 그 뒤에 역시 빨간 빛깔의 어차(御車), 좌우에 각각 두대씩 오토바이가 따르며 호위한다.

그 뒤를 따르는 차에 수행원과 경호원이 타고 있다. 이렇게 으리으리한 행렬을 지날 때 라디오는 일어와 만주어로 통과하는 실황을 방송한다.

어차 안에서 이 광경을 바라볼 때 푸이는 어깨가 으쓱거렸다.

그뿐인가. 각 기관의 회의실과 학교 교장실, 군대는 물론 일반 공공단체 청사에는 좋은 자리를 택하여 육중한 막을 드리우고 그 안에 어진영(御眞影)이라는 푸이 사진과 조서를 모셔 두게 되어 있다. 여느 가정일지라도 협화회 조직을 통해 푸이와 완룽의 사진이 강매되었다. 물론 법령에 규정이 있는 것은 아니나 순응을 가장하기 위해 사진을 사서 걸어두는 편이 안전하리라 여긴 사람들은 관귀(官鬼)를 막아내는 부적(符籍)으로 삼아 무해무익한 이 짓을 해왔다.

만주국 안에 있는 각 군대와 학교에서는 아침마다 조회를 한다. 그 중요한 행사 중 하나가, 두 번씩 요배(遙拜)를 하는 일이다. 한 번은 동경 일본 궁성을 향해 또 한 번은 신징(창춘)의 제궁을 향해서 굽히는 최경례(最敬禮)를 하는 것이다. 이런 사진을 대할 때마다 푸이는 우쭐하지 않을 수 없었다.

그러나 이런 교만의 코가 하루아침에 꺾어질 날이오고야 말았다.

지치부 노미야가 다녀간 얼마 뒤에 그의 생부 순친왕이 일본에 유학 중이던 푸제를 포함한 동생들을 데리고 신징(창춘)에 다니러 왔을 때 일이다.

궁내부 대신 보희(寶熙)가 인솔한 궁내부 직원들과 호위 군사를 신징 역에 보내서 일행을 맞이하게 했다. 푸이와 완룽이 제궁 중화문(中和門) 밖에서 기다리고 있을 때 순친왕이 탄 자동차가 도착했다.

그날 밤, 환영 파티는 서양식이었다. 음식도 음악도 분위기까지도……

그 자리에서 푸제가 기립하더니, 소리 높여 선창을 했다.

"이제부터 황제 폐하 만세를 삼창하겠습니다."

일동이 소리를 모아 부르는 만세 소리에 푸이는 당장 죽어도 한이 없을 것 같은 만족에 취했다. 여기까지는 좋았다. 그러나 다음날 아침, 그는 자신이 허수아비이고 꼭두각시라는 사실을 깨닫게 될 일이 벌어졌다.

궁내부 대신 보희가 들어와서 말했다.

"폐하, 지금 관동군 사령부에서 사람이 다녀갔습니다."

"사람이?"

"예."

"무슨 일로?"

"항의를 하러 왔더랬습니다."

"항의라니? 항의 받을 일이 없는데."

"있습니다. 어제 호위 군사가 신징(창춘)역에 갔을 때 금지 구역을 범했습니다."

"금지 구역……"

만주국이 인계 받은 의무 중 전 동북 당국과 일본 간에 맺은 협정을 준수할 금지 조항이 들어 있었다. 일정 구역과 만철선 철로 주변은 일본국 말고는 누구라도 출입을 못한다는 조항이다.

"관동군 당국의 항의냐?"

"아닙니다. 주만 일본 대사의 명으로 폐하께 항의하는 문서를 전달하고 갔습니다."

"짐더러 어쩌라고?"

"다시는 그런 일을 하지 않는다는 성의 있는 보증의 확답을 요구하는 내용이었습니다."

"흠."

생각해 보면 아무것도 아니다. 그 협정은 옛날 것이고 만주와 일본이 하나가 된 지금에 와서 문제 삼을 거리도 되지 못한다. 트집이 분명하다. 골탕을 먹이자는 게 아니면 사과를 받아서 위신을 떨구자는 수작임에 틀림없다. 푸이는 분개했다. 분개할만한 이유는 충분이 있다. 관동군 사령관과 주만 대사가 동일인이면서 압력을 넣을 때는 사령관이고 항의할 때는 대사 자격으로 덤비는 것이 마음에 안든다. 능소능대하는 그 수법이 괘씸하다.

"무시해 버려, 그까짓 거."

"예."

그러나 묵살되지 않았다. 관동군 고급 참모이며 오래 전부터 인연이 적다 못할 요시오카(吉岡安直) 소장(뒷날 중장으로 진급)가 찾아와서 일부러 채근하였다.

"폐하는 외교 관례를 모르십니까. 일국의 사절을 무시하지 않는한 대사의 항의에는 성의 있는 해답을 주셔야 합니다."

냉랭한 기세에 놀란 푸이는 갈팡질팡 어쩔 줄 몰랐다.

"무, 무시한 게 아니라 공사간 다망하여 차일피일 해온 것이 그만 여러 날 지체되었소."

요시오카의 음성은 뜻밖에 높아졌다.

"믿어지지 않습니다. 폐하께서는 궁내부 대신에게 묵살해 버리라고 하셨다면서요?"

"누, 누가 그런 말을……."

"다 알고 있습니다. 괜히 그러지 마십시오."

"어이가 없구려, 그런 맹랑한."

"하여튼 잘 생각해서 하십시오. 나중에 후회가 없도록 충고하는 바입니다."

이 말을 남겨 놓고 요시오카는 기세도 불온하게 돌아가 버렸다.

다음날, 관동군 사령부로……아니, 일본 대사관으로 사람을 보내어 사과하는 한편 다시는 안 그런다는 약속을 하였다. 문제는 일단락을 지었으나 풀리지 않은 수수께끼는 그냥 남아 있었다.

'누구일까, 제궁 안의 비밀을 관동군에 내통하는 자가?'

푸이는 고민스러웠다.

'주위에 스파이라도 있단 말인가.'

그는 사람이 두려워졌다.

'보희는 아닐테고……음? 알았다.'

황제는 하나의 결론을 얻었다.

'완룽. 그렇다, 완룽일거야. 그 자리에 있던 사람은 황후뿐이었으니까.'

이때부터 그는 황후 완룽을 대하기가 겁났다. 어쩌면 자기를 암살할 사람도 완룽일 것만 같았다.

이리하여 완룽을 멀리하기 시작하자 불현듯 생각나는 여자가 금벽휘, 가와시마 요시코였다.

'벽휘를 한 번 품에 안아 봤으면.'

그러면 뭔가 시원해질 것만 같다. 일본 군부에 이용당하는 체하면서도 오히려 이용하는 능수능란한 금벽휘, 침실에선들 얼마나 싱싱할 거냐.

푸이는 최근에 보내온 요시코의 사진을 꺼내 들고는 입을 맞추고 가슴에 품어 보다가 마침내는 황제로서 있을 수 없는 자독(自瀆)행위를 감행한다. 이렇게 해서 전신의 기운이 폴싹 꺼져야만 참을 수가 있는 것이다.

그 사진은 군복에 장화를 신고 허리에 권총과 지휘도(指揮刀)를 찬 늠름한 남장(男裝)의 요시코였다. 머리에는 꽃, 손에는 보석, 몸에 사향(麝香)이나 지니고 있는 진절머리 나는 여인의 모습이 아니다. 그러나 어찌하랴 친척인 것을.

그때 요시코는 안국군(安國軍) 사령관 자격을 갖고 있었다.

―벌써 몇 해 전, 만주의 각 도시를 점령하고 현지에서 덕망있는

자를 설득, 위협하여 로보트 행정관의 배역(配役)을 맡게 하는 것은 그리 어려운 일이 아니었다. 당시 일본은 이것을 충분히 알고 있었다. 그러나 지방에서는 결코 수월치가 않았다. 얼마 뒤 일본은 만리장성 남쪽에서 또 한 번 이 문제에 부닥쳤으나, 만주에는 마적의 전통이 있고 험준한 산악과 울창한 산림 탓에 더욱 어려운데다 장쉐량 군의 도망병이 비적과 합세해 있기에 귀순(歸順) 공작은 더욱 난관에 부딪쳤다.

장쉐량 군이라 할지라도 전원이 다 비적화한 것은 아니고 일본 측에 붙은 수효도 적지 않았으나, 일본 장교의 훈련과 감독, 세뇌를 받으면서도 깊은 속을 헤아릴 수 없는 무뚝뚝한 군상들이다. 하루가 다르게 귀순 공작 방법의 재검토를 외치는 소리가 드높아 갔다. 사람들은 이독제독(以毒制毒)의 낡은 원리를 생각하게 되었다. 이제까지 일본에게 장쭤린과 같이 쓸모 있는 앞잡이는 없었지만 정세가 바뀐 지금 장쭤린 같은 앞잡이를 양성할 겨를이나 필요는 없었다. 좀 더 규모가 작은 게릴라 부대만 육성하면 그만이었던 것이다.

이 문제는 괴뢰정권의 군대 조직을 책임지고 있던 타다 토시(多田駿)대령(뒤에 대장으로 진급)을 조바심나게 만들었다. 이때 막료 중 한 사람이 진언했다.

"요시코를 이용해 보면 어떨까요?"

그러자 타다 토시 대령은 대뜸 이 안을 채택해서 시험삼아 요시코를 비적 두목에게 밀사로 파견하는 일을 착수했다.

1932년 11월 상하이에서 발행하는 한 신문에는 요시코가 일본 군용기로 북만주에 가서 장쉐량 아래 소(蘇)라는 장군과 담판결과 일본인 포로 석방에 성공했다는 보도가 대대적으로 게재됐다. 이것이 바로 타다 대령의 요시코 시험 결과였던 것이다.

그 뒤 요시코는 마술(馬術)에 능한 3천 내지 5천 명으로 구성된 선무여단(宣撫旅團)의 지휘자가 되었다. 상하이에서 추란(秋蘭)이란 이름으로 사랑을 나눈 스기야마(杉山)와 작별한 직후의 일이다. 요시코는 답답한 가슴속을 황야의 바람으로 말끔히 씻어내고 싶었던 것이다.

그녀가 임무를 맡을 때 제시한 한가지 조건이 있었다. 자기를 군인으로 대우해 달라는 주장이었다. 만주국 군부에서는 이 요구가 크고 작은 물의를 일으켰으나 타다 대령이 압력을 넣어서 사령관 칭호를 받아 처음으로 금벽휘는 사령관으로 탄생했다.

—만주국 편입을 명백히 하고 있던 열하성장(熱河省長)이, 도중에 태도를 바꾸어 국민정부 지지로 전향했을 때 일본은 러허 공략을 결정했다. 군사 전문가들은 고전과 곤란을 예언했다. 산험(山險)의 천연요새는 수비에 쉽고 공격군의 전투력은 엄청나게 열세(劣勢)하다. 여기에 동원된 것이 요시코의 선무부대였다. 요시코의 부대가 얼마나 가치 있나 보여줄 기회가 왔을때 그녀의 개인적 감회도 전혀 없지가 않았다.

러허는 요시코의 동족 중 위대한 왕자(王者)들 마음속에서 특별한 지위를 차지해온 곳으로서, 가까이는 20여 년 전 그녀의 아버지 숙친왕이 이루어졌던들 옥좌는 이리로 옮겨져서 타타르 제국의 초점이 되었을 곳이다.

일본이 국제연맹을 탈퇴하던 작년 1933년 2월 말, 관동군이 러허 침공을 시작하자 요시코는 타다 대령의 추천장을 갖고 현지군 본부를 찾아가 말했다.

"정예 병력 5천을 제공하겠소."

그러나 수비 부대에 이상한 현상이 나타났다. 상하이에서는 불리한 처지에서도 용맹히 잘 싸운 중국군이 유리한 입장인데도 불구하고 모두 달아나 버렸다. 군사 전문가의 예상이 무색하도록 3월 초순 침략군은 러허를 점령하였던 것이다. 어이없도록 너무도 손쉽게 목적을 달하자 요시코의 제안은 무시당했다. 처음에 요시코는 정중한 대우를 받을 수 있었지만 승산이 분명해진 지금 요시코의 증원 부대쯤은 현지군의 안중에도 없었다. 그래도 전투에 참가하겠다고 조르는 요시코에게 노골적으로 불쾌한 태도로 대했다.

"타다 자식, 러허의 군인들은 계집에 몹시 굶었는 줄 아나봐, 즈봉을 입은 까무잡잡한 계집아이를 보내게."

"하하하, 고기는 검은 고기가 맛이 있는 법이야."

요시코 귀에까지 들릴 만한 큰 소리로 음란한 수작을 지껄이는 것을 듣고도 그녀는 꾹 참았다.

남장 미녀 요시코는 거친 싸움터에서 별로 빛을 못 보았지만 신징(창춘)의 신황제 푸이에게는 못견디도록 그립고도 아쉬운 존재였다. 그는 궁중의 미동(美童)에게서 요시코의 모습을 발견하려 했다. 그러고는 기학적(嗜虐的)인 애욕의 충동을 불러일으켰다.

그는 소림(小琳)이라는 미소년을 골라서 침실 시중을 들게 했다. 처음에는 어깨를 두드리고 허리를 주무르고 다리 안마를 시켰다. 그러다가 차츰 소년의 부드러운 손을 빌어 자위행위를 하는데 재미를 붙였다. 쾌감이 절정에 달하는 순간, 그는 늘 요시코를 착각하면서 용틀임을 하고 있다. 푸이는 소림을 껴안고 입을 맞춘다.

"으응."

소년은 반항할 수 없었다. 만약 조금이라도 싫어하는 내색을 하였다가는 가혹한 형벌이 날아올 것을 알고 있었기 때문이다. 그래도 여기까지는 아직 좋다. 다음에는 푸이가 손수 소년 몸에 손을 대어서 그 짓을 한다. 소림이가 동물적 흥분에 몸부림을 쳐야 푸이는 만족해 한다.

"우……."

이 순간 푸이가 생각하는 것은 요시코이고 소년 눈에는 황후 완룽이 아스라이 떠오른다. 푸이는 입을 벌리고 덤벼들어 소년의 체액(體液)을 미친 듯이 빨아 마신다. 심신의 영양원(榮養源)을 찾았다는 듯이……

이 무렵 완룽은 거의 연금상태로 기나긴 밤 허전한 몸과 마음을 아편 흡연(吸煙)으로 달래면서 소림 소년을 생각했다.

어느 날 밤, 완룽은 소림 소년을 불렀다. 황제에게 전할 말이 있다는 게 구실이었다. 무슨 말이 그리도 긴가, 소년은 밤새도록 황후 처소에서 나오지 않았다. 바람 없는 방 안에서 가끔 폭풍이 일고 쾌감에 우는 여인의 신음소리가 가끔 새어 나올 뿐이었다.

소림은 황후에게 자주 불려갔다. 그 결과 푸이의 '행위'를 거부하는 것으로 나타났다. 모진 채찍질을 당하면서도 완룽을 생각하면 참을 수가 있었다.

"이 자식, 너 요새 웬일이냐?"

혹시나 황제가 비밀을 알아 차렸는가 질겁을 하였으나 그것은 아니었다. 체액이 고갈하고 체력이 줄어든 것을 나무라는 말이었다. 영양실조에 빠지게 된 푸이는 하나의 사업을 시작했다. 고아(孤兒) 구제 사업이다. 궁중으로 고아를 모아들이는데 여자는 안되고 오직 미모의 소년이라야 유자격이었다. 이리하여 뽑혀 온 소년들은 10여 명이나 된다. 이제는 아쉬울 게 없다. 소림이가 아니라도 넉넉하다. 소림 소년도 해방된 기쁨이 컸다. 그는 밤마다 황후를 몸으로 위안해 주면 그만이었던 것이다.

그러나 황후는 소림 소년만으로는 미흡했다. 그는 황제가 모아온 소년들에게 손을 뻗히기 시작했다. 황제에게 느끼는 질투를 그들에게서 풀어보기라도 하려는 것처럼.

소년들 간에 질투 선풍이 불었다. 이렇게 되니 자연 푸이의 관심이 시들어지기 마련, 추잡한 남색에 염증을 내기 시작했다. 그 덕을 톡톡이 보는 완룽은 외롭지가 않았다. 그녀는 담배와 아편, 소년만 있으면 그만이었다. 무언가 석연치 않아진 푸이는 쾌감을 얻는 또 하나의 방법을 고안해냈다. 소년들에게 무서운 체형을 가하는 일이다. 발가벗긴 몸을 채찍으로 후려치면 아픔을 못이겨 용틀임하는 육괴가 그대로 움직이는 미술품이었다.

이러한 악형 아래 멍든 몸도 완룽의 원숙한 몸이 어루만져주면 당장 낫는 것 같아서 그들은 참고 또 참았던 것이다.

어느 날 푸이는 소년들끼리 쾌락을 누리는 줄 알고 고문을 했다.

"고하라, 이놈들, 밤마다 무슨 짓을 하고 있지?"

황후와 관계를 고백하라는 줄로 착각한 소년 중 하나가 제 허물을 감출 양으로 소림을 밀고했다.

"실상은 소림이가……."

"소림이가 어쨌다는 말이냐."

"황후 폐하 거처를 가끔씩……."

"무엇이?"

소림은 당장 붙들려왔다. 밀고를 한 자나 당한 자나 똑같이 생각했다. 참혹한 죽음을 맞으리라. 그러나 푸이는 검고 두꺼운 입술이 허옇게 되었을 뿐, 잔인한 명령은 내리지 않았다.

'저 자식……'

푸이는 자기 손으로 어루만지던 소년의 육체 한 부분이 완룽 체내에 머물렀을 시간을 생각할 때 치가 떨리고 오장이 녹아내리는 듯하였으나 가와시마 요시코의 모습이 독기를 중하(中和)시키고 불을 꺼주는 데 효과가 있었다. 그는 소년 몸에서 중심부를 노출시키라 명하는 한편 가위를 대령하라고 일렀다.

준비가 완료되었다. 그러나 절단하지는 않았다. 육중한 가위 등으로 두드리기만 하는 것이었다. 소년은 기절했다.

"여봐라."

그는 궁내부 대신 보희를 불렀다.

"예."

"이놈을 철사로 묶어서 방 안에 가두어 두어라."

"예."

"죽지 않을 만큼 먹이고."

"알겠습니다."

당장 죽이면 편할 테니까 두고두고 골리면서 즐기리라 작정했던 것이다.

어떻게 즐기느냐고?

그 방법은 여러가지가 있다. 현장의 상황을 조금씩 문초 받는 것이다. 그렇게 함으로써 질투와 흥분을 맛볼 수 있다. 경우에 따라서는 밀실에서 완룽과 교섭을 실연(實演)시키며 마냥 즐길 수 있지 않을까. 그 장난이 지치면 그때 가서 천천히 말려서 죽여도 좋으리라…….

소림 소년은 눈앞에 닥쳐올 운명을 직시하면서 몇 번이고 탈출을 시도했다. 그러나 번번이 붙잡혀 와서는 동료 소년들에게서 수없이 얻어맞았다.

동료 소년들은 이 불쌍한 선배 소년을 타살함으로써 자기네 비밀 폭로를 영구히 묻어 버리자는 의견을 모았다.

몽둥이들이 소림 소년을 포위했다.

"왜, 왜들 이러는 거야?"

"너를 죽이려구."

"나를 왜? 너희들, 나에게 무슨 죄가 있다구."

"길을 터놓은 죄."

"뭐?"

"아무튼 안됐지만 너는 죽어야 한다. 그 입을 막기 위해서도."

"황제의 명령은 아니지?"

"아니다. 우리들 뜻이다."

"그, 그렇다면 나를 살려다오. 달아나게 해달란 말이야."

"안 돼."

"제발 부탁이다. 이렇게 애걸한다. 응, 살려줘."

"너는 죽어야 해."

"억울하다."

"억울해도 할 수 없어. 우리들을 위한 희생의 제물이 되어 다오. 에잇."

치명적인 일격에 소년은 까무러쳤다. 다음은 그대로 곤봉 세례, 소년은 온몸이 상처투성이가 되어 숨졌다.

이 일을 안 푸이는 불같이 노했다.

"누구야! 소림을 죽인 것이!"

소년들은 저마다 변명했다.

"저절로 죽었습니다."

"소신은 모르는 일입니다."

"자살인지도 모르겠습니다."

푸이는 소년들을 감금시키고 완룽도 격리 수용한 다음 다시는 거들떠보지도 않았다.

그는 가끔 소년들이 갇혀 있는 곳으로 찾아가 채찍을 내어 주면서 명했다.

"짐이 보는 앞에서 이 채찍으로 제 손바닥을 열 두번 씩 때려라. 가만히 치는 놈은 죽고 살아나지 못할 테니 그리 알고."

그는 또 이런 명령도 한다.

"매일 분향(焚香)을 하고 독경(讀經)을 해서 소림의 혼백을 위로해야 한다. 게을리하는 놈은 역시 죽을 줄 알아."

어차피 제 손으로 죽여야 했을 것을 대신 처치해 준 아이들이 푸이는 대견하기만 했다. 아이들에게 욕을 보임으로써 자신이 소림 소년을 죽일 마음이 아니었다는 변명도 삼는다.

"알았지? 속죄해야 한다."

자신의 속죄를 이런 방법으로 모색해 보는 푸이였다.

푸이는 다시 소년들을 침실에 불러들이려고 하지 않았다. 언뜻 소림 생각이 나고 또 소림과 완룽의 모종 장면이 떠올라서 아예 다른 방향으로 생활 양식을 바꾸었다.

정치는 제가 하지 않아도 친절한 일본 사람들이 다 맡아서 해준다. 오히려 의견을 말하면 간섭이라 해서 여간 싫어하는 눈치가 아니다. 그는 마음놓고 게으름을 누릴 수가 있었다.

그는 수마(睡魔)와 타협했다. 잠을 자는 것이다. 불면증으로 고생한 일도 있었지마는 이제는 그렇지가 않았다. 오전 11시에서 오후 2시 사이 일어나서 식사를 하면 또 잠을 잔다. 저녁 식사는 밤 9시에서 한밤까지 수시로 찾아 먹는다. 그 사이에 또 간식을 하니 식도락을 즐긴다고 할까.

"식사"라고 불쑥 한마디 했을 때 그 많은 가지수의 따뜻한 음식을, 5분이나 10분 안에 준비해야 망정이지, 더 지체하면 주방 책임자는 채찍 세례를 받아야 한다. 그래서 요리인은 아침 6시부터 착수해서 자정까지를 줄곧 대기하고 있어야 했다.

저녁 식사를 마치면 새벽 2시, 3시까지 마작을 하는 것이 버릇이다. 낮에는 테니스와 탁구도 즐기지만 오래 계속하지는 않고 이내 그만두기도 했다.

자금성 시절의 버릇이 아직 남아 있어 자전거를 타보기도 하지만 정원이 좁아서 마음대로 되지 않았다. 이따금은 어용차 '비유이크'의 핸들도 잡아 본다. 서투른 운전에 시종들은 이리 뛰고 저리 피한다.

푸이가 좋아하는 관극(觀劇)도 이제는 자유로이 할 수가 없다. 베이징 라디오의 경극(京劇) 중계방송을 빼놓지 않고 듣는다. 레코드를 사들이는가 하면 신징 제궁에도 영사실을 만들어 놓고 주로 일본 영화를 감상한다.

푸이는 이것만으로도 허구한 날 별로 갑갑증 모르게 지낼 수가 있었지만 완룽은 그렇지 못했다. 밤마다 계속되는 방종의 악습이 이제는 거의 본능처럼 되었던 것이다. 갇혀 있는 몸이 아편만을 상대하니 이질적인 체질이 방탕을 강요한다.

"으아ㅡ"

그녀는 미친 사람처럼 소리도 지른다. 중독 증상으로 오는 발작이다. 마약 기운이 떨어지면 마비가 왔지만 충분히 보급할 만한 재력도 완룽에게는 없었다. 완룽이 필요로 하는 양은 적은 것이 아니었다. 불과 1년 동안 '長壽軟膏' 라는 명목 하에 740온스, 즉 하루 평균 2온스 정도를 들였다. 아편 중독자인 만큼 담배도 몹시 즐긴다. 즐긴다기보다 거의 소비 상태였다. 권연 역시 1년간 3만 430개비, 하루에 85개비씩을 사들인 사실이 출납부에 남아 있다.

푸이가 스테이트·엑스프레스를 애용하고 있을 때 완룽은 만주산 최하급 담배를 피우지 않으면 안되었다. 그녀는 아편의 수연통(水煙筒)으로 하나에 1달러 50센트 하는 싸구려를 두 개 소유하고 있을 뿐이었다. 또 그녀는 대식가였다. 정신 이상이 아니고는 그렇게 많이 먹을 수가 없었지만 위장 기능은 그것을 감당해 내고도 남았다.

이리하여 얻어진 정력과, 제동할 줄 모르는 정신 상태가 그녀를 색정의 광녀로 만들어 놓고 말았다.

신징 제궁에는 친위대(親衛隊)에 소속된 2, 3백 명의 중국 출신 청년들이 있었다. 그들은 약간의 아편과 담배를 제공하고 야릇한 자세로 완룽과 육의 향락을 나누기도 한다.

이 일이 경호를 담당하고 있던 일본 군인에게 알려져서 약 20명의 중국인 친위대와 일본 군인 사이에 폭행 사태가 일어났다. 관동군은 곧 문제의 20명을 체포해다가 몹쓸 고문을 가하여 대역죄를 만들려 했다. 그러다가 푸이의 요구를 받아들이는 생색스러운 태도로 중국인 호위군 전원을 장성 남쪽에 추방하고 친위대를 일본 군인으로 교체했다. 이러저러한 일들로 제궁 안은 일본인으로만 꼭꼭 채워졌다.

관동군은 다시 푸이를 감독하고 감시할 필요에서 요시오카 소장에게 '제실 어용계(帝室御用係)'라는 직함을 주어 제궁 안에 파견 근무를 시켰다.

푸이는 점점 몸도 마음도 옹색해졌다. 잠시도 곁을 떠나지 않고 잔소리를 하는데 말씨는 부드러우나 강제성과 구속력을 지닌 명령이었다. 한 번은 이런 말을 한다.

"폐하, 황송한 말씀이나 황후 폐하께서 병환이 깊으시다니 전지 요양(轉地療養)을 하시게 하는 게 어떻겠습니까?"

"귀관이 그걸 어찌 알았소?"

"폐하만 모르시지 신징 안에는 소문이 나 있습니다."

"과연 짐은 모르오. 완룽에게 병이 있다는 것도 금시초문이요."

"병환이 없는 분이 그럴 리가 있습니까?"

"언제 만났는데요?"

"조금 전에도……."

"보내면 어디로?"

"뤼순이 안 좋겠습니까?"

"뤼순이라……."

완룽은 뤼순으로 떠났다. 거기서도 호위 명목의 감시는 받았으나 신징에서보다는 훨씬 자유롭고 또 용돈도 넉넉해졌다. 완룽은 감시원을 달고 뤼순 길거리를 누비면서 아무곳에서나 사먹고 싶은 것을 맘껏 먹으며 도락을 즐겼다.

만주국 개척

1932년 관동군의 토미야 카네오(東宮鉄男) 대령과 농업 지휘자 카토 칸지의 발안에 의한 '제1차 시험이민'이 시작됐다. 이로 인해 20살부터 35살까지 퇴역군인 493명이 싼장성 자무쓰(헤이룽장성 동부 도시)로 보내졌다. 아오모리, 이와테, 아키타, 야마가타 등 동북에 있는 현(県)들과 니가타, 나가노, 이바라기, 군마를 비롯한 관동 지방의 현들, 총 11개 현 출신들이었다. 이것이 만주 최초의 개척마을 '야사카촌'이다. '야사카(弥栄)'란 한어(漢語)로 '만세'라는 뜻도 있지만, 그에 비해 순수 일본어로 그 말을 바꿔 쓸 수 있게 만들어진 말이었다. 본디 에이혼친(永豊鎮)이라 불렸던 토지이다.

그 뒤, 근처에 제2차 시험 이민 455명이 들어가 '치부리촌'이 생겨난다. 이십만 명이 넘는 일본인 농민이 만주국 각지에 이민이라는 명목으로 보내졌고, 제5차부터는 '시험'이란 이름은 사라지고 '집단이민'이라 불렸다. 1936년 6월에는 신징(창춘)에서 관동군, 만주국, 일본의 척무성, 조선총독부와 합동 이민회의가 열렸다. '20년 안에 100만 가구, 500만 명을 이주시키는 대이민계획'이 세워진 것이다. 1937년 이민자들은 50만 명 이상 달했다. 약 500명부터 시작하여 겨우 5년 만에 1000배로 이민자가 늘어난 것이다.

최초의 시험이민들은 '무장이민'으로서 한 명씩 총을 들고 러시아를 가상적국으로 보는 국경 경비원 역할을 맡아야만 했다. 만약 그들이 농업이민으로 간 것이었다면, 남만주나 적어도 중부와 같이 기후와 토지가 좋은 지역으로 배치되었어야 한다. 그러나 일부러 북만의 국경지대를 개척지로 선정한 것은, 관동군 토미야 카네오 대령의 '북방방위계획'에 바탕을 둔 것이었다. 군사적 목적은 교묘하게 감추어지고 이민은 신천지를 개척하는 것으로 홍보되었다. 그러나 떼도둑이라 불린 항일 게릴라와의 전투는 실제로 몇 번이나 일어났고, 그 희생자들 중에는 개척이민자들도 있었다.

1936년 제5차부터는 흔히 말하는 이민으로, 국가 정책으로써 대대적으로 모집하여 이루어졌다. 연령제한은 33세까지였지만 나중에는 40세로 늘어났다. 모두 농민이거나 농업경험이 있으며 건강한 사람이어야 한다는 것이 조건이었다. 이 정책에 응모하면 만주까지 가는 선박비는 정부가 보조해 주었고, 그밖에도 한 가정마다 보조금 1000엔이 나왔다. 일반적으로 쇼와 10년 때와 현재의 통화가치는 1 대 3000이다. 현대 통화가치로는 300만엔 가까이 보조해 줬던 셈이다. 가난한 소작농민에게는 본 적도 없는 금액이었으리라.

일본 마을을 둘로 나누면 한 쪽은 만주에서 '새로운 마을'을 만드는 분촌이민, 남은 한 쪽은 그때까지 농업을 하지 않던 도쿄 상점가가 그대로 옮겨진 귀농이민이었다. 나가노현 대일 히나타 마을은 분촌이민의 예이다.

그들이 입식한 토지는 '빨간 석양의 만주', '개척되지 않은 광대한 신천지 만주', '왕도낙토'라는 이미지와 슬로건으로 요란하게 선전되었다. 그것을 담당하는 일본정부 부서 척무성이 만들어졌고, 현청(県庁=도청)의 공무원이나 시읍면 담당자가 온갖 수단 방법으로 '만주이민자'들을 모집했다. 현이나 시읍면에 따라서는 이민자 수에 할당량을 정해 그만큼 모집하게끔 공무원들에게 떠넘겼다.

만주척식공사라는 관제회사가 그 자금 유통을 포함한 전면적인 후원을 했다. 만주 개척은 현지 중국인 농민들로부터 토지를 사들여 그곳을 일본인 이민자들에게 나누어준 것이다. 이민자들을 보내는 일본 쪽에서는 만주이민협회라는 관제 홍보기관이 세워지고 이민 수속이나 관계 서류를 출판하고 선전하여 선도자 역할을 했다.

'개척이민'이라는 말에는 속임수가 숨겨져 있었다. 애초에 '개척'이라는 것은 밭이나 논이 될 수 없을 듯한 거친 들판이나 덤불, 숲에 길을 열어 나가는 일이었다. 나무를 자르고 그 뿌리를 캐내고 풀을 뽑고 땅을 갈고, 때로는 수로를 내고 흙을 운반하여 겨우 농경지가 되는 것이다. 살아갈 집도 세워야 하고, 가축용 오두막이나 작물의 수납고도 필요할 것이다. 개척이민자들은 이러한 노동과 고생이 만주에서 자신들을 기다리고 있으리라 여기며 흥분을 감추지 못한 채 대륙을 건너갔으리라.

그러나 일본 이민자들이 그곳에서 본 것은 이미 개간된 땅과 곧바로 평범하게 생활할 수 있도록 준비된 가옥이었다. 만주척식공사는 이미 개척이 완료된 토지와 완성된 집까지 준비하여 일본에서 오는 농업이민자들을 기다리고 있었다. 농사용 말까지 지급되었다. 물론 일본에서 온 이민자들은 무척 기뻐했다. 일본에서는 자기 땅을 가지지 못했던 소작농이나, 땅을 얻을 수 없었던 소규모 농업가의 차남, 삼남들이 일본에서는 생각해 본 적 없을 정도로 넓은 토지의 '땅주인'이 될 수 있었기 때문이다.

일본인 개척민의 대부분은 만주의 동쪽에 펼쳐진 동북평원으로 이주했다. 면적은 35만km^2로 중국 최대이다. 일본 본토와 거의 비슷한 넓이이다. 풍부한 물과 비옥한 토양, 여름의 고온다우가 고량(수수)과 대두, 옥수수, 밀에 적합한 곡창지대이다.

개척민이라고 해도 일본인 이주지의 6할은 한인과 조선인이 이미 개척한 경작지를 강제로 매수한 것이었다. 관동군을 등에 업고 원래의 토지소유자를 소작인으로 활용하고 자신들은 지주처럼 농업을 경영했다. 그래서 강한 반감을 사는 일도 많았다.

일본은 만주에 대륙진출의 식량보급기지 역할을 기대했다. 따라서 쌀과 보리, 잡곡을 통제하고, 채소도 작부면적의 몇 할을 시가의 3분의 1로 군에 납품하라는 지시를 내렸다.

동북평원 중앙부, 길림성 서란(舒蘭)현에 이주한 한 농민은, "두렁을 만들고 물만 채우면 논이 된다. 모내기는 하지 않고 볍씨를 뿌리기만 한다. 기후 변화가 큰 것이 문제이지만, 경지가 충분하고, 비료를 주지 않아도 배추가 5kg으로 쑥쑥 자라기 때문에 과감하게 농업경영을 할 수 있었다."고 만주 농업의 유망성을 회상했다. 그러나 서란 북쪽의 하얼빈에서는 여름에는 40도, 겨울에는 영하 40도까지 떨어질 정도로 기후변화가 심했다.

만주는 대두로 세계와 연결되었다. 대두, 대두유, 콩깻묵의 '대두 3품'은 19세기 중반부터 주요 수출 품목이었다. 작물을 철도까지 운송하는 것은 적재량 1톤이 넘는 대형마차였다.

만주의 농업이 농공광업 생산에 차지하는 비율은 1931년에 7할이 좀 넘었다. 공업화가 진행된 1943년, 공업생산이 5할이 넘었지만, 그래도 농업은 4할 이상 차지하고 있었다. 1941년의 유직인구(有職人口) 가운데 7할이 농목림업(農木林業) 종사자였다.

대표적인 광물자원은 만주 전체의 에너지를 충당하는, 무순 등지의 광산에서 나는 석탄과, 세계에서 손꼽히는 매장량을 자랑하는 안산의 철. 자원이 부족한 일본에 만주는 그야말로 생명줄이라고 할 수 있었다. 그 개발은 만주국과 관동군의 계획에 의해 만철과 만주중공업이 주도했다. 만주 경제는 일본과 강하게 연동하여 '지도적 민족'인 일본인은 취직과 임금, 세제 면에서 우대받았다.

일본인의 소매상에 한해 만주는 국외의 일본이었다. 한인 상인은 적극적으로 타민족과 교류했지만, 일본인 상인은 일본인만 상대했기 때문에 '제 살 뜯어먹기 장사'라는 야유를 받았다. 그 결과 한인의 압박으로 쇠퇴할 운명에 있었을 때 만주국을 건국함으로써 단숨에 회생한 것이다. 그러나 손님이 일본인뿐인 것은 변함없었다.

그러나 일본 이주민들의 '행운' 뒷면에는 만주 농민들의 '불행'이 있었다. 즉 '만주개척'이란 일본 이민자들의 토지를 확보하기 위해 만주 농민들이 개간한 땅을 싼 가격에 억지로 매수하여 그들 집까지 빼앗고 살던 곳에서 내쫓음을 뜻한다. 일본에서 몇 가구의 이민자들이 그 마을에 오는지 알게 되자, 만주척식공사 직원들은 강제적으로 그만큼 토지를 사들여 몇 날 며칠 그 땅을 비우도록 만주농민들에게 명령했던 것이다. 만주 농민들은 얼마 없는 살림살이들을 수레에 싣고 노인, 아이 할 것 없이 가족을 데리고 그야말로 미개척된 들판을 찾아 도망치 듯 마을을 떠나야만 했다.

혹여 그대로 마을에 남았다 하더라도 지금까지 자신이 일구어온 밭에서 일본인 땅주인에게 토지를 빌리는 소작농이 되거나 농업노동자로써 일하게 되었다. 일본인들은 땅주인이 되어 뒷짐 지고 걸었고, 실제로 그곳에서 일을 하는 것은 만주인인 경우도 드물지 않았다.

한랭지역인 만주에서 농업 방식은 일본과는 거리가 멀었고, 만주 농민들에 의한 농업방법이 아니면 할 수 없었다. 홋카이도식 기계화 농업이 홍보되었지만, 오랫동안 얼어 있던 만주땅의 특성이나 여름 동안 무성히 자란 잡초와 씨름하다 보면 하루가 저물어 버리는 농업환경에서는 기계화 농업은 그림의 떡일 뿐이었다. 결국은 사람의 힘과 가축의 힘이 농업 중심이 될 수밖에 없었다. 이것이 일본인이 말하는 '만주개척농업'의 실태였던 것이다.

물론 만몽개척 청소년 의용군이나 일부 자유개척단 등 실제로 들판에서부터 농경지를 '개척'해 낸 사람들도 있었다. 관개공사를 하여 논을 만드는 개척단 또한 있었다. 그러나 일본 개척이민자들은 만주인이 빼앗긴 농업지에 이주해 살고 있었다. '오족협화'라는 이념을 슬로건으로 내건 만주국 농업의 실태란 바로 이것이었다. 만주국이 붕괴한 뒤, 많은 개척마을이 중국인 농민에 의해 습격당하고 약탈당했는데, 만주척식공사의 만행에 대한 만주 농민들의 복수심이 폭발한 탓도 있었다. 그 증거로 만주인의 토지를 빼앗지 않은 개척마을은 만주국이 붕괴한 뒤에도 습격을 받지 않았거나, 마을 안에 살던 만주인이 몇몇 일본인들을 숨겨주기도 했다. 정부 정책의 잘못을 일본 개척이민자들이 대신 보상하지 않으면 안되었다.

'만몽 개척 청소년 의용군'은 1934년부터 시작되어 처음에는 러시아와 만주국 국경지대에 15세부터 21세의 청소년 13명이 보내져 야마토마을 북진기숙사를 개설했다. 다음 해에는 거기에 16명이 더해졌고, 1937년에는 더욱 많은 청소년들이 일본에서 건너와 100명에 가까운 의용대원이 공동생활을 하고 개척에 종사하게 되었다.

이러한 성공 사례에 기분이 좋아진 일본 정부는 1937년 이후 매년 3만 명의 의용군을 보낼 큰 계획을 세우고 실행하기로 했다. 그야말로 만주국을 '청년의 나라'로 만들려는 계획이었다. 그러나 그 계획에는 문제점도 많이 있었다. 하나는 '둔간병(屯墾病)'. 쉽게 말하면 향수병이며, 만으로 된 나이로 치면 14세부터 15세 어린 소년도 있는 의용대 속에서는 마땅히 일어날 수 있는 것이었다. 부모나 형제들에게서 떨어져 군대식 집단생활 속에서 엄격한 훈련이나 농업 노동을 했으니 정신적인 충격을 받는 것도 마땅한 일이었다.

훈련소 주변에는 일본인은 물론 만주인의 마을도 없었고, 있더라도 말이 통하지 않았기에 친해지기 어려웠다. 그 중에는 한인, 만인, 오로촌 등 현지주민과 교류를 한 대원도 있었다.

음식도 그즈음 가난한 일본 마을에서는 먹을 수 없던 고량(高粱)이나 피, 조와 같은 곡식들이었다. 한창 잘 먹고 자라날 청소년들인데 영양가 있는 음식들을 잘 먹지 못했던 것이다. 예산을 극단적으로 줄일 수밖에 없었다. '실질강건'한 청소년 의용군의 입안자였던 카토 칸지는 극단적인 국수주의와 정신주의 신봉자였으며, 과학적, 의학적인 교육적 견해와는 거리가 멀었다.

만주에 오기 전에 들은 이야기와 그곳에 간 뒤로는 이야기가 전혀 달랐다. 왠지 모르게 속아서 터무니없는 곳에 와 버렸다는 생각에 일본으로 돌아가고 싶다는 상사병에 걸렸다고 해도 이상하지 않은 일이었다. 그것이 '둔간병'이며, 억지스러운 정책 집행으로 인한 마땅한 반동이었다. 청소년 의용군으로서 만주에 온 사람들 중 한 명은 이렇게 말했다.

"현청에서 일하시는 분은 만주는 좋은 곳이고 그곳에 가면 용돈도 벌 수 있다던가, 토지를 준다던가, 관사를 시켜준다던가, 좋은 말들만 늘어놓았었어요. 그런 말만 듣고 현지 훈련소에 가면 생활이 상당히 괴로울 겁니다. 청소년들을 모집할 때는 의용군에 가게 되면 힘든 일도 많다는 사실도 말해줬으면 좋겠어요. 그렇게 하면 의용군에 가는 사람들은 온갖 고생이 하고 싶어 가는 사람들이 될 테고, 비로소 의용군의 사명이 달성되리라 생각합니다. 괴로울 것을 각오하고 갔는데 생활하기 편했다고 한다면 그 이상 좋은 일은 없겠지요. 고향에 돌아가면 의용군 모집을 하실 분에게 이 사실을 충분히 알려드리고 싶습니다."

즉, 의용군을 모집할 때는 용돈이나 토지를 준다는 등, 3년 동안 만 참으면 관사가 될 수 있다는 등, 사탕 발린 말들로 청소년들을 낚는 모집인들이 많았던 것이다. 주로 현청에서 일하는 공무원들이었는데, '개척이민' 때와 같이 모집 인원에 대한 할당량이 주어져 있었고, 그 목표수를 달성하지 않으면 안되었다. 그렇기 때문에 실제와는 다른 말들을 하여 가난한 소작농이나 자작농을 하는 집들 중 형제가 많고, 토지를 나누어 상속받지 못하는 차남, 삼남들이 있는 곳을 목표로 하여 만주에 갈 것을 권유했다.

그러나 아무리 가난한 살림이어도 청소년들에게는 '고향'을 그리워할 만큼 무척 가혹한 상황이었다.

"졸린 눈을 꾹 참고 그리운 고향 강산을 떠올린다.

하루의 피로는 잊어버리고 내 동무는 고향에서 온 편지를 열심히 읽고 있다.

아득히 먼 고향 땅에서 누이가 보내준 고추냉이를 밤을 넣은 밥과 함께 먹으면 분명 맛날 텐데…….

만주로 가겠다는 결심을 입에 올리자 담뱃대를 든 아버지의 손이 파르르 떨리고 고향 어머니가 보내주신 신문을 동무와 둘러 앉아 열중하여 읽는다."

의용군 훈련소에 들어간 청소년들이 만든 단가(短歌)이다. 물론 '황국의 개척지', '괭이를 든 전사' 등 용맹한 노래도 있지만, 많은 아이들이 의용군에서 힘든 생활을 입 밖으로 내었으며 '고향'이나 '부모 형제'를 생각하는 내용을 노래했다. 성실하고 순진한 청소년들을 속이듯 끌고 가서 관동군을 대신하여 국경 경비를 맡기고, 그들끼리 자급자족까지 시킨다. 일본의 정치나 군대는 그런 값싼 '의용군'을 만들어냄으로써 일본의 국익을 얻고자 생각했다. 그러나 그것이 정치가나 관료, 군인의 '사적인 이익'으로 돌아갔다는 것은 순수한 청소년들이 알 리가 없었다.

만주국이 발족된 1932년, 만철 부속지와 관동주의 학교교육은 관동주 장관이 관할하고 있었다. 만철 부속지 내의 교육은 창업 이래 만철이 경영했고, 부속지 밖의 일본인 소학교 경영도 만철이 부담하고 있었다. 한인을 위한 '공학당'과 조선인을 위한 보통학교에도 보조금을 지급했다.

1937년 12월, 만철 부속지의 행정권이 만주국으로 이양되자, 일본인의 교육은 재만 일본대사관 교무부와 관동국으로 넘어갔고 40년부터는 관동국 재만 교무부로 일원화되었다.

소학교에는 '대륙의 정세와 만어(滿語)' 등 일본에는 없는 과목이 신설되고 독자적인 국어 교과서도 만들어졌다. 편집에 종사한 아동문학자 이시모리 노부오(石森延男)는 "대륙에서 태어난 아이들은 툇마루가 뭔지 모르고, 우물도 모르고, 논, 모내기, 유카타(여름이나 목욕한 뒤에 입는 간편한 평상복), 잿날, 대숲도 모르고, 계절의 변화와 일본의 풍물에 대해서도 모른다. 실생활과 거리가 먼 교재로는 아이들의 감성과 지성을 키우기 어렵다"고 당시의 고충을 회상했다.

고등교육기관으로는 펑톈에 만철이 경영하는 만주의과대학과, 뤼순에 뤼순공과대학이 있었고, 1940년에는 마지막 관립 구제고교(舊制高校)인 뤼순고교가 개교했다. 1961년 고바야시 아키라(小林旭)가 히트시킨《북귀행(北歸行)》의 원곡은 이 학교의 기숙사에서 애창되었던 노래이다.

1938년, 관동군 주도로 6년제 건국대학이 개학했다. 국무원 직할로 문민 지도자의 양성을 목적으로 학비는 무료, 학생 전원에게 기숙사가 제공되어 5족의 학생들이 침식을 함께 했다. 또 이 무렵 각지에 대학이 설립되었는데 대부분 농업, 광공업, 의학 등의 기술계를 전문으로 하여 일본에서 지원하는 학생도 많았다.

그 해도 저물어 1935년을 맞이한 정월, 요시오카는 우연인 것처럼 불쑥 이런 말을 하였다.

"폐하, 일본을 한번 방문하시는 게 좋겠습니다."

"일본을요?"

"예, 작년 여름 지치부노미야 전하께서 만주를 다녀가실 때 초청과 방문을 서로 약속하셨다면서요?"

"그런 일이 있었지만 그것은 의례적인 것이고 아직 짐에게는 그런 계획이 없소."

"오늘 당장이 아니고 몇 달 뒤의 일입니다. 지금부터 계획을 세우셔도 늦지는 않을 것입니다."

"글쎄요."

"어의가 계시다면 소관이 적극 알선하여 준비에 착수토록 하겠습니다."

"좋도록 하시오. 외국 관광을 겸 한번 가보는 것도 좋겠지요."

"예."

외국 관광이 아니라 이것은 상국(上國)에 대한 참근(參覲)여행이다.

황제의 의사를 묻는 것은 형식일 뿐, 벌써 그 계획은 관동군에 의해 진행 중에 있었다. 관동군은 황후 완룽의 동행도 고려하였으나 푸이 기분을 생각해서 혼자 떠나게 했다.

푸이의 방일(訪日)은 답례를 위한 것이라 선전하면서 이 일을 홍보하기 위해 일본어로 된 선전 책자가 출판되었다. 책 제목은《만주국 황제의 미덕을 숭앙하면서》였다. 그 책자의 골자만을 간추려 본다면 아래와 같았다.

'……폐하는 문학을 매우 사랑하여서 잠시도 책에서 떠나는 일이 없으시다. 당시(唐詩)는 물론 송학(宋學)을 애독하시는 한편 정기 간행물에도 관심을 보이신다. 독서 범위는 중국어에 한하지 않고 영어로 된 서적도 섭렵하신다. 폐하는 시인이고 능서가(能書家)시다. 그림에도 조예가 깊으신 폐하는 매일 이른 아침에 기침하셔서 가벼운 식사를 마친 뒤 정원을 산책하시는데, 추운 겨울에도 거른 적이 없으시다. 폐하가 만주 귀족 출신인 탓에 승마에도 특기가 계시어 때때로 말타기를 즐기신다…….'

같은 해 4월 2일, 황제 푸이는 만주국 해군 사령관의 군복을 입고 다롄 항구를 떠나게 되었다. 일본 정부는 추밀 고문관 하야시(林權助) 남작을 수석으로 하는 14명의 접대 위원회를 조직, 다롄으로 파견하고 군함 히에이(比叡)를 어용선으로 지정했다. 시라구모(白雲)·무라구모(叢雲)·우스구모(薄雲) 등 군함이 호위를 담당했다. 다롄을 출발하기 전 군함 구마(球磨) 호 및 제12·15 구축함대의 관열(觀閱)을 하면서 푸이는 또 한 번 자신이 일본 천황이나 된 듯한 착각에 사로잡혔다.

호화로운 선실에 푸이는 자리를 잡았으나 그 호사를 즐기기는커녕 지독한 뱃멀미에 병자처럼 토하면서 이리저리 침대를 옮기며 견뎠으니 굉장한 해군 사령관이다.

이런 고통을 겪으면서도 그는 아첨하는 시를 써야 했다.

海平如鏡 萬里遠航
兩邦携手 永固東方
'바다는 거울인양 잔잔도 한데
머나먼 만리 길에 두둥실 뜬다

두 나라 손을 잡고 뜻을 모으면
영원한 동양 평화 굳어지오리'

항해를 시작한 지 나흘 째 되던 날, 요코하마 앞바다에서 벌어지는 70여 척 군함 연습 광경을 푸이는 뱃멀미 때문에 띵한 머리로 살펴봐야 했다.

이때 신문사를 위해 임신부처럼 구역질을 하면서 칠언절구(七言絕句) 한 수를 또 읊었다. 그 머리 위로 1백기 편대의 비행기가 날아온다.

환영 비행기이건만 푸이는 기절초풍을 할 지경으로 놀랐다. 이번에는 만주국 육군 최고사령관의 군복 차림으로 상륙을 하게 되는데, 비행기 소리에 놀라는 육군 사령관이 또 어디에 있겠는가. 푸이는 자신이 우스웠으나 감격은 계속되었다.

4월 6일, 도쿄역에 도착했을 때 일본 천황 쇼와가 정거장으로 역전까지 마중 나와 악수를 청한다.

꼽추처럼 등이 꼬부라진 작은 키에, 까만 점이 깨알처럼 박힌 얼굴에는 무테 안경과 콧수염만이 꽉 들어찼다.

'저 풍채를 가지고도 일본을 주름잡는데 나쯤이야…….'

훤칠한 키와 넓은 이마에 자신감을 가져보는 푸이였다.

일본에서의 대우는 한마디로 융숭하였다. 수 차례 연회와 온갖 선물들…….

푸이는 메이지신궁(明治神宮)에 참배하고 육군 병원을 방문, 자기 동족을 살상한 상이군인들을 위문했다. 쇼와의 어머니인 황태후까지도 푸이의 환영에 여간 열심이 아니었다.

하루 일과가 끝나던 마지막 날, 지치부노미야가 형을 대신해서 역전에 전송을 나왔다. 그 자리에서 그는 환송사를 낭독했다.

"황제 폐하의 방일은 일만 친선에 중대한 공헌을 하신 것입니다. 천황 폐하께옵서는 이 점을 중시, 매우 만족해하고 계십니다. 부디 황제 폐하께서는 일만 친선이 반드시 성취된다는 확신을 가지시고 귀국하실 것을 당부합니다. 이것이 본인이 희망하는 바입니다."

이런 말을 하자 푸이도 답사를 했다.

"이번 방일 때 일본 황실의 정중한 환대와 일본 국민의 열렬한 환영을 받고 진심으로 감격해 마지않았습니다. 나는 이제부터 전력을 다해 양국의 친선을 도모하기에 끊임없이 노력할 결심을 굳혔습니다. 나는 이 점에 대하여 확신을 갖고 돌아갑니다……."

여기까지 말했을 때 워낙 다감한 푸이는 주책없이 눈물을 흘렸다.

그는 마지막으로 그의 접대를 맡았던 하야시 남작에게 부탁했다.

"천황 폐하와 황태후 폐하께 감사하다는 말씀을 꼭 전해주십시오."

노인도 푸이 눈에 이슬이 맺힌 것을 보고는 눈물을 흘린다.

여기서 황제 푸이의 머릿속에는 하나의 논리가 형성되었다.

'천황과 나는 평등(平等)하다. 일본 천황의 지위는 만주국 황제 나의 지위와 동일한 것이다. 일본인들은 나에 대해서도 천황을 대하는 것과 꼭 같은 존엄과 권위를 인정해야 한다. 마땅히 습복(慴伏)해야 한다. 왜? 나는 황제니까.'

푸이가 3주일간 체일(滯日) 예정을 마치고 신징에 돌아온 것은 4월 27일이었다.

도회

　신징(창춘)에 돌아온 푸이 황제는 아부가 철철 넘치는 '귀국에 임하여 백성을 일깨우는 조칙'을 발표하는 동시, 신임 관동군 사령관 미나미(南次郎) 대장을 초치(招致)하여 감상을 말했다. 이틀 후인 4월 29일은 일본 천황 쇼와의 생일인 소위 천장절(天長節)이었다. 그 축하연에 참석하고 의기양양하게 돌아와서는 너무나 신이 나 견딜 수가 없어서 칙임관 이상의 만주·일본인 관리를 전원 소집하고 웅변을 토했다.

　이 귀국 보고 강연은 눌변(訥辯)인 황제가 웬일인지 말솜씨가 청산유수여서 듣는 이들을 깜짝 놀라게 하였다.

　"……이번 방일(訪日)에는 시종 일관 일본 황실과 국민이 나에 대한 우대와 존경으로 가득했습니다. 더구나 황태후 폐하의 융숭하신 대우는 나로 하여금 처음부터 끝까지 감격 없이는 생각할 수 없을 정도였습니다……."

　그는 다시 계속하여 이런 말로 결론을 내렸다.

　"……만·일 친선을 위해, 나는 이런 점에 확신을 가지고 말할 수 있습니다. 즉 일본인으로서 만주국을 배신하는 자가 있다면 그것은 일본 천황 폐하에 대한 불충(不忠)이고, 만약 만주인으로서 일본을 적대시하는 자가 있으면 이는 만주국 황제에 대한 불충입니다. 다시 말하면 만주국 황제에게 불충하는 자는 곧 일본 천황에게도 불충하는 자가 되고, 일본 천황에게 불충하는 자는 만주국 황제에 대해서도 불충하는 자가 되는 것입니다."

그가 강조하고 싶은 것이 바로 이점이었다. 자기 지위를 일본 천황 수준으로까지 끌어올려서 충성을 다짐받고 싶고, 또 얼마나 일본 황실과 가까운가를 과시하여 일본인들에게 위압을 주고 싶었던 것이다.

그 효과는 곧 나타난 것처럼 보였다. 일본인들은 엄숙하고 경건한 태도로 황제의 연설을 경청했다. 황제의 의기는 충천하였다.

'자, 봐라 내가 어떤가?'

그러나 어느 날, 관동군 사령관 미나미 대장이 불쑥 이런 말을 꺼내 놓았다.

"폐하, 국무총리를 경질(更迭)할 필요가 있다고 생각합니다."

"그건 왜요?"

"정 총리는 늙었고 또 과로했습니다. 본인도 은퇴하기를 희망하고 있으니까요."

"그렇다면 찬성이요. 나에게 이의가 있을 리 없소."

이의는커녕 기다리고 있던 터이다. 자기를 무시하고 관동군에만 붙어서 알랑거리는 정샤오쉬 부자를 진작부터 얄밉게 여겨온 푸이 황제였다. 그러나 정샤오쉬가 왜 밀려나게 되었을까. 꼭 한번 일본에 대한 불만을 토로한 것이 동티가 되었다. 그것도 공식 석상이 아니었다. 그가 경영하는 왕도서원(王道書院)에서 제자들을 앞에 놓고 말했다.

"만주국은 어린아이가 아니니까 보호자가 필요 없다. 이제는 제 발로 걸을 수 있는데 일본이 일일이 간섭하는 건 좋지 않다."

이 한마디가 그의 실각(失脚)을 재촉했다. 푸이는 계속한다.

"······정샤오쉬의 후임으로 총리 물망에 오르기는 오래 전부터 장스이(臧式毅)가 있는데 나도 그 의견에 반대하지 않소."

이때 미나미는 안색을 붉히었다. 긴장과 결의의 빛이다.

"본관은 그렇게 생각하지 않습니다. 관동군은 벌써 총리 후임으로 누가 적임일까, 고려 중에 있습니다. 그래서 그 인선(人選)도 끝났으니 폐하께서는 진념치 않으셔도 무방하겠습니다."

"인선이 끝나다니……, 나도 모르게……. 대관절 누가 내정되었단 말이요?"

"장징후이(張景惠)를 총리로 임명하시는 것이 가장 적절하시겠습니다."

"장징후이……."

장징후이……마적 출신의 장징후이를.

명색이 한 나라의 황제로 앉아 있으면서 제 나라 재상감을 물색하는데 외국 군인이 해야 하다니……. 그나마 그 군인에게서 누가 결정되었는가를 들어서 알아야 하는 처지가 된 자신이 생각해도 안타깝고 딱하기만 하였다.

"장징후이보다야 차라리 정샤오쉬가……. 정샤오쉬보다는 장스이 쪽이 훨씬 나을 터인데요."

"폐하, 이것은 군의 결정입니다."

"……!"

황제는 분하였다. 곧 일본 천황에게 연락하여 압력을 넣어 달라고 부탁하고 싶었으나 다음 사건을 목격하고는 입을 다물지 않을 수 없게 되었다.

총리가 경질되자, 정샤오쉬의 아들 정쉬가 불평을 하고 돌아다니며 일본에 대한 비난을 일삼았다. 이 정보를 들은 미나미가, 이제는 육군 소장으로 승진해서 관동군 참모차장 이타가키를 불렀다. 간단한 의논이 끝난 뒤 이타가키는 아마카스(甘粕)를 불렀다. 얼마 지나지 않아 정쉬는 사인(死因) 불명인 채 급사했다.

정샤오쉬는 분개했다. 그러나 말을 함부로 할 수가 없었다. 그는 신징을 떠나고 싶었으나 그 일마저 자유로이 되지 않았다. 은행에 예치해 둔 '건국 공로금'이 동결(凍結)되고, 항상 헌병대 감시를 받으면서 분한 마음을 서도(書道)로 달랠 길 밖에는 없었던 것이다. 그나마 그 역시도 3년 뒤에는 역시 원인 불명으로 세상을 떠났는데, 그 때까지 말 한마디도 속 시원하게 발표하지 못했다.

한편 국무총리가 된 장징후이는 어떠하였나. 그는 무식하였으나 일본인의 신망은 날로 두터워져갔다.

그는 무식을 숨기려 들지 않고 오히려 거꾸로 이용할 줄을 알았다.

총리가 되고 나서는 글자를 알아야겠다고 깨달았던지 아침마다 두 시간씩 사경(寫經)을 하며 읊었지만 녹림(綠林=마적) 출신에게 만학(晩學)은 그 자체가 무리였다.

"학문이란, 제 이름자만 쓸 줄 알면 그만이야."

그는 다시 이런 말로 되풀게 되었다.

한번은 일본의 전몰 군인 위령제(慰靈祭) 자리에서 생긴 일이다.

충령탑 앞에서 떠듬떠듬 제문(祭文)을 읽던 그가 도중에 읽기를 그만두고 스무개나 되는 계단을 돌아서 내려온다.

'무슨 일이 생겼나?'

모두 궁금해 할 즈음 마쓰모토(松本) 비서관을 찾아 제문을 가리키며 무언가 얘기를 주고받더니 다시 스무 계단을 천천히 올라가 제문을 계속 읽어 내려가는 것이었다. 읽기를 마친 뒤에는 아무 일도 없다는 듯 제자리에 와 앉는다. 이런 것을 가리켜서 일본인들은 유유불박(悠悠不迫) 천의무봉(天衣無縫)이라 호평(好評)했고 그릇이 큰 대인물이라는 찬사를 아끼지 않았다. 그는 낯간지럽지 않고 자연스럽게 아첨하는 방법도 알았다. 글을 모르는 대신 말은 능변(能辯)

이어서 그가 만든 금언경귀(金言警句)를 많은 일본인들이 애용했다.

그가 국무회의 석상에서 뱉은 명언(?) 중 이런 말이 있다.

"나는 무식한 시골뜨기니까, 촌놈같은 표현 밖에 할 줄 모릅니다. 만주와 일본 두 나라는 한 실에 매어 놓은 두 마리 잠자리와 같은 것입니다. 하나가 날면 같이 날아야 하고, 하나가 앉으면 다른 쪽도 함께 앉아야 합니다. 이것이 바로 일·만 양국이 일심동체라는 뜻이 됩니다."

장징후이가 말한 '한 실에 매어 놓은 두 마리의 잠자리'란 한마디는 그 뒤 만주 출신 관리를 교육할 때마다 일본 사람들 입에 무수히 담기었다.

일본인 이민(移民) 문제를 두고서 찬반(贊反) 양론으로 갈렸을 때 그는 또 한 번 명언을 토했다.

"만주의 국토는 무섭게 드넓습니다. 그러나 만주인은 미개하고 무식해서 개간(開墾)할 줄을 모릅니다. 일본인을 초청해서 신기술을 도입하면 두 나라 어느 편에나 유익할 게 아닙니까?"

이번에도 '두 나라 어느 편에나 유익할 것'이란 새 유행어가 생기었다.

양곡 매상 가격의 인상 문제가 국무회의에서 논의되었을 때도, 그는 유창하게 입을 놀렸다.

"식량을 공출(供出)한다고 생각하면 문제 될 것이 없을 줄 압니다. 기근(飢饉)이니 흉년이니 이런 말을 어떻게 합니까, 일본의 황군(皇軍)은 생명을 걸고 싸우고 있습니다. 우리 만주 국민이 식량을 내놓는 것쯤 뭐 그리 대단합니까. 절량(絕糧)문제는 허리띠를 졸라매면 해결됩니다."

'⋯⋯허리띠를 졸라매면 해결된다'는 명구(名句)가 또 한 번 사람들 입에 회자(膾炙)되었다.

결재 서류가 장 총리 방에서 묵이어본 일이 없다. 읽어봐도 모르기 때문에 그는 기안자의 설명을 듣는다. 설명을 들으면서도 꼬덕꼬덕 졸기가 일쑤다. 때로는 코를 골기도 하는데 설명이 끝나면 눈을 번쩍 뜨고 놀란 듯 불쑥 내뱉는다.

"하오(好)."

그러고는 도장을 쿡 찍어주는 것이 버릇이었다. 관동군으로서는 이렇게 편리한 존재가 없다. 그래서 '명재상'이라는 둥, '일·만 친선을 몸으로 실천하는 영웅'이라는 둥둥 칭찬이 자자했다. 총리 인기가 높아가자 황제 푸이는 질투가 났다. 관동군을 향해 인기 전술도 써 보건만 도저히 장 총리를 따라잡을 수가 없었다.

'너는 관동군에게 잘 보여라, 나는 일본 황실과 손을 잡겠다.'

그런 마음으로 단념을 할 무렵, 황제를 크게 실망시킬 사건이 일본에서 벌어졌다. 황실 따위는 안중에도 없다는 듯한 방약 무인(傍若無人)의 군벌 폭거(暴擧)였다. 좋게는 혁명, 나쁘게는 반란이라고도 불리는 이 사달을 사람들은 그저 무난하게 2·26사건이라고 부른다.

—1936년 2월 26일, 함박눈이 펑펑 쏟아지는 새벽 4시, 동경 제1사단 제1과 제3연대 영문으로 완전무장한 1천 4백명의 대부대가 꾸역꾸역 쏟아져 나오고 있었다. 그들은 지금 정부의 원로 중신들을 암살하기 위한 육군 대위 노나카(野中四郎), 안도(安藤輝三), 코오다(香田淸貞) 등 황도파(皇道派) 청년 장교 21명의 진두 지휘로 군부 쿠데타에 나선 것이다. 궐기 부대에 호응하여 이 사건에 참가하기로 약속한 병력은 근위(近衛)보병 제3연대와 야전 중포병 제7연대의 병력이었다.

습격 부대는 분산되어 총리대신 오카다(岡田啓介), 내무대신 사이토(齋藤實), 대장 대신 다카하시(高橋是淸), 교육총감 와타나베(渡邊錠太郎), 시종장(侍從長) 스즈키(鈴木貫太郎), 전내대신(前內大臣) 마

키노(牧野仲顯)를 관저와 사저, 또 거처로 찾아가는 한편, 주요 기관
으로는 육군성, 참모본부, 경시청, 아사히 신문사, 야스쿠니(靖國) 신
사 등을 목표 삼아 진군을 계속했다.

일본 군부에는 두 개의 파벌이 있었는데 하나가 통제파(統制派),
다른 하나가 황도파다. 통제파는 육군성, 참모본부 소속 청년 장교
들이요, 황도파는 근왕(勤王)의 명분으로 천황 중심 군통수권(軍統
帥權)을 확립해서 정치에 선행하는 모든 권력을 군부가 장악하는
목표를 이루어 내기 위한 혁명을 구상하는 일선 부대 소속 청년 장
교들이다. 중앙과 지방, 본부와 일선 이것만으로도 대립의 이유는
충분하였다.

황도파의 거두 마사키(眞崎甚三郞) 대장이 교육총감직에서 떨려
나고 통제파의 와타나베가 그 후임에 앉자 앙심을 품고 통제파로 알
려진 군무국장 나가다(永田鐵山) 소장을 대낮에 그의 사무실에서 참
살(斬殺)한 아이자와(相澤三郞) 중령 사건이 1935년 8월 12일에 벌어
졌다. 군법회의에 회부되자 황도파 장교들이 법정투쟁을 벌이어 노
골적으로 통제파를 공격하게 되자, 두 양파의 대립은 더욱 심각해졌
고 하극상(下剋上)의 기풍이 차츰 조성되어 가고 있었다.

황도파가 보복을 꾸미고 있는 것을 알게 된 통제파는 인사권을 쥐
고 있기에 저들의 거세(去勢)를 획책하여 만주 전출을 결정하자 바
로 2·26사건이 터졌던 것이다.

수상 관저를 습격한 것은 구리하라(栗原安秀) 중위가 인솔한 보병
제1연대 3백명 병력이었다.

술을 즐기는 오카다 수상이 아직 깊은 잠에 골아 떨어져서 세
상 모르고 자고 있는 새벽 5시, 구리하라 부대는 수상 관저에 도착
했다.

"형님, 빨리 일어나시오."

"음? 마츠오냐?"

"큰일났습니다. 어서 일어나라니까요."

오카다의 비서관을 하고 있는 마츠오(松尾傳藏) 대령은 침실로 뛰어들어가 아직 술과 잠이 덜 깬 수상을 부축해서 식모방으로 옮겨 갔다.

"무슨 일이야?"

"글쎄 아무 말 말구 여기 숨어 계십시오."

이 때는 벌써 총성이 요란하게 들려왔다. 오카다는 해군 대장이라 비좁은 잠수함에 들어가듯 식모방 벽장 속으로 엉금엉금 기어 올라 갔다. 사태가 심상치 않음을 간파한 마츠오 대령은, 수상이 죽지 않고는 끝이 나지 않을 것으로 상황을 판단한 뒤, 자신이 수상 대신 죽을 각오로 결심을 굳히고 침실에서 빠져 나온 것처럼 목욕탕에 숨었다. 현장에서 습격 받아 죽었을 때 반란군들은 그가 수상인 줄 잘못 알았다. 그러기에 식모방 벽장 문을 몇 번씩이나 열어보고도 진짜 수상을 찾아내지는 못했던 것이다.

이튿날 오정 때쯤 찾아온 문상객들은 향불을 피웠다. 수상의 민간 비서관이던 후쿠다(福田耕)와 사코미즈(迫水久常)까지도 그렇게 믿었다가 시체가 마츠오 대령인 줄 알고는 수상의 생존을 뒤늦게 눈치챘다. 심복 헌병 고사카(小坂慶助)와 수상을 찾아내서 로이드 안경을 씌우는 등 변장을 시킨 뒤 조문객들이 붐비는 틈을 타 무사히 탈출시키는데 성공했다.

마키노는 마침 유가하라(湯河原) 온천 이토야(伊東屋)라는 여관에 묵고 있다가 급보를 접하자 피신하였으므로 애꿎은 호위 경관만 희생되고 여관은 불타버렸다.

한편 시종장 스즈키는 안도 대위가 인솔한 일대에게 습격을 받았다. 반란군의 총소리를 들은 해군 대장 스즈키가 일본도를 가지러

창고 안에 들어간 사이 그의 부인이 안도 대위 앞을 막고 섰다. 전부터 안면이 있는 사이였다.

"안도 상이 웬일이요? 당신은 늘 우리 남편을 존경한다고 하지 않았소?"

안도는 싸늘하게 대답한다.

"존경은 하고 있지만 약진(躍進) 일본의 장래에 대해서 견해를 달리하고 있는 결과가 바로 이것입니다."

병사의 수색으로 스즈키가 끌려 나왔다. 그는 안도를 보자 조용히 말했다.

"쏴라."

"각하, 죄송합니다."

안도는 부하를 돌아보며 짧게 명령했다.

"쏴라."

사수는 스즈키를 향해 권총 세 발을 발사했다.

"탕, 탕, 탕."

하나는 대동맥을 뚫고 고환(睾丸)으로 들어가고, 둘째는 심장부를 관통했고, 마지막 탄환이 이마 한복판으로 들어가 귀 쪽으로 빠져나갔다. 사수는 다시 스즈키의 멱살에 권총을 들이대고 안도 대위에게 물었다.

"쏠까요?"

이때 부인이 대위 팔에 매달렸다.

"제발 목까지는……."

안도의 입이 열렸다.

"그만하면 됐다. 너무 잔인하니 그만두자."

"하."

스즈키는 피바다 위에 얼굴을 파묻고 쓰러졌다.

반란군들이 철수한 뒤에 단골 주치의가 불려왔다. 시호다(鹽田)라는 의학박사다. 안타깝게 묻는 부인 질문에 안색이 흐려지면서 자신 없이 말했다.

"글쎄요, 출혈이 심해서 어떨는……."

시호다 박사의 주선으로 수혈협회(輸血協會)의 이히지마(飯島)라는 의학박사가 다녀갔다. 중태에 빠졌던 스즈키는 응급치료와 수혈로 생명은 간신히 건질 수가 있었다. ―천황에게 총리 후보를 천거하는 원로 사이온지(西園寺公望)도 암살 대상으로 되어 있었지만 쿠데타가 성공한 뒤 천황에게 새 수상을 천거받을 때 필요해서 그는 대상에서 제외되었다.

그러나 다른 목표 인물들은 모두 살해당했다. 다카하시 대장대신은 군도(軍刀)로 살해되고 사이토 내무대신은 총살, 와타나베 대장은 기관총 사격을 받고 숨을 거두었다.

와타나베는 통제파로 지목받기도 했으나 마사키 대장의 후임이고, 또 그가 죽어야 했던 원인은 천황 기관설(天皇機關說)에 대한 소극적 견해 표명이었다.

천황 기관설이란, '천황은 국가 법인(國家法人)의 최고 기관일 뿐 주권은 국가에 있다'는 헌법상 학설인데, 동대(東大) 교수 미노베(美濃部達吉) 박사가 이것을 주장하자 불경죄(不敬罪)로 고발되어 계속 말썽이 난 것이다.

와타나베가 동경으로 부임해 오는 도중, 천황 기관설에 대한 기자 질문에 차 안에서 주고받으며 대답한 것은 이러했다.

"그런 일은 육군이 간섭할 문제가 아니라 학계에서 처리할 일이야."

"그렇지만 각하는 교육총감이 아니십니까. 국체(國體)에 관한 중대한 문제이고, 또 교육에도 관련이 있는 일이니 교육총감으로서 견해를 들려주십시오."

"나는 교육총감이지만 군사 교육은 내 소관이고 그 밖의 일은 알 바가 아니야. 다만 한가지 분명히 해두고 싶은 건 어떤 학설이라도 군사 교육과는 무관하다는 점이지. 따라서 육군하고는 아무런 관계가 없어."

—이 태도가 희미하고 미온적이어서 급진 과격의 근왕당(勤王黨) 황도파에게는 미움을 받을 만도 하였다.

"뭐야, 와타나베 자식. 군인이면 군인답게 태도를 밝히지 못하고 어물어물 얼렁뚱땅……. 그런 자는 살려 두어도 백해무익한 존재니 언젠가는 없애 버려야겠다."

그러고는 황도파 청년 장교들이 격분하는 것이었다.

사건이 일어나던 전날 밤, 25일 저녁 궁중 숙직은 칸로지(甘露寺受長) 시종(侍從)의 차례였다. 이튿날 새벽 5시 40분경, 스즈키 시종장 관사에서 걸려온 전화로 그는 잠자리에서 눈을 떴다.

"뭐요? 시종장께서 중태……?"

그는 깜짝 놀랐다. 그런데 곧 이어서 사이토 내무대신 관저에서도 전화 연락이 왔다.

"하! 사이토 각하께서 피살……."

그는 곧 천황의 침소로 달려가 전화 내용을 보고하였다. 쇼와 천황은 소스라치게 놀랐다.

"폭, 폭도는 어느 방향으로 향했느냐……. 그밖에 다른 희생자는 없는가?…… 이러한 불상사가 생기는 것은 내가 부덕한 소치야."

그러면서 꼬부러진 잔등 앞에서 무맥한 얼굴을 기운 없이 떨고 있었다.

6시경에 시종 무관장이 나타났다. 그는 제8대 관동군 사령관이던 혼조(本庄繁) 대장인데, 황도파의 거두 아라키(荒木貞夫) 대장이 육군대신일 때 그의 추천으로 시종 무관장이 되었다. 그도 역시 황도파의 중심 인물이리라. 혼조의 얼굴을 보자 쇼와는 대뜸 말했다.

"조속히 폭도를 진압하고 사건을 종식시켜서 전화위복(轉禍爲福)이 되도록 하라."

그러나 혼조의 태도는 모호하였다. 그는 한 번도, 거사병력을 가리켜서 '폭도'나 '반란군'이라 부르는 일이 없고, 딴 나라 일인 듯 '사건'이라 부르면서 우물쭈물할 뿐이었다. 그는 도리어 천황이 자주 쓰는 폭도라는 명칭에 반항을 보였다.

"폐하, 궐기 부대를 가리켜 폭도라 하심은 좀 지나치십니다. 저들의 참뜻은 국체현현(國體顯現)의 충성에 있으며 악정 개선을 목표로 하고 있습니다. 따라서 폭도로 보심은 잘못된 줄로 아뢰옵니다."

"짐의 명령 없이 군대를 움직인 것은 명분이야 무엇이든 짐의 군대랄 수는 없으니 폭도에 틀림없다."

쇼와는 첫마디부터 폭도로 단정했다.

쇼와 천황 말고도 육군 안에서 그들을 폭도라고 간주한 것은 만주국을 만들어낸, 참모본부의 이시하라(石原莞爾) 대령 한 사람뿐이었다. 그러나 그의 견해가 근본적으로 천황과 다른 것은 순전히 전략적 관점이라는 점에서 발견할 수 있다. 반란군의 행동과 배치, 장비, 1천 5백 명 정도의 병력을 볼 때 성공 가능성이 전혀 없음을 보자 진압해야 한다는 편에 섰다. 만일 반란군이 좀더 우세했다면 그가 반대 방향으로 달렸을지는 의문이다. 그가 만주국을 만들려는 구상은 반드시 대륙 침략만이 목적은 아니었다. 러일전쟁 때 억지 승리가 항상 불안하여 언젠가는 러시아의 보복이 두려웠고, 또 제국주의의 체제상 적화 공세가 겁났기 때문에 대소전에 대비할 발판 전략 기지로서 만주가 필요하다는 판단 아래에 관동군 강화를 목표삼아 온 터라, 전쟁을 피하려는 천황의 태도를 늘 못마땅하게 보아온 혼조와 동일하였기 때문이다.

"천황은 평화주의자가 아니라 겁쟁이야. 전쟁이 무서워서 질질 짜는 거지."

혼조도 이것이 안타까워서 기회 있는대로 천황을 세뇌(洗腦)하려고 했다.

"폐하, 러시아의 공격을 받기 전에 우리 쪽에서 선수를 쓰는 편이 전술적으로 보나 사기 문제로 보나 매우 유리할 것입니다. 제국 육군의 전원이 그것을 원하고 있으니 폐하께서는 그 분위기를 양해하셔야 되겠습니다."

그러나 쇼와는 전혀 움직이지 않았다. 또 한 번은 이런 적도 있었다.

"폐하, 만주사변 때 전몰한 용사들 기념관을 궁중에 대규모로 건립하는 것이 좋겠습니다."

하였을 때도, 그는 뜨뜻미지근한 투로 말했다.

"너무 크지 않게 하도록."

마지못해 허락하는 이 태도가 불만이어서 혼조는 만나는 사람마다 험구를 하고 다녔다.

"천황은 군사 문제에 관한 한 열의가 없다."

"반란 진압의 구체적 방안은 서 있는가……."

이런 물음에도 혼조는 이렇게 답했다.

"저들은 반란군이 아니라 애국청년의 집단 행동일 뿐입니다."

"짐의 측근과 고굉지신(股肱之臣)을 살해하였는데도 반란군이 아니야? 그자들은 역도(逆徒)다. 다카하시와 같은 온후한 공신을 죽이다니……."

"다카하시는 러시아나 영국, 미국이 결코 일본에 도전하지는 않는다고 국무회의 석상에서 육군을 훈계한 일이 있습니다. 그것이 아마도 발단이 된 걸로 믿습니다."

"……."

이런 형편이라 반란 진압은 천황이 원하는 방향으로 진척이 되지 않고 있었다.

그러나 쇼와의 태도는 단호하였다. 그는 30분마다 혼조 시종 무관장을 불러 진압 방법을 촉구하는 한편 사건 처리를 채근했다.

다음날 27일에야 계엄령이 선포되고 카시이(香椎浩平) 중장이 계엄 사령관에 임명되었다. 그러나 카시이의 태도도 모호했다. 그는 혼조와 함께 천황 앞에서 도리어 변명에 나섰다.

"궐기 부대의 정신은 군국 장래를 염려한 나머지 조급히 서두르다가 경솔하게 행동에 옮겨진 것뿐이니, 너무 강압만 하는 것은 온당치 않을까 합니다."

쇼와 천황은 난생 처음 보는 노기를 띠고 말했다.

"짐이 신임하는 노신(老臣)을 살륙한 포악한 장교에게서 정신인들 무엇을 취할 것이 있으랴. 짐의 중신들을 타도함은 손으로 짐의 목을 졸라매는 것과 다름이 없다."

이때 혼조가 또 한 번 나섰다.

"장교들의 행동은 국가를 위한 충정의 발로입니다."

"다만 사리사욕을 위하여 행동한 것이 아닌 점은 인정한다. 그러나 반란은 반란이니 계엄 사령관은 무력으로 사건을 수습하고 폭도의 무장을 빨리 해제하도록 하라."

"하……."

대답은 하고 나갔으나 그 후로도 전혀 실천되고 있지 않음을 알게 된 쇼와는 황도파의 거물 마사키, 아베(阿部信行) 두 대장을 불러 물었다.

"어찌하여 반란군을 속히 토벌하지 않는가?"

이 자리에서 혼조에게도 말했다.

"말을 끌어내어라. 군 수뇌부도 계엄 사령관도 짐의 명령을 복종하지 않으니 짐이 친히 근위사단을 이끌고 토벌에 나서겠다."

이렇게까지 말했어도 계엄 사령관 카시이 중장은 움직이지 않았다. 28일에도 카시이는 무력행사 명령을 거부하면서 투항 교섭에 시간만 낭비하다가 정오에 이르러서야 비로소 반란 부대의 원대복귀(原隊復歸) 명령을 내리고 귀순 공작을 벌이는 한편 천황을 만나보고 무력 행사를 하루만 더 늦추어 줄 것을 요청했다. 때마침 육군대신 가와시마(川島義之) 대장과 황도파의 중진 야마시타(山下奉文)소장이 참래했다.

그들은 혼조 대장을 붙들고 부탁했다.

"청년 장교들이 자결할 결심을 표명했으니 칙사(勅使)를 파견하여 죽음의 길에 광명을 주시도록 상의해주오."

호리(堀) 사단장도 말했다.

"부하 토벌은 차마 하기 어렵다고 여쭈어 주시오."

혼조에게서 이 말을 들은 쇼와 천황은 딱 잘라 말했다.

"자살하겠으면 마음대로들 하라지. 그러한 자에게 칙사를 보내다니 말도 안 된다."

그러고는 덧붙였다.

"사단장이 적극적으로 행동하지 않음은 자기 책임을 회피하는 태도다. 즉각 진압하도록 엄히 신칙하라."

마침내 계엄 사령부는, 29일에 비로소 궐기 부대를 '반도'라는 이름으로 부르게 되었다. 사병에게는 회유책을 쓰는 한편, 주동이 된 청년 장교 체포에 착수했다.

─이 우유부단하고 심약한 쇼와에게 어디서 이런 용기가 솟아났을까. 여기에는 이유가 있다. 하나는 자기보다 한 살 아래 동생인 지치부노미야에 대한 불신과 질투다. 지치부노미야는 서민적이고 호탕

하여 국민들에게 인기가 높았다. 그가 전에도 불온한 운동에 가담했었다는 소문만 봐도 이번 반란의 배후 인물일지는 알 수 없는 노릇이다. 또 다행히 그렇지 않더라도 폭도에게 납치되어 추대를 받게 된다면 일이 난처할 뿐 아니라 황실의 추태이므로 강경일변도(强硬一邊倒)로 나가지 않을 수 없었다.

다행히 지치부노미야가 입경(入京)한다는 기별에 쇼와는 안심하면서도 그래도 의심이 다 풀리지는 않아서, 막냇동생 다카마쓰노미야(高松宮)를 사이타마현(埼玉縣), 오오미야(大宮)까지 마중을 내보낼 지경이었다.

둘째에게는 지지 않을 자신이 있었다. 육군이 통틀어서 반란에 호응했음에도 극소수를 제하고는 해군 전원이 자기를 적극 지지하고 있음을 잘 알고 있기 때문이다.

지난 2월 20일경, 육군이 경시청 앞에서 야간 연습을 한다는 뉴스를 들은 요코스카(橫須賀) 진수부(鎭守府) 장군 요나이(米內光政) 중장은, 은밀히 육전대(陸戰除) 1개 대대를 훈련시켜서 언제라도 도쿄로 출동하여 해군성을 수비할 수 있도록 준비하고 군함 나카(那珂)호를 대기시켜 놓았다. 사건만 터지면 이 군함을 시바우라(芝浦) 항구로 돌려서 1개 대대를 상륙시킬 작정이었다.

이노우에(井上成美) 해군 소장도, 그러한 사태에 대비해서 천황을 군함 히에이(比叡)호로 모셔 낼 결심인데, 요나이는 물론 찬성이었다.

사건 당일인 26일 아침, 사건 발생의 연락을 받자 요나이는 곧 천황의 칙허를 받고 나카호를 시바우라에 회항(回航), 예정대로 1개 대대를 상륙시켜 해군성을 경비케 했다. 해군의 이러한 태도는 육군에게는 무언의 압력이었지만 천황에게는 큰 힘이 아닐 수 없었다. 이 일 때문에 요나이가 육군의 미움을 사서 하는 일이라면 사사건건 육군이 방해한 것은 먼 뒷날이지만, 이때에 쇼와의 신임을 두텁게 받을 바탕을 이루어 놓았다.

만주국 황제 푸이는, 일본 국내에서 일어난 일련의 사태에 전율을 참기 어려웠다. 혼조가 그렇게 무서운 인물인 줄도 몰랐고, 천황이 그다지 무력한 존재인 줄도 미처 알지 못했던 것이다.

군부의 힘, 더구나 관동군의 압력에 자신감을 잃게 된 푸이는 바늘방석에 앉은 느낌으로 불안한 나날을 보내지 않으면 안되었다. 이런 때 덜컥 나타난 것이 이른바 링성(凌陞)이다.

링성은 청조 말 몽고 도독(都督) 귀푸(貴福)의 아들이다. 그는 본디 장쭤린의 동삼성 보안 총사령부와 몽고 선무사서(宣撫使署)의 고문이었는데, 비록 형식이었으나 푸이를 추대한 몽고대표로 뤼순에 찾아왔던 소위 '청원대표' 중 한 사람이었으므로 '건국공신'에 들어 있었고, 지금은 만주국 흥안성(興安省)의 장수이다.

그러한 링성이 관동군에게 체포되었다. 건국의 공로는 말고라도 링성은 황제의 넷째 누이동생 시아버지가 될 사람이다. 푸이는 그의 충성을 믿고 있었고 그러기에 링성의 아들을 매부(妹夫)로 삼으려고까지 하지 않았던가. 약혼한 지 불과 반년에 이게 무슨 일이람.

푸이의 체통이 말이 아니게 되었다. 황제이면서 다른 나라 군대에게 사돈 후보자를 체포당하고 구명 운동까지 안 한데서야 쓰나. 그러나 교섭을 벌인대도 잘될 것 같지가 않았다.

'아무려나, 진상이나 알아보아야겠다……'

그는 관동군 참모이자 만주국 '제실어용괘(황제를 위해 대신 일하는 사람)'인 요시오카 소장을 불러들였다.

"관동군 당국이 흥안성장 링성을 체포 구금하였다는데 죄목이 무엇이요?"

"아, 그 일 말씀입니까. 폐하는 모른 채 하시는 것이 좋겠습니다."

"무슨 일인지 알아나 보려고 그러오?"

"링성은 사상이 나쁩니다. 반만항일(反滿抗日) 활동에 가담했으니까요."

"반만 항일…… 링성이 그럴 리가?"

"조사가 진행됨에 따라 흑백이 밝혀지겠죠. 폐하는 그저 가만히 계십시오."

그러나 가만히 있을 수만은 없는 노릇이었다. 누이 동생에게서 구해 달라는 부탁이 자꾸 오고 아버지 순친왕도 여러 번 말씀해 오셨다.

'관동군 사령관에게 청을 넣어 볼까. 아니다, 좀더 두고 관망할 밖에.'

그런데 푸이를 실망시킬 기별이 날아들었다.

'반만항일'이라는 막연한 죄목이 아니라 링성이 노골적으로 일본을 비난한 사실이 백일하에 드러난 것이다.

그가 최근에 있은 성장 회의 자리에서 일본에게 불만을 털어놓았다고 한다.

"……일본의 관동군은 식언(食言)을 잘해서 언행이 일치하지 않는다. 내가 뤼순에 있을 때 이타가키 참모가 '일본은 만주국이 독립국임을 승인할 것입니다'라고 하던 말을 이 귀로 똑똑히 들었는데, 지금 이게 무슨 꼴이야. 오늘날 만주국에서 관동군이 간섭하지 않는 일이 한가지라도 있느냐 말이야. 내가 장수지만 그건 명색뿐이고 우리 흥안성에서 내 마음대로 되는 일이라곤 하나도 없어. 나에게 아무런 권한이나 직무도 찾아 볼 수 없을 거야. 나는 허수아비일 뿐 모든 일은 일본인이 다하고 있지."

회의가 끝나서 흥안성으로 돌아가자 링성은 즉시 체포되어 관동군 헌병대로 끌려왔다고 한다.

'역시 내가 사령관을 찾아가 보아야 하나?'

자신 없었다. 돌부처처럼 무뚝뚝하고 미욱해 보이는 미나미 대장과 입씨름을 벌이기가 어쩐지 무서울 것만 같았다. 때마침 미나미나 갈려서 우에다(植田謙吉) 대장이 12대 관동군사령관 겸 제4대 만주국 주재 일본대사로 부임하자 한번 찾아가 볼 만도 하다는 생각이 들었다. 이렇게 벼르느라고 날짜를 끌고 있을 때 신임 인사차 우에다가 먼저 제궁(帝宮)으로 찾아왔다.

'오히려 잘된 일이야, 내가 찾아가기 보다는.'

다행히 여기면서 운을 떼려고 머뭇거릴 적에, 인사를 마친 우에다가 선수를 쓰듯 불쑥 그 말을 끄집어 내었다.

"폐하, 얼마 전 중대한 사건 하나가 발생하였습니다."

"무엇 말이요?"

"황제 폐하께서도 잘 아시는 흥안성장 링셩 사건 말입니다."

"아, 그거……."

"링셩은 외국의 불온세력과 결탁해서 반란을 일으켜 일본을 궁지에 몰아넣을 음모를 계획하고 있습니다."

"링셩은 그럴 사람이 아닌데요."

"그렇지 않습니다. 확증이 있고 또 범인도 자백을 했습니다."

"확증……, 자백……."

"군법회의에서 심리한 결과 이미 범행이 사실로 판명되었습니다. 그래서……."

"그래서?"

"사형이 선고되었다는 보고가 있었습니다."

"사, 사형?"

"그렇습니다, 사형입니다."

"……이것은 일벌백계(一罰百戒)주의로, 한 사람을 처벌함으로써 백 사람에게 경각심을 심어 주고자 하는 바입니다. 폐하, 일벌백계는 필요한 조치입니다."

"……."

우에다가 돌아간 뒤에도 황제는 한참이나 망실 상태에 빠져 있었다.

'링셩을 사형에 처해야 한다고……'

배웅을 마치고 돌아온 요시오카가 물었다.

"폐하, 무엇을 근심하고 계십니까?"

하는 말을 들었을 때까지, 푸이는 제 정신을 차리지 못했었다.

"아, 아니 저……."

"링셩 일을 생각하고 계셨습니까?"

"그, 그렇소."

"그건 안되십니다. 존귀하신 어른이 추악한 죄인을 생각하셔야 되겠습니까?"

"추악한……죄인……."

"그렇습니다, 링셩은 추악한 죄인입니다."

"그러나 링셩은 짐의 사돈이 될 사람이었소."

"그러니까 이제라도 서둘러 그런 불미스런 관계를 곧 취소하는 게 좋겠습니다. 파혼을 하십시오. 황매(皇妹) 전하가 사형수 아들의 약혼자라면 황실에 중대한 흠이 되니까요."

"아, 알았소. 그렇게 하겠소."

—링셩의 처형은 참수형(斬首刑)으로 집행되었다. 황제가 아는 고관 중에 일본인에게 사형을 당한 것은 링셩이 최초의 인물이었다. 관동군의 억지 앞에는 아무런 변명도 소용없었다. 그들이 인간을 평가하는 척도와 기준은 일본에 대한 태도와 충성 여부가 전부다. 푸

이는 전날 우에다가 남기고간 말이 생각나면 가끔 몸서리를 쳤다.

"……일벌백계는 필요한 조치입니다……."

어두운 여운은 차디찬 진흙 물방울이 와닿는 것처럼 그의 가슴을 섬뜩하게 만들었다. 푸이는 혼자 있기가 무서워졌다. 누구와 둘이 있어도 무섭다. 도청장치나 녹음시설이 되어 있는 것 같았다.

이러한 때에 더왕(德王)이 찾아온단다. 황제는 반가웠다. 더왕은 몽고 출신 왕족으로 몽고의 부흥과 내몽고 자치제 획득을 위해 투쟁을 계속해온 사람인데 푸이가 톈진에 살 때 가끔 돈을 보내오고, 푸제에게는 순종의 마필(馬匹)을 선물로 주기도 하였다.

그는 일본군 힘으로 연래의 숙원이던 내몽고 자치 군정부를 세우고 주석으로 있다.

만주국이 생긴 뒤, 관동군 지시로 다나카(田中隆吉) 중령이 차하르성(察哈爾省) 안의 몽고족을 중국에서 분리시켜 더왕 휘하에 모이도록 하고 본거지를 쑤이위안성(綏遠省) 북쪽 바이링먀오(百靈廟)에 둔 몽강(蒙疆) 자치 정부를 조직, 그 육성과 지도를 맡고 있었다. '몽고인을 위한 몽고의 건설'이 관동군이 내세운 건국 이념이건만 이시와라의 만주 정복과 도이하라의 북지병합(北支倂合)과 다를 것 없는 내몽고 정복이 그 목적이었다.

이러한 의논을 위해 관동군 사령부를 찾아 신징을 방문한 더왕이 이왕 온 김에 푸이 황제를 예방(禮訪)하게 되었던 것이다.

더왕은 중국옷에 중국모자로, 변발(辮髮) 꼬리를 흔들면서 제궁으로 들어왔다. 자그마한 키에 뚱뚱한 몸집, 동그스름한 얼굴에 귀티가 흐른다. 키가 크고 여위었으며 얼굴이 갸름한 푸이와는 아주 대조적이다.

어찌보면 자기와 처지가 꼭 같지 않은가. 그래서 푸이는 더왕이 더 반가웠는지 모른다.

단둘뿐의 회담이 되자 더왕은 음성을 낮추어서 이런 말을 하였다.

"폐하를 뵈오러 오는 데도 여간 어렵지가 않았습니다. 관동군 당국이 어디 선뜻 허가를 해 주어야지요."

"그래요? 불편한 세상이 됐습니다. 가까운 우리가 서로 만나는 데도 절차가 복잡하고 까다로우니."

인사 치레로라도 변죽을 올리는 이만한 대꾸는 할 만하지 않은가. 그러나 더왕의 위치와 처지가 어떤지 몰라서 푸이는 경계하며 말을 조심했다. 그런데 더왕은 대범하달까, 무슨 말이든 툭툭 잘도 한다. 그는 최근 몇 해 동안 겪어온 일과 자치 군정부를 수립하던 이야기를 재미있게 나열하던 중, 은근슬쩍 일본에 대한 불평을 털어놓기 시작한다.

"……일본인은 왜 그런지 사람들이 소심합니다. 게다가 신경질적이어서 어찌나 남을 의심하는지."

"그건 그래요, 피해망상이라 할는지요."

"나에게 와 있는 일본인들은 어찌나 사납게 구는지 모릅니다. 횡포와 잔인과 악독을 밥먹듯이 저지르고 있습니다. 그런 중에서도 더 참지 못하게 하는 것은 물론이고 마음의 자유까지도 누려 보지 못하는 점이라 할까요, 이것이 가장 큰 고통거립니다."

"누가 아니랍니까, 나의 경우도 꼭 마찬가지지요."

동병상련(同病相憐)이라 할까. 두 사람은 속에서만 꿈틀거리던 불평 불만을 몽땅 털어놓았다. 가슴이 한결 후련해진 것 같았다. 더왕이 돌아간 뒤 푸이는 오랜만에 편히 잠을 이룰 수가 있었다.

그런데 다음날이었다. 제실어용괘 요시오카 소장이 심각한 얼굴로 나무라듯 푸이에게 따져묻는 것이었다.

"폐하는 어제 더왕과 무슨 말씀을 주고받으셨습니까?"

푸이는 아차 싫었으나 때는 이미 늦었다.

"뭐 딴 얘기는 없고, 그냥 잡담을 나누었을 뿐이요. 덕왕도 곧 돌아갔는 걸요."

"혹시 폐하께서 더왕에게 일본에 대한 불평불만 같은 것을 말씀하지 않으셨습니까?"

"아, 아니요, 그런 일 없었소."

"그렇습니까? 안하셨다니 다행입니다마는 더왕은 조심하고 경계해야 할 인물입니다."

"그래요? 난 또 몰랐지."

"더왕이 사령부에 들러서 폐하 얘기를 많이 하고 갔습니다."

"무, 무슨 말을?"

"관심 가지실 것이 못됩니다. 아무튼 좋게는 말하지 않았는데, 그건 아마도 폐하께서 우리 관동군의 호의를 많이 받으시는 줄 알고 질투가 나서 모략을 쓰고 이간을 하려는 책동인 것 같습니다."

"고얀 놈 다 보겠구려. 그자가 왜 나를 모함하고 갔을까?"

어색한 변명을 기를 쓰고 하자 요시오카는 음험한 웃음을 빙그레 웃으면서 뱀처럼 스스로 물러갔다.

"앞으로는 조심하셔야 겠습니다."

푸이는 방 안에 혼자 남아서 곰곰 깊은 궁리에 잠기었다.

그는 세 가지 경우를 생각해 본다. 첫 번째 경우는 이 방 안에 일본인이 설치한 도청장치이다.

'어디 찾아보자.'

푸이는 손에 채찍을 들고 넓은 방 안의 벽과 천장, 방바닥까지 두드려 보며 돌아다녔다. 장롱 안밖과 빼닫이 뒤까지도 샅샅이 뒤졌다.

없다. 아무런 장치도 기계 따위도 발견하지 못했다.

'그렇다면 더왕이……?'

두 번째 경우는 더왕의 밀고다. 허나 더왕이 무엇 때문에 일부러 찾아와서 그런 말을 하고 갔겠는가. 서로 좋아하는 사이인데다 가까운 터에 그랬을 리는 없으리라.

그렇다면 마지막 경우는 요시오카의 조작이다. 그가 지레짐작으로 넘겨짚어본 것일 수도 있을 것이다.

하지만 아무 근거도 없이 그런 말을 함부로 할 수 있을까? 모르겠다. 세 가지 다 실제로 있을 수 없는 경우다.

'수수께끼다, 풀리지 않는 수수께끼.'

어쨌거나 푸이는 마음이 꺼림칙하였다. 생각해 본 몇 가지 가능성에 대해 긍정도 부정도 못한 채…….

그랬는데 이제는 단정을 내릴 수가 있게 되었다.

'역시 더왕이었구나.'

근거는 실로 여기에 있다. 요시오카가 관동군 당국의 지시라면서 하는 말은 이랬다.

"폐하, 앞으로는 누구를 접견하실 때도 독대를 하지 마시고 어용괘가 참관하라는 명령입니다."

"그래요."

"어용괘가 시립하는 것은 마땅한 절차입니다."

"좋도록 하구려."

그 뒤부터 푸이가 목욕하면서 때를 밀게 하기 위한 궁녀를 부를 경우에도 요시오카는 그림자처럼 따라 다니며 '시립'을 한다.

이제 푸이는 사람을 만나기가 싫어졌다.

또 찾아오는 이도 없다. 그가 마음놓고 상대할 수 있는 것이라고는 넓은 궁원(宮苑)에 살고 있는 날짐승 길짐승뿐이다. 푸이는 때때로 사람인 황제보다 동물의 자유가 부러웠다.

'아, 이 꼴이 언제까지나 계속되려나.'

더왕을 만나고 싶다. 한 번 만나서 따져보고 싶으나 뜻대로 되지 않는다.

한편, 더왕은 바이링먀오로 돌아왔다. 기다리고 있던 다나카 중령이 더왕을 만나서 대뜸 이렇게 말하였다.

"이번 신징에 가셨던 길에 만주국 황제를 만나 보셨지요?"

"예, 만났습니다."

"어떱디까, 형편이."

"불평이 많더군요."

"그럴 겁니다. 본디 키가 커서 싱거운데다 주책까지 없으니 대우받기는 다 틀렸지요."

"나도 그렇게 보았소."

"사령관 각하께서 무슨 지시하는 말씀 없으셨소?"

"다나카 중령과 잘 협조하라고 합디다."

"그밖에는요?"

"일만 양국군과 협력해서 쑤이위안성을 점령하라고도 하더군요."

"바로 그겁니다. 몽고 군사는 날렵하고 용맹스러우니 많은 전과를 올리게 될 겁니다."

"글쎄요, 쑤이위안성 군장(軍長) 푸쭤이(傅作儀) 장군 군사들도 만만치는 않으니까요."

"그건 염려 없소. 전쟁은 전투로만 되는 게 아닙니다. 전략을 알아야지요. 그런 관점에서 볼 때 푸쭤이의 병력은 우리 것이나 다름 없습니다."

"어째서 그리 장담하시는지요?"

"설명해 드리지요. 푸쭤이는 장제스 반대파의 군벌입니다. 따라서 우리 일본군이나 몽고군에게 협력할 것이 예상됩니다."

"그럴까요?"

"하여튼 깨어지든 부서지든 부딪치고 볼 판입니다."

이리하여 일·만·몽 연합군이 쑤이위안성으로 쳐들어갔다. 그런데 웬일이냐. 푸쭤이의 군은 협력은커녕 도리어 맹렬한 반격을 해와서 연합군은 삽시간에 전멸 상태에 봉착했다. 간신히 살아남은 다나카는 군대를 버리고 비행기를 타고 톈진으로 달아났다.

일본군 패배의 뉴스는 온 세계에 퍼졌다. 정부의 보도 관제로 일본 국민만 몰랐을 뿐 중국 전토에도 이 소식은 번졌다. 일본의 손해는 국부전에서만이 아니었다. 전투력 평가에서 많이 감점이 된 대신 중국의 소득은 컸다. 역시 작은 승리가 전부는 아니었다. 일반도 군대도 잘만 싸우면 일본군에게도 승리할 수 있다는 자신감이 생긴 것은 큰 수확이었다. 이와 같은 분위기의 영향으로 국민정부 안의 대일 타협파는 빛을 잃어가고 항일파가 득세하기 시작했다. 이러한 공기는 북중국 방면의 국민군 사이에도 감돌아서 조국애의 발로가 곧 항일이라는 인식과 사기가 높아졌다.

2·26사건과 책임을 지고 물러난 오카다 내각 뒤를 이은 히로타(廣田弘毅) 내각도 육군성도 현지에서 펼쳐지는 작전에 대한 사전 보고 없이 별안간 패전 소식을 접하게 되자 매우 놀라는 형편이었다. 육군대신 데라우치(寺內壽一)는 즉각 작전 중지를 명했고 해군도 격분했다. 천황 쇼와까지도 군부를 나무랐다.

"만주사변의 반복 아니냐"

관동군도, 참모본부의 중견 장교도, 도조와 다나카의 실패를 만회하고 잃은 신용을 되찾기 위해 광분했다.

즉 대병력을 동원해서 쑤이위안성을 공략해 버리자는 것이었다. 히로다 수상에게서 이 보고를 들은 쇼와 천황은 다시 한 번 지시했다.

"차제에 사소한 문제를 가지고 중국과 분규를 확대하지 말도록."

관동군은 듣지 않았다. 그러나 때가 엄한(嚴寒)을 앞두었는지라 작전이 곤란하다는 이유로 이 보복전은 흐지부지 사그라져 버리고 말았다. 도조의 모험주의가 이때부터 싹튼 것을 짐작하기가 어렵지 않다.

서안사건

　군부 안에서 하극상(下剋上)의 기풍은 일본에만 있는 것이 아니었다. 중국도 마찬가지였으나 이것은 일본과는 매우 의미를 달리한다. 양상도 단순하지가 않고 매우 복잡하다.

　장제스의 국민당 정부가 관동군에 대해 태도가 퍽 누그러지고 또 친일로 기우는 듯한 인상까지 주게 된 데에는 감정이 완화되었거나 무력 앞에 두려워하고 조심했다느니보다 실로 여기에 이유가 있었던 것이다.

　국민당 내부에 지도권을 둘러싼 암투가 그치지 않은 것도 그 이유 중 하나였지만 또 하나의 큰 이유는 중국 공산당의 발호(跋扈)였다. 그들이 루이진(瑞金)에 소비에트 정부를 세운 일 따위는 장제스가 못 참을 일이었다. 그 무렵 일본과 계속 싸우는 것은 국민당 정권의 자살 행위나 다를 것이 없었다. 그는 행정원장(行政院長) 왕자오밍(汪兆銘＝汪精衛)을 만났다.

　"왕 원장, 사태는 급박하오. 귀관은 문관이고 나는 본디 군인 출신이오. 그러니 외교 전반에 관한 행정면은 전적으로 원장이 담당해 주시오. 나는 군대를 이끌고 전선에 나서서 공산당 토벌에만 주력하겠소."

　"지금까지도 그렇게 해왔는데 이제 와서 새삼스레 그런 말을 할 건 없을 듯싶소."

　"그렇지 않아요. 내가 원장께 특히 외교 문제에 관해서 유의해 달

라는 건 대일 정책 문제입니다. 일면저항(一面抵抗)·일면교섭의 양수
를 써서 일본이 우리를 얕잡아 보고 또 우리가 그들을 공격하지도
않는, 말하자면 완화책(緩和策)을 쓰자는 거요. 이렇게 해서 소강(小
康)을 얻은 동안에, 일사천리로 공산당을 토멸하자는 거요."

"그 주장에 대해서 나는 전적으로 동감이며 또 지지합니다. 부족
하나마 대일 외교는 내가 책임질 것이니 대공 작전에나 힘을 쓰십
시오."

이리하여 탄생한 것이 소위 '안내양외정책(安內攘外政策)'이요, '방
교돈목령(邦交敦睦令)'이었다.

국민 정부의 중공군 토벌 작전이 벌써 네 차례나 실패를 거듭한
끝에 이제 장제스가 친히 총지휘관이 되어서 90만 대병력을 동원,
다섯 번째 총공격을 개시한 결과 초겨울을 앞둔 11월에야 소비에트
정부가 있는 루이진을 점령하는데 성공했다. 마치 빈 집을 처들어가
차지한 셈이니 그것은 중공군이 이미 10만 군대를 서남방으로 이동
시켜 국민 정부군 공격을 교묘히 피하면서 쓰촨성(四川省)으로 들어
가 마오쩌둥(毛澤東)의 지도권을 확립한 뒤였기 때문이다. 더욱이 그
들을 차츰 싼시성(陝西省) 북부를 향해 이동을 계속하고 있었다.

이 사이에 공산당은 국민 정부의 대일 유화책(宥和策)을 역선전하
여 국민들의 험악한 대일 감정을 선동하여 국민 정부와 이간을 꾀
하여 온 것이다.

"우리의 적은 국민당이 아니라 제국주의다. 따라서 국민당과 일본
은 공동 적이니 둘 다 맞서 싸워야 한다."

그렇게 부추기는 한편 이렇게 외쳤다.

"그러나 지금은 국민당을 상대할 시기가 아니다. 국내의 모든 정당
과 정파는 정견 차이와 이해를 초월하여 일본과 싸워야 하니, 일본
제국주의를 타도하기까지는 국내전을 일시 중지하고 항일 연합군을

조직해야 한다. 그러므로 우리는 국민당과도 동지일 수 있다."

이 부르짖음은 국민과 일부 우익 군벌에까지도 호응을 불러 일으켰다. 집안 싸움은 나중으로 밀어놓고 우선 대일전에 힘을 모으자는 대의명분이다. 여기에 반대하는 장제스에게 비난을 퍼붓는 군벌 중 가장 대표적인 것이 광둥파(廣東派)와 광시파(廣西派) 두 군벌이었다. 이들은 평소부터 장제스의 독재성을 띤 권력 구조에 불만을 품고 있던 터라 대세에 편승해서 노골적으로 반장항일(反蔣抗日)을 표방하면서 국민당에 선전을 포고하기까지 이르렀다.

이러한 때에 태도가 모호하여 반공 전투에 열성을 보이지 않는 장쉐량의 거취가 장제스로 하여금 몹시 조바심을 자아내게 만들었다. 장쉐량은 장제스에 의해 초공 총사령(剿共總司令)으로 임명되어 시안(西安)에 가 있었다.

'공산당 세력 권내에 있는 옌안(延安)을 바라보는 자리에 위치하고 있으면서 고의로 전투를 회피하는 태도는 분명히 배신 행위이다.'

그러나 장쉐량으로서도 이유는 충분히 있었다. 아버지(장쭤린)를 죽인 원수 일본인에게 쫓기어 만주땅을 떠나 실향민이 되면서까지 협력을 아끼지 않는 자기에게 동족을 죽이는 임무를 부여하다니……장쉐량의 적은 공산당이 아니라 일본인이었다. 누구라도 대일전에 나서는 사람은 고마운 은인이요, 동지였다. 이러한 때에 일본에 추파를 던지는 국민당, 그나마 항일을 표방하는 공산당을 토멸하기 위한 유화책으로 일본과 손을 잡다니……. 이것은 바로, 아버지의 원수를 갚아 주리라 믿고 있던 자가 원수와 손을 잡는 동시에 앙갚음 해주겠다는 다른 동지를 타도하려들 뿐 아니라 자기더러 치라고 명령하는 것이라 생각했다. 이러한 그에게 끈덕진 공작을 펼치는 자가 있었으니 그것은 다름 아닌 양후청(楊虎城) 장군이었다. 양 장군은 그 지휘 아래에 4만 병력을 거느린 사람으로, 옛날 펑위샹의 부하인 마적 출신 인물이다. 공산당은 아니었으나 성정부의 위원 겸 비서장 비밀 공산당원 난한천(南漢宸)에게 세뇌를 받아 친공으로 기울어진 무모한 행동파였다.

"장 장군, 우리 힘을 합해서 마오쩌둥을 도웁시다. 그렇게 하는 것만이 장군의 숙원을 푸는 가장 빠른 길이 될 겁니다."

"……"

말은 안 했지만 장쉐량은 귀가 솔깃했다. 이 무렵, 장제스가 시안으로 오리라는 기별을 접한 장쉐량이었다.

— 시안으로 떠나려는 장제스를 그의 막료들은 적극 만류하였다.

"가지 않으시는 게 좋겠습니다. 장 사령의 본심을 알 수 없으니까요."

"말이 돼? 나는 공산당과 합작하라고 장쉐량을 시안에 보내둔 건 아니야. 가뜩이나 없는 예산에서 방대한 군사비를 짜내가지구 그 쪽에 보내주는 건 공산당을 무찌르라고 그렇게 하는 것이지, 놀고 지내면서 호화롭게 쓰라고 한 건 아니야."

"그러시면 장 사령을 불러서 만나보시는 게 좋지 않겠습니까?"

"그럴 겨를이 없어. 내가 가서 만나보고 따끔히 타일러도 움직이지 않을 때는 손수 작전을 지휘해서라도 연안파를 깡그리 쓸어버리고 말테야."

장제스의 결심은 굳었다. 그의 성격으로 보아 한번 작정한 일은 바꾸거나 고치지 않는 것을 몇 번이고 경험한 막료들은 말리지 않았다.

"꼭 가셔야 한다면 더 할 말이 없습니다마는 병력은 충분히 이끌고 가시는 편이 안전하겠습니다."

"안전? 최고 책임자가 자기 군중으로 가는데 안전은 뭐고 병력은 왜 또 필요한가? 호위병만 데리고 가면 그걸로 족해."

장제스는 고집대로 자기 조카 장샤오셴(蔣孝先) 장군이 지휘하는 친위대(親衛隊)만을 데리고 시안으로 떠났다. 명목은 '독려(督勵)'지만 실상은 꾸짖으러 가는 것이었다.

리산(驪山) 기슭에 자리 잡은 화칭츠(華淸池)라는 곳이 장제스의 숙소로 결정되었다. 이 화청지라는 못은 옛날 양귀비(楊貴妃)가 목욕했다는 유서 깊은 고적지로, 이태백의 장한가(長恨歌)로도 유명한 명승지이다.

장제스는 모처럼 현지에서 베푸는 환영 파티에도 나가지 않고 장쉐량을 이곳에 불렀다. 12월 12일, 추운 겨울 날씨였지만 장제스는 난로에 불을 쪼이란 말도, 의자에 걸터앉으란 말도 없이 꾸중부터 퍼부었다.

"장 사령, 어떤 생각에서인지 본심을 들어 보세."

"무슨 말씀인가요?"

"무슨이라니, 몰라서 묻나? 공산당을 무찌르는 것만이 우리 중국이 사는 길이라는 걸 설마 모른다고는 안할테지?"

"그러나 각하, 일본을 무찌르는 것이 더 빠른 길이라고 생각합니다."

"무엇이? 자네는 공산당과 같은 말을 하고 있지 않나?"

"공산당이 뭐라고 하는지 몰라도 이것은 오래 전부터 갖고 있는 저의 신념입니다. 어쩌면 공산당이 제 이론을 따라왔는지도 모릅니다."

"닥쳐!"

장제스의 얼굴은 삶은 문어처럼 벌겋게 달아올랐다.

"자네가 언제부터 한간(漢奸=賣國奴)이 되었나."

"각하의 의견을 달리하면 한간입니까. 조국을 구해야 한다는 성념은 저도 각하와 조금도 다르지 않다고 자부하고 있습니다. 다만 방법에서 견해의 차이가 있을 뿐입니다. 일본과 공산당이 똑같이 우리 중국의 적인 점은 의심치 않습니다. 그러나 중국 민중은, 중국 공산당보다 일본을 더 원수로 알고 있습니다. 그러한 원수를 격멸하기 위해 공산당이 국민당에게 합작을 외치고 있는데 어째서 국민당은 그 말에 귀를 기울이지도 않습니까?"

"이놈······."

벽력 같은 고함소리와 함께 장제스의 주먹은 책상을 치고 있었다.

"······어느 입으로 그런 소리를 지껄이느냐. 차라리 일본과 손을 잡더라도 공산당을 이 땅에서 없애 버려야 중국 천지에는 평화가 온다."

"각하 한 분을 위해서는 그럴는지도 모릅니다. 그러나 불초 장쉐량은 아비의 원수를 잊지 않습니다."

"무엇이라고?"

장제스는 벌떡 일어나며 군도를 빼어들었다.

"이놈, 배은망덕한 놈. 네 말대로라면 너하고 나, 둘 중 어느 하나가 분명히 한간이다. 그러나 내가 한간이 아닌 걸 보면 남은 것은 너 뿐이야."

당장 칼을 내려치려는 기세에도 장쉐량은 태연하였다. 그때 현장으로 뛰어든 것이 장제스의 친위대장 장샤오셴과 장쉐량의 위병장(衛兵長) 쑨밍주(孫銘九)였다.

"각하!"

두 사람의 입에서는 동시에 똑같은 말이 튀어나왔다. 그리고 다음 순간 각각 자기가 모시는 상전 앞으로 가서 팔을 붙들었다.

"각하, 참으십시오. 칼을 거두시지요."

"놓아, 이 팔을 놓으란 말이다. 내 이놈을 당장에······."

그러나 장제스로서는 친위대장의 출현이 여간 다행하지 않았다.

그렇지 않았다면 칼을 들고 추켜올린 팔을 보낼 곳이 없었으리라. 차마 장쉐량을 내려치지는 못했겠고 그렇다고 자신을 찌를 수도 없었을 것이다. 고작 기둥이나 책상을 찍는 추태를 벌였을 것인데, 아슬아슬한 찰나 정말로 천만다행이었다. 그러나 분이 가라앉은 것이 아니다. 다음 순간, 그는 악의에 찬 극언을 뱉어 놓았다.

"파면이다, 너 같은 놈은."

"아무리 부하라도 장성에게 그런 폭언을 퍼붓는 각하라면 파면을 말씀하시기 전에 제가 먼저 떠나가겠습니다."

"맘대루 해, 붙잡지 않는다."

"그 대신 하나 명심해 둘 것은 나 장쉐량과 장제스는 이 시간 이후로는 아무런 관계도 없다는 점이요."

"……"

장쉐량은 위병장 쑨밍주와 함께 그 자리에서 물러나왔다. 끝까지 침착하고 조용했던 장쉐량도 사령부에 돌아오자 분을 삭이느라고 작은 입을 오므리고 연거푸 담배만 잇따라 피어 물었다. 그러나 책상이나 소지품을 정리하려고는 들지 않았다.

한참만에 그는 허리춤에 찼던 권총을 빼들고 손수건으로 천천히 닦기 시작하더니,

"에잇! 에잇! 에잇!"

"탕! 탕! 탕!"

창문 유리를 쏘는데 전부 다 한복판을 뚫고 나갔다. 그러자 문이 열리면서 쑨밍주와 측근자들이 달려들어왔다.

"각하!…… 아, 저는 또……."

자결한 줄 알았다는 뜻이었다.

"하하하, 내가 왜 죽어? 내 손은 남을 죽일 줄은 알아도 자신을 죽일 줄은 몰라."

장쉐량은 또 한 번 너털웃음을 터뜨린다.

"……다들 나가, 나가 있으란 말이야."

모두 나갔을 때 쑨밍주만 남아 있었다.

"자네는 왜 안 나가나?"

"각하께 여쭐 말이 있습니다."

"무슨 얘기? 나는 이제, 각하두 아무 것두 아니야."

"파면을 당하셨으니까요?"

"아니, 내가 물러났으니까."

"각하, 이 시안은 각하의 세력 권내올씨다. 누가 여기에 들어와서 각하를 파면합니까? 누구든지 파면할 수 있는 권한은 오직 각하에게만 있습니다."

이 함축성 있는 말에 장쉐량은 빙그레 웃었다.

"누구든지 파면할 수 있는 권한이 내게 있다?"

"그렇습니다."

"하하하, 말솜씨가 제법이야. 장제스까지두 그렇다는 말인가?"

"물론입니다."

"그 방법은?"

"방법은 단 하나, 각하가 명령을 내리시는 것이 그 방법입니다."

"알았다, 명령한다. 나머지 일은 자네가 알아서 햇!"

"하오(好)!"

쑨밍주는 누런 이빨을 드러내며 빙긋 웃더니 나가 버렸다.

그 뒷모습을 바라보며 장쉐량도 히쭉 웃는다.

─장제스는 파티 참석을 거절했지만 친위대 병사들은 추위를 막기 위해서도 술이 필요했다. 아니, 겉으로는 장쉐량 군사들의 권유에 못이기는 체하면서 독한 술을 마구 퍼마신 것이다.

친위대장 장샤오셴은 이날 친위대 군사 전원에게 엄중한 훈시를 했건만 소용이 없었다.

"……공기가 퍽 험악하다. 공산당의 기습이 언제 있을지도 모르니까 항상 실탄을 장전해 두고 동원령을 기다려라. 특히 삼갈 것은 술과 아편이다."

이와 거의 때를 같이하여 쑨밍주는 자기가 거느린 위병들에게 이런 명령을 내렸다.

"전원은 어둠을 타서 친위대 군사가 주둔한 숙사를 완전 포위하라. 별도 명령이 있을 때는 즉각 작전을 개시해서 한 놈도 남김없이 전멸시켜야 한다. 알았나?"

"예."

위병들은 신이 나서 기운차게 대답했다. 이날 밤, 문제의 숙소에서 피비린내 나는 참사가 벌어졌다. 기습한 장쉐량의 위병대에 의해 장제스의 친위대원들이 몰살을 당했다. 선두에 선 쑨밍주는 피 묻은 칼을 휘두르며 다음 작전을 지시했다.

"장제스를 찾아내라. 생포해야 한다, 죽이면 안 돼."

"예!"

화칭츠로 우르르 몰려간 병사들은 숨어 있는 장제스를 끌어내었다.

"이놈들. 눈에 보이는 것이 없어? 누가 시켰느냐, 책임자를 불러와!"

"책임자는 바로 본관입니다."

조용히 말하며 앞으로 나선 것이 쑨밍주였다.

"너는 장쉐량의 위병장……?"

"그렇습니다. 장 장군의 명령으로 각하를 파면시키려 왔습니다."

"파면?"

"예. 각하의 계급장을 주십시오."

손으로 뜯다가 안되니까 피 묻은 칼을 대어서 뜯어냈다. 그 순간, 장제스는 칼이 목에 들어오는 줄 알았던지 얼굴빛이 하얗게 질리었다.

"정, 정말로 장쉐량의 명령이냐?"

"물론입니다, 좀 불편하시겠지만 참아 주시기 바랍니다."

쑨밍주는 손수 장제스 몸에서 무장을 해제하고 부하에게 감금을 명했다.

사실 이것은 장쉐량의 명령이라기보다 비서장 난한천과 양후청 장군의 지시였던 것이다. 습격도, 생포도, 감금도.

그러나 장쉐량은 부하의 충성에 만족하고 감탄했다. 장제스의 계급장을 손에 들고 회심의 미소를 짓는 것이었다.

"아주……아주, 인생까지도 파면시켜 버리지 않고."

물론 죽이라는 뜻이다.

"그건 안됩니다."

"어째서?"

"저우언라이(周恩來) 대인도 그것은 원치 않으니까요."

당시 장쉐량의 빈객(賓客)이던, 중공의 저우언라이 이름이 나오는 걸 보면 공산당의 지령임이 분명하고 그 배후를 러시아가 조종한 것도 명백하다. 러시아는 지도력과 인기 있는 장제스를 이용해 볼 마음으로 살려 둘 것을 희망했다. 중국 공산당도 장제스를 없애면 국내에 더 큰 혼란이 올 것이고 오히려 일본에 유리할 것이라는 타산에서 장쉐량 고문인 영미계(英美系)의 도날드를 시안으로 보내어 장제스 구출 운동을 벌이는 체 했다. 결국 장제스는 국공 합작(國共合作)으로 항일전을 전개한다고 언약하고 몇 가지 타협을 한 뒤에야 감금이 풀려서 2주일 만에 간신히 난징으로 돌아왔다. 이리하여 중·일 간의 새로운 충돌 가능성이 위험을 내포한 채 무르익어 갔다.

정략결혼

비록 신체가 허약하다지만 황제 푸이도 31세의 장년이다. 거의 폐인이나 다름없는 황후 완룽과 별거한 지 벌써 얼마인가. 1937년 이른 봄, 베이징에 있는 푸이의 아버지 순친왕에게서 새로운 혼담이 전해져왔다. 상대는 만주 명문 출신으로 탄위링(譚玉齡)이라는 17세 소녀였다.

혼담은 쉽사리 진행되었다. 관동군의 양해도 얻어서 3월 25일 성혼 예식을 올렸다. 황제는 이 소녀가 마음에 들었다. 그래서 일약 귀비(貴妃)로 삼았다. 청조에서는 황제 아내에게 6개의 계급이 있었다. 황후, 고귀비(高貴妃), 귀비, 비, 빈(嬪), 귀인(貴人)의 순서다. 그런데 대뜸 귀비라면 이만저만한 발탁이 아니다.

푸이가 오랜만에 여인이 베푸는 따뜻한 정을 맛보면서 꿀같은 나날을 즐겁게 지내고 있을 무렵 또 하나의 혼담이 그를 몹시 놀라게 했다. 그것은 한 살 아래인 하나 밖에 없는 동생 푸제(傅傑)의 혼담이었다. 그런데 이것이 매우 놀라웠던 이유는 결혼 상대를 일본 여자 중에서 물색하고 있다는 소문을 들었기 때문이다. 재작년 겨울 일본 육군 사관학교를 마치고 귀국한 푸제가 금위군(禁衛軍) 중위로 임관한 이래, 관동군 장교들이 가끔 찾아와서는 잡담처럼 하는 말이, 25세가 넘도록 결혼을 안하면 남자가 시들어 버린다는 등 일본 여자는 세계에서 가장 이상적인 아내라는 등 이런 말을 늘어놓고 간다기에 푸이는 불안해했다. 보통 일이 아니구나 싶었던 어느 날,

제실어용괘 요시오카 소장이 푸이에게 말했다.

"황제(皇帝) 전하께서는 이제 학업도 마치셨으니까 결혼을 하셔야겠는데, 일·만 친선의 본보기를 삼기 위해 일본 여성과 결혼하시길 바라고 싶습니다. 이것은 관동군의 희망이기도 합니다."

그는 크게 당황했다.

"글쎄요."

"이 문제에 대해 폐하는 어떻게 생각하십니까?"

"별안간 들은 말이라 즉석에서 논평하기가 어려운데, 내가 알기로는 베이징 본가에서 이미 후보자를 내정했다는 말을 들은 듯합니다."

"그, 그래요?"

요시오카도 당황하는 눈치였다. 푸이도 서둘렀다. 어서 후보자를 물색하여 약혼만이라도 시켜야겠다는 일념은 쌍방이 똑같은 것이었다.

푸이는 먼저 둘째 누이동생을 궁중으로 불러들였다. 죽은 정샤오쉬 총리의 손자 며느리가 된 누이동생이었다.

"……이것은 분명 일본인들의 음모야."

"저도 그렇게 생각해요."

"푸제를 농락해서 일본인 혈통을 이어 받은 아들을 낳게 한 뒤, 적당한 시기에 나대신 황제를 삼으려는 것이다."

"틀림없어요. 그런 음모는 한시바삐 분쇄해 버려야 해요. 푸제 오빠를 불러서 먼저 의논해 보시지요. 아무리 억지를 잘 쓰는 일본이라지만 본인이 싫다면 결혼 같은 개인 문제에까지 강압적으로 나오지는 못할 거 아니겠어요?"

"그래도 또 몰라, 뭘 가리는 사람들이라야 말이지."

"그건 그렇게 하고 또 제2안으로 딴 대책을 강구하는 게 좋을 것 같습니다."

"나도 그렇게 생각한다. 그러면 먼저 푸제를 만나 봐야지."

푸제가 불려 들어왔다. 형인 황제에게 대강 설명을 듣고 난 푸제가 빙그레 웃는다.

"……아무리 결혼 문제까지 저의 의사에 반(反)해서 강요하기야 하겠습니까?"

"아니야, 할지두 몰라. 저자들 생각은 딴 곳에 있으니까. 만약 우리 집안에 일본 여자가 아내로 들어온다면 황실 혈통의 순결을 잃게 될 뿐더러, 지금보다도 더 완전히 일본인의 감시 아래에 놓이게 된다. 그 점이 큰일이거든."

"알겠습니다, 그런 일이 절대로 없도록 하겠습니다."

"그것이 네 마음대루 안 될 거래두. 그러니까 역시 바삐 서둘러서 동족과 결혼을 하도록 하는 것이 좋겠다."

"그 문제라면 폐하께서 선처하여 주십시오."

"그래, 잘 말했다. 내가 알아서 하지."

이리하여 푸이는 탄귀비(譚貴妃)의 친정 쪽으로 사람을 보내서 계수(季嫂)감 후보자를 급히 천거하라 일렀다. 잘 되느라고 그랬던지 일은 쉽사리 진행되어 물망에 오른 후보가 나타났고, 온갖 몸가짐 사진을 받아본 푸제도 만족해했다.

푸이가 한 시름을 덜었다며 한숨 돌리고 있을 때 요시오카가 불쑥 이 문제를 끄집어냈다.

"폐하, 황제 전하의 베이징 혼담을 제가 알아보니 아직 약혼 단계에도 이르지 않은 것 같은데요."

"아, 그, 그건 그렇지 않소. 약혼 의식은 갖추지 않았으나 이미 약혼한 것이나 다름 없소."

"정식 약혼이 아니고 혼담이 오고 가는 정도라면 일본에서도 그

만큼은 진행된 혼담이 있습니다. 혼조(本庄繁) 대장이 중매를 들어서 일본 제일 가는 명문 귀족 가문과 혼담이 오가는 지라 물리친다면 국제간의 체면 문제가 따르고 또 일·만 친선에 적지 않은 하자(瑕疵)가 되겠으니 베이징 혼담을 취소해 주시기 바랍니다."

"그건 매우 곤란한데요."

"곤란한 입장이기는 제가 더 합니다. 깊이 고려 있으시기를 부탁드립니다."

"……"

푸이는 질끈 눈을 감았다. 얄팍한 눈꺼풀과 두툼한 입술이 동시에 떨리었다. 분함을 참으려는 노력이었으나 잘 되지 않았다.

"그렇게 믿고 물러가겠습니다."

"잠깐!"

"?"

"상, 상대가 누구요?"

속으로는 욕설을 퍼부을 준비가 가득 차 있었으나 정작 입밖으로 나온 말은 고작 이것이었다. 요시오카는 기다렸다는 듯이 말했다.

"예, 사가 사네토(嵯峨實勝) 후작(侯爵) 각하의 영양, 히로(浩) 아가씨올시다."

"사가 후작?"

"그렇습니다. 히로 아가씨는 황공하옵게도 천황 폐하와 6촌 남매간입니다. 즉, 아가씨의 할머님과 선제(先帝) 대정 천황 폐하의 생모님이 자매간이십니다. 그러므로 이 결혼은 양국 황실 결합이라고까지는 못해도, 상대가 황실과 가장 가까운 혈연 관계 귀족이므로 일·만 양국 황실의 결합이라고도 볼 수 있겠습니다."

"흠."

황실과 혈연 관계가 있는 귀족 가문이라는 말에 푸이는 살짝 겁이 났으나 한편 안심도 되었다.

"알겠소."

"그러면 황제 전하를 일본으로 곧 보내시는 게 좋으리라 생각합니다."

그 말이 끝나기 무섭게 며칠 뒤에는 벌써 군의 명령으로 지바(千葉) 보병학교에서 지휘관 훈련을 받으라고 지시가 푸제에게 내려졌다. 그는 곧 일본으로 향했다.

그러면 어떻게 이다지 전격적으로 혼담 얘기가 진행되었을까?

이런 문제에까지 일본 군부는 파벌별(派閥別)로 의견의 다름이 있었다. 장저우파(長州派)는, 봉건 시대 막부(幕府)의 직속 성주(城主)였던 모리(毛利) 가문에서 신부감 물색을 하였고 미나미(南次郎) 대장은 이 의견에 반대한다. ……이리하여 결국 중립파라고 할 혼조 대장이 문벌과 상관없고 지연(地緣)관계를 초월한 가문에서 택하기로 작정한 것이 23세 영양 히로에게 화살이 떨어졌던 것이다. 이것은 실로 화살이라고 밖에 표현할 수 없는 액운이었다. 히로 가문과 교양과 미모와 자격으로 볼 때 황족하고도 결혼할 수 있는 처지이건만 왜 하필이면 망국 청나라의 후예, 외국인 중에서도 가장 경멸하는 만주족과 결혼을 해야 하나. 이것이 화살이나 액운이 아니면 무엇이겠는가.

처음에 이 말을 들었을 때 집안 어른들은 거절할 기세를 보였다.

"당치도 아니한……."

그러나 이 혼담은 혼조 대장이 손수 가지고 온 것이 아니라 사가 후작이 도저히 괄시하지 못할 나카야마 스케지카(中山輔親) 후작을 통해서 청혼한 일이라 사가 집안에서도 첫마디에 딱 잡아뗄 수는 없었다.

"잠시 고려해 보지요."

하지만 시종 무관장으로 있었던 혼조 대장이 궁중에 작용하여 대정의 부인 정명(貞明)황태후로 하여금 그 혼담을 적극 추진하라는 말을 하게 하자, 이번에는 꼼짝할 수가 없어 사가 집안은 초상난 집처럼 수심에 잠겨 있었다.

히로의 어머니 나오코(尚子)의 친정은 큰부자로 메구로쿠 오오사키 나카마루(目黑區大崎中丸)에서 거대한 저택에 살고 있는 하마구치(濱口吉右衛門) 집안이다. 일본식 건물 말고도 영국풍 3층 양관이 있는데 정면 현관은 물론 각 방, 계단에 이르기까지 일류 미술가와 공예 전문가에게 특별히 부탁해서 공들여 만든 것이고 방마다 가득한 으리으리한 세간은 말할 나위도 없고 벽에는 모조가 아닌 진품(眞品)의 서양 명화가, 빈틈없이 걸려 있었다. 이러한 가정에서 외할머니 이토 노인의 사랑을 독차지하며 자라난 응석받이 히로 아가씨는 너무나 아프고 안타까운 가슴을 달랠 길이 없어 가까운 친구들을 찾아다니며 한 차례씩 울고 올 정도였다. 그 고민이 얼마나 컸는가를 짐작할만하지 않은가.

집안에서도 가장 맹렬히 반대하고 나선 것이, 이제는 은거(隱居) 생활을 하는 히로 할아버지 긴토(公勝) 후작이었는데, 그도 이제는 하는 수 없는지 머리를 싸매고 누워서 죽는 날만 기다리느라고 몸부림쳤다. 그러나 뜻밖에도 아버지인 사네토 후작은 집안만 명문이었지, 직업이 초시 장유(銚子醬油)주식회사 감사역이라는 미미한 존재라 그랬던지, 딸 히로를 도리어 좋은 말로 위로한다.

"중국 사람이라고는 하지만 평민이 아니고, 망했다고는 해도 대청제국 궁정에서 빈틈없는 교양을 쌓으면서 자라난 청년이란다. 육사를 졸업할 때는 '은사(恩賜)의 군도(軍刀)(우등생에게만 천황이 준다는 상)'를 받았을 만큼 총명하고, 시문(詩文)은 중국 본바닥에서 수업했으며, 그림에도 재주가 뛰어나 요코야마 다이깡(橫山大觀=일본화의 대가)에게 사사(師事)했다니 그만하면 문무(文武)를 겸전한 귀공자라, 우리 일본서도 그만한 신랑감을 구하기가 힘들지. 더구나 지금은 신흥 만주국 황제의 유일한 친동생이라 언젠가는 제위(帝位)에도 오를지 모르고. 상지일인(上之一人) 하지만인(下之萬人)의 운상(雲上)의 인물이라면 너의 짝으로 부족하거나 손색이 없지 않겠니? 더구나 일·만 친선의 표본이라는 생색까지도 낼 수 있으니 이만했으면 됐지 뭐냐. 이왕 이렇게 된 거 깨끗이 기분 좋게 단념하고 비전하로의 수련이나 쌓도록 해라."

"그렇게 하겠어요."

히로의 대답이었다. 안 한다고 우겨봐야 별 수 없는 노릇이니, 히로는 마음을 지어 먹고라도 만족하는 내색을 하는 동안에 저절로 마음이 그렇게 되지 않을까, 기대를 걸어본다.

'노력하리라. 애쓰리라. 그래서 완전히 만주국 사람이 되어버리자.'

이렇게 다짐하면서 맞선을 보는 자리에 임석하는 히로였다.

맞선이라야 형식뿐이고 실상은 약혼식이나 다름 없었다. 그 장소는 히로가 살고 있는 외갓집 하마구치 저택 양관이었는데, 거기에 입회하기는 혼조 대장 부처와 아주 가까운 친척 몇 사람 뿐으로 조용히 치렀다.

─맞선을 보고 나서 장교 합숙으로 돌아온 푸제는 고민 때문에 밤새 뜬눈으로 밝히었다. 그것은 즐거운 고민이었다. 일본 여자와 결혼을 해야 한다는 고민이 아니라, 어떤 차질이 생겨서 결혼을 못하게 될까봐 고민이었다. 만난 고민이 아니라 헤어지는 고민이다. 또 보고 싶었다. 자꾸만 만나고 싶었다. 그만큼이나 히로는 푸제의 마음을 사로잡았다. 푸제는 히로가 첫눈에 마음에 들었다.

'일본인이면 어떠냐, 원수면 상관 있느냐. 그 원수를 거느리고 사느니 그것으로 그만 아니겠는가.'

이제는 국경도 감정도 없었다. 한 사내가 좋아하는 계집을 그리는 바로 그것뿐이었다.

'히로는 미술에도 조예가 깊다던데. 그러구 보면 나하구 취미도 일치하지 않는가.'

푸제는 결혼식 날이 몹시 기다려졌다.

—한편, 히로도 푸제가 싫지 않았다. 짱꼴라라고 얕잡아 보던 우월감이 바람에 구름 걷히듯, 햇살에 이슬 마르듯 사라지고 말았다.

'사람이란 마음먹기에 달린 거야.'

그녀도 만족했다. 결혼하고 만주에 가면 새 가정을 꾸미게 될 신경 관사의 사진을 보았을 때 더욱 그러했다. 철근 콘크리트로 신축한 2층 양옥은 아담하면서도 산뜻하다. 히로의 마음은 멀리 신징으로 내달려서 사진에서 보는 저택에 꿈을 심기에 여념이 없었다. 신문 기자와 인터뷰할 때 그렇게 말한 것도 함축성 있는 표현이었다.

"저는 꽃 중에 난초꽃이 제일 좋아요."

왜냐하면 난화(蘭花)야 말로 만주국의 국화(國花)이기 때문이다. 푸제가 좋다는 의미로도 해석된다. 아니, 바로 그것이었다.

'이왕 하기로 작정한 일이니 빨리 하였으면.'

그녀는 속으로 결혼식 날짜를 손꼽아 기다리는 호들갑스러운 혼전의 처녀일 뿐이다. 30세 신랑과 23세 신부, 둘이 다 지각이 날 만한 나이건만 달리는 마음을 걷잡기에는 아직도 순진하기만 한 그들이었다.

두 사람이 이렇게 기다리는 4월 3일, 결혼식 날은 드디어 눈앞에 다가왔다. 그날은 소위 신무천황제(神武天皇祭)인데다 공휴일이었다. 날씨도 따뜻했다. 푸제, 히로의 결혼을 보도하는 신문 호외(號外)가 날려서 누구나가 마음이 들뜬 잔칫날 기분을 맛볼 수 있었다.

시촤(熙洽) 궁내부 대신 이하 만주국 관계자와 황족 다케다 노미야(竹田宮恒德王) 부처를 비롯한 일본측 축하객이 즐비한 가운데 결혼식은 구단사카(九段坂) 아래의 군인회관(軍人會館)에서 거행되었다. 저녁 6시부터 피로연은 정계와 군부 요인 400여 명이 참석한 가운데 화려한 꽃잔치가 베풀어졌다. 이날 하루의 토막 광경이 영화로 담겨져, 편집한 필름이 시좌의 손을 거쳐 그날로 황제 푸이에게 발송한 것도 기민한 처사라고 칭찬을 받았다.

밤부터 봄비가 촉촉히 내리는 신혼 초야를, 한쌍의 원앙새는 제국 호텔에서 지내고, 새로운 가정은 푸제의 통학거리를 고려해서 지바(千葉)현 이나게(稻毛)에 있는 실업가 스즈키(鈴木彌吉)의 별장에 마련하였다.

어느 즐거운 밤 시간에 부부가 주고받은 대화는 이런 것이었다.

"……여보, 히로라는 이름이 베이징에두 많이 있다고 하셨죠?"

"음, 많아."

"히로라는 제 이름 한자학(漢字學)의 권위자 가메다(龜田) 선생이 지어 주셨다던데, 그때부터 당신하구 결혼할 무슨 인연이 있었던가 봐요."

"글쎄……."

"오늘 당신이 학교에 가고 안 계실때 저는 혼자서 이런 걸 생각했어요. 여자 학습원 시절 선생님이던, 영국 여자 미스 란심이란 분이 문득 머리에 떠오르데요. 그분은 베이징서 완룽 황후님께 어학을 가르쳤데요. 학습원에서 수업 시간에 그 일을 자주 말하면서 황후님이 주셨다는 비취 귀걸이를 자랑했어요. 그런 경력을 가진 선생님께 저도 배웠다는 건 보통 인연이 아니라구요."

"그 말을 들으니 나도 생각나는데, 우리가 처음 맞선을 보던 날 말이요. 그대 집 현관에 들어서자 깜짝 놀랐어."

"왜요?"

"계단 앞에 놓여있는 사자상(獅子像)말인데, 그게 본디 베이징 만수산(萬壽山) 별궁에 있던 거란 말이야."

높이가 1미터도 넘는 훌륭한 칠보(七寶) 장식품이다. 푸제에게는 놀라운 일이었다. 말하자면 자기 집 물건을 의외로 처가 현관에서 발견한 셈이니까.

"그래요?"

히로가 낯을 붉히면서 대답할 때 그녀 얼굴에는 침략자의 수치스러운 그림자가 스치고 지나갔다. 나중에 집에 와서 알아보았더니 그 장식품은 전에 골동상에서 수만 원의 대금을 주고 사들인 물건이었다. 다시 그 구입 경로를 조사해 보니, 어느 해군 장성이 전란 통에 만수산 보물을 군함에 싣고 돌아왔는데 그때 묻어 들어온 것이 바로 이 사자상이었다고 한다. 그것이 흘러흘러 돌고돌아 히로네 집에 와서 머물러 있었던 것이었다.

이러한 대화는 즐거운 것이었으나 민족 감정에 저촉(抵觸)될 말을 무심코 꺼내 놓았다가 그들은 저도 모르게 놀라곤 하기도 했다. 이러한 조심성이 두 사람 사이를 가로막는 슬픔의 강인지도 모른다.

—그해 8월, 푸제가 보병학교를 졸업하자 즉각 만주군으로 복직해야만 했다. 만주국에서 청나라 고대 의식대로 또 한 번 결혼식을 올려야 하는 관계로 푸제 중위가 히로보다 한걸음 앞서서 신징(창춘)으로 출발했다. 남편이 떠난 지 한 달도 못된 10월 초순, 히로 부인도 남편 뒤를 따라 만주로 여행을 떠나게 되었다.

새로 만든 배 압록강환(鴨綠江丸)의 처녀 항해는 고베(神戸)항구에서 출발하게 되었다. 히로가 이 배로 다롄(大連)에 이르렀을 때 부두는 그녀를 환영하는 인파로 마냥 붐비고 있었다. 손에 양국 국기를 든 소·중학생, 국방부인회, 일·만 부인회, 만주국 요인들의 열광과 환호 속에 히로는 감격하며 기뻐했다. 환영 분위기 속에 휩싸여 정신없이 얼마를 지난 뒤 또 한 번 만주국이 마련하는 결혼식에 임해야 했다. 두 번 하는 결혼식도 우스웠지만 이때 벌써 히로는 임신 5개월의 몸이라 결혼식을 하기가 더욱 쑥스럽고 우스웠다. 그런데 이 자리에서 히로는 실망의 쓴맛을 처음으로 맛보지 않으면 안되었다. 결혼식장인 신징 군인회관에는 만주국 및 관동군 수뇌부가 구름같이 모여들었는데, 유독 관동군 사령관만은 끝까지 얼굴을 비치지 않았던 것이다.

"도쿄에서는 수상 이하 각료 전원이 결혼식에 참석했는데 여기서는 관동군 사령관 따위가 감히……."

히로는 괘씸한 생각이 들었으나 여기에는 사령부 나름대로의 중대한 이유가 있었다.

히로 부인이 관동군에게서 받은 설움은 이날부터 시작되었다. 첫째가 관사 문제였다. 사진으로 본 2층 양옥의 콘크리트 건물은 온데간데없고 그 대신 얼토당토한 낡은 관사 한 채가 배정되었다.

관사는 서만수대가(西滿壽大街)라는 곳에 위치하고 있었다. 이름만 들으면 번화한 거리를 떠올리게 되지만 실상은 도심을 멀리 벗어난 신징 교외의 새로 구획정리를 마친 변두리 개척지 한복판에 덩그러니 놓여 있었다. 사람 키를 훌쩍 넘어서는 풀숲 속에 지어 놓은 엉성한 건물……그래도 방은 다섯 개나 되었다. 그러나 도쿄에서 갖고 온 물건을 채워 놓으니 이번에는 사람이 거처할 여유 공간이 없었다. 히로 혼자라면 모를까 친정에서 딸려보낸 수행원만도 집사(執事), 유모, 간호사, 게다가 시녀 두 사람……. 이 대가족을 어디에 수용하면 좋으냐 말이다. 전화도 없다. 그런 걸 관동군 참모장 도조(東條英機) 중장의 주선으로 간신히 군용 전화 한 대를 얻는 실정이었다.

창밖을 내다보면 산토끼가 수풀 사이로 귀를 쫑긋 내밀고 때로는 야생의 만주 노루가 새로 온 낯선 손님을 구경하려고 나타나기도 한다. 짐승은 그래도 괜찮은 편이지만 때로는 마적이 출몰한다니 큰일이 아닌가. 마차부도 서만수대가로 가자면 고개를 흔들며 달아나 버리는 곳에 히로 부인은 신혼 살림을 차려야 했다. 남편이 출근하면 호젓한 집에 여자들만이 쪼그리고 앉아서 오들오들 떨어야 했다.

그런데 또 한가지 히로 부인을 괴롭히는 일은 축하한다고 선물을 갖고 찾아오는 중국인 손님들이었다. 마적인지 아닌지 그 정체를 구별하기가 무척 어렵고, 신원이 밝혀지면 이번에는 접대를 해야 하는데 그 비용을 마련할 길이 없는 것, 마지막으로는 받아만 먹을 수가 없으니 답례를 해야겠는데 거기에 드는 돈은 아예 생각도 하지 못할 형편이 딱하고 한심스러운 일이었다. 패물이나 보석, 그밖에 값나갈 물건들은 많이 있건만 모두가 선물받은 것 아니면 기념품이어서 팔아 쓸 수도 없는 처지라, 도둑을 부르는 데에나 소용이 될까, 실속면에서는 아무런 도움이 안 되니 풍년거지란 바로 이런 것을 두고 한 말이 아닐까 생각이 들었다.

히로 부인은 궁리하다 못해 도조 중장 부인 가츠코(勝子)를 찾아가 호소하였다.

"정말 어려우시겠어요, 가만 계셔보세요. 우리 주인에게 의논해서 참모장 기밀비(機密費)에서 답례 비용만이라도 지출하도록 해보지요."

이 말이 실현되어 히로 부인은 많은 도움을 받았으나 이것은 어디까지나 사사로운 원조이고 관동군으로서 공적 지출은 물론 아니었다. 관동군의 견해로는 이러했다.

"만주국의 일개 중위면 중위답게, 하급 장교의 정도와 분수에 맞도록 할 것이지, 아직도 황족이나 귀족으로 착각하는 건 주제넘는 생활태도이다."

그러나 근본적인 원인은 그것이 아니고 다른 데에 있다. 관동군은 처음부터 이 결혼을 별로 탐탁하게 여기지 않았다. 군벌 관계로 관동군 주체 세력 대부분이 모리(毛利) 가문과 결연을 희구해 왔는데, 느닷없이 사가 집안과 이렇게 되었으니 왕년에 관동군 사령관을 지낸 혼조와 미나미, 두 대장 세력 분포가 미나미 편이 유력하므로 그 영향의 동티가 히로에게 떨어지는 것이었다.

관동군 수뇌부는, 푸이 내외와 푸제 부부 사이를 이간하는 교묘한 책략까지 구사하고 있는 형편이었다. 그 뚜렷한 일례가 제위계승법(帝位繼承法)의 제정이다. 이 법의 내용은 '황제가 죽으면 그 아들이 제위를 계승한다. 아들이 없을 때는 손자가 계승한다. 손자도 없을 때는 아우의 아들이 계승한다'는 순위를 규정한 것이다. 얼른 보면 대범하게 여길 법도 하건만 푸이로서는 결코 예사로운 문제가 아니었다. 푸이는 서른이 넘도록까지 아직 아들이 없었다. 새로 맞아들인 탄위링 귀비에게도 역시 아무 기별이 없는데, 계수 히로 부인은 결혼한 달부터 태기가 있어서 벌써 임신 7, 8개월이라 하지 않는가.

히로가 일본인인 것을 이유로 관동군에 책동해서 이런 법을 만들어낸 것이 아닌가 하는 생각이 들 때마다 의심암귀(疑心暗鬼)라 할까, 푸이는 푸제 부부가 점점 수상해졌다.

'그럴지도 몰라. 아니 반드시 그럴 거야. 관동군과 합작해서 나를 몰아내거나 죽이거나 한 뒤에, 푸제가……아니면 그의 아들이……?'

생각만 해도 모골이 송연하다. 그래서 푸이는 동생 부처를 무척 경계하게 되었다.

푸이가 동생 부부와 합석해서 회의를 할 때도 히로가 만든 음식이라면 쳐다보지도 않다가 그 음식을 푸제가 먹고도 무사한 것을 확인하고서야 인사치레 삼아서 조금 먹어볼 정도로 의심했다. 제위

계승법에서 다른 것은 다 잊어버렸지만 '아우의 아들이 계승한다'이 대목만이 언제나 잊혀지지 않았다. 관동군의 목적도 그런 것이 아닐까. 그러다가 이듬해 2월, 히로 부인이 신징에서 첫아기를 낳았다. 딸이었다. 아들이 아닌 점에서 푸이는 조금 안심하는 눈치더니 차츰 아우 부부에 관한 의심을 풀어가는 것 같았다.

푸제는 첫딸에게 후이성(慧生)이라는 이름을 지어 주었다.

조흔파(1918~1981)
평양 출생. 일본 센슈대학 법과 졸업. 소설가. 작품 《얄개전》《한국인》《계절풍》《만주》 등이 있다.

조흔파 묘소 모란공원. 1981년 한식 전날. 성묘차 부인 정명숙이 묘소를 찾았다.

정명숙(수필가·교수) 일본의 아키타 쓰보우치 쇼요(문학가) 기념관에서. 2009. 11.

《알개전》(1964)

《에너지 선생》(1972)

《대한백년》(1970)

《만주국》(1971)

▲주유천하 영화 대본

◀알개전 영화 대본

▼영화 〈고교 얄개〉 포스터　석명래
감독. 1976.
1964년 〈학원〉에 연재되었던 조흔파
의 《얄개전》을 원작으로 한 영화

책으로 남은 아동문학가 5인 5색전   교육부 주관, 국립어린이청소년도서관 전시관. 2013. 6. 4~6. 30.
강소천·마해송·박홍근·윤석중·조흔파 등 다섯 작가의 작품이 전시되었다.

◀자금성 태화전

▼청나라 마지막 황제가 된 선통제 푸이(오른쪽)와 아버지 순친왕, 동생 푸제(1907)

1911년 신해혁명으로 청나라는 멸망했다. 푸이는 1908년부터 1912년까지 황제 자리에 머물렀는데, 그 뒤 1934년에 일본의 꼭두각시로 만주국 황제 자리에 올라 일본 패전 1945년까지 그 지위를 유지했다.

세 살 때의 선통제 푸이(1906~1967, 청나라 황제 재위 1908~1912)

1917년 복벽사건 무렵의 청나라 선통제 푸이(재임 1917년 7월 1일~12일)

1922년 중화민국 시절의 푸이

완룽(앞)과 존스턴, 잉그램 존스턴은 1919년 푸이의 영어교육 스승으로, 잉그램은 푸이와 완룽이 결혼한 1922년 완룽의 영어교사로 초빙했다. 존스턴은 푸이의 제사(帝師) 시절부터 만주국 집정까지의 동향을 기록한 《자금성의 황혼》을 저술했다.

완룽(1906~1946) 푸이의 첫 번째 황비
완룽은 미모가 빼어났으나 아편중독으로 비참하게 삶을 마친 불운의 마지막 황후가 되었다.

▶텐진 망명시절 푸이와 완룽 부부

1922년 12월 1일 푸이는 완룽을 황후로 삼아 자금성에서 대혼전례를 치렀다. 1924년 푸이는 베이징 일본 공사관으로 거처를 옮겼다가 이듬해 일본 정부의 권유로 텐진의 일본 장원으로 이주한다. 푸이의 텐진 이주는 만주에 본격 진출 기회를 노리고 있던 일본 관동군과의 관계를 맺는 계기가 된다.

▼푸이의 만주국 집정 취임식(재임 1932. 3. 9~1934. 2. 28)

만주국 황제에 즉위한 푸이 황제(1906~1967, 재위 1934~1945)
푸이는 일본의 힘에 의지해 만주족 정권의 부활을 노렸지만 일본은 푸이를 철저히 이용했다.

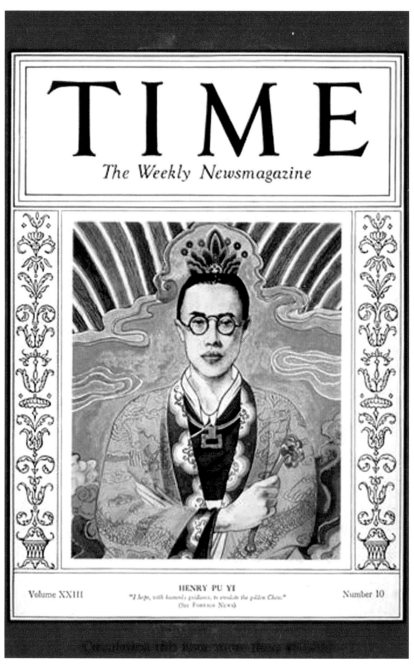

TIME
The Weekly Newsmagazine

Volume XXIII
HENRY PU YI
"I hope, with heavenly guidance, to emulate the golden Chin."
(See Foreign News)
Number 10

1934년 3월 〈타임〉지 표지를 장식한 푸이

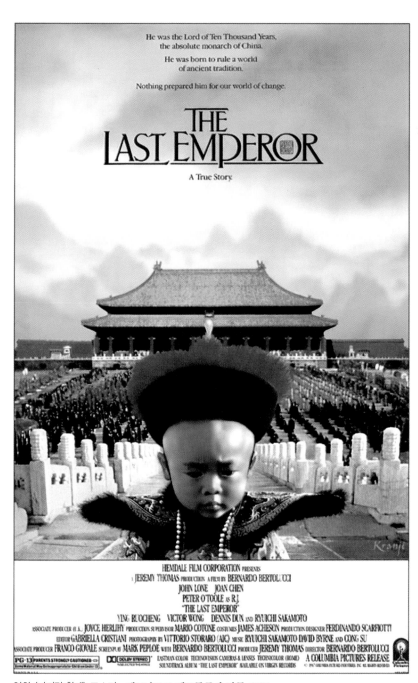

영화 〈마지막 황제〉 포스터　베르나르도 베르톨루치 감독. 1987.

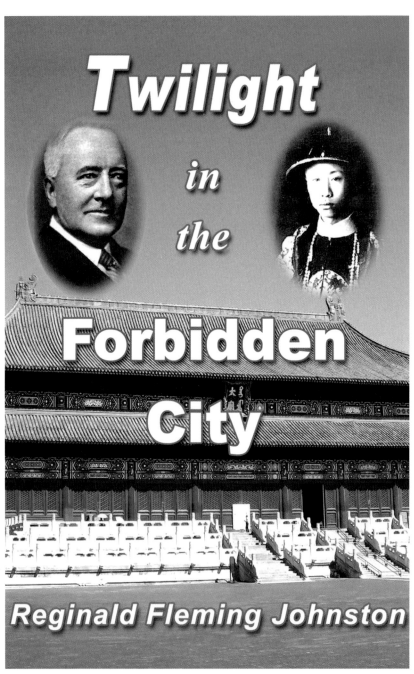

《자금성의 황혼》 표지 레지널드 존스턴

위만황궁박물원　지린성(吉林省) 창춘(長春). 건물 앞 비석에 '9·18을 잊지 말자'라는 장쩌민의 글이 새겨져 있다. 위만황궁(僞滿皇宮)은 '꼭두각시 만주국 황궁'이란 뜻이다.

위만황궁박물원 회의실

만일(滿日)의정서 체결(1932. 9. 15) 위만황궁박물원 밀랍 인형

관동군 대장과 만나는 푸이 위만황궁박물원 밀랍 인형

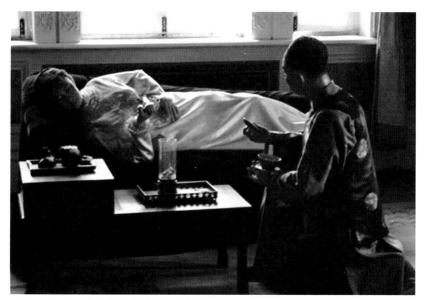

아편을 흡입하는 모습의 완룽 밀랍 인형 위만황궁박물원

전범으로 수감 중인 모습의 푸이 밀랍 인형 위만황궁박물원. 푸이는 중국정부의 사상개조 학습을
통해 평민으로 돌아갔다.

하얼빈역

안중근의사 의거 기념관   하얼빈역. 2014.
1909년 10월 26일 조선 침략 원흉인 이토 히로부미를 사살하고 순국한 안중근의사의 의거를 기려
건립한 기념관.

하얼빈 중앙 따지에 거리 　중앙 돔 건물은 하얼빈을 대표하는 마쓰우라양행.

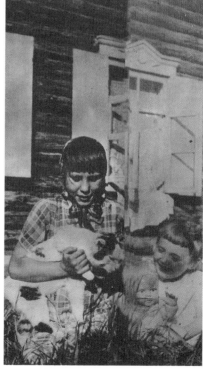

러시아인들의 생활 　만주화보에 소개된 만주국 고삭 마을.

▲동양 최고 영
화 스튜디오
1937년 신징 남
서쪽에 만영 사
옥과 함께 동양
최고의 스튜디
오를 건설했다.

◀〈만세유방(萬
世流芳)〉
1943년 만주영
화협회와 중국
영화회사가 함
께 만든 작품.
이 작품이 큰 인
기를 끌어 일본
인 여배우 이향
란은 온 중국에
서 인기스타가
되었다. 함께 출
연한 중국 유명
배우 창원성과
함께 찍은 사진

440

▲스튜디오에서
영화 촬영
동양 최고라 불
린 만영 스튜디
오에서 많은 출
연자와 스텝들
이 세트촬영을
하는 모습

▶야외촬영
1940년에 제작
된 야마우치 메
이조 감독의 영
화 〈애염〉 촬영
모습

▲밀월쾌차(密月快車)
1938년 만영 작품. 노래 더빙 의뢰를 받고 촬영장에 갔는데 어느새 주연 배우가 되어버렸다는 줄거리

◀철혈혜심(鐵血慧心)
1939년 만영 작품. 밀수업자를 적발하는 경찰관의 활약을 그린 작품

▲〈백란의 노래〉
1939년 도호 작
품. 대스타 하세
가와 가즈오가
연기한 만철 기
술자의 상대역
으로 출연해 순
식간에 일본에
서 인기를 얻은
대륙친선 작품.
주제가도 인기
를 끌었다.

▶〈만세유방〉에
서 연기하는 이
향란

만영 전속배우 이향란의 모습

이향란의 연기 모습

조흔파(趙欣坡)

소설가. 평양에서 태어나다. 일본 센슈대학 법과 졸업. 경기여고교사, 세계일보사, 한국경제신문사 논설위원 공보실 공보국장, 중앙방송국장을 역임. 지은 책 《대하소설 만주》《대하소설 한국인》《대하소설 한국사》《조흔파문학전집 8권》《알개이야기 총20권》 등이 있음.

조흔파문학전집 1
대하소설·만주 I

滿 洲

민족 고향을 찾아서
지은이 조흔파
1판 1쇄 발행/2018. 5. 5
펴낸이 고정일
저작권 정명숙
펴낸곳 동서문화사

창업 1956. 12. 12. 등록 16-3799
서울 중구 다산로 12길 6(신당동 4층)
☎ 546-0331~6 Fax. 545-0331
www.dongsuhbook.com

＊

사업자등록번호 211-87-75330
ISBN 978-89-497-1685-5 04810
ISBN 978-89-497-1684-8 (세트)